上海·印象

郑自华 著

天津出版传媒集团
百花文艺出版社

图书在版编目（CIP）数据

上海·印象 / 郑自华著. -- 天津 : 百花文艺出版社, 2022.12
ISBN 978-7-5306-8389-7

Ⅰ. ①上… Ⅱ. ①郑… Ⅲ. ①散文集－中国－当代 Ⅳ. ①I267

中国版本图书馆 CIP 数据核字（2022）第 194064 号

上海·印象
SHANGHAI · YINXIANG
郑自华 著

出版人：薛印胜
责任编辑：赵世鑫　**封面设计：**刘昌凤
出版发行：百花文艺出版社
地址：天津市和平区西康路 35 号　**邮编：**300051
电话传真：+86-22-23332651（发行部）
+86-22-23332656（总编室）
+86-22-23332478（邮购部）
网址：http://www.baihuawenyi.com
印刷：三河市元兴印务有限公司
开本：880×1230 毫米　1/32
字数：248 千字
印张：8.625
版次：2022 年 12 月第 1 版
印次：2022 年 12 月第 1 次印刷
定价：59.80 元

如有印装质量问题，请与三河市元兴印务有限公司联系调换
地址：河北省廊坊市三河市黄土庄镇尚庄子村
电话：0316-3180002
邮编：065200

就像一千个人眼中有一千个哈姆雷特一样，一千个人眼中也有一千个上海。

如果您愿意，听我说说上海的故事吧！

郑自华

「听自己讲那过去的事情」

“月亮在白莲花般的云朵里穿行，晚风吹来一阵阵快乐的歌声，我们坐在高高的谷堆旁边，听妈妈讲那过去的事情。”

小时候，我们一直喜欢唱这首歌，唱着唱着，自己成了爸爸妈妈；唱着唱着，爸爸妈妈离开了我们；唱着唱着，我们自己老了。月亮还在，白莲花般的云朵还在，晚风还在，可是，“他们”——我们的孩子再也不围在我们的周围。他们很忙，他们对我们过去的事情并不太感兴趣，他们没有时间听我们讲过去的事情，他们要关心自己的饭碗，关心自己的升迁，关心他们自己的子女。曾经和他们说起过我们这代人早上四点起来排队买菜，带着小凳子、砖头、破篮子去买带鱼。他们问，怎么这么傻？为什么不去超市？超市里不是什么都有吗？是啊，和他们说那时没有超市，什么都要票证，他们会觉得那是天方夜谭！

他们不听，于是，我们就讲给自己听。几个人，十几个人，当年的小伙伴，当年的同学，当年的同事，不会在高高的谷堆旁边，而是在茶馆，在饭店，在农家乐。有的人讲曾经将一个月的计划用油打翻在地，全家人用抹布发疯似的在地上将油捞起，然后用纱布过滤，最后终于挽回了一半，于是，每天的菜里只能一滴一滴地挤油，以致菜汤里根本看不见一滴油花。有的人说由于兄弟姐妹多，每次吃了饭以后，最大的福利就是用舌头将锅底舔干净，其实，锅底已经很干净了。讲着讲着，一杯又一杯的酒灌了下去；讲着讲着，女人们掉下了眼泪；

讲着讲着，老男人也抽泣了起来。那过去的事情，也有无聊的，那些课堂上、车床边、柜台里，谁暗恋谁的糗事，一阵哄堂大笑之后，有人说那时自己太傻，不知道表白，错过了美好姻缘；有人说，当初抄邻桌阿五头的数学作业，老师批的分数竟然比阿五头高，至今都想不明白是什么道理；有人说，自己太戆（傻、笨，鲁莽），错过了一次又一次买房的机会，以致到现在还居住在拎马桶的老屋里。想不到自己的芳华岁月，竟然如此不堪。

这些故事讲了又讲，有人说我们成了祥林嫂，也有人说那很无聊。可是生活不就是由好多无聊的时候和无聊的事情组合起来的吗？只要愿意，我们自己组织起来，听自己讲那过去的事情！

2018 年 12 月 27 日《新民晚报》载

目录

自序／听自己讲那过去的事情

第一辑 家里家外

第二辑 店里店外

书里书外
第三辑

第四辑　戏里戏外

◀◀ ◀◀ ▶II ▶▶ ▶▶

第一辑

家里家外

路

记得上小学的时候，老师布置过一道作文题——《我的愿望》。我在作文中写道：我愿上海的每条马路都是柏油马路。那天，老师在课堂上将我的作文朗读出来，我竟然在下面号啕大哭，因为这触动了我内心的隐痛。我生下来没多久，就得了小儿麻痹症，那时刚刚解放，父母为了给我治病，背着我到处寻医问药，甚至找过大名鼎鼎的石筱山医师。只因当时的医学技术太落后，回天乏术，从此，残腿伴我一生。我有足，却不能和正常的孩子一样奔跑、一样游戏。年少无知的我，将一切归罪于那高低不平的烂泥路、煤渣路、弹格路（上海早期的马路，用石子铺成）！

我是“老三届”（1966届、1967届、1968届三届初中、高中学生），按道理应当上山下乡，1967年我被照顾进了合作商店。单位离我家只有十分钟的路程，可这十分钟的弹格路对我来说却是“万里长征”路。我不仅比别人多花一倍时间，而且每次“长征”后都是大汗淋漓。肉体上的痛苦算不上什么，精神上的刺激，对我的打击是没法用语言来表达的。由于左下肢无力，行走时我只能用手支撑住腿，借一把力。一些孩子就跟在我后面喊：“跷脚，跷脚，一边走来一边摇！”更有甚者，几个顽童排成一排，学我走路的样子，引得行人驻足观看。恼火万分的我，一个不留神，被弹格路绊倒，摔倒在地，引来哄堂大笑。用心如刀绞来形容当时的我，一点儿也不为过。一些好心人同情地望着我，将孩子驱散。我常常一到家，就将自己锁进房间大哭一场，唉声叹气，不愿见人。弹格路，什么时候才是尽头！

我不能就这样过一辈子，我提出学骑自行车，母亲一口回绝。我知道母亲心中的隐痛，因为就在几个月前，十六岁的大弟与邻居到黄浦江游泳，不幸溺水而亡，母亲不愿再看到有什么悲剧发生。我哭着对母亲说："难道我就一辈子做瘸子，躺在家里让人服侍吗？"母亲含泪同意了。我付出了比常人多得多的辛苦，终于学会了骑车。自行车在弹格路上依然颠簸，可我的眼界开阔了，心情舒畅了，社交活动扩大了，生活也变得有滋有味了。

寒来暑往，脚下的弹格路不知不觉中成了柏油路；刺耳的"跷脚""残废"不再听到；乘公交、坐地铁时，售票员用不着大声招呼："请照顾一下——"不少人会不声不响地站起来。社会的尊重、公众的理解、细节的变化，让我感动不已。那年，我到一家大型超市买裤子，由于裤子较长，我请营业员帮忙改短。营业员是个不到四十岁的女同志，她一边踩缝纫机，一边好几次抬起头打量我，我被她看得很不自在。女营业员走过来悄悄问我要不要将左裤管改得短些，我的脸一下子红了起来。由于腿疾，我的左腿比右腿短一些，买来的裤子穿在身上总不合适，有不知情者见状还会问我裤子怎么有长有短，常常弄得我脸红。现在面对女营业员的细心，我感激地点了点头，女营业员重新给我量了尺寸，认真地缝纫起来。拿到裤子时我一连说了三个"谢谢"，以表达我发自内心的感谢。裤子的价格并不贵，但我拎在手里却是沉甸甸的，因为这是我穿在身上最合适的一条裤子。那天晚上，我破例没有骑车，而是穿上了那条裤子，在马路上走了一圈儿，我第一次觉得上海的马路竟然是这样平整。

时间走到了 20 世纪末，上海的不少报纸刊出题为《最后一条弹格路》的照片，生活中太多太多的变化，不少人已经习以为常，可我却将这些报纸珍藏了起来。对一般人来说那是上海变化的见证，可我有着更多复杂的感情。因为，我的生命和弹格路紧紧联系在了一起。

现在，脚下的路越走越宽广。前几年，报上刊登消息，像我这样左下肢残疾的，可以学开车。那天，女儿将这份报纸放在我手里，说："爸爸，报名吧，学会开车，你就可以走遍天下。"我的内心其实是很不安的，我骑车差不多将上海市区游遍了，我计划在两三年内骑车将上海的郊县兜一遍。现在残疾人可以开车，这是令人难以置信的事情，我心里不免蠢蠢欲动。这段时间，家中商量买第二套房，女儿甚至表示宁愿不买房，或者买面积小一点儿的房，也要先给我买车。我想，也许会有这么一天，我在上海平坦的马路上开着车，将我儿时的愿望全部实现。

2005 年 1 月

（本文获上海作家协会、《解放日报》《文汇报》《新民晚报》联合举办的"上海之新"征文二等奖）

洗澡，上海人曾经的无奈和窘境

洗澡，本来是件很平常、很私密的事情。可是，在我小时候，上海人的洗澡却是最无奈而又最让人窘迫的事。

天热，洗澡是方便了，但是男人洗澡是顾不得斯文的。凡是男人，不管年龄大小，穿上短裤，拎一只铅桶或者脸盆，放点儿水，就在弄堂里洗了起来，洗到隐私部位，就回家。这种现象在上海的老房子是很普遍的现象，大姑娘、小媳妇在弄堂里走来走去，也是见怪不怪，习以为常。

可女同志洗澡就没那么简单了。我住在老式的石库门公房，没有独立卫生间，也就是说没有单独的洗澡设备。不过，再艰苦，澡还是要洗的。我们因地制宜发明了“土浴室”，所谓“土浴室”，就是在灶披间（厨房）和自来水水斗（盛水的用具）当中的一块空地，也就是平时洗衣洗菜的地方，将后门和腰门关上，隐蔽性有了，但由于是单亭子间，从晒台上可以看到下面，实际上就是半露天的浴室。由于石库门房子年久失修，房屋质量不行，尤其是后门的门缝比较大，等到女同志洗澡，只能派人将门缝挡住。

这种“土浴室”平时还能勉强对付，到了冬天就不管用了。冬天洗澡，上海人八仙过海，各显神通，能使的招数都用上了：有的将煤球炉放在房间里，温度虽然有了，可是风险很大，上海发生过多起煤气中毒事故，后来这种现象不大见了。有的用浴罩，就是一块大的塑料布，笼成蚊帐形状，目的是不让热气散出去，保暖性有了，但是工程浩大，而且洗好以后就是一场“浩劫”，房间里水漫金山，等到将家里弄干净，身上又是一身汗。无奈只能再移师到“土浴室”洗澡，事先将好几个热水壶暖水瓶都灌满了热水，尽管冷，由于热水不断，还能勉强对付。当然，一边洗澡，一边牙齿在打颤，所以感冒是经常的事。也想过到“混堂”（浴室）去，问题是混堂不仅价钱贵，而且一到冬天，混堂人轧人（人挤人），尤其是那大池里的水，浑浊得简直成了泥浆，洗澡成了活受罪。

后来事情有了转机。老婆调到厂警卫室去了，专门看管大门。这看大门的，官职卑微，“权力”蛮大，最大的“权力”就是可以放人进来洗澡。工厂周围的居民都竞相和警卫室搞好关系，以便到浴室去洗澡。近水楼台先得月，作为警卫室的家属，我自然也沾了光。洗澡的时间一般在晚上八点半左右，这个时候中班没有下班，正常日班加班以后也下班了，而晚班又没有上班，正好是空档。我用脚踏车带上女儿，到了厂门口，先偷偷露个面，等到警卫室里的人招一下手，好像搞地下工作发暗号一般，我才匆匆忙忙进厂，来到洗澡间。十多岁的女儿由她妈妈交给其他女工，请女工关心一下，帮忙把水温调好。经常听见进洗澡间的人问：“水好伐？”开始不懂，后来才知道这是指水温是否稳定。由于是大炉间，水忽冷忽热的情况经常发生，再加上浴室的水龙头每天有几百号人在拧，合适的温度很难调，弄得不好，或者热水当头浇来，烫伤皮肤，双脚直跳；或者一盆冷水倒下来，让人浑身哆嗦，那尴尬真让人哭笑不得。我到老婆厂里洗澡不是“该牌头”（名正言顺的），是难得“戳一枪”（偶尔可以去一下），只有等老婆上中班才可以去，而中班一般要三个星期才轮得上一次。警卫室放人进厂里洗澡是偷偷摸摸的，要时刻当心厂领导“杀差”（突袭检查），查到了要“吃牌头”（挨批评），严重的要扣奖金，所以洗澡要速战速决。我洗好以后，赶紧到厂门外，等女儿出来，女儿一出来，骑上车就走，不敢久留。

厂里一般在春节前给职工家属发点儿浴票，可以在规定时间进厂洗澡，也算福利，我们一般不轧这个闹忙（凑这个热闹），将浴票送人，因为这个时候，前来洗澡的人多得简直可以用下饺子来形容。

1997 年，我买了商品房，终于有了属于自己的独立的淋浴房，洗澡难终于成了往事。

2017 年 1 月

漫漫长夜，盐水瓶当汤婆子御寒

曾经有人说，经济条件是好是坏，到了冬天就能见分晓。此话一点儿不错。

20 世纪 60 年代初期，是国家三年经济困难时期，也是我们家最为困难的时期，母亲是全家唯一的经济支柱。那时，我们兄妹六人，五个是男孩子，全是长身体的时候。那年头儿，一年可怜的几尺布票，根本就不够用。“新老大旧老二，缝缝补补是老三”，我在家排行老三，我穿的衣服都是两个哥哥穿不下或穿坏了的，心灵手巧的母亲只得将两个哥哥的长袖衣服改成短袖，裤脚短了加长。母亲一边改衣服，一边还要给衣服打补丁，由于磨损得厉害，往往是补丁摞补丁，而且是花花绿绿的补丁。虽然衣服是旧的，补丁层层叠叠，但却是干干净净的。

最近市面上流行一个段子：夏天能穿多少是多少，冬天能穿多少是多少。这个段子是我们那个时代穿衣状态的真实写照。夏天天热好对付，男人一条短裤就解决问题了，赤膊成了常态。可是，三九严寒，那可不是闹着玩儿的。

那时根本没有滑雪衫，没有棉毛衫裤，条件好的可以穿绒线衫裤，一般人家只能穿卫生衫裤。现在的年轻人对卫生衫裤没有印象，其实就是早期运动员穿的那种运动服，看上去很厚实，其实松松垮垮，不贴身，这种衣服穿到后来就起球，起不了保暖作用。冬天将能穿在身上的衣服都穿上了，问题是没有多少可以穿上，更何况，“千层单不及一层棉”。

最能体现生活质量差别的，就是床上用品了。那时御寒，除了棉花胎，不知空调、鸭绒被、真空被、太空被为何物。殷实的人家，天冷盖的被子，里面的棉花八九斤，甚至可以盖上两条被子，垫被也厚。我家困难，六个孩子和母亲都睡在三层阁（在二层与屋顶之间加建的阁楼），两张床，再打个地铺。我和两个弟弟睡四尺的床，盖四斤重的被子。垫被就更薄了，我们都能感觉到床板的坚硬。为了御寒，只能将各种衣服盖在被子上。我和大弟弟睡一头，开始兄弟三人还能友好协商，不拉被子，但睡到后来，被冻醒后在睡梦中只能抢被子，棉花胎被撕拉得都能透得见光。那时正好进中学了，读到杜甫的《茅屋为秋风所破歌》，“八月秋高风怒号，卷我屋上三重茅……布衾多年冷似铁，娇儿恶卧踏里裂……安得广厦千万间，大庇天下寒士俱欢颜”，尤其是“布衾多年冷似铁，娇儿恶卧踏里裂”，这一句是我们家的真实写照。不过疑惑不解的是，“八月秋高风怒号”，杜甫这个老爷子肯定不了解情况，诗中八月就如此严寒，那我们三九寒冬简直没法活了。

天冷钻进被子，就像钻进冰窖一样，需要勇气，因为被子薄薄的，脚是冰凉的，好在家里有一个汤婆子，是祖上留下的。汤婆子在上海话中念“汤捂子”，尽管现在取暖的用品越来越多，但是传统的“汤捂子”依然受老年人欢迎。母亲给“汤捂子”做了一个布套，这样不直接烫到脚。每天晚上，我们兄弟几个轮流值班，将“汤捂子”放入每个被窝里捂上半小时，然后再换到其他被子里，当然，给母亲的被子里捂得时间最长。天气严寒，有“汤捂子”至少解决了一点儿问题。终于有一天，“汤捂子”掉到地上，无法焊接，只得报废。但上海人的聪明才智达到了极致，我们想到了医院给病人输液用的盐水瓶可以做替代品，正好大哥在街道医院当实习医生，于是我们找来盐水瓶装了热水，发现效果不错。盐水瓶白天当热水袋，晚上睡觉当“汤捂子”，一人一个，没有成本。盐水瓶陪伴我们度过了整个寒冬。

那时每天晚上，在我家十多平方米的三层阁，总会出现这样的场景：母亲在灯下补衣服，我们兄妹六人，或看书，或做功课，或嬉闹，一派其乐融融的景象。窗外北风呼啸，可是我们的心是热的。

2016 年 12 月

一张红木方桌卖了 10 元钱

在我的记忆中，我们家曾经有过一张红木方桌。

我家原先蛮殷实的。母亲和父亲结婚以后，一共生了六个孩子。虽然子女不少，但由于父母两人的收入加起来有 200 多元，这在 20 世纪 50 年代中期绝对属于高工资，因此家里还有佣人帮助照料家务。1958 年，父亲在运动中被迫一次次做检查，均无法通过，绝望之下，郁郁而终。两年以后，国家进入了三年经济困难时期，生活资源极度匮乏，我们家也陷入困境。

尽管贫穷，一家老小依然其乐融融。每当夜幕降临，家中 25 瓦的电灯就亮了起来。在灯光下一家人围坐在红木方桌边上，成了那时我们最幸福的时刻。我们兄妹先是做功课，然后说说学校的趣闻轶事，讲讲国内外大事。接着，大哥、二哥在桌子的一边玩起了游戏棒，游戏棒是用竹片劈细做成的；我和大弟则在方桌上摆开“战场”，小心翼翼地拿出纸折的青蛙，进行斗田鸡比赛，我们鼓起腮帮，用力地吹着，笑声、叫声不绝于耳；母亲则拿出针线包给我们缝补衣服。最淘气的是六岁的妹妹和四岁的弟弟，两个小不点儿和桌子差不多高，在桌底下钻来钻去嬉闹……红木方桌是祖传的，也许因为时间久了，它早已失去了应有的光泽，榫头也完全松了，几乎到了摇摇欲坠的地步。由于红木十分坚硬，无法用钉子加固，只能用木条撑住。母亲一再叮嘱，我们在桌上玩游戏也都小心翼翼的，生怕碰翻了祖传的宝贝。

后来，哥哥、妹妹和弟弟都先后到外地务农去了，家中只剩下母亲和我两人。吃饭时，偌大的方桌空荡荡的。一天，邻居的孩子来我家玩，不小心将支撑方桌的木板碰倒，轰隆一声，那张红木方桌散架了！

没有桌子，不像一个家啊。买一张新桌子是不可能的，因为当时买什么都要凭票，再说家里也拿不出这笔钱。唯一的办法，只有先将这张红木方桌卖掉，再去买一张旧方桌。那是1976年7月27日，我请单位的同事帮忙，用黄鱼车（人力三轮车，上海人觉得满大街跑的三轮车很像海里乱窜的黄鱼，因而称之为“黄鱼车”）将红木方桌送到海门路上的国营利群日用品调剂商店。其实离我家不远处就有一家国营立新风家具调剂商店，之所以舍近求远，是因为我事先摸了一下行情，利群寄售的价格要比立新风高些。当我和同事将红木方桌搬到车上的时候，母亲叹了口气，对我说：“老祖宗留下的东西都卖完了……”是啊，为了维持全家八口人的生活（当时我奶奶还在），只能将家中值钱的东西陆续变卖光了。

到了利群，我正要将红木方桌搬下去，从店里走出来一个戴着老花眼镜的师傅，说道:“别搬，估价后再说。”“老花眼镜”前后一打量，开价道：“10元。”“10元？太低了吧！”我说这是老红木的，是祖上传下来的。“老花眼镜”说：“红木有啥稀奇？前几年抄家，一卡车一卡车红木家什送过来，都是三钿不值两钿（不值钱），现在能卖到10元钱就已经很不错了。嫌价钱低，那就另请高明。价钿吊了高（价钱要高了），没人买，到时候还是要你过来再降价，或者再车（拉、载）回去。”

我很纠结，因为在这之前有人到我家来过，愿出12元买下红木方桌。可是，那时不敢私下买卖啊，一来母亲是单位的中层干部，二来父亲的问题始终是我们家的心病，不能为了几个钱再惹麻烦了。我无奈地对“老花眼镜”说：“就10元吧！”我将工作证递给了“老花眼镜”。“老花眼镜”将写好后的单据交给我，红木方桌成了“坏方台”（方桌），价格10元。此外，我的姓名、家庭地址、工作单位以及证件号码都写在了上面。我离开的时候，只见“老花眼镜”用粉笔在红木方桌上写了个大大的“10元”字样。

仅仅过了两天，就收到利群商店寄来的通知，说是红木方桌已经售出，可以凭“红色收据”来店里取钱。我实际到手的是9.3元，还有0.7元是服务费（也有叫佣金的）。拿了钱，我马上赶到立新风，因为那里有张杂木方桌，家里没有桌子太不方便了。我贴了5.7元，将那张杂木方桌买回家。

我至今保留着当年将红木方桌卖到寄售商店的原始发票。将近四十年过去了，那张红木方桌也不知被谁买了去，后来又派了什么用场。

2014年3月

风光一时的九英寸电视机

20 世纪 70 年代中期，电视机还是很稀罕的。一般居委会都会有一台十七英寸的黑白电视机，逢周一、周三、周五晚上，居委会将电视机搬到广场，我们称之为“向阳院里看电视”。看电视和看露天电影不一样，除了前面几排有人放着凳子，后面的人都只能踮起脚，屏幕小，只能看到个大概，好在音量比较大，所以勉强也能知道内容。每到晚上几百人围在一起看电视，形成了上海一大景观。

那时文化生活很枯燥，电视机可以给人们带来一点儿欢乐。我想看电视，又怕在人群中挤，就咬咬牙买了台电视机。

1975 年 12 月 18 日，我以 245 元的价格买了一台飞跃牌九英寸黑白两用电视机。那时，市场上很少有进口电视机，飞跃、金星、上海、凯歌都是国产电视机中的名牌，飞跃牌的九英寸黑白两用电视机是新推出的款式，比较适合家庭使用。所谓两用，是指除了可以收看电视，还可以收听广播，单用的是 225 元，多花 20 元等于再买了一台收音机，很划算。

有了电视机以后，家里人气一下子旺了很多，同事、同学、朋友、邻居都纷纷上门，好在我居住的客堂间还比较大，十几个人看是没有问题的。那年电视台播放《红楼梦》，我的两个姨妈特地从虹口赶到我居住的杨浦来，着实让我风光了一阵。

那时电视节目很少，一共只有八个频道，节目调节是依靠旋钮式开关进行的。屏幕显示也不稳定，收看不同的频道，要将电视机后面的天线调节到不同角度，这样画面才会比较清晰。有时候，手捏着天线效果更好点儿，看连续剧就辛苦了，要一直捏着天线。辛苦不算，关键是看不到图像，只能听电视了。那时报纸上曾经发表过一组漫画：第一幅，荧屏上一片漆黑，标题是“冲破黎明前的黑暗”；第二幅，荧屏上满是波纹，标题是“多瑙河之波”；第三幅，荧屏上什么也没有，标题是“看不见的战线”。这组漫画很形象地反映了那时看电视的尴尬。后来觉得九英寸实在太小了，整个屏幕只有一本书大小，那时正好市场出售电视放大器，所谓电视放大器实际上就是一块具有放大功能的玻璃，面积比电视屏幕稍大，约十二英寸，玻璃下面有一块搁架，使用以后，果然可以和向阳院里的大电视机媲美，只是看的时候，要正对着电视机，否则屏幕里的人会变形。人是很不容易满足的，电视机变“大”了，又动脑筋要看彩色的了。在物质资源匮乏的情况下，人们将聪明才智发挥到了极致，人们在电视机前面放一张涤纶片，看起来有点儿彩色效果，但是人物是红头发、黄脸蛋、绿下巴，严重失真，不仅别扭，而且滑稽。

1988 年，我买了金星牌二十二英寸电视机，陪伴了我十三个春秋的飞跃牌电视机结束了其历史使命。

2014 年 12 月

搪瓷碗的故事

2019年春节前，原单位同事聚会吃年夜饭。我在微信群里事先说，届时会带一样东西，让各位来个集体回忆。众人在群里纷纷猜测是什么宝贝。聚会时，当我拿出保存完好的搪瓷碗，大家都哇地叫开了。我带的这只搪瓷碗上印有“1982年，江浦烟糖，编号××”的字样。

20世纪70年代末，改革开放刚开始，原先的“先生产后生活”的局面发生了改变。由于我所在的单位是小商店，店小、分散，职工的一些生活问题没有办法解决，喝“开水”用老虎灶（烧开水的大灶，形似老虎），吃饭是将自己带来的饭用开水泡一下，或者到附近居民家热一下，带饭菜的容器都是自己花钱买的饭盒。到了80年代初，可以用企业的福利基金购买搪瓷碗，每个人分得一套，大小各一。虽然搪瓷碗在生活中使用的频率并不高，但因为小企业没有自办食堂，所以，对不大发福利的商业部门来说，员工们已经很满足搪瓷碗这项福利了。

搪瓷碗在桌上转了一圈又一圈，大家纷纷拍照留念。

关于搪瓷碗，我的记忆始于20世纪60年代，那时，正是三年经济困难时期，家家粮食不够吃，家家都自觉计划用粮。我家八口人，一个月的粮食定量是一百九十七斤。以现在的眼光看，一百九十七是个庞大的数字，现在的三口之家一个月吃不了十斤米，可是那时的一百九十七斤粮食，如果让我们敞开肚子吃的话，估计维持不了半个月，所以只能节省着吃。每天每顿吃多少，都有规定，我哥哥设计了用粮表，根据这个表格，我负责将大缸里的米舀到钢精锅里，这个舀米的容器就是搪瓷碗。那年妹妹幼儿园毕业，在幼儿园吃饭的搪瓷碗也带回来了，是小小的、蓝蓝的那种。那么，装满这一小碗是多少米呢？我到米店做了实验，平平的，不能满出来的，正好是半斤，这个搪瓷碗就成了量器。全家舀米的任务由我完成，这是一件神圣的事情，每天用搪瓷碗将转天（第二天）三顿饭的米倒入三口锅中。以前说“一碗水端平”，现在是“一碗米端平”，不端平不行，因为有几次将搪瓷碗的米堆得高了一点儿，到了月底，米缸没有米了。遗憾的是，等到不再需要舀米的时候，那个陪伴了我们好几年的珍贵的搪瓷碗竟然没有保留下来。

搪瓷在清末民初传到中国，据说曾经是宫廷贵族才能享用的奢侈品。当时《国画日报》有首诗说道：“可怜锡匠担／近来难吃饭／不是锡作艺不精／只因锡器东西逐渐减／锡器不用用浇磁……安得急筹抵制法／莫教此业不能支。”这里的“浇磁”，也就是“洋瓷”，即我们今天的搪瓷。我小时侯听说有“洋瓷茶杯”“洋瓷面盆”，也知道搪瓷曾经被称为“珐琅”。

20 世纪 70 年代末，我结婚了。那个时候亲朋好友送贺礼，搪瓷脸盆、搪瓷茶杯、搪瓷痰盂是首选。一来是搪瓷用品经久耐用，二来价格实惠。有的人结婚就曾经收到十个脸盆、十对热水瓶，家里堆满了搪瓷用品，好在可以等到别人结婚的时候转送出去。据说，上海久新搪瓷厂曾经推出过“万紫千红”“花好月圆”等主题的搪瓷产品，非常抢手，一推出便被抢购一空。那时，外地小城市或者农村的亲戚都委托帮忙买搪瓷用品，指定要上海搪瓷。搪瓷用品还有一个特殊用途——用来做奖品，先进生产者、先进工作者的奖品就是搪瓷杯子、搪瓷烧盘，或者搪瓷脸盆，上面印着大大的“奖”字，然后是厂名、年份，很光荣的。

当然，搪瓷用品也有致命弱点，那就是娇气，不能跌，搪瓷跌破，里面的铁会露出来，有碍观瞻，甚至影响使用，这也推动了搪瓷用品的进一步改良。一次，我到朋友家，看见主人在煤气灶上用搪瓷锅在烧汤，觉得奇怪：搪瓷锅能在煤气上烧？原来是搪瓷的改良产品，叫搪瓷烧锅，现在家家都有搪瓷烧锅。

社会在进步，科技在发展，工业化的生产曾一度让搪瓷成了“家家有、人人用”的普通生活用品，到如今，塑料制品、玻璃制品、不锈钢制品已经基本取代了搪瓷产品。值得一提的是，原来的上海搪瓷七厂竟然成了“荡荡住住吃吃唱唱”（“搪瓷七厂”谐音“荡住吃唱”）的代名词，实在有点儿黑色幽默了。

2020 年 4 月

忘不了的芭蕉扇

有人说度夏容易过冬难，为了证明这个观点，还搬出“路有冻死骨”的诗句，说冬天对穷人而言注定是难熬的季节。到了夏天，大家都是平等的，尤其是男人，还可以打赤膊。其实并非如此。上海的夏天很热，进入夏季后，气温升高，胃口下降，进食量较其他季节明显减少，晚上睡眠不好、身体乏力疲倦、精神不振，工作效率低，人的脾气也容易暴躁。这就是人们常说的苦夏。有人举证说，上海的冬天至今没有取暖费，而高温费却发放多年。为了防暑降温，厂里会发盐汽水，食堂供应清凉饮料，如绿豆汤等；有的会安排错峰错时上班；有的会安排中午休息一段时间……可见，在上海，夏天降温的措施比过冬取暖的措施更多。同样，食品商店也不甘落后，推出夏季食品，如百合绿豆汤、薄荷糕、茯苓糕等。至于各种瓜果更是最佳消暑食品。

现在，夏天家家门户紧闭，原来都在吹空调。有人说，夏天的命是空调给的，虽然有点儿夸张，却也有几分道理。

我们那个时候，不要说空调，连空调这个词都没有听说过。那个时候谁家有台电风扇，就和现在的人家拥有一辆凯迪拉克汽车一样稀罕。我们弄堂里有户人家，有一台华生牌电风扇，也不见他们家有人赤膊的，最起码都穿汗衫背心。

那时候，大部分人家降温的最好工具就是扇子了。扇子是统称，制作扇子的材质很多，有纸做的扇子：扇面形状为圆形或扇形，统称折扇。折扇携带方便，分男式和女式两种。男式折扇是读书人或白相人（花花公子，无业游民）用的。至于檀香扇，高贵典雅，扇起一股香风，闻之确实让人舒服，那是大家闺秀用的。还有团扇，有绢面的，以竹框绷住，形状特别多，“轻罗小扇扑流萤”用的就是这种扇子。此外，还有羽毛、竹子、麦杆以及藤编的扇子。相比之下最实用、最受欢迎、使用最广泛的要属芭蕉扇，芭蕉扇又称蒲扇，是棕树的产物。棕树的叶子就是一把天然的扇子。棕树叶虽然是天然的，不等于拿来就可以直接用，叶边经过加工，但依然会散开，影响使用寿命。聪明的上海人买来蒲扇以后要绗一下，所谓“绗”，就是用条状的布包住蒲扇的边，然后用针线缝上，绗过以后的蒲扇结实耐用。有人说蒲扇是“永动风扇”，随时随地可以使用，比电扇划算，不花电费。

随着电风扇和空调的普及，蒲扇逐渐淡出人们的视线。但是，从2019年开始，蒲扇又火了一把，原来，上海舞剧团演出的舞剧《永不消逝的电波》的道具就是蒲扇。李侠和兰芬受党委派，在敌伪“心脏”里坚持战斗了十二年，在上海解放前夜被敌人杀害。这部舞剧之所以火，除了剧情感人，剧中的蒲扇是大大出彩的。扮演兰芬的演员朱洁静回忆道：“剧中，在板凳上发呆、乘凉、遮阳、挑米、生火、煲汤、绣花、照镜子……所有的行为语言都靠一把蒲扇来完成。”演员通过蒲扇表达真实生活里的“烟火气”，同时传递了美感。

蒲扇与折扇不同，人们经常在折扇上写这样一句话：“扇子扇凉风，扇夏不扇冬，若要问我借，过了八月中。”生活中，蒲扇却不会外借。过了夏天，折扇就该收起来了，可是蒲扇不会。一个夏天下来，蒲扇的扇面破几个洞亦无大碍，稍微补一下，待到明年可以继续扇出呼呼的凉风。

在生活中，蒲扇除了扇风，还有很多用处。那时，上海的不少人家都用煤球炉，要吃饭了，还是温吞水（烧至半开未开的水），真正急煞人，于是蒲扇就派上用处了，对着炉口使劲扇，不用多少时间火就旺了起来。驱赶蚊子，蒲扇是最好的工具。其实，蒲扇是孩子最好的玩伴，放在胯下当马骑，放在桌上当炮用，双手托着当枪使。或者扮演娘娘出宫，两个小姑娘拿着两把扇子，交叉着支在娘娘后面，很有排场。记得那时候，我常给弟弟妹妹以及弄堂里的小伙伴讲铁扇公主的扇子，讲诸葛亮手里的鹅毛扇，讲借东风，讲六出祁山。有时，我故意摆谱，说太热了，于是小伙伴们用蒲扇使劲给我扇风。

一晃，几十年矣！

2020 年 8 月

话筒改装成落地灯

我的结婚新房是十六平方米的客堂间，在20世纪70年代末，能有这样一间房结婚是很不错的。计划经济时代买什么都要凭票，因此一般婚房里的家具，是“36只脚”和“48只脚”的区别（即大橱、五斗橱、床、桌之类，老上海人办喜事通常要凑齐“36只脚”），还有就是款式上稍微有点儿不一样，其他装饰方面基本上大同小异，看一家等于看百家。我不想平庸，就决定在灯饰上标新立异。那时灯具店里灯的品种少得可怜，不像现在有吊灯、壁灯、吸顶灯、台灯、射壁灯、落地灯等等。据灯具店的营业员介绍，现在的人家装修房子，不一定是新结婚的，各种灯有上百盏的并不稀奇。灯的多少和档次，往往反映了主人的品位和格调。而我们那时，普通人家用电灯泡，一般用25瓦的灯，甚至15瓦的，光线看上去很昏暗；条件好点儿的，用40瓦或者60瓦的灯。哪户人家用上日光灯，是很震动隔壁邻居的。到了晚上，日光灯打开，那亮度简直可以和白天媲美。日光灯好则好矣，可那长长的造型放在新房里，呆板得很，实在让人不敢恭维。我决定自力更生，先将天花板涂满，预留八本杂志大小的位置，用铅皮敲了一个半球型的灯壳。我朋友是中学教师，特地打了介绍信，到化学试剂商店专门买来化学实验用的玻璃细管，截成二十五厘米长短，然后依次放入半球型灯壳里，半球型灯壳里事先放入灯泡，到晚上，八个自制水晶顶灯一起亮起来，十分壮观。我家是街面房，门一开，总是围了很多人，那时就成为“样板房”了。

不过我最满意的杰作却是落地灯。我对落地灯的好感源于毛主席他老人家。那时，在电视里，或者在纪录片里，或者报纸里，看到他坐在宽大的沙发上，在沙发的旁边放着落地灯，灯光柔柔的，十分气派。那时，我就梦想今后我一定也要有落地灯。当时市场上根本就没有落地灯可卖，最多只有放在桌子上的小台灯。朋友建议我自己做，于是我买来白铁管，一番倒腾后，落地灯倒是成型了，然而我总嫌其笨拙，虽然用油漆将白铁管刷了几遍，但将它放在床边实在别扭，只能弃之不用。我不死心，到处打听，如何可以拥有落地台灯。

有一次开大会，我看见发言者使用落地话筒，我灵机一动，散了会跑到台上仔细研究起了话筒。我想，这话筒稍稍改动一下不就是现成的落地灯吗？这真是“踏破铁鞋无觅处，得来全不费工夫”！我兴奋异常，赶紧到交电商店（专门卖交通设备和电气设备的商店）买落地话筒，营业员眼皮也没有抬：“拿介绍信来。”我满脸疑惑，营业员说：“那是供应单位的，私人要落地话筒干什么？”于是我找到领导，如此这番一说，领导倒也开明，开了一份介绍信，于是我花 26.4 元的价格在南京路上的上海交电商店买了一只落地话筒架子，回来后进行了简单加工，效果不错。至于灯罩，我有个邻居在南京西路的上海工艺美术品服务部工作，他也帮了忙，等拿到灯罩，离大婚之日都不到一个星期了。这是一只嫩绿色乔其纱大灯罩，价格 16.5 元。落地灯改装好后，放在床边，显得十分素雅，平添了几分温馨。结婚那天，朋友对我的落地灯赞不绝口，我自己也得意了好一阵子。

改装的落地灯陪伴了我十八年，1997 年我搬家时将它送了人。

2014 年 12 月

那年代，DIY喇叭箱是“扎台型”

1976年，一大批经典老电影、经典老歌又重新和观众、听众见面了。那时候，人们嘴里唱的是被封存了多年的老歌，为满足需要，一批刻有老歌的胶木唱片、塑料唱片摆上柜台供应，多年不见的电唱机也开始在市场上出现，人们迫切希望能欣赏到更多音乐，于是，喇叭箱应运而生。

我于1979年4月结婚，正是喇叭箱最风行的时候，能在结婚新房放一只喇叭箱是很“扎台型”（有面子，阔气）的。那时，市场上也卖喇叭箱，但价格昂贵，一般人买不起。我有两个“死党”，一个精通电器，一个擅长木工，他们自告奋勇给我做喇叭箱，按照现在的说法，叫DIY（自己动手制作）了。由于“死党”白天要上班，一周只休息一天，所以只能利用下班时间和星期天。他们从1978年的11月动工，到1979年4月大功告成，历时五个月。

做喇叭箱一共花了72.21元（之所以能将时间和金额记得这么清楚，是因为我在筹备结婚时每一笔支出都有详细记录，目的是做到不超支，或者少超支，知道钱款流向什么地方）。在这72.21元中，属于大件的是6.5元的“方朋”变压器和7.38元的八寸喇叭。做喇叭箱要木料，而木料在当时是紧俏商品，好在凭户口簿可以买一点儿用于家庭小修小补的木料，我至今还保留着那本旧户口簿，上面清晰地盖着“木4供讫01　190307”的图章字样，金额为4.41元。当然，这点儿木料是不够的，好在前几年家中拆二层阁的时候，留了一点儿木料。结婚那段日子，喇叭箱里播放着《喜洋洋》《真是乐死人》《小二黑结婚》等歌曲，那悦耳的音乐，那欢快的旋律，那低音贝斯，至今想来都让人心动。

不过，喇叭箱风光了没有多少时间，很快被日本进口的录音机、四喇叭所代替，我家的喇叭箱成了摆设。在那张拍摄于 1983 年 4 月 14 日的照片中，喇叭箱成了三岁女儿的陪衬，屈尊边上，但可以看出，喇叭箱还很新，有点儿曲线，金属嵌条将喇叭箱装饰得很有现代感，而喇叭布更显雍容华贵。

十多年后，我搬家，将喇叭箱送给朋友当鞋柜了。

2015 年 1 月

打家具是大工程

20世纪六七十年代，市场上商品普遍紧缺。虽然样样紧缺，但并不能阻挡人民群众改善生活条件的愿望，比如三层阁要放一只喇叭箱，客堂间要安置一个沙发，灶披间要有一个碗橱。

那时，我打了一套家具。打一套家具，对一个家庭来说是一项大工程。我住老公房（政府和国有企业、事业单位投资兴建的住宅），家里有个二层阁。一般的上海人家，二层阁都是住人的。我家的住房尚可，二层阁一直闲置着，放点儿平时用不着的东西。那个时候二十好几的人还没有对象，家长就开始着急了。抱着有备无患的想法，母亲决定将二层阁拆了，打一套家具。二层阁拆了以后，木料、方子（木质的用以加固箱子的方形材料）都堆在客堂间。

打造家具的场地在唐山路和保定路交口的外婆家。外婆家的晒台特别大，用上海话说，可以放开手脚干活儿。那时没有搬家公司，只能靠黄鱼车将木料从杨浦运到虹口的保定路。弟弟是车夫兼装卸工，十分辛苦。现在做木匠活儿，电锯、电刨，最后拼拢成型都靠钉子、胶水，基本看不见榫卯结构。那时全靠师傅的手艺。质量好不好，功夫全在木匠的手里，那时要管师傅两顿饭，要管烟，下午还要有顿点心。我要经常去购买各种装修材料。

忙了几个月，木料终于成了家具，有大橱、五斗橱、床头柜，白胚（未喷涂上色的家具）送到家里。要不要刷油漆，我很纠结。木匠师傅介绍了一位漆匠，说漆匠水平很高，现在不油漆，以后再油漆就找不到人了。思前想后，我决定刷了漆再说。俗话说，三分木匠，七分漆匠，刷油漆是决定家具成败的最后一道关键工序。

油漆是不能直接涂在木料上的，木材表面常常坑坑洼洼，有钉子的洞眼儿，或者木料原来的颜色不同，直接刷漆会影响家具的美观，这就需要对木材表面进行修补，使漆膜更平整、更饱满。这个过程就相当于化妆中的“打底”。家具打底霜的材料就是腻子。腻子，是油漆工程施工中填嵌缺陷和平整表面的膏状材料，是由老粉（大白粉）或石膏粉和猪血、骨胶、桐油、清漆等材料配制而成的，其中猪血拌老粉尤其受漆匠欢迎。

现在人只知道猪血可以食用，火锅店内常有客人点一份猪血涮着吃。而那时猪血还有一个重要用处，就是和老粉组合成猪血老粉作为腻子。猪血并不值钱，早期才几分钱一斤，后来二三角一斤，在虹口区的丹徒路、长治路拐角的一家店有卖，一开间门面；还有原南市区的人民路南市区妇女保健院附近有家店供应。虽然猪血价格便宜，但也不能多买，因为猪血有异味，特别是炎热的夏天，容易发臭，那味道一般人受不了。那时没有冰箱，猪血一旦变质就不能派上用场了。猪血要纯猪血，不能加水，时间放长了会结成块儿。猪血拌老粉有韧劲，砂皮打好以后，油漆的时候特别顺。

其实，可以做腻子的材料并不少。用清漆和石膏粉做腻子，然后用泡立水（polish的音译，虫胶清漆）涂抹两次，效果相当好；缺点是成本高，价格大概是猪血老粉的十倍。既然自己打家具，在制作成本上不得不仔细匡算。现在市场上的腻子品种繁多，但是好多家具厂还在用猪血灰，原因无他，就是价格低。

家具油漆以后，人人都说我这套家具做得好，油漆得好。为了保护这套家具，我用旧床单将家具裹得严严实实，过段时间，再用绒布将家具表面擦拭一下。一直到我快结婚的时候，我才把包裹家具的旧床单拆下来。

现在家具市场已经很繁荣，没有人会自己打家具了，因为定做一套比自己做价格还便宜。这些老手艺也逐渐失传了。

2020 年 12 月

“丫叉头”牌手动电视机

1988年，我将那台陪伴了我十三个春秋的飞跃牌九英寸黑白电视机换成了金星牌彩色电视机。

彩色电视机（简称“彩电”）是在万航渡路上的第九百货商店买的。住在大杨浦，赶到市西，也实在是无奈。那个年头儿，彩电是相当热门的商品，买彩电是要凭票的，正好有朋友“割爱”，愿意将彩电票送我，我自然不能错过。望着眼前的“金星”，我心里美滋滋的。

由于这台“金星”不是全频道，随着节目的增多，固定的八个频道不够用，需要看其他节目时，只能手动调出来，我常常嘲笑它为“手动电视机”。

寒冬腊月，北风呼啸，晚上一家三口捂在暖和的被子里看电视，倒也其乐融融。可问题来了，需要换频道，需要调音量，我们这台电视机又没有遥控器，谁也不肯爬起来。那时真有一种望着“金星”，头冒“金星”的感觉。于是我决定，一家人采用抓阄的方法，谁抓到“中”，就只能乖乖地离开“温暖之乡”，手动调节电视频道。这时候，家中往往是哄笑一片，可我心里却有几分苦涩。家居斗室，经济又不宽裕，再添一台彩电显然不可能，老是抓阄也不是办法。一天，我灵机一动，想出个好方法。

这天晚上，一家人又因为换电视频道争执起来，我拿出男子汉大丈夫气概，说：“从今往后，这个光荣任务我包了。”妻子露出惊奇的神色：“今天没刮东风吧？”女儿更是一脸狐疑：“爸爸好像从来没有这么勤快过。”

我从床边拿出妻子晒衣服用的“丫叉头”，在空中划了一道漂亮的弧线，然后很优雅地轻轻碰向频道按钮，嘿嘿，还真行，随着“丫叉头”的触及，荧屏不断出现另一个画面。我得意地说：“这个遥控器可以获诺贝尔奖吧？”女儿抢过“丫叉头”，一会儿当马骑，一会儿学着赶马车的样子，嘴里不停地嚷着“驾，驾”。望着女儿兴高采烈的样子，我说：“这是我们家新一代的‘丫叉头’牌电视机。”

后来我搬过几次家，住房宽敞了，电视机换过好几回。最近电视机又想升级换代。来到家电大卖场，我们发现，光是各种电视机的宣传资料就有半公斤，望着那功能齐全、造型各异的电视机，真是“乱花渐欲迷人眼”，我们不知如何是好了。

1999 年 11 月

见证一个时代的“饭盒子”录音机

我是1979年4月结的婚。那天，我和新婚妻子到一个同事家。还没进门，耳边就传来一阵从来没有听到过的女声独唱，旋律非常柔和，音色十分好听。当主人将我迎进室内，我看见台子上放着一个四四方方的机器，那好听的声音正是从这台机器里传出来的。主人告诉我，这机器叫录音机。

录音机，这名称很熟悉啊，我不由得想起了两段往事。读初中的时候，一节政治课上，老师搬了一台庞大的机器放在讲台上，出于好奇，我一直在机器边上转悠。上课开始了，老师倒腾了半天，机器终于出了声音，这声音尖尖的，有点儿失真，有点儿模糊。老师说，这是录音机，而且是钢丝录音。我记得录音机播放的内容是关于刚刚出台的大庆、大寨精神的报告。几年以后，我进了工作单位，为了让我们掌握更多的政策，领导让我们听领导人讲话的录音。那是我第二次看见录音机，只见一盘磁带被安在一头，然后将磁带拉出，经过几个拐弯，被安在另一头，不一会儿，录音机里传出了声音。我那时横竖想不通，这薄薄的如纸片一般的带子怎么会发出声音呢？

在我面前的录音机，被称为四喇叭，磁带只有一张小型邮票大小。朋友告诉我，录音机里的歌是一个叫邓丽君的港台歌星唱的。录音机是他在香港的亲戚寄给他的。我在边上看得是一愣一愣的。正好这个时候，单位有工业品供应券发放，如自行车、手表、缝纫机票，还有一张录音机供应券。领导知道我喜欢新事物，就将录音机的券给了我。我到现在还保留着当时购买录音机的发票，时间是1979年9月21日，地点是平凉路的宇宙无线电商店，内容是日本三洋进口录音机，价格为220元，发票的右上角写有票证编号15458，这是我的第一台录音机，也是我们家第一台纯进口的家用电器。买回来的那天，我们全家都震惊了，因为那个像大号饭盒子一样的东西，能放出声音。我还特地买了一盒空白的盒式磁带，将大家在不经意间说的话录了下来，然后再播放出来，每个人都愣在那里，然后一起哈哈大笑。因为每个人都第一次听见自己被录下来的声音，都有一种奇怪的感觉。

后来，录音机如雨后春笋一样冒了出来，有录音机的人家越来越多。即使这样，我还是钟情于我的那台单卡录音机。第二年，女儿出生了，我用录音机录下女儿叫的第一声“爸爸”。1982年，我考进了上海电视大学，成年人读书很累，在复习迎考时，我将要考试的内容事先录进机器里，然后反复播放，加深印象。说到录音机，不能不提录音带，那时普通盒式录音带5元一盒，像TDK这样的名牌大概十几元一盒。记得有一次一个朋友向我借邓丽君的磁带，还我以后，我听磁带音质怎么也不对，百思不得其解，后来经人指点，说是被掉包了，掉包办法就是将盒带的螺丝卸掉，然后将带芯换一下，“狸猫换太子”的事情在不知不觉中就完成了。为这事，我气得差点儿和那朋友断交。

从我买第一台录音机至今，已有三十五年了。这三十五年，单说录音设备的变化就让人数不过来，现在可以录音的设备令人目不暇接，什么新闻采访机、录音笔、MP3、MP4、数码相机、PSP，连手机都能录音，录音的效果、时长，都是原来的老式录音机不能同日而语的。即使这样，我还是很好地保留着“饭盒子”录音机，尽管已经没有使用价值，但它毕竟见证了一个时代。

2015年1月

刻骨铭心话粮票

这是一张写在粗劣纸上的用粮表。

这是一段刻骨铭心的往事，这是一桩浸泡着血和泪的真实故事。

20 世纪 60 年代初期，四十岁不到的母亲刚经历丧夫的痛苦，就用柔弱的肩膀挑起了生活的重担。家中八口人，最小的弟弟三岁，长兄才十七岁，六兄妹中就有五个男孩，全是长身体的时候。全家定粮每月一百九十七斤，每顿吃多少，都有严格规定。十一岁的我负责把三顿饭的米按“计划”舀入锅中。舀米时，小心翼翼，不能洒到外面，又不能舀得太满，要知道全家八口人一个月的机动粮食只有一斤半米！一星期中，我最盼望星期四，因为这天是母亲厂休日，还因为这天晚饭比平时多一斤，而且，只有这一顿饭是真正的米饭。说来可怜，家中三顿“饭”，不是薄粥，就是面糊，好点儿的是面疙瘩，或是老卷心菜皮烧的菜饭。对于一人一月才二两油、几两猪肉的我，早就练就一顿吃两大碗的本领。那年头儿，我的肚子里除了这些，还有豆腐渣、南瓜、野菜。我经常嚷饿，于是我和大弟（1967 年大弟不幸死亡）轮流分得刮“饭糍”的待遇。一顿“饭”下来，总有没盛干净的地方，我常常有滋有味地品尝这最后的美味，还恨不得舌头再长点儿，将锅舔干净。母亲说这锅都不用洗了，说完眼圈就红了。

母亲知道我饭量大，隔几天带一个馒头偷偷塞给我。一次，我发现弟弟手中的馒头比我大，吵着要换，母亲劝阻也没用。大哥在一旁说：

“三弟，不要再闹了，妈妈一个月在厂里只买四斤饭票，还要带馒头回来……”哥哥哽咽着说不下去，我一愣，突然号啕大哭起来，为我的无知感到羞愧。母亲把我紧紧抱在怀里：“总有一天，妈妈会让你好好地吃上三大碗大米饭。”我哭得更厉害了。这一天，我懂得了什么是母爱，懂得了粮票是我们家的命根子，从这天起，我觉得自己长大了。后来我还知道，身为纺织厂中层干部的母亲，响应号召，主动捐粮票、布票、油票给国家。

一晃已经四十年过去了。我想起这段往事，禁不住泪水涟涟，感慨万千：没有粮食的日子太可怕了。我至今仍然很好地保留了许多粮票，尽管它早已失去了使用价值，但在我的眼里，粮票是历史的见证，因为它记载了那段苦难，它记载了人民是如何与共和国共患难的！

2004 年 9 月改编

（原文获中央电视台 1999 年“商品的故事”征文三等奖）

大灶饭香

在我的记忆中，我家的厨房里有一只大灶。

大灶在厨房的一角，像一只躺下的老虎，两只镬子是老虎的眼睛，两个炉膛像蜷曲着的老虎的爪子，贴着墙角的烟囱，是老虎的尾巴，很威武。由于我家的大灶是我们弄堂里唯一还保留着的大灶，因此十分稀罕，我有时故意走得远远的，观看烟囱散发出的袅袅余烟；有时登上晒台，将双手拢住烟囱，用烟囱的热量温暖自己。每到做饭的时候，大灶饭的香味传遍整条弄堂，不少人追着香味到我们家来，有人干脆拿碗要求盛上一点儿。母亲烧大灶的绝技是锅巴，不仅香而且量多，贴满了整个锅底，用锅铲铲起来就是一大张，不会碎。等锅巴不冷不热时卷着咬，再放点儿白糖，又脆又香，简直是世界上最美味可口的食品。

1958 年，我们家安装了煤气，大灶的使用率明显下降，不过逢年过节，那大灶炉膛的铁门又被打开了，火焰将母亲的脸庞映得红红的，镬子里有好吃的，当然还有锅巴。以后，炉膛的铁门被打开的次数越来越少。最后一次用大灶烧饭，是 20 世纪 60 年代初期。那时我们家困难，父亲在两年前去世了，养活一家八口人的担子全部压在母亲一个人身上，家中的定粮根本就不够吃，母亲每个月都要找人买上二十斤的黑市粮票。每斤粮票是 2 元，现在的人已经无法理解 2 元买一斤粮票是什么概念，那时，我们全家一天的小菜钱是 0.5 元，一般工人每月的工资收入为 40 多元！这天，母亲买来二十斤黑市大米，将大米倒入米缸时，我们都围在米缸的周围，希望母亲再做一次大灶饭，尝尝锅巴的滋味，解解馋。母亲答应了我们的请求。我们几个孩子乐坏了，大家冲进厨房，洗刷开了，这情景简直比过年还要热闹。这天正好是星期天，母亲从中午就开始做饭了。母亲烧好一锅，我们就吃掉一锅，母亲不停地烧，我们不停地吃，大灶饭的香味在弄堂里飘了整整一天。到晚上 8 点，一清点，竟然吃了十五斤！大家都呆住了，这二十斤大米是要掺进小米里补贴吃一个月的，余下的日子怎么过啊！母亲说："这样下去不行，将大灶拆了吧。另外，要制订用粮计划，你们几个兄弟商量一下吧。"说完母亲就上楼了。那一天，我和两个哥哥一夜未睡，将大灶拆了，砖头整齐地堆放在弄堂里，两只镬子被倒过来放着。然后，我们设计了一张用粮表，每天、每顿吃多少都做了严格规定。全家八口人一个月的计划粮是一百九十七斤半，机动粮是一斤半。

第二天早上，我们看见母亲的时候，她两眼红红的。

全家再次聚在一起吃大灶饭是在四十年后。

2001 年是母亲八十大寿，我们包了旅游公司的面包车到镇江和扬州两日游。车到镇江的时候，已是中午时分，我们在一家酒店就餐。饭是盛在大汤盆里，一股香味直往鼻子里钻。人们常说酒醉、茶醉，现在闻到这饭的清香，真有点儿"饭醉"的感觉。我赶紧往嘴里扒了一口，每个人差不多说了同样一句话："大灶烧的饭就是好吃！"

吃完饭，大家特地到饭店厨房去看了一下，两口铁锅，下面的炉口里烧着的是木材，炉膛里的火焰在不停跳动。大灶的米饭飘忽着的香味再次诱惑我们，我们仿佛回到了四十年前。好客的老板娘特地铲了一大块锅巴，那黄灿灿的锅巴让我们的口水又流出来了。走出饭店的大门，我们每个人的手里都拿着一块锅巴，时光仿佛又回到了从前。

2017 年 9 月

栏杆拍遍

1993 年 10 月，杨浦大桥刚通车不久，我有机会到大桥上去观光。搭乘观光电梯到达主桥面，凭桥观赏浦江两岸风光。望着滚滚江水，我不禁感慨万千，顿时诗兴大发：“楚天千里清秋，水随天去秋无际。遥岑远目，献愁供恨，玉簪螺髻。落日楼头，断鸿声里，江南游子，把吴钩看了，栏杆拍遍，无人会、登临意。”南宋词人辛弃疾把栏杆拍遍是为了抒发悲愤之心。这天我拍遍栏杆，是为大桥的壮观而感动，世界第一的斜拉桥从大桥街道横跨而过；我拍遍栏杆，还因为桥上桥下的反差强烈：桥下是漆黑的一片，只有低矮、破落的房子，整个大桥街道，几乎找不出一幢高层建筑。蓦然，我的目光被大桥下面的一个点所定格。

我在大桥下面的这个点生活了四十多年。在渭南路的一间客堂间，1979 年的春天，我在这里结婚。随着女儿的出生，客堂间显得十分窘迫。“36 只脚”占据了所有的空间，每天晚上，要在狭窄的空间给女儿放下一张钢丝折床，这不仅是力气活儿，还是技术活儿，因为稍有不慎就会碰到家具的漆面。记得有一年下大雨，马路上积满了水，由于外面地势高，水流倒灌，客堂间满是水。无奈之下，我只得将电源切断，一家人在黑暗中度过了惊恐一夜！

1997 年，我搬离了朝夕相处的大桥。搬家前，我又上了大桥，凭栏处，桥还是那座桥，可是，桥的下面已经悄悄发生了变化，一栋栋新楼房拔地而起，几幢高层建筑在其中显得十分醒目。要告别大桥了，我的内心十分不平静。栏杆拍遍，我向黄浦江发誓：“总有一天，我会搬回来的！”

第三次栏杆拍遍是在2005年。这年1月，我终于搬回来了。那天，凛冽的寒风直往脖子里钻，可是，我的内心却是热乎乎的。我不断拍着阳台上的栏杆，这是一幢二十四层的高楼，面积一百一十一平方米，双阳台，我第一次住上了有栏杆的高楼。在这套新居，女儿有了自己独立的房间，而我也有了自己朝思暮想的书房。我的内心像脚下奔流不息的黄浦江一样。我离开杨浦大桥七年多了，七年的时间很短，桥下那些旧房还在，可是已经比十多年前少得多了，用大厦、广场、大楼、花苑、公寓、新苑命名的高层建筑比比皆是。我的新居与大桥为邻，我听得见大桥的气息，看得到大桥的车水马龙。大桥，充满了活力，充满了朝气。

中国改革开放“总设计师”邓小平不仅亲自为杨浦大桥题写了桥名，还以九十岁高龄登上大桥，他老人家感慨地说：“喜看今日路，胜读百年书！”

杨浦大桥下的大桥街道，去年的旧房改造的完成率创了新高。我们有理由相信，不用多时，大桥之下，旧貌换新颜，栏杆拍遍的精彩一定会让人应接不暇！

2021年1月

“引线”

小时候，我半夜上厕所时，经常看见母亲在昏暗的灯光下补衣服。20 世纪 60 年代，我们家全靠母亲一个人挣钱养家糊口，家里粮食不够吃，衣服也不够穿。“新老大旧老二，缝缝补补是老三”，我是家中的老三，我穿的裤子是在裤管上接一段，或者磨破的裤子上再缝上一块补丁。有一次，裤子又有洞了，我就自己补衣服，由于补丁摞补丁，裤子十分坚硬，那针无论如何用力都到不了“对岸”，我只得将针放在桌上顶，结果桌上坑坑洼洼，差点儿将针折断，手上更是血迹斑斑。母亲看见心疼得直落泪。母亲说，做针线活儿离不开顶针箍。顶针箍像铜鼓戒指，有很多凹陷，便于将针顶到补物的对面。记得有一次补衣服，我找不到顶针箍，就用老虎钳拔，由于用力过猛，差点儿划到眼睛，现在想来也非常后怕。

母亲做针线活儿用的线都很短，没过多久就让我们给她穿针，我觉得很奇怪。我补衣服的时候，喜欢用很长的线，母亲对我说：“懒人用长线。”仔细想想确实如此，以为穿长线可以省时间，其实穿长线在缝纫时反而会增加来回缝纫的手势幅度，降低缝纫速度，有时还会由于线长而打结，需要花很长时间解开，真正应了“欲速则不达”的道理。现在想来，母亲真是大智慧。针线活做完了，母亲将线头儿放入嘴里轻轻一碰，线头就断了，我学了好多次，无论如何也学不会，只得用剪刀将线头剪断。

后来我被分配到商店工作，和针也打过交道，对针有了进一步的了解。针一般在百货商店和烟纸店有售，手缝针有很多种类型和型号，它们的粗细、长短、针尖形状、针孔大小都不尽相同。针对不同的类型功能，手缝针又被细分为绣花针、穿珠针、绒线针、麻包针、帐篷针、皮革针等等。按照针的大小被编成号，如 1 号、2 号、3 号等。最长的大号针是缝被子的（那时还没有被套），因为被子厚，所以针一定要长；扎鞋底的针，针眼儿大，因为使用的线都是蜡线，比较粗，结实；最小的是绣花针，经常看见绣娘绣花，使用的丝线是一根线的几十分之一。“工欲善其事，必先利其器”，只有选择合适的手缝针，才能省时省力。针被放在锡纸里，外面再有一只小纸袋，每个纸袋里装十到二十枚不等的针。顾客买针，都是说“买引线”，没有说买针的。有句成语叫“穿针引线”，上海人将“穿针”省略了，“买引线”的话只有上海人才懂。居家过日子不会买整版针的，一分钱买两根针。有时请营业员帮忙挑选不同型号的两根针，这个时候营业员会用镊子夹出针（买针就和买纪念邮票一样，用手取针，手上的汗水会使针生锈。如果针出现锈迹，用砂纸轻轻打磨，撒上滑石粉，再放到锡纸里），将针插在硬纸板上，然后再用一张纸将硬纸板包好，这才交到顾客手中。一分钱两根针的生意就是这样做成的。这在今天是不可想象的。曾有著名学者以此来证明上海人的精细、精致。

由于针的品种非常齐全，每月盘点比较麻烦，未拆包的没问题，拆包的不可能一根一根地数，老师傅打开纸包，凭经验观察：是半包、三分之一包还是四分之一包，这样价格就跟着出来了。有一次，在点针的数量时，不小心把针掉在地上，老师傅平常备好的吸铁石就派上了大用场。

现在用针的地方越来越少了，可是毕竟还是要用的，比如，现在买的衣服钮扣都是机器钉的，容易脱落，有些大牌衣服的钮扣价格很贵，而且不容易零配，总不能花点儿钱送到小摊上让阿姨去钉吧。曾经，看见母亲眯着眼睛费力地穿针，总觉得不可思议，对我们来说那是轻而易举的事情。转眼间，我们也到了拿线寻找针眼的年龄了。

我在想，没有了针线以后，慈母的形象将是什么样子呢？

2020 年 7 月

雨还是那场雨，鞋却不是那双鞋了

中国古代寓言里有个“兄弟合买靴”的笑话：兄弟俩合伙买了一双雨靴，做哥哥的时常出门，穿靴的机会比较多。弟弟非常气愤，等他哥哥睡了，便穿了雨靴在家里走来走去，竟将雨靴磨破了。后来做哥哥的和弟弟商量，再合伙买一双新的，弟弟说:“我不再上你的当了，害得我夜里也不能安睡。”

雨靴，上海话称“套鞋”。“兄弟合买靴”虽然是笑话，但是以前穷苦人家买不起套鞋却是事实。比如我，小时候由于家境贫寒，不要说套鞋，能穿上一双新布鞋就很奢侈了。我们兄妹六人的布鞋是母亲一针一线做的，家里的衣服可以“新老大旧老二，缝缝补补是老三”，唯独鞋子是不能“继承”的，男孩穿鞋脚头本来就重，穿不了几天，布鞋先是“张嘴”，后是鞋跟磨烂，只得送到皮匠摊去打掌子。那时，一年三百六十五天，不论天冷天热、下雨下雪，都是这双鞋，没有替换的，一直到穿坏为止。天热下雨还可以对付，很多情况下，手里拎着布鞋，打着赤脚,“赤脚大仙”就是这样叫开的。天冷下雨就不行了，在我的记忆中，有好几次布鞋里的水将脚浸得冰凉冰凉的，这个时候就渴望能有一双套鞋。下雨天，我们班级只有为数不多的几个同学能穿上套鞋。那时的套鞋都是一种颜色，黑色的；一种款式，由于形状像元宝，所以也有人称“元宝套鞋”。

1964 年秋天，学校组织到川沙学农，正好是下雨天，大家只能躲在农屋不出来。带我们的赵老师到各个农屋去视察，细心的同学发现，原来赵老师穿了一双皮鞋式样的套鞋，稍稍有点儿高跟，而且是咖啡色的。赵老师是位男老师，穿了这双套鞋别提多神气了。我感到很好奇，不停地问这问那，恨不得让赵老师将鞋脱下来，让我仔细瞧瞧。赵老师穿了双摩登套鞋的消息很快在学生中间传开了。由一双套鞋而成了明星人物，现在想来真是匪夷所思。

1967 年工作以后，我买了人生中的第一双套鞋，后来又买了一双高筒套鞋。尽管我家离上班地点不远，套鞋一年也穿不了几天，尤其是高筒套鞋，基本上就是做做样子，但我还是买了，就是为了弥补从前没有穿过套鞋的遗憾。虽然我不至于无聊到没事就将套鞋穿在脚上，但是过上几天将套鞋拿出来用清水洗一下，欣赏一下，却是常有的事。

后来，套鞋不再是黑色一统天下，适合儿童和女士的红黄绿蓝各种色彩都有，而且也不再是元宝鞋一种单调款式。上海人有句口头禅："噱头噱在头上，蹩脚蹩在脚上。"那时为了解决肚子问题，没有几人能顾得上"噱头"，更不会考虑"蹩脚"的事情。然而正当"蹩脚"成为时尚，脚底风采不输头顶风采的时候，不知道从什么时候开始，人们发现，现在已经不大有人穿套鞋了，好像只有小朋友穿上彩色的套鞋，活泼可爱；还有特殊工种的，如菜场卖水产品的，一年四季都穿着高筒套鞋。

之所以出现这种情况，是因为随着物质条件的丰富，人民的生活水平极大提高，套鞋不再是奢侈品，为了扭转"蹩脚"的偏见，现代社会，尤其是爱美的女性，有几十双甚至上百双鞋子并不稀奇。皮鞋、高跟皮鞋、旅游鞋、凉鞋……鞋已经成了搭配服饰、展现自我的组成部分。即使下雨了，套鞋也不再是唯一的选择，稍旧些的皮鞋、旅游鞋都可以穿，再说，还有凉鞋可供选择，脏了，就冲一下。现代人由于开车、骑车，"双脚落地"的时间并不多。而有意思的是，这几年流行一种鞋套，可以将鞋包裹得严严实实，不渗一点儿水，既解决了下雨鞋湿的尴尬，又不影响美观，折叠后放入包里不占地方，使用方便，价格便宜，而且有多种颜色可供选择。

雨还是那场雨，鞋却不是那双鞋了！一场雨反映时代的变迁，这或许是一件值得欣慰的事。

2017 年 7 月

扎鞋底

现代人很少穿布鞋了，可我们那时候布鞋是标配。我家六兄妹穿的布鞋都是母亲做的。

做布鞋关键是扎鞋底。母亲将废旧布洗干净，剪成和搓衣板大小差不多的布块，然后贴在搓衣板上，贴一层布，刷一层糨糊，再贴一层布，如此四五层即可。糨糊是用面粉做的，不能太薄，也不能太厚。然后把贴有布块的搓衣板放在太阳下面，但不能暴晒。等布块干了，从搓衣板拉下来，用熨斗烫一下，这样就有一定的厚度了。根据鞋的大小，在布块上面画好印子剪下来，这个就是鞋底的雏形。

布鞋耐穿不耐穿，要看鞋底好不好，布块是不能直接做鞋底的。鞋底只有扎得结实才能使用。什么是扎？就是在布块上用线一针上一针下地对穿，既不能太紧也不能太松。而结实不结实的另一个关键是要看扎鞋底的线。扎鞋底的线，要用麻线，麻线比一般的线粗、有牢度。但麻线不是一直有的，母亲就自己做麻线。母亲将几根细的线并在一起，然后扣在吊锤上，旋转吊锤，细的线就成了麻线（平时我们说的拧成一股绳，就是这个道理），将麻线打结，这样麻线就制成了。据说，厂里发的纱手套拆下来的线就可以直接当麻线用，不过，我从来没有看见母亲用纱手套当麻线使用。

万事俱备，正式开工了，只见母亲用锥子在鞋底上轻轻戳了一下，用顶针箍将针顶到对面，然后一个反转，针又转到正面来。只看见线穿来穿去，只听见吱吱的声音在响，没有多少时间，一只鞋底就完工了。母亲扎的线就像缝纫机踩出来的，无论横竖还是斜向都是笔直的，犹如天安门前接受检阅的队伍，整整齐齐，看上去赏心悦目。我看不难，想帮助母亲减轻负担，就试着扎了几针。由于用力不当，才一会儿工夫，就折断了几根针，手上还起了泡，费尽九牛二虎之力，勉强扎的几行，针脚也是长的长、短的短，歪七扭八的。我突然想到，北方人叫纳鞋底，而上海人叫扎鞋底，这“扎”字用得太好了，形象生动，一针一线不是那么容易扎过去的，是要一针一针顶过去的，是要用力气的，扎拖把、扎鸡毛掸子、扎扫帚，这些力气活儿都是扎。

鞋底完工以后，开始绱鞋。所谓绱鞋，就是把鞋面（也有称鞋帮的）和鞋底缝到一起。单鞋是圆口鞋，棉鞋是蚌壳鞋，鞋面也是母亲做的。就这样，一双漂亮的圆口鞋或者棉鞋就做成了。母亲做的布鞋清爽透气，舒适且轻便。布鞋穿几天以后要楦一下，所谓“楦”，是木头做成鞋的形状，规格与鞋的大小必须一致，用工具将“木头鞋”塞进鞋里，实际上就是固定整形过程，这样楦出来的鞋，穿起来美观、合脚。这还不算，穿一段时间以后，还要打鞋桩——在鞋底打上轮胎底，这个过程就像给马装上马蹄铁一样，这样鞋子的寿命可以延长。不知是脚长得快，还是我太贪玩，没有多少时间，我的大脚趾就不安分地探头探脑，鞋子张开了嘴。于是，母亲又忙碌开了！

几块废弃的布、几根细细的线，经过母亲神奇的手，成了我们脚下结实的鞋子。那鞋伴随着我们的童年，并永远在我们的心里。

2022 年 1 月

行头最足的中山装

我是1979年4月结的婚，为了结婚，提前几年家中就动员起来。所谓动员，不是在金钱上做什么准备，那时人们的收入是很接近的，“36元万岁”就是那段历史的真实写照。这里说的动员，指的是票证的积累。那个年代买什么都要凭票，有钱并不一定能买到想要的商品。母亲为了我的婚事，一直在积极筹集布票。我们家有六个孩子，有限的布票必须在关键的时刻派上用场。每年的布票在第二年年初的时候到期，而这个时候新一年的布票也可以使用了，母亲就拿着即将过期的布票在布店门口等候，说尽好话，想方设法去换新一年的布票，因为要结婚，四条被子、两对枕头、两条床单是最起码的。

在筹备婚事期间，我的一个同事送了五张专用购货券给我。那个时候专用购货券比布票更吃香，它除了具有布票的功能，还可以购买化纤布、部分化纤成衣以及紧俏的日用品。1977年以前，每人每年有三尺纺织品专用券，1978年后每人有十五张专用购货券，看上去数量不少，但买条被面就要十五张专用购货券！所以送五张专用购货券是很大的交情。

结婚那天，我穿的是藏青色全毛华达呢中山装，大家都说我十分精神。中山装是自己买衣料委托裁缝做的，那时很流行将裁缝请到家里，一般从早上8点开始，一直做到晚上，供应两顿饭，这两顿饭质量还不能太差，因为服装的质量全掌握在裁缝的手里。裁缝在家里做衣服的时候，家里往往要做比较多的衣服，等裁缝完工，付一定报酬。据我留下的记载，为做这套中山装买了 43.05 元的全毛华达呢和 6.38 元的羽纱。这件中山装是我所有衣服中最贵的，也是最挺括的，平时都放在大橱里，用一块布包裹着，只有在做客的时候才穿上。那时老百姓的服装穿着十分单调，男人基本上以中山装为主。

随着改革开放，人们的生活逐渐好起来，各种票证日益减少，到了 20 世纪 90 年初期，票证完全取消，我的衣服也越来越多，中山装被压在了箱子最底下。前几年，正好里弄募捐衣服，我将中山装捐给了灾区。仔细算算，我已经近二十年没有穿过中山装了。

2015 年 3 月

当年，捉襟见肘的一张钢丝床

女儿曾经在她的作文里写道："什么时候才能拥有我自己的一张床？"每当看到这里，我的心里就一阵痛楚。

女儿生于1980年，她出生时，我们给她备了一张小床。小床陪伴了她的孩提时代。随着年龄的增大，小床换成了折叠式的钢丝床。那时家中房子不大，十六平方米，按照现在的眼光，完全可以用"蜗居"来形容，可是那时能有十六平方米的婚房，是件相当幸福的事情。房间里有家家必备的俗称"48只脚"的大橱、五斗橱、床头柜、方桌、方凳、沙发。每天晚上睡觉的时候，我们就将那张折叠式的钢丝床打开，放在大床的边上。这时家中已经没有可以走动的地方了，用上海话形容叫"扑扑满"。钢丝床的位置在大床和方桌的中间，狭窄的空间里要放钢丝床，难度很高。放钢丝床的任务是由我承担的，一个大男人不能给妻女舒适的居住环境，只能天天晚上放钢丝床了。钢丝床有三十多斤重，摆放钢丝床的时候，既不能碰到家具的漆面，还要小心翼翼，免得将地面弄坏。如果晚上有事不能回家，这任务就交给妻子。有几次，妻子上中班，我又不在家，女儿就睡在大床上，待我们回家，女儿已经睡得很熟了。我又不敢睡钢丝床，怕将床睡坏，只能三人挤在一张大床上。我缩在角落里，一夜未眠，个中滋味只有自己知道了。

记得有一次，我晚上10点多回家，妻子中班尚未下班，只见钢丝床放好了，女儿在一旁却哭泣着。原来女儿一个人费了九牛二虎之力将床放好了，由于力气小，钢丝将她的小手划出血来了。我心痛得掉下眼泪来，要知道那时她才十岁啊。

1997 年，女儿十七岁的时候，我们终于搬家了。虽然新家面积不算大，才五十多平方米，可女儿毕竟有了自己的一张单人床，不再需要每天折叠钢丝床了。当女儿第一次在自己的单人床上蹦跳翻滚的时候，我心里很不是滋味，这时我自己已经年过半百了。我年过半百才有了一套配有独立卫生间和厨房的居所。2005 年，我们第二次搬家，换成了一百多平方米的房屋，女儿有了自己的一间闺房，小床也换成了六尺的大床，上面是厚厚的席梦丝。我知道，睡钢丝床的日子永远不会再有了。

2015 年 12 月

“来会”之谜

1958年，父亲刚去世的时候，我们家还没有感觉到经济的拮据。父亲曾在一家厂里担任管理工作，母亲是一家毛纺厂的中层干部，父亲和母亲两个人的月收入有200多元，在当时绝对属于高薪阶层。尽管那时我们已经有兄妹六人，还有奶奶，但全家九口人的生活过得蛮滋润的，为了照顾家庭生活，我们家还雇佣了一名保姆。父亲的去世，使家庭的经济状况一下子陷入了困境。生活的重担全部落在母亲身上。那年，母亲三十六岁。那时，我们兄妹六人，最大的十六岁，最小的才两岁，我正好十岁。

仅仅一年多一点儿的时间，三年经济困难时期来了。虽然已经过去半个世纪了，可是但凡经历过这段时间的人，回忆这段往事，都会心有余悸。我们兄妹六人，再加上奶奶，“开门七件事”，哪件不要钱？事实上，我们家的生活可以用非常贫困来形容，每天的小菜钱控制在0.5元。我当时十二岁，帮助母亲理财，负责每天记账，祖上留下来的一把算盘，成为我的计算工具。虽然贫寒，由于母亲勤俭持家，生活还能勉强对付，甚至每月还能节约出几元钱。可是每到开学的时候，母亲就犯难了。以1962年为例，二哥要缴纳高中学费12元，我缴纳初中学费6元，两个弟弟妹妹缴纳小学学费各3元，最小的弟弟上幼儿园。除了学费，还有书簿费，一人每学期怎么算也要一两元钱。这样算下来，开一次学，少说也要50元左右。50元等于母亲半个月的工资，这在当时是一笔巨款，而母亲的收入只能应付日常的正常开销。母亲所在厂的领导、工会，每到这个时候都会主动伸出援助之手。可是，那时穷人太多了，厂里凡是补助的对象都要公布名单，接受职工的监督。母亲是厂的中层干部，经常拒绝这种补助。尽管那时家里极端困难，母亲还积极响应中央的号召，主动减去了自己百分之一的工资，即 1.08 元，和大家一起勒紧裤腰带，共渡难关。话是不错，可是，学费、书费这样的实际问题怎么解决呢？家里能卖的已经全部卖了，能典当的也全部典当了，用“家徒四壁”来形容我们家的窘境一点儿不过分。更令人心寒的是，父亲原来那些经常到我们家吃点儿、喝点儿、捞点儿的亲戚朋友，一下子全体失踪了。幼小的我们，那时就知道了什么是世态炎凉。

这年 7 月，住在弄堂最后面一家三层阁的泰州阿姨到我们家做客来了。那时弄堂里的人，要么是按绰号称呼，要么是按籍贯称呼，泰州阿姨，因为是泰州人，因此也就这样叫开了。泰州阿姨不仅是我们的邻居，也是母亲厂里的同事。她给我印象最深的是父亲大殓的那天。父亲去世，按照当时的风俗，请和尚做了法事。我们兄妹六个全部跪在那里，我呆呆地看着棺木里的父亲，他像睡着了似的。很多人远远地看着。这时，泰州阿姨来了，她在父亲的棺木前磕了个头，然后扯着喉咙喊道：“阿狗（我父亲属狗，小名叫阿狗），你这一走，丢下老的老，小的小，今后这个日子怎么过？”这声音惊天动地，正在念经的和尚也停了下来。十岁的我，并不知道泰州阿姨在说这些话的时候需要多大的勇气。我只知道这些话在我的心里很温暖，她是个好人。以后，泰州阿姨成了我们家的常客，经常问长问短，给了我们很大的帮助。

母亲和泰州阿姨进了房间，并顺手关上了房门。两个人说了半天后，泰州阿姨走了。那天，母亲特别开心，一直忧愁的脸上有了点儿笑容。后来我隐隐约约知道，是泰州阿姨让母亲“来会”。我不懂“来会”是什么意思，我只知道，泰州阿姨来过以后，每个学期的学费、书费，不用再想方设法去借了。随着时间的推移，我逐步知道大概情况了。原来，泰州阿姨组织了十个人，每个人每月出 10 元，根据大家事先摸的彩，十个人“来会”的 100 元钱按照摸彩顺序支取，这样可以解决燃眉之急。十个月为一轮，十个月轮完以后，再重新开始，再摸彩。

“来会”其实就是“老鼠会”，是民间自发的一种互助形式，是偷偷摸摸进行的，不能公开。母亲是党员干部，她自然不能出面，所有的具体事项全部委托泰州阿姨去办。母亲悄悄地对我说：“怎么这么巧，每次‘来会’摸彩，总是轮到我第一个？”我说：“那是老天有眼，您运气好啊！”

随着时间的推移，我们逐渐长大了，学费、书费的压力减轻了，可是新的压力又来了。1965 年，大哥大专毕业被分配到外地工作；1969 年，二哥大专毕业后被分配到泰州军垦农场；1970 年，妹妹被分配到安徽军垦农场；1973 年，最小的弟弟被分配到上海近郊的南汇农场。屋漏偏逢连夜雨，旧债未去新债又增，到外地，一下子要添很多东西，又需要一笔开支。我手里保留了几份当时的记录：二哥到泰州，全部置办费用是 138.07 元，其中的大件是 23.5 元的人造革箱子；妹妹到安徽去，花了 156.31 元。这些钱全部来自于“来会”。如果没有“来会”，想借钱都没有门路。

到 20 世纪 70 年代中期以后，我们家的经济条件逐步好转，“来会”才停止了。作为邻居，我们看见泰州阿姨，总不忘问声好，有时还上门去看望她。见到我们兄妹，泰州阿姨总是说：“你妈不容易啊，要懂得孝顺啊！”后来搬了几次家，我们很少看见泰州阿姨了。

十年前，母亲打电话给我，说泰州阿姨去世了，让我做代表参加追悼会。参加追悼会的人很多，我恭恭敬敬在泰州阿姨灵前鞠躬。见到泰州阿姨的儿子，我特地说了当年“来会”的事情，并表示感谢。

泰州阿姨的儿子对我说："哪儿有什么'会'啊，其实这钱都是我妈拿出来的！"我愣住了，随之号啕大哭，跪在了泰州阿姨的遗像前。泰州阿姨的儿子让我在追悼会上说几句话，我本想说，泰州阿姨将这个秘密保守了四十多年，如果不是她的儿子说出真相，我们至今还蒙在鼓里；我本想说，泰州阿姨用"来会"的方式，帮助我们渡过了难关，挽救了我们一家；我本想说，泰州阿姨是我们全家的救命恩人，在我们最困难的时候，给了我们最大的帮助！我有很多很多话想说，可是，情绪激动中的我，竟然什么也说不出来，我的脑子一片空白。最后我只说了十九个字："有的人活着，他已经死了；有的人死了，他还活着。"在我的心里，泰州阿姨永远活着！

2011 年 8 月

十年一修

我原来住在一幢1927年建造的老式公房里，这幢房子至今已有整整九十二岁了，整条弄堂呈现出衰败的模样，只有弄堂入口处的“1927”字样依然清晰。母亲说，自她十八岁从虹口提篮桥嫁过去后，那里就是这个样子，没有什么大的变化。我们兄妹几个在这幢房子里出生，在这条弄堂里度过了整个童年、青年。

在我的记忆中，老屋十年大修一次，大修是公房享受的权利。我的很多小学同学住的是私房，房子十分简陋，灯光昏暗。相比之下，我们住的那种有客堂间、前楼、亭子间的房子就有派头多了。有时和同学争执，我常常不无得意地说：“当初，鲁迅先生也住在亭子间里。”那种感觉，就好像鲁迅先生是我的邻居似的。

平常日子里，房子的门窗如果出现问题，只要到房管所招呼一声，或者填一张报修单，几天之内就会有师傅上门修理。有的时候，损坏部分特别严重，无法修复，维修师傅往往会说，再克服一段日子吧，马上就要大修了，到时候彻底修一下。于是，我们特别盼着大修。

大修前几日，居民们奔走相告：“大修队伍就要开进来了。”果然，弄堂的尽头搭起了几间简易的房子。又过了几天，运来了大量毛竹和竹篱笆。师傅拖着毛竹在弄堂里走来走去，不一会儿，三层楼高的脚手架搭好了。竹篱笆固定在脚手架上，师傅在竹篱笆上走路简直如履平地。我们像跟屁虫一样跟在师傅后面，一些胆子大的，从晒台爬到竹篱笆上，学着师傅的样子走路，引来小伙伴们一阵阵惊叹和喝彩。

过了几日，房管所的管理员挨家挨户上门，征询各家要大修的项目。房管所规定，凡是室外的设备可以维修，室内的不予维修。比如，同样是墙壁，室内的墙壁发霉，就只能自己处理；室外的墙壁，可以列入维修范围。我家靠近弄堂里的后门坏了，门框都散架了，支离破碎，我们希望能换一扇新的门，却被告知说不行。虽说是大修，但还是以修理为主，因为预算的资金有限。木匠师傅将我家那扇破烂不堪的门拿去，几天后送回，还真别说，木匠师傅的确有水平，在原来的门上这里加一根档子，那里换一块木料，修缮以后的门结实多了，只不过看上去有点儿难看。师傅说，到时候，油漆师傅一刷就看不见了。大修的最后一道工序就是油漆，油漆师傅妙手回春，我家后门的那扇门简直像新的一样，整个弄堂也焕然一新。然而，没多久，门上的油漆剥落了。只能再等待下一个十年。十年一修，人生有几个十年可以等待啊！

我曾经有过一次因大修差点儿被人说成是小偷的经历。

事情是这样的。我家门口有一块空地，大概一平方米。我一直有个愿望，想将那块空地围起来，种点儿花花草草，可是市场上根本没有砖可买。我曾经找房屋大修办公室要过砖头，但被拒绝了，理由是大修要在指定的范围修理，不能超出修理范围，不能提无理要求。像我这个要求是不合理的，当然不能被批准。

然而，我并没有因此放弃想要建设美好家园的梦想。一天，我在大修办公室附近转悠，看见材料库边上有几块破碎的砖头，便拣了起来，放在家里的墙角边上。谁知没有多久，工地主任找上门来了，还没有进门就扯着嗓子嚷起来，说我偷公家的东西。

长这么大，我从来没有任何不端行为，再说那几块砖头确实是废弃的，与偷没有半点儿关系。蒙受被诬陷成“小偷”的不白之冤，我实在咽不下这口气。我冲到办公室，向那位主任做了一番辩解，总算

“沉冤昭雪”。工地主任还额外送了点儿砖头给我，并帮助我搭建了一个小小的园地。

到了下一个十年的大修，我已经搬出老屋了。

十年一修，每次大修，我都发现居住在老屋的年轻人越来越少了，只有老人散坐在弄堂里，说着说不完的往事。

又一个十年过去了，人们不再盼望大修，而是希望能早点儿动迁，早日告别“蜗居”的生活！

2019 年 7 月

乘风凉，夏夜里满满的人情味

我们小时候，每到晚上，夏天乘风凉成了上海的一道风景线。

下午三四点钟，先是人工降温，在家门口周围洒水，然后铺板搁在两条长凳上，放上席子。有的人家有帆布床，又叫行军床，两头棍子一夹，大功告成，或坐或躺舒服得很。条件好的人家有竹榻椅，边上一只搁凳，有几分气派，很是风光。到了 20 世纪 70 年代初，流行躺椅，几根铁管弯好，竹片自己加工，倒也不难，算下来价格比买现成的便宜一半还多。

乘凉，住在底楼的人家有得天独厚的条件，如果住在街面房，那就更让人羡慕了。住楼上的，或者住在弄堂里的人家只能在马路边上乘凉，他们的“装备”就简单多了，大都是搬个凳、端个椅，手里再捧杯茶什么的。那时没有电风扇，如果有的话一定是大户人家，一般人家用扇子。最常用的是蒲扇，也叫芭蕉扇，买回来以后,“巴结”（节约）的人家用线将芭蕉扇周围绗一圈，增加牢度，一把扇子可以用上好几年，蒲扇扇出来的风大。记得母亲将家务搞好后，总会在竹椅上小坐一会儿，我们兄妹左右开工用两把大蒲扇给她扇风，这时是母亲最幸福的时候了。除了蒲扇，还有折扇，扇出来的风不大，还有点儿娇气，骨子和扇面经常分家，不过那上面的字倒是让人印象很深:“扇子扇凉风，扇夏不扇冬。若要问我借，过了八月中。”至于那小巧玲珑的檀香扇，装饰性大于实用性，下面挂着坠子，未曾打开，幽香扑鼻而来，看到邻家的千金将其拿在手里把玩，想来不会扇出什么风，也许只是提高身价的道具。

我们兄妹多，在一起乘凉是一件十分开心的事情。早早吃完晚饭，早早洗好澡，那铺板床大，哥哥他们在床的一头打一种叫“杜洛克”的扑克牌，我和弟弟妹妹在床的另一头讲故事。我记得那时家里有一本《中国古代寓言》，短小精悍，很适合讲故事用。此外我还讲过《说岳全传》《说唐》，都很受欢迎。至于猜谜、捉迷藏更是经常性的节目。乘凉能有西瓜吃是最高享受了，我们家不远处有户人家有口井，去那儿打上一桶井水，将西瓜放在井水里，冰过后的西瓜又甜又凉，一口吃下去，那简直是神仙过的日子。

一股清风吹过，带来一丝凉意，晚上 9 点左右，我们该回家了。回家后，有的铺板搁在门口，有的将门大开，在门口放上几个凳子，只要稍有动静，凳子就会发出声响，方法虽简单，但可以保证睡个安稳觉。

现在上海大部分人家住房条件得到了改善，都有了空调，有了冰箱，已经很难看到儿时的“乘风凉”景观，让人感到缺少了那么点儿温馨。

2015 年 8 月

我家的老朋友“小康”

“小康”是我家的老朋友，在统计部门供职，戴一副眼镜，很有学问。这十多年来，他经常光顾我家，每次来，他总是这里看看，那边瞧瞧，然后做一番点评。

记得“小康”第一次到我家，是1968年的大年初一，我拿出一本账本，上面记载了1967年12月份的开支情况。那个月，我家五口人，买粮食32.04元，调味品9.18元，菜金31.68元，食品17.81元（食品开支中包含厂、校搭伙费），合计90.71元 。本月全部支出129.61元，食品支出占69.99%。其他费用为38.9元，其中支付电费1.68元、水费1.26元、煤气费4.62元、订报费2元。另外，我查了一下，整个1967年，购邮票2.78元，打电话0.2元，妹妹、弟弟两人春游用去0.42元。“小康”先生沉重地说：“按照恩格尔系数理论，食品支出占全部支出的59%以上属于绝对贫困。”得知我家过春节用去29.43元（咸肉6.2元，肉8.35元，鸡蛋0.85元，鸭子1.5元，鱼2.34元，其他10.19元），“小康”先生连声叹气。“小康”先生拒绝了我的邀请，望了望像肥皂一样的肉，摇摇头：“这是你们家一年的希望，我岂可分一杯羹？民亦劳止，汔可小康，吾名小康，愧称小康。”

一晃三十五年过去了，这中间，“小康”来过不少次，每次来，他都要大呼小叫的：“老兄，你家的变化越来越大了，简直让我认不出来。”还真是这样，我原来面黄肌瘦，现在发福了。这天，我特地设了一桌素食宴请“小康”叙旧。席中，他要我把近两年的情况向他汇报一下。我说：“您老人家不知道，那时困难，就几张票子，家中自觉搞计划经济，不记账不行。现在收入多了，哪还有时间将一分一厘的账记下来？不过，我倒是记了一些备忘录，也许有参考作用。”

我以刚刚过去的11月为例，花在食品上的金额为650元，“小康”立即打断我的话头：“你家这个月全部支出是多少？”我迟疑地说：“1647.8元。”“嗯？难道你家的恩格尔系数是38.23%？我国目前的恩格尔系数为43%。告诉你，30%—40%是富裕状态。”难道我家进了小康，现在正处于富裕状态？我不相信。

“小康”三句话不离本行，把他的统计数据搬了出来：“你老兄除了恩格尔系数降低，还有‘三子登科’，即票子多了、房子大了、‘机子’多了。”“小康”先生扳起手指继续说，“房子不多说，五年前你买了商品房。就说票子，你女儿今年大学毕业，7月参加工作，一个月3千多元的现金收入。对了，还有你的稿费收入和其他隐性收入，你都没有对我说过。”像被揭了老底似的，我的脸一下子红了起来。

“小康”先生接着说：“再说‘机子’，在一般情况下，你家支付电话、手机的费用在350元左右，女儿经常出差在外，你是不是感到与女儿联系特别方便？”我点点头。“小康”先生清了清嗓子，说：“还有旅游，去年3月，你家十几口人，包了大众旅游公司的汽车，到镇江、扬州两日游，花了5500元。今年9月，你和朋友去了浙江的仙华山……”我赶紧打断他的话，这个家伙竟然什么都知道，我真怕他再讲下去，会把我有多少私房钱说出来。

“小康”先生诚恳地说：“其实，小康社会不仅仅是吃讲营养，喝讲高档，玩讲舒畅，穿讲时尚，它有一套评价体系，有十六项标准。今后，你女儿买轿车，买更大的房子，好日子在后头呢！”我在“小康”先生的酒杯里倒了点儿三十年的茅台酒说：“那时，我一定请阁下到金茂凯悦总统套房，好好潇洒一回！”

2003 年 2 月

（本文获《新民晚报》“上海发展与金融”征文优秀奖）

糖精片月饼

20 世纪 60 年代，国家进入三年困难时期，由于父亲在前两年就去世了，只能靠母亲一个人的工资来维持全家的生活。我们全家八口人，生活的艰难可想而知。这年的中秋节快要到了，对于像我们这样的家庭，每天都在为三顿饭发愁，哪会想到过什么节啊。这天，母亲说："我们买不起月饼，就自己做吧。"我们兄妹一片欢腾。

所谓"月饼"，就是买来面粉，和点儿水，在平底锅上慢慢地烙，严格说来和烙大饼没有什么区别。即使这样，我们也很满足了。如何让"月饼"更好吃呢？月饼里没有任何馅儿，连放点儿糖都是很奢侈的事情，那年头儿，每个人每月只有二两古巴砂糖，平时，母亲要将古巴砂糖锁起来。因为放在厨房里，我们兄妹经常会用筷子蘸上点儿糖，过把甜瘾。那瓶里的一点儿古巴砂糖怎经得住我们"过把瘾"啊。平时，母亲做菜放点儿糖，那是真正意义上的"放点儿糖"，几乎可以说是一粒一粒数着放的。做月饼，不放糖，没有甜味，失去了甜甜蜜蜜的意义，可是要多放，那是不现实的。怎么办？人们在苦难的日子里早就找到了让自己甜蜜的廉价好物，那就是糖精片。我们早知道母亲藏着一个小瓶，里面放着一粒粒药片，就是糖精片。

有一次，我们在碗橱里找到一片被母亲遗忘的糖精片，几个人分别放在嘴唇边上舔了一下，甜味异常。母亲知道后大惊失色："糖精片是化学物品，多吃要中毒的。"为了使"月饼"有点儿甜味，母亲放了半粒糖精片，我们看见糖精片在水中慢慢融化，母亲将糖精水慢慢倒入面粉中。突然，一滴泪水落在了面粉上，原来是母亲落泪了。母亲抽泣着说：“但愿这是最后一次吃糖精片月饼。”

几十年过去了，那有点儿甜又有点儿苦涩的糖精片月饼的味道，我至今还记得。

2007 年 9 月

1968 年春节的餐桌

我藏有我们家在 1967 年 12 月至 1972 年 2 月的日常生活开支明细账本。账本是记在 36 开的练习本上的。半个世纪过去了，发黄的纸页、褪色的墨水印、工整的字迹，还保存完好。为什么要记账？当时家里贫困，只有实行“计划经济”，才能做到量入为出。我当时在单位担任会计工作，算账是我的本行，家庭记账当仁不让由我接手。

记账以后，我发觉确实不一样。1967 年 12 月 21 日到 1968 年 1 月 20 日（因为母亲的关饷日是每月 20 日），是第一个月的记账，粮食全月开支 32.04 元，预算是 20 元，超支 12.04 元。超支不是因为商品涨价，那时的物价很稳定，而且是长期稳定。超支是因为购买二十斤年糕，花了 5.35 元。三十天里，任何一个地方多支出一点儿，就是一笔极大的数字。通过记账就可以随时进行跟踪。也许有人觉得数字精确到分，有点儿不可思议，是的，现在 1 分钱基本上退出了流通领域，可是我们那个年代，1 分钱可以办很多事情呢！

现在说 1968 年春节的餐桌。

春节过得好不好，就看餐桌。餐桌和菜场是紧紧联系在一起的。虽然那时的春节供应是有计划的，每个家庭根据大小户（五人及以上为大户，五人以下为小户）都会收到一大把花花绿绿的票证，但问题是很多票证是几选一，家禽中，鸡、鸭、鹅各选一项，谁都希望买鸡；鲜蛋和冰蛋，谁都希望买鲜蛋。这就要早早排队，前一天就会将砖头、破篮子、坏凳子放到菜场的摊位前，有时候要在好几个摊位前排队，因为家禽、猪肉、鸡蛋都属于不同的摊位。半夜一两点钟，我们兄妹就要去现场，等到清晨四五点钟，哥哥们就出场了，那个时候临开秤（开始交易）了，秩序会大乱。

查账本，1月18日购买了咸肉6.2元、粉丝3.56元；1月27日，购买了鸡蛋0.85元、肉8.35元、鸭子1.5元，此外还有卷心菜、酱菜、豆制品等。两次金额为29.43元，近30元的春节供应商品可以让一家人开开心心过一个新年了。整个春节，每顿饭不是有肉就是有鱼，这对我们来说已经是非常奢侈了。我们兄妹几个都是长身体的时候，饭量又大，又没有油水。巧妇难为无米之炊，现在想来，母亲是多么不容易！

除了餐桌，家里半大的孩子都盼望着一年一次的零嘴。母亲陆续购买了什锦糖1.25元、糖果3.06元、花生0.38元、葡萄0.29元，这些也是要计划的。春节要有新气象，总有其他开支，12月21日购买雪花膏、塑料台布1.12元，棉鞋一双5.7元，鞋子2.95元（这两双鞋子给谁买的记不得了），枕头2.73元，枕头布3.93元。特别要说明的是，1月7日，买了0.14元的石灰，将家中粉刷一新，那时石灰是最好的涂料，也是最经济最实惠的涂料，只要将石灰倒入铅桶里，放入水，再放入小半个煤球，搅拌后用排笔就可以操作了。粉刷一新的家里，顿时让人觉得亮堂堂的。

留恋春节，其实主要是留恋餐桌上有鱼有肉、还有零食可以吃的日子。天天过年该有多好！这是不现实的，我们唯一能做的就是翻着“号头纸”（日历），计算着下一个春节什么时候到来。春节的商品是我们平时攒下来的，用“寅吃卯粮”来形容一点儿不为过。我们要面对以后每天的困难，3月还勉强能过，到了4月，母亲说要准备“收骨头”（收心）了。谁知道这个“收骨头”竟然持续了整整一个月。4月的买菜支出为14.78元，比预算20元少了5.22元，节省25%左右。

我查了下，一个月内，竟然有二十天餐桌上的主打菜是咸菜，二十天中又有九天纯粹是咸菜，有一天买咸菜只花了 5 分钱，真不知道这 5 分钱咸菜是如何让几个人吃两顿的；九天咸菜总金额是 1.04 元，平均每天 0.115 元。另外十一天中，除了咸菜，有三天买了大蒜，有四天买了鸡蛋，还有几天买了豆腐、肉、芹菜、韭菜，即使加了菜，一天的菜金也只有二三角钱而已。4 月 14 日这天除咸菜外，品种最多，金额为 1 元。这二十天吃咸菜的日子，让我们也一个个变成了“咸菜”。

2020 年 1 月

甜甜蜜蜜说喜糖

20 世纪 70 年代后期，商品奇缺，虽然买糖果的票证取消了，但市场上的糖果花色品种相当少。那些较大的食品店，将各种规格、各种价格、各种味道的硬糖、软糖按一定比例混合成什锦糖，这样做的目的，就是让消费者花有限的钱尝到多种糖果的味道，因此，什锦糖是很受欢迎的。喜糖用的就是什锦糖。当然，喜糖的色彩更热闹些。那时的喜糖，是装在喜糖袋里的。所谓喜糖袋，是一种尺寸为 7 厘米×14 厘米的纸袋，以后纸袋升级为半透明和全透明的塑料袋，不管怎样变，正面各种图案不外乎这么几种，或花开富贵，或鸳鸯戏水，或龙凤呈祥，或节日灯笼，或者干脆就是一个大大的双喜。袋里放八粒喜糖——四硬（糖）四软（糖）。参加婚礼的嘉宾每人可以得到两包喜糖。用今天的眼光看，那时的喜糖，无论从色彩、图案，还是糖果的质量上看，都是很土的，然而很土的喜糖却很温馨，很受欢迎。喜糖一般是给孩子吃的，或者到了单位分给同事，让更多的人分享新人的喜悦。

我是 1979 年结的婚。我在食品店里做会计，近水楼台先得月，买个糖什么的，比一般人要方便得多。因此我结婚发的喜糖蛮实惠的，喜糖里的陈皮糖、花生硬糖、花生酥心糖，在当时都属于很热门的糖果，即使到现在，这些品种也很有市场。有些好的品种，我是到市中心的商店去配的。我保留了一张 1979 年 4 月 16 日到九江路的新丰食品商店买五斤花生糖的发票，每斤 1.65 元，计 8.25 元。我一共买了四十五斤喜糖，花了 60.75 元，以每斤糖九十粒计算，每包喜糖里装八粒，总共装了五百多包，每包成本 0.12 元。这还是一般的糖，像牛轧糖、太妃糖价格要在 1.6 元到 1.8 元之间，而且单个分量很重，放在喜糖袋里显然是很奢侈的了。

我这五百多包喜糖全是自己在家里加工的，由于我用的是全透明的喜糖袋，因此对喜糖的色彩就特别注意。装好以后要封口，我土法上马，用木匠锯条贴住糖袋，然后用点燃的蜡烛在锯条下轻轻移动，通过传热，就将袋口封好了，而且糖袋上有锯齿的痕迹，效果相当好。喜糖吃完以后，花花绿绿的糖纸可以派上很多用场。我曾收藏了不少糖纸，并且用糖纸做成各种形状的小玩意儿。

随着时间的流逝，那时的喜糖袋和糖果纸已经变得很珍贵了。几年前，我在云州古玩市场的几个楼面四处寻觅，才在一个不起眼的角落里发现有售，糖果纸一般要二三元一张，20 世纪 50 年代的糖果纸还要贵些，而喜糖袋更是贵得离谱，老板开价要 8 元一个，而且老板说，他也只存有一张！想当初，这等喜糖袋才 8 厘一个，现在足足涨了一千倍！

2015 年 10 月

《过年歌》

“今天二十八咯（咿吆嗬），明天二十九咯（咿吆嗬），后天三十晚上，家家把门关咯，过年了，（咿得勒喂，吆得勒喂），家家把门关咯，过年了。”

不知道是从哪天开始，不知道是谁创作，更不知道是谁首唱，反正每年过年前我们兄弟姐妹都要唱这首《过年歌》。那时，家境贫困，物质匮乏，过年就成了我们最大的祈盼，因为只有到了过年，才可以敞开肚子痛痛快快地吃。于是每年换上新的“号头纸”时，大家都特别高兴，每撕下一张日历，就欢呼一下，并互相告知距离过年只有几天了，按照现在的说法叫数倒计时。本来应当到阴历二十八唱的《过年歌》，被提前唱了：“明天二十八咯（咿吆嗬），后天二十九咯（咿吆嗬），大后天三十晚上，家家把门关咯，过年了，（咿得勒喂，吆得勒喂），家家把门关咯，过年了。”而过了二十八，到大年夜，我们就将《过年歌》中的今天、明天、后天分别改成前天、昨天和今天，依然可以唱。那时兄弟姐妹多，一有空就唱，唱起来声音特别响亮，你望着我，我望着你，真是开心极了。等待是快乐的，我们将等待的周期拉得很长很长。后来，大哥大学毕业被分配到遥远的大西北工作，每年唱《过年歌》的人越来越少，以至到了1974年，只有我一个人在家唱了。

1974年，这年的冬天特别冷。农历二十八，星期天，这天是大寒。

母亲带着只有三岁大的侄女到大西北去找我大哥，侄女从几个月大被带到上海以后，就没有和她的父母见过面。母亲那时刚退休，被厂里返聘外派到浦东的一家联营厂担任顾问工作，母亲利用春节长假将侄女送到西北，让他们全家团圆。

我将母亲送到上海北站，只见那里人山人海，每个人的手里、肩上都扛着、背着大包小包，每个人的额头上都是汗水，每个人的衣服都敞开着。火车开动了，只见侄女的小手在不停地摇。我回到家已是半夜，偌大的房间里，只有我一个人。望着墙上挂着的中国地图，母亲和大哥在青海西宁，妹妹在安徽，弟弟去年到了南汇的东海农场，而我一人留在了上海。一根横贯祖国版图的斜线将我们一家紧紧连在了一起。对着地图，我声嘶力竭地唱起了《过年歌》，空荡荡的房间回响着“家家把门关咯，过年了”的声音，泪水顺着脸颊流了下来。

外面寒风呼啸，屋内阴气沉沉。不一会儿，鞭炮声响起来了，新的一年正在向我们走来。

2006年2月

听广播的日子

我国成语里有个凿壁偷光的故事，在记忆中我有个“凿壁偷听”的故事。

1961年，北京举办第26届世乒赛。那年我才十三岁，还在读小学。北京举办世界性的体育比赛，在当时是一件相当了不起的事情，全国人民都给予了高度关注。那时不像现在，媒体高度发达，报纸、电视、广播总会对类似的赛事予以密集报道。那年，正是三年经济困难时期，不要说没有电视，一般人家连报纸都没有。每次到学校听同学中消息灵通人士提及麦克风里的每日战况，心里总是痒痒的，晚上回到家也想着赛事。

一天，从隔壁突然传来无线电的声音：“只见庄则栋大力抽板……”这不正是世乒赛实况转播吗？那浑厚的声音应当是中央人民广播电台的张之。我的精神为之一振，和哥哥赶紧冲到墙边，将耳朵贴在墙壁上，听墙那头传来的声音。我们居住的是石库门房子，房屋的隔音效果不是很好，不知是那时的转播效果差，还是隔壁人家的无线电质量不行，总觉得那声音高高低低、断断续续，有时听到关键处，那声音突然停了，把我们急坏了，我们兄弟又是挤眉弄眼，又是手舞足蹈，不过没敢发出声来，一来怕电波传来听不清，二来怕影响到隔壁人家，那家才搬来不久，彼此还不是很熟。

第二天我特地将墙壁上的石灰用力刮掉一层，想提升收听效果。

这天，母亲下班回家，见家里一片漆黑，十分奇怪，打开门一看，见我们兄妹六人紧挨墙壁坐成一排，每个人都全神贯注，就连五岁的弟弟也蛮像那么回事。她又好气又好笑，见到墙壁上剥落的痕迹，也没有追究。母亲说为什么不坐到外面去听呢？对呀，母亲的话点醒了我们，我们将长条凳、小竹椅搬到门口，新邻居好像知道我们的想法似的，不仅将门打开，而且将音量调到最高。

4月初的上海，晚上还是冷飕飕的，也真奇怪，那些天我们心里却是暖洋洋的，那位好心的邻居后来主动招呼我们到他家，我们心里别提多美了，就好像现在看体育赛事坐在贵宾席一样。当然更重要的是，通过张之的讲解，我们仿佛身临其境，我到现在还清清楚楚记得徐寅生大战日本星野的那场比赛。徐寅生扣了五六板后，在场观众的欢呼声震耳欲聋，徐寅生每扣一板，观众就齐声欢呼，而坐在邻居家里的我也跟着欢呼。徐寅生越扣越来劲，张之越说越激昂，当第十二大板猛扣下来后，观众的情绪到了沸点，我的喉咙也喊哑了，手也拍红了。

第二天，我将徐寅生十二大板战星野的故事讲给同学们听，引来不少同学的眼热。有同学问我什么地方来的消息，我故作神秘地说："我呀，那是'凿壁偷听'"。

后来才知道，隔壁邻居家有人在香港，经常会有包裹寄来。那个年代，家里有一台收音机，就相当于现在的人家有一辆宝马汽车，很有身份。

我家门口是一家菜场，20世纪60年代中期，每天早上6点多钟，小菜场的大喇叭就开始广播了。那时是计划经济年代，菜场供应的有限商品，是需要凭票的。那时的小菜场喇叭不做广告，不宣传商品，到了早上6点30分，转播广播电台的新闻节目，其余时段就播送音乐，播送最多的是歌剧《江姐》。我从菜场的大喇叭里熟悉了《喜洋洋》《步步高》《真是乐死人》的旋律。听到音乐，我们知道该起床了。

在去学校的路上，哼着“红岩上红梅开，千里冰霜脚下踩……”到了学校，发现同学们都唱着同样的歌曲。原来，我的这些同学都住在菜场附近。

后来我哥哥装了一台收音机，叫五灯机，是电子管的，体积很大，有床头柜那么大。有一次我在一个国际海员朋友家看到多功能收音机（即电唱机），竟然有五斗橱那么大。20 世纪 70 年代，我买了九英寸电视机，特地挑的两用机，可以收听广播的那种。自己安装的收音机，质量不好，信号不稳定，在收听的时候，常常要拍打收音机的外壳才会有声音。再后来，家里买了半导体收音机，那台自己安装的收音机就被处理了。

2019 年 7 月

五彩缤纷的年历片

20 世纪 70 年代初到 80 年代初，人们手里流传着不少年历片。所谓年历片，是一种正面印有图案、反面印有年历的一种画片。年历片的形状有正方形、长方形、菱形，图案有山水、宠物、仕女、民族娃娃、花卉、水果、明星等。我藏有一百多张年历片，仔细研究这些年历片，可以让人回忆起不少有趣的往事。

我有一张 1973 年的年历片，画面是两只可爱的大熊猫，一只在吃竹子，一只在戏竹子，远处是一片竹林，按照现在的说法，这两只熊猫萌萌的，可爱极了！

这是我收藏的年份最早的年历片。1973 年是美国总统尼克松访华后的第二年，中国政府送给美国两只大熊猫，因此在世界上掀起了一阵“熊猫热”。我有个朋友正好有这张年历片，我好生羡慕，无论怎么“威逼利诱”，朋友就是不肯割爱。一直到了第二年，即 1974 年，我花了 1 角钱向他买来。1 角钱在今天实在算不了什么，可能掉在地上都不一定有人会弯腰捡拾，可在那“36 元万岁”的年代，1 角钱也算得上是“巨款”了，因为当时买一张最新的年历片也不过几分钱。

那时，我正好在学习画画，由于可供学画的素材太少，一见到这张年历片就爱不释手。我在“熊猫”上画上了宫字格，然后按图放大。由于我是三天打鱼两天晒网，不肯吃苦，自然画没有学成功，但这张年历片见证了那段历史。

年历片的发展有一定的流行趋势，在盛行十多年的年历片中，前五年的内容比较单调，后五年则比较丰富。

早期的年历片没有出版单位的名称，后期出现了企业名称，这些企业大部分是进出口公司。我有一套1978年的年历片，很能说明问题。

这是四张一套的轻工业部服装标准组的年历片，内容是推行中国服装号型（成年）：其宣传语为：“号型科学，规格多样。降低成本，提高质量。发展成衣，节约用布。方便群众，繁荣市场。”在正面有四件衣服图案，其中三件为男式的中山装和军便装，而女装只有一件裙子。在1978年这个特殊的年份，人们仍然将新潮一点儿的衣服看作“奇装异服”。因此，年历片上的衣服自然还是中规中矩的。

在我收藏的年历片中，最早刊登广告的是1976年杭州中药二厂出品的年历片，印有该厂的几款产品名称。我还有两张四方连，折叠起来是一张，打开就是四张。这实在是很独特的，那是西泠印社1981年的年历片，背面是上海纺织厂的名牌产品介绍：有上海绒布厂、上海第一羊毛衫厂、上海针织九厂、上海第五印绸厂、上海第六毛纺厂、上海第二十二棉纺厂、上海丝绒染整厂、上海第七印绸厂。这些厂的产品都是上海响当当的名牌产品，不少产品获国家经委、纺织部或上海市的金质、银质、名牌奖章或者称号。

这些年历片的正面是电影演员肖像，一张是程晓英、张金铃、肖雄、张瑜和郭凯敏，另一张四方连是陈冲和刘晓庆、谢芳、姜黎黎以及《红牡丹》。那时这些演员都大红大紫，因此印有他们图片的年历片也十分受欢迎，一时“洛阳纸贵”。这套年历片是电影院为宣传电影推出的广告产品，由于我是一家电影院的影评员，很多喜欢这些年历片的人向我索取，尽管近水楼台先得月，我还是不能满足朋友收藏明星年历片的要求。

随着时代的变迁，风光了十年左右的年历片渐渐淡出了人们的视野，成了收藏爱好者追逐的对象了。如今，年轻人中很少有人知道年历片的存在，而这些有故事的卡片，也已经成为了压箱底的珍藏。

2016年11月

刮片里有乾坤

现在的中老年人回忆小时候玩过的游戏，一定要讲到香烟牌子。

最早的香烟都为软包装，并无硬盒装置，后来烟商发现吸烟者携带与保存不便，于是衬以厚纸一张，使烟壳挺括，以便吸烟者放于袋中，保持香烟完整，这个厚纸就是最早的香烟牌子的载体。

世界上最早的香烟牌子是1894年英国韦尔斯出品的“世界陆军”，又名“步马军”。而国产最早的香烟牌子，要数1904年以前北京的大象烟草公司、营口的复口烟草公司、上海的三星纸烟有限公司。1904年上海三星纸烟有限公司为抵制外国香烟，在上海开办了中国第一家烟草公司，其印制的单色三十二片一套的“清末美女牌九”，没有一个外文，这可谓国产香烟牌子的鼻祖。香烟牌子印上美女、风景、中国历史上著名的章回小说的人物图，因此，一套香烟牌子就是一套微型连环画。再加上印刷精致、色彩绚丽，有很强的知识性、趣味性和观赏性，这就成为孩子们争相收集的小玩意儿，甚至不少成年人也加入其中。

抗日战争爆发前，南洋烟草宣布，凡集齐全套《封神榜》香烟，可领取一辆英国脚踏车或一块瑞士手表，谁知有十八张数量极少，如姜子牙、通天教主、燃灯道人等，以致出现黑市，一张姜子牙画片可换两袋面粉。据说这股热潮延续了两三年，也没有一个人能集齐全套，因为有几张画片根本就没印过！

江苏、浙江、安徽和上海的人称之为香烟牌子，在民间，人们喜欢将香烟牌子称为刮片。

刮片，除了可以交换，还可以用来玩。玩刮片无非三种形式：一种叫“刮刮片”，一人把香烟牌子放在平地上，对方必须弯着腰用手里的香烟牌子往地上的香烟牌子刮去，使地上的翻身，胜方赢取对方的那张香烟牌子。如不能刮翻，则让对方刮。“刮刮片”要有点儿技巧，和力学原理有点儿关系。还有一种叫“叮刮片”，每人手里拿着一沓刮片，轮流从墙壁往地下飞，只要将刮片碰到地上的刮片，就算赢，有的时候，双方飞了十几次，都无花头，如果这个时候谁的运气好，一张刮片就可以叮住好几张。这种游戏比较刺激，旁边起哄的人也多。“叮刮片”要看风向，看刮片本身的厚薄。第三种叫“吹刮片”。两个人在桌子的两端，各拿一张刮片，然后用力吹，直到将自己的刮片吹到对方刮片的下面，将对方的刮片翻个身就算赢了。“吹刮片”要讲究火候，当对方的刮片吹过来的时候，果断出击，将自己的刮片插入对方的下面，这需要斗智斗勇。

我曾发明了第四种玩法，叫“讲刮片”。像我国古代章回小说这类香烟牌子，这种刮片一套有百余张。玩的时候，由主家随意抽出一张，让对家说出这一张上下张的故事内容。所谓内容指画面中主要人物的姓名、在干什么事、手里拿着什么、情节的发展如何。为示公正，将上下两张刮片放在边上，说对了，对家赢取一张；说错了，则由对家给主家一张。七八岁的孩子，面对上千张的香烟牌子，要能将其中的故事都准确说出来，难度不小。为了难倒对手，我到处收集各种类型、各种题材的香烟牌子。“讲刮片”不仅是个智力游戏，在出牌上更是智力的角斗，面对不同年龄段的小伙伴，出不同的牌，既不能太难，太难没人和你玩；也不能太易，太易则自己玩不起。由于这种游戏的要求较高，玩了没有多长时间就偃旗息鼓了。

现在已经看不到刮片了，据说，在收藏品市场，刮片的价钿飞涨。

2016 年 10 月

“DIY”照片

20世纪60年代初期，我们兄弟几个喜欢上了拍照。那时家里穷，维持生活都很困难，根本就不可能买照相机。物质的匮乏并不妨碍年轻人对新鲜事物的追求。大哥那时就读于一所中医学校，每月有几元钱的津贴，于是他向同学借了一台相机，买了一卷胶卷后就拍了起来。那时相机是那种用胶卷的120相机，经过调节，可以拍摄十二张或者十六张照片，十六张的尺寸是4厘米×5.5厘米大小。

照片拍好，将相机拿到照相馆里，把底片洗出来，于是看到了底片。底片，在阳光下或者灯光下，可以看到大致图像，要看到清晰的图像，还需要将照片印出来。而当时印一张照片也要几分钱，一卷胶卷要印十六张，价格不菲。于是我们决定自己印照片。

印照片，首先要有暗室。我家亭子间有五平方米大小，找块布将窗子遮住，用红布将灯泡包起来，一间暗室就这样搞好了。印照片要显影液、定影液，离我们家不远的地方有家照相馆，每天下午3点开始出售显影液、定影液。这些显影液、定影液是照相馆使用以后准备倒掉的，以几分钱一斤出售。虽说是用过的，但供业余爱好者使用还是蛮不错的。每天到了这个时候，照相馆里就排起了长队。买好后，我们用酒瓶装显影液、定影液，然后倒入陶瓷的钵斗内。

第一次看见印照片我感觉很神奇，只要将开关开开关关，然后将那方方的纸放入液体里漂几下，就显出图像，整个过程就像变魔术一般。印照片技术含量最高的是曝光，对时间需要精确到秒，哥哥亲自操刀。那时家里没有钟表，因此就数数来控制曝光时间的长短。毕竟，自己数难免不精确，我们三兄弟就一起数，保持节奏一致、速度一致。现在回想起来，那时数数是很严肃、很庄严的，有点儿搞笑。

印好了，还要上光。没有上光机，就用窗户玻璃代替，玻璃要揩得非常干净，这个活儿则由弟弟妹妹承包。上光时，将照片贴在玻璃上，然后用硬纸版在相片的背面将照片里的水分挤出来，等相片自行从玻璃上掉下来，就大功告成了。最后一道工序是裁剪照片，没有裁纸刀，就先用尺子比着画好线，然后用削铅笔的刀使劲划，最后效果还不错。

我至今还保存着不少那时印的照片。现在看来，无论拍摄还是印制，都比较粗糙，然而，在我的眼里，这些照片比现在用数码相机拍摄、用机器打印出来的照片，不知好上多少倍！

2015 年 7 月

“接模子”和游戏棒

这些年来，经常有人说起我们那个时代的游戏，并归纳为“九子游戏”：造房子、掼结子、打弹子、滚轮子、跳筋子、套圈子、顶核子、抽陀子和扯铃子。

九子游戏之一的掼结子，我们那时不叫掼结子，而是称“接模子”，或者叫“接麻将牌”。那时小学读书只读半天，下午是小小组活动（小学生读书都是就近入学，住在一起的同学组织起来，老师有时也会上门检查）。小小组活动是一起做作业，互帮互学。那时学科少，也没有课外练习，没有家教，一个书包将教科书全部装了进去。由于学科少，作业少，作业做完以后我们就玩，其中玩的一个项目就是接模子。所谓接模子，就是用一块布缝成一个方方正正的袋子，当要给袋子收口的时候，将事先准备好的黄沙倒入其中，如果袋子缝得不好，黄沙会漏出来。最好的填充物是米，那时粮食紧张，不可能将米装到袋子里。袋子里一般装黄沙，黄沙不宜太满，太满，手感不好；也不宜太少，太少袋子太轻，抛不高。那时布票紧张，我就将母亲给我们补衣服的几块布拼在一起，因此我的模子是花花绿绿的。麻将牌是骨头制成的，有两层，用点儿力就可以将麻将牌上下分离，个头儿比较小，不像现在，是有机玻璃的，块头儿比较大。

我们家对面是菜场卖鱼的摊位，收市以后，营业员会将石板冲洗干净，小小组活动先在石板上做作业，然后玩接模子。玩的时候，我们将模子用力抛向空中，利用模子掷高和回落的瞬间，将石板上的四只麻将牌摆出不同的样式，先是正面和反面互换，然后是横放，再次是全部竖起，在模子落下以前必须将这些动作全部完成，最后将麻将牌拿到手中。如果模子下来了，这些动作还没有完成，或者没有接住模子，游戏失败，由下一个人开始，如此循环。卖鱼的石板光滑平整，站得住，放得平，玩起来很畅快。九子游戏是分性别的，有些是小姑娘玩的，有些是适合男孩子玩的，而接模子男女都能来，这种游戏中蕴含着时间和空间的变换机理。由于男孩子的手大，模子抛得高，这种游戏男孩子一般比女孩子的获胜的概率大。

接模子要受场地、天气诸因素影响，不能经常来，最受我们欢迎的是玩游戏棒。游戏棒也叫“七彩金银游戏棒”。几十根光洁的竹棒，有金、银、红、黄、蓝、白、黑各色，其中红色又分大红、淡红、粉红、玫瑰红，绿色又分果绿、墨绿、湖绿、青草绿……这些颜色是有讲究的，不同颜色有不同分值。“计分说明书”中，金银棒分数最高。游戏的时候不在于取得数量多少，而在于分值多少，分值最高的就是赢家。

游戏的时候，先由一人拿整捆游戏棒竖直放在台子中央，然后松手，尽量让游戏棒散开，散得越开越好，然后由游戏者先易后难逐根拾取，如果触动了其他游戏棒，此人结束，然后下一个人开始，直至台上游戏棒清零。然后计算各人游戏棒分值，分高者获胜。这个游戏看起来简单，其实玩起来并不容易，比如某根高分竹棒被其他竹棒压着了，就要想办法取出，这需要一些技巧，用行话说需要“撳头”“拎腰”等等。

游戏棒是需要技巧的一种游戏，还可以培养耐性，很受欢迎。游戏棒好玩，但是价格并不便宜，我们就自己制作，到食品店看人家买冰棍，其实主要是看中别人手中的棒冰棍，等别人吃完丢掉小棍，我们就将其收入囊中。收集到一定程度，用砂皮打磨小棍，直至粗细基本一致就可以玩了。我常常将游戏棒放在铅笔盒里带到学校，吃过中饭就与同学一道玩。一次，有个同学拿出“七彩游戏棒”和我的游戏棒别苗头（比高低，竞争），相比之下，我的游戏棒实在太土了，于是我用画图的颜料在游戏棒上涂颜色，结果一场游戏下来，手上成了调色盘。

2020 年 5 月

公用电话故事多

二十几年前，上海的大街小巷，到处都可以看到“公用电话”的招牌。公用电话，曾经是上海滩一道独特的风景。

公用电话间一般只有两三平方米大小，电话间有好几个电话，配置是二打二接（二只可以拨打电话、二只专门接听电话，专门接听的电话没有拨盘）。电话打一次三分钟 4 分钱，传呼一次 3 分钱，传呼费一半给个人，一半归公用电话站，电话站将分到的钱买套鞋、雨伞。公用电话和传呼是划地段的，就好比铁路警察各管一段。

公用电话间里一般坐两个老阿姨，也有老爷叔。电话来了，不会马上去传呼，往往要等好几张单子，才会走一趟。老阿姨拿着铁皮喇叭（后来是电喇叭），一路喊过来：“15 号亭子间小张，22 号客堂间老王，31 号三层阁蒋老师。”由于是老式房子，邻舍之间听到有电话，会接龙传呼，在灶披间一喊，亭子间转到前楼，再到晒台。邻舍关系不好的，就全当没听见。所以公用电话是检验人际关系的试金石。和传呼站关系近的，电话可以不用挂，直接接听就可以了，但是在付钱的时候，要拎得清，除了付传呼费，还要将电话费付了，否则，以后的电话永远是挂断的。电话挂断，等于要排队，等到你拨电话了，有时候对方占线，有时候对方已经离开了，这时跳脚也没用。为了让阿姨及时传呼，一些人天热买点儿冷饮，天冷买点儿糖果，请多多关照。在传呼中，由于种种原因，经常会发生很多有趣的故事。朋友老张的老婆到医院看病，将看病结果通过电话间传话给老张，让老张带张报纸去医院。老张无论如何也想不通到医院带报纸去做啥。等老张急冲冲赶到医院，才弄清楚，原来他老婆被检查出“带状疱疹”，到了传话阿姨那里成了“带张报纸”，闹了个大误会。而我也因为姓氏的原因，在阿姨那里闹过笑话。一次，星期天，我出门回家，见有一张传呼单，内容是“晚上去吃饭”，再看对方姓“田 + 耳”，百家姓中哪有这个姓？好在传呼单上有电话号码，我知道是和我同姓氏的一个朋友打来的。后来才弄清原委，朋友报名字为郑，奠耳郑，阿姨问什么奠，朋友说是“奠基仪式”的“奠”，那位文化水平不高、苏北口音又特别重的阿姨竟然听成“田鸡一只”，于是将我的名字写成了“田 + 耳”。阿姨以后见了我，还特别问:“你的姓怎么这么怪？”真让人哭笑不得！

那个时候电话紧张，单位电话申请不出，唯独申请公用电话比较便当（方便），这也是不少烟纸店也有公用电话的原因。我那时在烟纸店上班，看见电话比较新鲜，私事是不能打电话的。晚上，负责人下班了，一把小锁将电话拨盘锁住（那个时候电话都是拨盘式的），同时挂上一块“电话已坏”的牌子。有一回，我很想知道一起进单位的同事的情况，而不同部门的人除了开会平时碰不着，想打电话聊聊情况。可是电话锁上了，怎么办？高手指点，只要敲打按簧，1 击打一下，2 击打二下，0 击打十下。我一试蛮灵光，这样电话就接通了，通过这样的方式和同事畅聊了起来。谁知道公用电话是单独记账的，收到的钱专门放在一个小盒子里的，后来发觉收到的钱不如打出的钱多，打电话的事情才穿帮。

在电话资源稀缺的年代，公用电话给市民带来了很多方便。随着私人电话以及手机的普及，公用电话退出了历史舞台，而关于公用电话的记忆却是深深地刻在几代人的心上。

2016 年 3 月

私人电话，二十六年话短长

20 世纪 80 年代末，私人电话在上海还不普及。市内电话局为了满足市民安装电话的渴望，于 1991 年向私人放号。我是属于第一批放号的用户，至今使用电话已有二十六个年头儿。由于二十六年的所有电话账单都在，通过账单可以看出很有意思的变化。

那时申请私人电话要到江西路去付款，由于申请的人多，费时、费事、费钱。费时是指要排很长的队，少说半天时间；费事，装电话，得买电话局指定的电话机（203 元），买了以后还要“验收”，还要买 33 元的接线盒与长线；费钱，是指装电话不是想装就能装的，所在地区要有线，我那时支付初装费 1500 元，按照现在的说法叫众筹（由于装电话的用户踊跃，以后初装费节节攀高，到 1997 年的时候，曾有人花 5000 元装电话，再后来逐渐降了下来）。我的第一张电话账单是 1991 年 10 月 4 日的，当时电话号码是七位数，两个月结一次账，月租费 34 元（每月 17 元），超次十四次，超次费 0.7 元，装移费 95 元，补收 34 元，应缴总金额 163.7 元。有了私人电话，还不能打长途，要打长途电话，还需要到上海市长途电信局申请国际及港澳、国内长途直拨电话，付手续费 5 元，预存费 20 元，长途话费另外有账单。我打过两次长途，应付话费 5.4 元，地区附加费 1.2 元，合计 6.6 元。那时，电话局很吃香，也很霸道。账单寄出时间是当月 20 日，缴款日期为 27 日，从收到账单到付款截止日，连一个星期都没有。

此外，账单后面是“用户须知”，共有五条，其中第三条内容是：“用户应按时缴纳电话费，逾期收取滞纳金，超过十天按日收取1%的滞纳金。经发函催缴，两个月不付费者，做停话处理，超过三个月做拆线处理。”到1998年3月，滞纳金改为按千分之三收取。1999年4月，账单背面的“注意事项”悄悄地改为“服务指南”，一直至今。不要小瞧这个改动，这表明电话局终于放下了架子！

与此同时，电话账单规格开始变大，1995年12月电话账单显示号码改为八位数了。1993年8月的账单收费内容增加了“声讯服务费”，以后有了8411、8611、8168声讯专线，这些专线有福利彩票中奖查询、体育彩票中奖查询、新股中签查询、个股点评、大学英语四六级考试信息查询、法律服务专线等。有了声讯服务，单位电话费用猛增，经常看到这样的情况，有人拿着耳机，就是不说话。到后来单位只得申请关闭声讯服务。1999年3月的账单上有了“您上月账款××××已经收到，谢谢！”避免了由缴费引发的矛盾。

说到电话，不能不说上网。2000年5月的账单有了8163上网信息费，一次三分钟，0.2元，这是我初试网络。从此以后每个月都有上网信息费，2001年2月四十六次，一千四百五十六分钟，97.06元。2001年6月账单正式改名为“上网通讯费”。关于上网通讯费，电话局是这样解释的：用户拨号上网，接入号为8888、169、8163、81890等所产生的通信费，每分钟0.02元。那时拨号上网不仅繁琐，而且费用高。2001年12月，中国电信正式推出“用上海电信ADSL”，享受网上冲浪体验，说是“体验”，那时浏览一个网页速度很慢，更别说传文件了。2006年1月，我正式申请宽带上网，由此开始了真正地无拘无束地上网。

随着手机的普及，曾经炙手可热的固定电话已经成了鸡肋。我们兄妹之所以还保留着它，是为了与我那九十六岁高龄的老母亲通话。

电话的发明对人类生活产生了深远的影响。谁都没有想到，人们曾经追求的“楼上楼下，电灯电话”的目标，在实现以后没有多久就被使用方便、功能齐全的手机逐步代替。这只能说我们这个社会变化太快了！

2017 年 8 月

两毛换一万，“大哥大”显神威

1993年春天，一个阳光明媚的日子，我到四川北路上的电信局办事，看见有不少人正在填表格。“朋友，啥事体啦？介闹忙（这么热闹）？”我好奇地向人打听。

一位脖子上戴着小手指粗的金项链的男人转过身来：“大哥大呀。填信息卡……”“朋友，信息卡到什么地方去买？”“就凭侬？”“金项链”俯视着我，口气中透着不屑：“省省，这辈子……”吾等一介布衣，每月几百元的工资怎伺候得起这价值好几万的“大哥大”？不过，最终我还是花2角钱填了信息卡，倒不是为了赌气，而是出于对新鲜事物的热衷。回到家我就把这事忘了。

日子这么一天天过去了。8月18日，一封寄自北苏州路长途电信局营业三室的购机通知（我至今还保留着）唤起了我的记忆，通知写道：“根据手持机到货情况，可提供您选用NEC P4手持机，由于数量有限，选完为止……不办选机的用户不必前来，机型将由局方指定。”通知的右上角写着我的登记号：34847。反应迟钝的我，这时才知道，这段日子社会上掀起了“大哥大”热，信息卡变得犹如股票认购证一般炙手可热，经人帮忙，一个做生意的朋友愿以10000元的价格换我的信息卡。用2角钱换得10000元，在今天看来简直是天方夜谭。

那天，我和那位做生意的朋友一起排在成都北路277号门口，等待进入那扇神秘的大门。更多的人，以羡慕的目光望着我们，在他们看来，我们这些幸运儿成了上海滩第一批“大哥大”用户。

待购机、过户手续办妥后，当我抖抖豁豁地从朋友手中接过厚厚十刀“大团结”(1 万元，一刀是一百张，“大团结”指面值 10 元的人民币）时，说句实话，心中的惴惴不安远远超过了激动和兴奋。于是，我立刻捂紧背包，逃也似的赶回了家。晚上，我早早安排女儿睡觉，拉紧窗帘，然后把包中的钱一股脑儿倒在床上。夫妻俩折腾了大半夜，才勉勉强强把 1 万元钱点清。

这一说就二十二年过去了。作为上海最早的手机用户，我曾拥有的第一部手机仅仅在我的手上转了一下，我只不过当了这部手机几秒钟的主人。坦率地说，我当时在心里跟它说永远地再见了，因为我不知道“这辈子”能否还有机会真正拥有属于自己的手机。

二十二年过去了，手机不再是奢侈品，它早已变成普通老百姓的通信工具。我们这个四代同堂、共二十口人的大家族，用过的手机无法统计，连我那九十四岁的老母亲都换过几部手机了。

2015 年 10 月

湿答答的给水站，挥之不去的水月留痕

1999年，上海的媒体曾经这样报道：6月29日，位于卢湾区丽园路上的全上海最后一座露天公用给水站的搪瓷牌被取下，上海公用给水站正式退出了历史舞台，曾经熟悉的给水站也就此在申城绝迹。

对于给水站，我是很了解的。虽然我家并没有使用给水站的经历，但是我家对面的一条弄堂就是给水站，我的很多小学同学就住在那条弄堂里。

那时由于种种原因，上海的不少家庭无法安装使用单户自来水，为了解决居民的用水问题，政府就建立了给水站。我家对面的西文德里，在弄堂中央，搭建了一间小房子，勉强可以坐一个人。在小房子的边上，贴有一块搪瓷的铁皮牌子，上面印有号码，表明这是第几座给水站。

给水站当然不是免费的，居民必须先向给水站买筹子，0.25元买十根大筹子，每根大筹子可以换十根小筹子。筹子是竹子做的，上面印着给水站的号码。居民用水，就将筹子丢入给水站小房间里的罐子里，每根小筹子可以放一铅桶的水。给水站备有一个统一的铅桶，其他外来的容器一律不得使用。要使用的话，先用给水站统一配置的铅桶装满水，然后倒入自己的容器，并在自己的容器外面用油漆画上一条线，今后凭一根小筹子放水就到油漆的位置。这样一来基本上做到用水的公平了。

旧时上海歌星周璇曾经唱过一首著名的歌："粪车是我们的报晓鸡，多少个声音跟着它起。"粪车来后，给水站就开始闹忙了。管理员每天早上6点就要上班了。管理员将自来水龙头外面圆铁罐上的锁打开，给水站一般都有好几个水龙头。居民到给水站，有揩面（洗脸）的、刷牙的，等上班、上学的一波走了以后，就是"马大嫂"（"买汏烧"的谐音，即买、洗、烧）登场，洗衣的、洗菜的、拖地板的，在吃中饭以前，给水站基本上没有消停的时候。中午稍微平静几个小时，3点以后又热闹起来了，那是忙烧晚饭。晚上6点钟，给水站的管理员就锁水龙头了，给水站一天的营业也就宣告结束。

给水站没有自来水那样方便，为了救急，每户人家家里一定要放个水缸，并装满了水，以便关键时候派上用场。一般使用给水站的人家，住房本来就不宽敞，再放个水缸，就更捉襟见肘了。

给水站是人群集中的地方，也是消息集散地、信息发布所，各种流言蜚语都从这里流传出去，然后在弄堂几十户人家传播。

在我的印象中，给水站最大的特点是其所在的弄堂一年四季都是湿答答的，几乎没有干燥的时候。

2015年11月

上海天空，那一抹彩虹，那一道美丽的风景

今年1月中旬，正是上海最冷的时候。我从上海的东北角赶到西南角的徐家汇，一来是和几个文友聚会，二来是想到徐家汇天桥看看风景。天桥曾经是上海标志性的建筑。据说，最多的时候，上海共有人行立交桥二十多座，占全国天桥总数的三分之一。随着城市交通的飞速发展，当初的天桥大半都不在了，而我也已经五六年没有上过天桥了。

我对上海天桥有一种特殊的感情。

天桥是文艺的。2009年初夏的一天，我到徐家汇，从下午一直在一家咖啡馆坐着。在夕阳照射下，全国第一座铝合金天桥犹如一抹彩虹，将徐家汇装扮得分外妖娆。晚上，周围各式各样的霓虹灯让人眼花缭乱。美罗城的“大灯球”，不停地扑闪着；双子楼直上云天的点点星光，仿若与天上繁星接壤，多样的色彩让人迷离。站在人行天桥上，人们可以欣赏着不夜城般的徐家汇与桥下川流不息的车流灯光。

一阵柔和的、带着忧郁的歌声传到了耳朵里，我回头望去，一个穿格子衬衫的打扮很文艺的小伙子，披着长长的头发，戴一副眼镜，正在拨弄手中的吉他，麦克风通过移动音箱的共鸣，将小伙子淡淡的忧郁散发了出来，歌声和背景似乎不相符。不少匆匆而过的行人丢下了钱，他也不看，只是陶醉在自己的歌声里，看得出他很享受，天桥上的歌声似乎更有情调，更小资。那个画面，定格在我

的心中。

天桥是充满诗意的。1982 年，我在黄兴路与控江路交口的唐家塔小学读电视大学，那时上海电视大学处于创办期，只能借用小学作为办学的教室。那时，唐家塔属于都市里的村庄，这里通往学校的一条小路，有自留地，有人在养猪。就是这样一个“落乡”（离城市较远）的地方，黄兴路桥于 1984 年完工。桥是银灰色的，方方正正的。我读书出来，经常仰着头，望着那庞然大物。1985 年，经过三年的艰苦学习，我拿到了上海电视大学的毕业证书。这三年来，我既要工作，还要读书，觉得自己亏欠女儿很多。这天，我牵着五岁女儿的小手，登上了黄兴路天桥。女儿兴奋异常，对于她来说，能登高望远，实在是难得的事情。女儿不停地招手，望着川流不息的车辆，她脱口而出：“我在桥上慢慢走，车在脚下滚滚流。”我大惊，随之狂喜，以为家里会出一个女诗人，可是，这么多年过去了，女儿不仅没有作诗的细胞，连文艺细胞也没多少。天桥是年轻人谈恋爱的好去处，因为天桥上的风景好。后来知道卞之琳的诗：“你站在桥上看风景，看风景的人在楼上看你。”倒也相映成趣。

天桥是生活化的。其实，最吸引我的是黄兴路天桥下面的生活气息。唐家塔小学的前面是控江电影院，到了晚上，人头攒动，门口的花坛上，天桥的扶梯口，人人手里拿着卡片，原来这里是民间自发的换房市场。那个年代，房子还没有商品化，人们居住的都是租赁房，根据政策房子是不能买卖的，可是人们在实际居住中有困难，于是想出了相互之间通过交换的方式，解决住房的困难。当时上海有近十个较大规模的自由换房市场，卢湾区淡水路的规模最大，但是依托天桥形成的，似乎只有黄兴路这处。我的几个朋友就是通过这个市场，或者是以小换大，或者是换地段，或者是一换二，或者是二换一，或者是换环境，或者是全独用，经过几次调房，换到了自己中意的房子，看得我心痒痒的，也跃跃欲试，无奈谈过几个，也见过几套房，都没有相中。

20 世纪 90 年代初的时候，天桥已经不适应城市发展的需要，黄兴路桥被拆了。从盖起到被拆除，天桥前后存在了十年都不到。

2016 年 4 月

逛逛花鸟市场

9 月初的上海，有几分凉意。清晨，时钟敲了六下，很多人还在酣睡中，而花鸟市场已经开始人声鼎沸。小摊贩们找准自己的摊位，将自己的宝贝一一摆放停当。由于已经入秋，正是蟋蟀交易的旺季。上海人习惯将蟋蟀称为虫，秋天玩虫是上海人的传统。虫商们携带有绍兴虫、乔司虫、宁津虫、亳州虫，当然也有鼎鼎大名的宁阳虫，往上海的各个花鸟市场赶去。每个摊位前摞满了圆形铁皮盒子。为防止盖子滑落，盒子都用皮筋扎着。隔着布袋卖猫，铁盒子里的虫会是什么模样？仔细一看，铁盒上有的写着“A”“AA”“AAA”或者“特A”“优”“精”的字样，看来这是虫的身价了。据说，草虫一文不值，好虫要几千上万。好虫是轻易不会拿出来的，虫商将二三流的虫从竹管里取出，放在网兜里，同时用手电筒照着，然后从颜色、形体、状态一一分类。

一个绍兴虫商见我感兴趣，欲以七管 100 元的价格出售。无奈我对虫并无兴趣。他又加码，说回老家的火车票已经买好，见无人应答，他便说十管再加一管“精品”。结果被一个上海爷叔以 100 元的价格将他的虫全数吃进（收进，购入）。他问是否要每管打开看看，爷叔大手一挥：“100 元毛毛雨。”据说，一个蟋蟀季节，老板就赚得盆满钵满。

当我看得正起劲时，有人拍了拍我肩膀，原来是老友底忠泉师傅。底师傅是花鸟市场的常客（据说姓底的全上海就此一家别无分号）。底师傅是“沾花惹草”的高手，家中能利用的地方都种上了苏铁、五针松、石榴等，这些花卉以及各种花盆都是从花鸟市场买来的，而且他在那里学到了很多有关种植的知识。底师傅说养花种草可谓一年四季好风景，月月有花开，养眼又养心。底师傅的痴迷引来他老婆的埋怨，底师傅就“谎报军情”，200 元的铁树说成是 20 元买来的。底师傅告诉我，这家花鸟市场分室内和室外两部分，室内市场以花花草草为主，还有宠物金鱼以及衍生产品。

如果说室内市场有点儿“雅”，那么室外市场就有点儿“俗”了。室外市场有古玩、旧书、旧货，虽说以旧货为主，却很受欢迎。大到红木家具、古玩字画，小到眼镜架上的螺丝、剃须刀的网罩、螺丝垫圈，日常生活中很有用处的小钩子，这里都有配。逛室外市场的最大的乐趣就是淘，淘到便宜货，或者淘到自己心仪的东西，眼睛就会放光。

一次，底师傅看见一块红木边角料，稍微加工正好嵌进家中失修已久的博古架，而且颜色几乎完全一致，属于浑然天成，真叫人心花怒放，但是不能喜形于色，要沉得住气，他说：“我买了点儿其他东西，顺便以几乎白送的价格将这块红木边角料收入囊中，回家一番摆弄，闲置多年的博古架终于派上了用场。”和上海很多中老年男人一样，底师傅喜欢在家修修补补，像自来水漏水、保险丝调换、修拉练、电风扇的清洗、拆洗空调、自行车维修保养，他都是自己动手，而这些修补的零件和工具都是从花鸟市场淘来的。

或许有人问，说了半天，这究竟是哪家花鸟市场？其实，上海不少花鸟市场都是大同小异，各个花鸟市场每天演绎着相同的故事，稍加留意，在市场里可以看到各种类型的“底师傅”。

总觉得，花鸟市场是一座城市里的世外桃源，那是个最接近自然的地方。在一片喧嚣声中，若你愿意走进去，你会听到不同的声音；在一片高楼大厦中，若你愿意停下来看一看，你会看到那里有不一样的风景。可惜的是，在我们身边，这样的风景越来越少了！

2017 年 10 月

外白渡桥遗梦

三十多年前，大冯病退，告别了兵团生活回到上海，在一家街道工厂上班，每天的收入只有 8 毛钱。不久，有热心人给他介绍了个对象，就安排在外白渡桥见面。女方人很清秀，梳着两根长长的大辫子，是大冯喜欢的那种类型的姑娘。而大冯戴着眼镜，有书生气，于是双方互生好感，频频约会。大冯住在“下只角”，而姑娘住在“上只角”（“上只角”和“下只角”是老上海人对经济发达和不发达区域的划分），每到周末傍晚，大冯将自行车骑到东大名路，然后走到外白渡桥，姑娘也将车骑到北京路，然后步行到外白渡桥。两个人见面后，先在桥上走一个来回。大冯的肚子有点儿东西，于是，他一边走，一边将近六十岁的外白渡桥故事说得有声有色。和其他情侣一样，大冯和姑娘面对着波光闪动的江水和昏暗的对岸，诉说着对文学的热爱，对美好生活的憧憬。后来有好事者做了个调查，每对情侣间的距离约 80 厘米，在窄窄的空间，大冯和姑娘都感受到了对方的心跳。天渐渐黑了，大冯和姑娘回到了外白渡桥，他们依依不舍，期待下次的见面。

大冯和姑娘的恋爱有些年头儿了。已经是大龄的大冯在母亲的催促下，向姑娘表达要上门拜访长辈，然后“将事情办掉”的想法，姑娘说将事情向家里的长辈说一声。大冯永远忘不了那一天，虽说是炎热的夏天，可他却感到冷嗖嗖的。还是在外白渡桥，姑娘说，她的舅舅坚决反对这门亲事，原因有三：嫌大冯收入太少，将来过日子怎么办？大冯住在“下只角”，而姑娘住在“上只角”，门不当户不对！最最重要的是，大冯的父母都是江北人，他们女方不能接受江北人做女婿！那天，大冯已经记不得是怎样和姑娘分手了，他只看到姑娘泪眼婆娑。他用手不停地拍打桥上的钢架，他想不通的是，他心中最美好的外白渡桥怎么变成了西湖断桥？

大冯半夜回到家，看见桌上摊着张《文汇报》，上面两个大大的字——“伤痕”，作者卢新华，时间是 1978 年 8 月 11 日。他知道，外白渡桥是“上只角”和“下只角”的分水岭，成了他心中永远的伤痕，成了永远的痛！

2009 年 5 月

我和国际饭店的故事

20 世纪 60 年代中期，我还是个中学生，那时学校组织观看电影《霓虹灯下的哨兵》，对其中一个情节印象很深：上海兵童阿男陪他的资产阶级女朋友媛媛去国际饭店吃了顿饭，结果被排长批评了：“国际饭店是你去的地方？”看完电影我就和同学讨论开了，我们都觉得国际饭店肯定非常豪华。

我一个同学的亲戚是国际饭店的职员，我们听了不少有关国际饭店的趣闻：1935 年 2 月，梅兰芳先生与电影明星胡蝶赴苏联访问之前，社会各界名流在二楼举行盛大的欢送会，轰动一时；1945 年 8 月 15 日清晨，日本宣布无条件投降，国际饭店升起上海最高的一面胜利旗帜。从此，国际饭店于我而言有一种神秘色彩。

在读小学的时候，老师告诉我们，中国最高的摩天大楼是国际饭店，一共有二十四层。关于国际饭店的传说让人有种一探究竟的欲望。既然进不去，在外面一睹国际饭店的风采也是好的呀！那天放学，我和几个同学结伴从杨浦区来到南京路，老远就看见一幢高高的建筑物耸立，我们想数一下它到底有几层楼，我使劲儿往后仰，另一个同学用力托住我的腰，几个人花了很长时间总算数清楚了。国际饭店到底有多高？我们先想办法量了第一层的高度，再推算二十四层的高度，当时算下来是 90 多米（后来知道是 83.8 米），相当于一个半学校操场跑道的长度（当时跑道 60 米长）。

后来总算有了和国际饭店亲密接触的机会。上海人将到饭店吃饭称为“上馆子”，一般人能“上馆子”吃饭是一件很奢侈的事情，能上国际饭店吃饭，更是不敢想的。1981 年，我妹妹出嫁，未来的妹夫将举行婚宴的几家饭店候选名单给我，让我做最后的裁定，我一看其中有国际饭店，毫不犹豫地说：“到国际饭店。”

那天我早早来到了饭店的凤阳厅，不仅将厅里的装饰看了个够，也从窗户的各个角落将外面的世界看了个够。可惜凤阳厅在二楼，视线不够开阔。据说，站在饭店顶层，可以将整个上海景观尽收眼底：可以看见浦江蜿蜒如带，吴淞、龙华的风光遥遥可望，甚至昆山、佘山也依稀可辨。那天我们吃的是 50 元标准的婚宴（那时有 40 元和 50 元两种规格）。之所以挑 50 元的标准，是因为在宴会上可以吃到全鸡全鸭。1981 年，还是计划经济时期，什么商品都要凭票凭证供应，能在国际饭店吃上全鸡全鸭，等于吃上了大餐。我好奇地问服务生，国际饭店的大餐是什么，那年轻的服务生摇摇头，表示没有听说。不知道是因为大餐的味道好呢，还是因为饥饿，反正端上的菜，马上就被一扫而空，待酒宴结束，桌上的盘子已经个个底朝天了。

后来我又有了一次去国际饭店的经历。2002 年，《上海滩》杂志搞了个“我与百年南京路”的征文，由母亲口述、我记录的《一块手表情系五十年》（即本书第 124 页《手表的故事》）获一等奖，主办方在国际饭店九楼会议中心搞了个颁奖仪式，我和母亲被邀请到会。会议结束，我磨磨蹭蹭不肯走。我感到这里的一切是熟悉的，又是陌生的。我和母亲沿着南京路向外滩方向走去，东方明珠、金茂大厦迎面而来，回头望去，国际饭店在视线里逐渐消失。国际饭店早就不再是最高的建筑物了，但是，国际饭店的高贵气派、显赫地位是不可撼动的，国际饭店的辉煌一直藏在人们的心灵深处。

2005 年，我住进了“国际饭店”。我将自己居住的房子称为“国际饭店”。这是一幢二十四层楼的商品房，当初买房时，我看中的就是它和国际饭店一样高。从我居住的十七楼向黄浦江望去，就像四十年前仰头看国际饭店一样，感觉好极了。

2017 年 5 月

我是上海的第一代股民

前几日，我去一家证券公司开立第二账户。几个“90后”的青年见我的上海股东账户为100690×××，都纷纷惊叫：“第一代股民！”

是的，我是上海的第一代股民。那是1990年的春天，上海兴起了股市热，为了普及股票方面的知识，当时的万国证券公司派人到我工作所在地的杨浦区办学习班。抱着好奇的心理我参加了。万国证券很重视这个学习班，他们的一位副总以及发行部的副经理都来给我们讲课。我记得上课的老师说，以后股市发展了，证券公司要比米店多。当时听了感到好笑，虽说在20世纪90年代，粮食不像60年代那样紧张，但上海滩的米店比比皆是。现在回过头来看，有谁相信老师当时的预言呢？

学习班最后一项内容，是安排我们到广东路上的万国证券营业大厅实地考察。那个年头儿，证券公司很少，股票、证券交易停留在柜台交易阶段。同行的同事犹如刘姥姥进大观园，感到十分新鲜、好奇。带队的老师希望我们亲手操作一下，买些股票或债券。由于对股票这个新生事物存有疑虑，吃不准，怕风险，同行者竟没有一人买股票，而是以略微便宜一两元的价格买了点儿国库券。现在想来，当时真是幼稚得很。同事戏言，那次学习班，算得上是证券“黄埔一期”，如果那时就下海，说不定还真成了上海滩第一代大户呢！

1991 年 1 月，上海准备发行“浦东大众”“异钢”“众城实业”股票，需要凭本人身份证到指定地点领取预约券，再抽号认购。结果近万人冲进虹口体育场，顷刻间场内人满为患，主办方只好关上铁门，任凭外面几万人推推搡搡，呼天喊地。为安全起见，这几个股票不得不宣告暂缓发行。

于是有关部门采取了发行股票认购证的办法，凭认购证摇号认购股票，30 元一份，当时很多人谨慎，不敢买。认购证停止发售以后，其身价便日益体现出来。在 3 月 2 日摇号前，空白的认购证在黑市已被炒至 150 元一张。但大部分人宁愿碰运气也不愿割爱。1992 年 3 月 2 日，认购证首次摇号。人们又得知 1992 年还有大量新股准备发行，并将采用均衡摇号的方式确定中签认购证。于是，几乎在一夜之间，人们如梦初醒，整个上海滩都在传说着关于认购证的神话，并且很快掀起了炒卖认购证的狂潮。到 1992 年股票认购证第二次摇号前不久，黑市上每十份连号的认购证最高可卖到 17000 元，较 300 元的原始价格足足上涨了五十多倍。我当时买了两张认股证，中了两个新股，赚了 10000 多元，这也成了我的第一桶金。

2015 年 6 月

有奖发票的喜怒哀乐

报载，从2017年12月开始，上海试点全新有奖发票，覆盖四个服务行业，最高奖金达40万元，以微信、支付宝等方式兑换。

其实，这并不是上海第一次实行有奖发票。上海从2002年10月1日起，就在餐饮业、娱乐业和家庭装饰业使用有奖发票，并于2003年1月1日起，增加了代理业（仅指介绍服务）、租赁业、其他服务业和文化体育业中的部分企业使用有奖发票。有奖发票的开奖分为“刮开式”和定期“摇奖”两种形式。“刮开式”即开即中奖是指消费者在取得“刮开式”有奖发票后，刮开开奖区覆盖层，凡显示有具体中奖金额的即为中奖，并可持未剪、撕的中奖发票联和兑奖联按规定到税务机关指定的兑奖点兑现奖金的一种方式。

我从事会计工作，听到过不少和有奖发票有关的故事：一个朋友初试身手就中了100元，于是到处炫耀，等想起来去兑换，才发觉已经过了兑换期；还有个朋友自作主张，将中奖发票的上半截剪下去兑换，结果当然不成功。由于“谢谢您”多（不中奖），于是有人随手丢弃，听说有人在饭店专门讨发票，因为有可能参加摇奖，还真听到过有拾到皮夹子的事情。

朋友老赵和我说了他参加“开票有喜”节目拍摄的有趣故事：

2004年9月的一个晚上，我回家以后，查座机来电显示，发现连续几天总有一个陌生电话号码，想到现在骗子比较多，也就没有理会。这天晚上10点半到家，刚开门，就听见电话铃声大作，随手拿起电话，一个清脆的女性声音：“我是上海市地方税务局的。”我刚想说：“怎么，要诈骗啊！”对方好像知道我心思似的说：“先别挂电话，我已经连续几天给你家打电话了，因为，明天是最后一天了。我打电话给你，是因为你有一张有奖发票入围了，你那张发票号码是××××××，现在请你将那张发票拿出来，我和你核对一下。”呵，我想起来了，确有这样一件事。那是几个月前，女儿决定学开车，付了4000元学费，拿回来几张有奖发票。女儿说这发票没有什么用了，欲丢入垃圾箱里。我说：“除了刮奖，还可以参加电视台‘开票有喜’抽奖。”女儿说：“哪儿有那么容易中奖？”我说：“发票是购物凭证，同时也是纳税凭证，理应妥善保管。中不中奖并不重要，关键在于参与。”我将这几张发票的信息输入上海财税网，后来就将此事忘记了。谁知道现在竟然入围了，真是喜从天降啊！于是在一阵忙乱后，我将发票找出来，一看号码，与税务局女同志报的一模一样。

第二天我去了陆家浜路上的税务局，办妥了手续。过了几天我到电视台去录像，从上午9点一直录到下午3点。联想到电视里前几期大转盘摇出几万几十万的奖金，简直热血沸腾。全场只有三个人能荣幸地被抽中转动大转盘，这种幸运自然是轮不到我的。除了场内的一百名入围者有机会赢取1000元至50万不等的奖金，当期参与摇奖而未入围的消费者中将产生五十三个幸运消费者。其中，三名消费者每人可获得2万元左右的实物奖励，五十名消费者每人获得1000元的现金奖励。那段日子，这档节目火得很。不少人在家坐等喜从天降呢！节目正式播出的时候，由于我录制时坐在最后一排，“光辉形象”没有在电视里出现，未免有点儿可惜。

自从实行有奖发票以后，许多人买单后会索要发票，然后用指甲、筷子、硬币刮刮奖区，不管中奖与否，总会出现一波热闹。

上海试点全新有奖发票的消息公布后，我的不少朋友摩拳擦掌，纷纷表示要多消费，多要发票，争取将 40 万抱回家！

2018 年 1 月

上海公交往事

上海的公交系统从1956年开始实行月票制度，每张票票价6元，这个价格维持了三十四年。自1990年2月到1995年年底，上海市区公交月票分别调价到12元、20元和25元，其实还有市区季度票，比如1995年第一季度季票是75元。

月票是塑封的，顶端一横排标有明显的官方称谓：上海市公共交通月票。其下最左边是使用者的照片，盖有钢印，紧挨着照片右面的就是每月都必须更新的月度贴花，即月票花，尺寸大约是5厘米×3厘米。贴花上盖章，章是一辆公交车样的图案。随着改革开放，从1983年开始贴花上有了广告，1991年9月的贴花广告是申水牌净水器；1994年6月的贴花广告是“国脉—127”；1995年的贴花广告是徐汇房产和全国服装行业八强之一的兽王集团。

20世纪70年代，我在单位负责登记月票购买情况。当时个人买月票要通过单位预定，一个人有两张卡，交替使用。每年2月购月票的人少，因为2月只有二十八天，而且春节一般都在2月，上海人的节俭和精明在这里得到了充分体现。

那时有张月票是很吃香的事情。我一个朋友第一次拥有了月票，上车的时候嗓门特别大：“月票！”好像要让全车的人都听到似的。那时月票贴花的印刷工艺比较简单，于是有不法之徒画假月票，而且蛮逼真，后来据说被抓了。公交车票由上而下印有从1到20或以上的序列数字，这些数字代表不同的车次、站名等专属信息。售票员从票板上撕下一张车票，在数字上轧一个小孔，以记录你的上车位置，这样也便于查票员查验。

20 世纪 70 年代中期，很多单位都有交通补助，我们小商店员工也可以享受车贴（车费补助）。政策规定，乘公交一定要符合三个站头两站路的条件，而且还规定，从家里出门，一定要往前走，不能向后走。可是有的人倒走几步路就有站头，而往前偏偏达不到三个站头两站路的标准，这给经办这项工作的我带来了很大的麻烦。还有更麻烦的呢，那时公交不发达，有的地方根本没有公交，小商店的员工一般离工作单位都不太远，但是花在路上的时间却超过了乘公交的人，文件规定，出行四里路以上，也可享受车贴。这四里路该怎么测算？我借来一只路码表，绑在自行车的轮子上，一家一家测算。到今天老同事见面，都常常会说起当年用路码表测量里程的事情。

1996 年，使用了四十年的月票终于取消了，改为乘车证。我手里保留了上海市公共交通预售车票珍藏册（1996 年，其中二十六张 0.5 元；两张 0.7 元，每张上面都印有“珍藏版”字样）。随着交通事业的发展，公共交通预售车票流通了没几年就停止了，现在改为交通卡。

当年市区的公交电车在行驶中常“翘辫子”。那时的公交电车外形和现在的差异不大，但由于技术落后，经常会在途中“啪嗒”一声，头顶上的两条电线杆子（上海人戏称为“小辫子”）脱离了电线，荡在半空。电车就开不了了。这时驾驶员和售票员下车，一番操作，把“小辫子”搭上电线，车子便重新启动。出现这种情况时，车厢里的乘客们会幽默地笑道：“哦呦，车子‘翘辫子’了！”

20 世纪 50 年代末 60 年代初，国家经济困难，汽油、柴油都供应不足，街头出现过煤气包公交车。我亲眼见过这种公交车。煤气用黑色大袋子装着，跟气垫似的安置在车顶，车顶周围用围栏护住，以防煤气包掉下来。当时上海公交线路都很短，道路也不算拥挤，一般半小时左右就能开到终点，所以一包煤气能支撑完全程，等煤气不足时需要到煤气站去充气。煤气包公交车有个特点，它比汽油车摇晃得厉害，特别是煤气不足时，坐在车上就感觉身子一个劲儿地往前抖，跟磕头一样，整个车子就好像踩了油门又踩刹车，特别不稳，车顶上的煤气包也是晃晃悠悠的。后来随着汽油供应开始恢复，煤气包公交车也就进了历史博物馆，前后大概只有几个月的时间。

2020 年 10 月

冰水兑果汁，那一口充满幸福感的冷饮水

现在的避暑条件比以前好了多少倍，一般人家拥有空调已经不是稀奇的事情了。另外，冰镇西瓜、各种冷饮伴随度夏，也是再正常不过的现象了。20 世纪 70 年代，度夏就困难多了，那时我在商业部门当会计，算是办公室白领了，但办公室连电风扇也没有。那时有规定，企业购买大件物品，要凭财政局的社会集团购买批准书，由于商品短缺，非生产性的购买是很难拿到批准书的，只有生产第一线可以使用电风扇。普通老百姓家里有台电风扇，就好比现在的人拥有宝马、保时捷汽车一样让人眼红。

那么，那时的普通市民是如何度夏的呢？一个时代有一个时代的方法，更何况，上海人的聪明才智在任何时候都不缺乏发挥的地方。于是，夏天喝冷饮水就流行开了。所谓冷饮水，是指过去的企业单位为给职工防暑降温，以冰水兑点甜果汁之类的东西而制成的饮料，冰凉而带点儿甜味。我所在的商业部门待遇差，营业员都没有权利享受冷饮水，更不用说我们这些坐办公室的人了。在商业部门，只有踏黄鱼车的运输工才有这项福利，我们这个单位一百来号人，运输工才三四个，不可能为几个运输工去弄冷饮水，所以往往将福利折算成现金发放给运输工了事。

前几日我们几个好友聚在一起，不知怎么就讲起了冷饮水的故事。忻姐说，她母亲在街道工厂上班，高温天每人每天发一杯冷饮水，但

是没有规定杯子的大小，于是就有聪明人带去了特大号的搪瓷杯。大家点评：看来那时就有人懂得利用规则了！甄兄说，他老爸上早班的时候是下午3点下班，这个时候正是一天中最热的时候，也是解渴的最好时光！他父亲上中班的时候，偶尔当天冷饮水没分光，夜里11点钟下班时就可以带一杯回家，于是半夜时分，在睡梦中的他们被父亲叫起来喝冷饮水。虽然还睡意蒙眬，但是谁能抵挡冷饮水的诱惑呢？众人哄笑：这绝对是琼浆玉液！老张的大哥在钢铁厂工作，天天可以喝上正广和瓶装盐汽水，为了证明自己不是吹牛，一天，他在弄堂里当着大家的面开了一瓶盐汽水，在开瓶前大声喊道："大家散开！"似乎他手里拿着的不是汽水瓶而是炸药包。他在摇晃以后打开盖子，那冲出来的气让大家开了眼界。大李则说了"开水来了"的故事：大李的同学在一家机械厂警卫室看大门，一次他被派去装冷饮水。大李先是痛痛快快地喝了几大杯，然后再将热水瓶灌满。大李骑着自行车，一手握着车龙头（车把手），一手拎着热水瓶，他家明明住老式公房的街面房，却非要骑车在弄堂里穿行，还故意夸张地将龙头摇晃得厉害，同时高喊："开水来了！"见这模样，人人都避之不及。街坊邻居笑骂："斗鬼（没轻重）！"到了家里，大李拎着热水瓶，一家一家倒了点儿冷饮水，也算负荆请罪。众人听了哈哈大笑，这大李的行为也真够恶劣的。轮到我发言了，大家将目光移到我身上，于是我说了办公室没有电风扇，大家汗流浃背，汗水将账本浸湿的故事。然后我话锋一转，又说了个望梅止渴的故事。众人表示不解，我说："你们讲了那么多有关冷饮水的故事，我是大大过了把瘾。"说完我故意咽了下口水，好像在回味四十年前冷饮水的滋味。

冷饮水，虽然只是那么一杯简简单单的甜水，却给大家带来了无穷快乐！

2017年7月

百般滋味说豆浆

20 世纪 60 年代初，有家饮食店因为装修停业，老板想借我家客堂间做早点，说好租金每天 5 角钱。5 角钱在那时是我们家一天的菜钱呐！我只记得母亲和饮食店的师傅打了个招呼，希望能每天额外提供一碗豆浆，对方答应了。

母亲让我和弟弟、妹妹，轮流带上锅子，将豆浆带回来。到了晚上，我们六个孩子放学回家了，母亲将豆浆平均倒入六个饭碗中，每个人只分得可怜的一口，可这毕竟是营养品啊。那时没有牛奶，为了给我们补充营养，每天母亲烧饭的时候会特意留小半碗米汤，让我们轮流喝。每次烧饭留的米汤只有半小碗，留太多的话，饭的营养会下降，而且饭也不好吃。

眼前的一小口豆浆寡淡无味，因为没有放糖。那时没有白砂糖或者绵白糖，只有一种咖啡色的古巴砂糖。那每月数量少得可怜的古巴砂糖要当宝一样藏起来，不可能随便吃。豆浆虽然寡淡无味，但在我们看来，豆浆是琼脂玉液，是天下第一补品、天下第一美味。

每天清晨，大饼、油条、豆浆的香味直往楼上钻，引得本来就饥肠辘辘的我们直咽口水。我们多么想尝尝大饼油条加豆浆啊。但这是一种奢望，因为家里实在太穷了。母亲从来不允许我们去看店家怎么做大饼、油条，看人家怎么吃早点。我们通常拿了豆浆就赶紧走。

一天，小弟端着豆浆，不小心被弹格路绊倒，豆浆被打翻，碗也摔坏了，小弟吓得大哭。母亲捧着破碎的碗，泪水流了出来。

在我的记忆中，我们还吃过豆浆的衍生产品——豆腐渣。我们兄妹人多，家中的定粮哪够我们吃呀，母亲又和师傅商量，将做完豆浆后的豆腐渣多给我们一点儿，师傅答应了。母亲用豆腐渣摊饼给我们吃，开始吃感觉味道不错，多吃几次就难以下咽了。半年左右的时间，饮食店的房子修好了，借房的日子到期了，我们的豆浆也吃不着了。

20世纪60年代后期，我工作了，领了第一个月的学徒工资。那天，我特地起了个大早，到家对面的饮食店，买了一份大饼油条，外加一碗豆浆。师傅问我要咸浆还是甜浆，我急急巴巴地问：“哪个好吃？”师傅眼皮也没抬：“看各人的口味。”我见很多顾客碗里的豆浆有碎油条，就说：“来这个吧。”师傅说：“这是咸浆。”只见师傅拿起一个大汤勺，从一个大桶里舀起一碗豆浆，手举得高高的，往碗里倒去，竟然没有一滴溅到外面，豆浆立即形成豆花，碗里的紫菜、榨菜末、切碎的炸油条也随之翻滚。随后师傅又撒上一把虾皮、葱花，滴上几滴香醋、辣油。我像酒鬼一样将豆浆闻了再闻，一股香气扑鼻而来，吃一口大饼油条，再吃上一口豆浆，觉得世上没有比这更好吃的早点了。一碗咸浆吃得我满头大汗，吃得我心满意足。

随着经济条件好转，吃豆浆成了家常便饭，后来我自己买了豆浆机，每天早上起床后，将豆浆机接上电源，加豆添水。刷牙洗脸的工夫，那浓香四溢、口感滑爽的新鲜熟豆浆就做好了。

一次和朋友去一家饭店吃饭，刚落座，只见服务员端上一个杯子，说是自己店里做的现磨豆浆，请大家免费品尝。我贪婪地喝了一大碗，这些年市场上原汁原味的豆浆已经不多见了，这家店的豆浆唤起了我儿时的记忆。我说豆浆胜过大餐，朋友们笑我主次不分。他们哪里知道，豆浆早已经融进我的血液中了。

2017年3月

元宵节，吃一回红红火火的“兔子肉”

在我和女儿的记忆中，有一段元宵节吃“兔子肉”的趣事。

自从女儿来到这个世界以后，我就一直希望让她的童年对元宵节闹灯有一个直观的体验。女儿三四岁的时候，看见别人拿着各种元宵节的花灯，就央求我给她也买一个。那个年头儿，商品短缺，供应紧张。有一次我写信给《新民晚报》，反映市场上买不到小号的塑料杯、小椅子，《新民晚报》为此发表了我的文章《一点呼吁》，并专门派记者对市场做了一番调查。小商品尚且如此，像兔子灯之类的更是千金难求了。望着女儿渴望的眼神，我只得请我的同事利用业余时间，用边角料做了一个兔子灯。元宵节那天，我将兔子灯拿回家，女儿一下子欢呼起来。

女儿从来没有表现得这么好过，早早地、自觉地将晚饭吃了。她一边吃饭，一边不停地瞅着放在五斗橱上的兔子灯。吃完饭，她几次三番跑到外面，嘴里自言自语：“月亮婆婆怎么还不出来？”好不容易等到天黑了，女儿拿起兔子灯就往外跑，我紧追慢赶跟在后面。女儿牵着兔子灯转悠，兔子灯里的蜡烛被风吹得忽明忽暗，安装着四只木轮的兔子灯在弹格路上一颠一晃的，女儿的脸上尽是笑容。

路上各种灯越来越多了，有提的，有牵的；有兔子灯，有老鼠灯；小的只有一本杂志大小，大的足足有半人高。那个大的灯里装了三四支蜡烛，堪称巨无霸。有多少奶声奶气的小孩子，就有多少大人在后面跟着，孩子的情绪也感染了大人。

突然，一声尖叫，伴随孩子的哭声，同时又一阵哄笑："吃兔子肉，吃兔子肉！"原来是一只兔子灯着火了，不知道是蜡烛将兔子灯上的纸烧着了，还是顽皮的小孩用小石子扔在兔子灯上，导致兔子灯着火。好在有大人护驾，这点儿小火很快被熄灭了。看来这是真正的闹元宵啊！已经很晚了，女儿拖着兔子灯还在弄堂里兜圈子，还在寻找什么地方有"兔子肉"可以吃。

第二天晚上，女儿又嚷着要吃"兔子肉"，牵着兔子灯上街了。她跟在别人的后面嚷着吃"兔子肉"，谁知道一不小心自己的"兔子肉"被别人吃了。吃了三天"兔子肉"以后，我才将兔子灯很好地包扎了起来，到第二年再用。

随着时代变迁，吃"兔子肉"也成了美好的回忆，之后的兔子灯用上了电池，还能播放音乐，虽然很精美，但是比从前好像少了很多乐趣。

2015 年 3 月

从疗养到旅游，从国内到境外

——我所经历的旅游故事

《旅游时报》创刊三十年了。这份报纸见证了中国旅游事业发展的黄金时代。

严格说，“旅游”这个名词的流行也不过三四十年的光景。早些年，人们并没有旅游这个概念。20 世纪 50 年代中后期，我母亲被评为厂先进生产者，可以到杭州疗养，为期一周。那时候，去疗养是件很光荣的事情，去疗养就是吃好玩好，其中一项指标就是体重，初到疗养院要称重，离开的时候也要称重，如果整个疗养期间体重没有增加，说明没有达到预期的效果。那时住宿都在疗养院里，不像现在，可以选择住经济型宾馆或者星级酒店。

20 世纪 80 年代初，我被评为区公司的先进工作者，也可以到杭州去疗养。这是我第一次出去疗养，也是第一次离开上海到外地去旅游。至今我还保留着 1981 年 3 月 21 日在杭州云林禅寺拍的休养留念集体照。回望三十七年前的黑白集体照，男士一律中山装，女士都是长裤，穿的都是两用衫，按照现在的眼光，绝对属于“土得掉渣”。这张照片见证了三十七年前的那段“旅游”历史。

随着荷包里的钱增多，人们对旅游有了新的要求。旅游乘飞机在当时是件很稀罕的事情，因为乘飞机需要开具证明。有关方面为了满足人们乘飞机的愿望，开辟了短途乘机线路。我第一次乘飞机是在 1993 年，由南京飞往上海。那年我们到南京、镇江、扬州旅游，去时乘火车，返回乘飞机。

我藏有一份 1988 年 3 月 14 日的《新民晚报》旅游广告，其中就有短途乘飞机的项目介绍。南京两日 70 元；杭灵两日 62 元；杭州一日 44 元。这份广告还有其他产品介绍：北京长城八日 135 元不供膳，新婚凭证优惠 145 元，享受单间。飞机往、火车返 240 元，新婚免费单间，天天开班；桂林阳朔八日 130 元，新婚免费单间，回程有座加 5 元，隔天开班；厦门石狮六日 129 元，新婚免费单间，三天一班。那时旅行结婚成为有些新人的选择，而市民平常并没有旅游的愿望。此外还有广州、深圳（中英街）七日 258 元，深圳供膳，办理中英街特许通行证，四天一班。广州、深圳、珠海八日 275 元，五天一班，增加中英街 348 元，全包。顺便说一下，那时报纸很少刊登旅游广告。不像现在，旅游成了常态，纸质媒体不刊登旅游广告是不能想象的。报摊老板说，每周二的《新民晚报》特别抢手，因为有厚厚一沓的“新民旅游”专刊，至于专业的《旅游时报》更是可以给不少“驴友”良好的建议。

我第一次出国是 2011 年去泰国。以后又去过日本、美国、阿联酋和埃及。第一次去泰国时，我碰到一件事情：在我居住的房间隔壁，住着几位西北来的客人，他们的嗓门特别大，经常是一早就在宾馆走廊大声说话。终于有一天，从另一个房门里冲出一个欧洲人，穿着短裤，赤膊，胸口全是毛，他用手指着嘴巴，发出“嘘”的声音，走廊上的西北客人一下愣住了。我后来知道，西北那里比较贫穷，人们通讯基本靠吼，第一次走出国门，习惯成自然，继续保持大嗓门。憨厚的西北汉子说：“看来咱也要接接轨。”

随着国人出境的频率增加，人们也越来越提倡文明出行。我注意到，在日本的温泉休息处，有人将零食的包装纸捡起放到垃圾箱里；在埃及吃自助餐的时候，不再“急吼吼”，也很少有浪费现象。在异国他乡欣赏美景、享受美食时，更多感受到的是那里的人民热情相待。

去年年底，我去迪拜和埃及旅游，所到之处，那里的人主动用不熟练的中文向我们打招呼："你好！"顿时一股暖流涌上心头！

2018 年 4 月

我的飞行处女航

1993 年，我在一家区商业公司的中心店任会计主管。这年 4 月，领导让我带领中心店下属十几个独立核算商店的会计外出旅游一次。领导还特别批准可以乘一次飞机。

那时，乘飞机是要有一定级别的，旅游乘飞机是件很稀罕的事情，至少我们这些做会计的，基本上就没有人乘过飞机。能乘飞机去旅游，我们特别高兴。

旅游地点选择南京、镇江、扬州，去时乘火车，返回乘飞机。为了让不大有机会乘飞机的人也过把乘飞机的瘾，当时有关方面特地开辟了上海到杭州、上海到南京的短途飞机旅游线路，很受消费者欢迎。我们在游览了各个景点后，于 4 月 12 日到了南京，根据安排，乘坐飞机前，我们参观了有三十七层楼高的金陵饭店的旋转餐厅。毕竟是第一次乘飞机，大家多少有点儿紧张。坐在旋转餐厅里，大家少了几分欢笑，多了几分沉默。我开玩笑说，我们坐在旋转餐厅里，就相当于体验乘飞机。

飞机于下午 3 点 15 分起飞。吃过午饭，我们早早来到了候机楼。有的人开始吃晕车宁，有的人到厕所，在肚脐眼儿上贴上橡皮膏，据说可以防止晕机；有的人悄悄地将塑料袋从包里拿出，放到身上穿的衣服里，以便关键时候派上用场。可以登机了，我故意走得很慢，让同事赶紧以飞机为背景给我拍一张照片。这是一架 MD—82 型飞机，机身上有“中国东方航空”几个大字。到了飞机上，我提醒大家要互相关照。我说，我们在金陵饭店已经提前做过模拟试乘了，所以经验很丰富了。飞机慢慢发动了，大家一阵欢呼，几个同事探着头望着机窗外，空姐赶紧过来让大家坐下，并系好安全带。

那天阳光特别好，云朵就在窗外飘浮，渐渐地看见房屋了，这时机舱内传来柔柔的声音：“本次航班的终点站上海马上就要到了。”怎么，上海要到了？还没有感觉到飞，就到了？有的同事手里还捏着口香糖，有的同事口袋里的塑料袋还没来得及拿出来。我说，真希望飞机能飞上几个小时！

我特地和导游商量，将机票封面和封底留下来做纪念，因为我希望保留我的处女航原始记录。现在每当看到印着红蓝白三色东方航空公司徽标的那张机票，我就想起我的第一次飞行经历！

现在人们乘飞机成了常态，前不久我刚乘飞机到台湾旅游。至于现在的白领，有的人乘飞机的次数甚至超过乘公交的次数。那年我带女儿一块儿去南京，那是她第一次乘飞机。二十多年过去了，女儿乘飞机成了家常便饭，我说她不是在飞机上，就是在前往飞机场的路上。由于经常乘飞机，女儿成了航空公司的白金会员。

2015 年 4 月

手表的故事

（母亲陈龙英口述，郑自华执笔）

去年，我的儿女辈、孙儿辈给我过了八十岁生日。过完生日后，孩子们问我想买什么东西做纪念，我说买块表吧。

7 月 17 日一大早，大孙女陪我来到南京路。路上孙女对我说：“现在什么东西买不到，大热天的到南京路干什么来了？”其实，他们哪儿知道，我是到南京路寻梦来了。

我是 20 世纪 40 年代结的婚。由于家境贫困，丈夫没有给我买过一件礼品。1949 年以后，生活条件逐渐改善，一天，丈夫对我说：“到南京路去一次吧，给你买样东西。”长这么大，第一次来到被称作十里洋场的南京路，这里商店一家接一家，满街都是人，吹洋号的，敲洋鼓的，我真像刘姥姥进了大观园，眼睛不知道看哪儿。最后在南京东路 396 号的义泰祥钟表眼镜总行，我花了 48 万（旧币）买了一块英纳格防水表（我至今还很好地保留着这张发票），这天是 1950 年 10 月 20 日。我觉得有块表，表示新生活开始了。1958 年 10 月，丈夫去世，不久就是三年经济困难时期，我有六个孩子，最小的才四岁，最大的十八岁。六个孩子中，一个女孩，五个男孩，都是长身体的时候。全家八口人的担子全是我一个人挑（当时我婆婆还在），生活的艰辛程度可想而知。家中能卖的都卖了，为了维持生活，最后我含泪把结婚信物——英纳格防水表卖掉了。从此，我们家掌握时间就只能靠估计了。

当时，我在一家纺织厂当中层干部，还要上三班。上早班，我早上5点钟就要从家出发。我们楼下一户人家家里有台钟，每半小时敲一下。我常常半夜醒来，竖起耳朵听那敲钟的声音。半夜时分，钟敲一下不知道是几点钟。有时我只能到马路对面的一家饮食店看时间。一次，正是大雪纷飞的寒冬，半夜我披上衣服去看时间，风紧路滑，我不小心摔了一跤，头都跌破了，流血不止，孩子们看到后抱着我哭成一团。孩子们对我说："妈，今后我们工作了，一定给您买块最好的表。"这时我的心才宽慰不少。

五十年来，我去南京路的次数已经记不清了，1971年我曾在第一百货商店买过上海牌手表，1975年在长江钟表店买过钻石牌手表，那是买给在外地插队的孩子的。今天我终于如愿以偿了。我找到位于山西路路口的南京东路396号，义泰祥早就没有了，现在是专卖金银首饰的店。我在396号店门口站了很长时间，百感交集。五十年，对一个人来说，也许就是生命的全部；对国家来说，也是翻天覆地的变化！

最后我在上海第一百货商店股份有限公司买了一块英纳格石英女表，价格1130元。我戴上手表，走向南京路。我觉得南京路从来没有这么美丽，这么让人喜欢。

2003年1月改编

（原文获《上海滩》杂志2002年"我与百年南京路"征文一等奖）

上海男人的工具箱

上海不少女人都会一手针线活儿，像纳个鞋底、结个绒线、补个衣服什么的。心灵手巧的女人，可以让一家老小看上去干干净净、体体面面，“要看房中妻，就看丈夫衣”，古人说得很有道理。女红是女人的特长，其实，男人也有自己的专利，那就是男工。我这里说的“男工”，不是指男性工人，而是借用“女红”派生出的意思，“男工”就是适合男人干的活儿，一般是指重活儿、脏活儿、粗活儿、力气活儿、技术活儿。男工最能展示男人的手艺。

“工欲善其事，必先利其器”，做男工一定要有一套工具。男人家里都有一套工具，那是男人的百宝箱，其中，万能螺丝批、老虎钳、榔头、活络板手、电笔、保险丝、胶布等是必不可少的，还有各种规格的螺丝、钉子。比较讲究的，还有冲击钻、瓦匠的泥板、刨子、锉刀、电烙铁、焊锡膏等。有了这些工具，一般的修修补补都不在话下，像修拉链、清洗电风扇、拆换自来水龙头、拆洗空调等活儿，都是小菜一碟。

在商品奇缺的年代，男人们大有用武之地，其中做男工最能体现男人的价值。那时家家户户住房面积小，我的一个会男工的朋友小蒯，硬是靠一个人的力量，利用下班和星期天的时间，将私房从一楼翻造成三楼。他家的钢管躺椅、喇叭箱，甚至连结婚用的家具也是自己打的。整个工程中木匠、泥瓦匠、电工的活儿全是他一个人包揽，他一个人就是一个工程队。小蒯的同事来参观新房时，都为他高超的手艺所震撼。我这个朋友连女红也能来上一手，因此有人说他“除了生孩子不会，其他没有不会的”。

小蒯做毛脚女婿（未婚女婿的俗称）第一次上门时，除了带必不可少的礼品，还特地带上了工具包，将未来老丈人那辆除了铃不响浑身响的自行车，修得骑起来特别轻快；将未来丈母娘用的缝纫机调试得妥妥帖帖。老丈人家的自来水龙头出水水流特别小，请了许多人来看过，自来水管子也换过，都无济于事。只见小蒯拿出特制的管子钳，将龙头嘴的滤网拧了下来，清除了滤网里的杂物，顿时龙头出水就大了起来，老丈人当场喝彩：“小伙子有两下子！”最后的结局当然是小蒯抱得美人归啦。

小蒯不仅手艺好，而且是个热心肠，乐于助人，凡是有人找上门来，他都有求必应：帮隔壁好婆家清理下水道，替前楼单身老人换保险丝，给里弄小便池疏通排污管，整个就是一个活雷锋。小蒯结婚的时候，酒席是在家里办的，由于家里地方小，全弄堂的人都发动起来了，家家腾地方，户户借碗筷，人人皆动手，个个都出力，小蒯结婚简直成了里弄里的盛大节日。

现在很多小姑娘不会女红，男孩会男工的也越来越少。老蒯（小蒯升级为老蒯啦）的儿子前不久结婚，小夫妻俩有了自己独立的爱巢，自然，房间的装潢少不了老爸的操心。小夫妻俩乐得做了甩手掌柜。

一天半夜，这爱巢突然遭遇“两碰头”（两件事撞上了），先是保险丝烧断，房间漆黑一片；屋漏偏逢连夜雨，接着自来水管爆裂，水哗哗流，搞得家里水漫金山，狼狈不堪。尽管男孩在读书时是物理课代表，什么电阻、电流、电压背得滚瓜烂熟，可是面对这突如其来的状况他还是束手无策，半夜又无法找物业，只得打电话向老爸讨救兵。老蒯半夜抢修，才使小夫妻俩摆脱窘境。

在劳动节的时候我去看望老蒯。只见他一边为即将出生的第三代做小床，一边哼着自己改编的歌曲：“咱们男人有力量 / 每天每日工作忙 / 盖成了三层楼房 / 修好了煤气冰箱 / 打造得家庭变呀么变了样……”啧啧，瞧这春风得意的男人！

2018 年 6 月

母亲是个传奇

在我们子女的眼里，母亲是个传奇人物。

母亲十九岁嫁给父亲，二十岁就有了长子。母亲一共生育了八个孩子，其中两个夭折了。1958 年，父亲去世。这对母亲的打击是毁灭性的。每一个来吊唁的人都说，作孽，作孽！男人双脚一蹬，走了，留下这一大帮子孩子，怎么办？我们不知道生活的艰辛，不知道苦难将伴随着我们走过长长的路程。我们只知道母亲经常一个人以泪洗面，她一个人要挑起八个人的生活担子。那年母亲三十六岁，我们六个子女都是“长发头”的辰光（长身体的时候）。大哥十六岁，我十岁，最小的弟弟两岁。

妹妹在母亲所在的厂校念小学，前几年她们同学见面，同学们都说母亲是厂里有名的美人，很多人追求过母亲，但母亲没有改嫁。后来我问过母亲，母亲说：“我不能让六个孩子找个蛮爷（继父）。”为了度过三年经济困难时期，家里能卖的都卖了，在母亲的精心操持下，我们子女的衣服补丁摞补丁，但始终是干干净净的；家里每天只有 0.5 元的菜钱，母亲翻着花样给我们增加营养，我们子女的身体都是健健康康的。

如今我们几个子女也成家立业了，都深知为人父母的艰辛，都知道母亲为了这个家付出了多大的努力！

母亲是个传奇。母亲长期担任上海第二毛纺厂织造车间主任，由于工作出色，获得了工人们的尊重。母亲坚持抓生产，保证出口业务顺利完成。为响应号召，母亲含泪将自己的子女一个一个送到了农村，送到了边远城市。经济上的困难，身心上的痛苦，所有的困难都是她一个人扛。母亲承担了多大的压力啊！等我们结婚生子，母亲又帮我们带大了六个孙辈中的三个！

母亲是个传奇，她是个要强的人，她不愿意麻烦子女。她一个人在亭子间居住了近六十年，三顿饭菜都是自己来。每年端午，母亲都要包粽子，然后送给我们。我们说自己可以买，母亲说："哪有我包的好吃？"我敢说，母亲包的肉粽绝对是世界上最好吃的。母亲背得出我们每家的电话号码，在电话中，她经常给我们敲木鱼（叮嘱、提醒）："你们在单位里，不管做什么工作，千万不要做有辱门风的事情。"我们做子女的，始终将母亲的叮嘱牢牢记在心里。母亲的十几个儿孙辈，不敢说个个成才，至少没有一人辜负母亲的期望。母亲在八十九岁高龄去台湾旅游，到神木那天，天下大雨，团里有人跑得累了，但母亲一分钟都没掉队。

2018 年 2 月，九十七岁高龄的母亲结束了她传奇的一生。母亲永远是我们子女心中的楷模。

2019 年 3 月

母亲包的粽子最好吃

2014年5月某天，我和几个朋友外出旅游，回来的时候，经过服务区，其他人都去买嘉兴粽子，唯独我坐在车子里。朋友很好奇："马上端午了，不买点儿？"我说，我母亲每年会包粽子，让我去拿。朋友大惊，因为朋友都知道我母亲已经是九十二岁的耄耋老人了。一个九十二岁的老人，还能包粽子，在不少人看来这简直是奇迹。

我印象最深的一次包粽子是在1958年的端午节。那天节日气氛很浓，父亲给妹妹佩上鸡心形状的香囊，香囊是母亲亲手做的。父亲用笔在我们几个男孩的眉心写上个"王"字，我们兄弟你望着我，我望着你，顿时觉得自己英武了不少。家家门上插着艾草，大街小巷弥漫着中草药的清香。

那时家里人多，粽子也要包得多，客堂间里放着一个大大的木盆，里面全是粽叶。母亲包粽子的速度很快，只见她拿起粽叶，左手一卷，粽叶就形成漏斗状；右手抄起调羹，先放糯米，再放肉，三弄两弄，粽子就包好了。盆里的粽叶逐渐少了，而边上钢精锅里的粽子逐渐堆成了小山。母亲包粽子的时候，我们兄妹在边上帮忙，有递线的，有舀糯米的，有放肉的，也有帮母亲捏肩的。其实，我们兄妹并不是想帮母亲的忙，而是想让母亲抽空给我们做个小粽子，等拿到小粽子我们就离开了。

母亲给我们做的小粽子，很精致，跟弄堂的小伙伴手里的小粽子比，绝对属于卖相好的。有时，我们乘母亲不注意，偷偷地抽上几张粽叶，做个口哨，于是，弄堂里响起了此起彼伏的口哨声。当然，玩够了，肚子也饿了，这个时候吃上母亲包的粽子是最开心的，端午节成了我们最欢乐的节日。谁知，几个月之后，父亲就去世了，以后是三年经济困难时期，包粽子成了生活中的记忆。

1997年，我搬离了老屋。第二年端午节前一天，我接到母亲打来的电话，她让我去拿粽子。自行车刚骑到弄堂口，我就闻到了粽子的香味。桌上的粽子，只只挺括饱满，箍着粽子的线将粽子的三个角勒得像刀锋一样，棱角分明。我试了一下，粽子掉在地上，完全没有散开，母亲这么多年没有包过粽子了，再试锋芒，宝刀依然不老！尽管我刚吃过中饭，可见到粽子，立马食欲大振。我吃了一个，肥肉油而不腻，精肉一丝一丝不嵌牙缝，糯米发得恰到好处，多少年没有吃到过如此美味的粽子了。七十七岁的母亲已是满头白发，而我自己也是半百之人了。

每年端午，我都会到母亲那儿去拿上几个粽子。后来渐渐发现粽子的三个角没有那么锋利了，裹粽子的线也有点儿松了。毕竟，送走了一个个端午，母亲也一年比一年老了。

我们兄妹处于两难之中。母亲包的粽子很受欢迎，即使平时不喜欢吃粽子的小辈，也都爱尝一下。可让九十岁的老人去包粽子，我们情何以堪。然而每到端午，总是有母亲的电话，让我们去拿粽子。拿吧，实在有点儿汗颜，不拿吧，母命不可违。我说，我去实地考察母亲包粽子的情况再说吧。

不大的灶披间，塑料盆里浸着粽叶，两边的凳子上放着各种馅：肉、赤豆、红枣，一切摆放得井井有条。母亲包粽子，腿上搭着裹粽子的线，虽然赶不上当年的速度，但是依然可以看到当年的风采。母亲包粽子，我根本插不上手。母亲不要我帮忙，说我越帮越忙。于是我还是像四十年前一样在边上看着，看得出，母亲很享受包粽子的过程。

当教师的侄女发短信问我：“廉颇老矣，尚能饭否？”我回：“能饭！能饭！”母亲是个闲不住的人，既然母亲觉得包粽子是件快乐的事情，很有成就感，我们为什么反对？

毕竟岁月不饶人，母亲越来越老了。2018 年 2 月，九十七岁高龄的母亲去世了。从此，我们再也吃不到天下最好吃的粽子——母亲包的粽子了！

2021 年 6 月

温情三分钟

母亲今年已经九十一岁高龄了，坚持一个人住在老屋。虽说母亲身体还很健康，毕竟年事已高，让人不放心。我们以及我们的子女多次建议母亲和我们同住，但母亲总是拒绝。母亲说，她一个人习惯了，想吃什么就买点儿什么，想什么时候睡觉就什么时候睡，想什么时候起床就什么时候起，无拘无束，自由得很。拗不过她老人家，我们做小辈的，只有顺从她的意思了。我们相约，每过几天，大家分别给老人家打个电话，给老人家报个平安，并顺便问问有什么需要解决的问题。

我每次给母亲打电话，电话铃声响三下，如果没有人接，我就挂了电话。我做了个试验，电话铃声响三下，大概是十秒钟的时间，这十秒钟的时间，对于一个年轻人来说，只能勉强跑到电话机旁接电话。而对一个九十一岁的老人来说，就非常困难了，更何况，母亲有时在楼下的厨房，或者在弄堂里，和邻居“轧山河”（聊天），如果这个时候听见电话铃声，从楼下或者从弄堂里，登楼梯到她居住的亭子间，然后再开门，十秒钟的时间是万万不够的。如果等母亲打开门，电话铃声戛然而止，母亲会何等怅然？母亲说，她常常站在放电话的五斗橱边上，等电话的铃声再次响起，可是，母亲经常会失望。这不再响铃的电话，让她牵肠挂肚。

老屋的邻居告诉我，母亲听到电话铃声，脚下的步子明显加快。我们的粗心，给母亲带来多大的麻烦啊！我们曾经设想，给她开通来电显示，可是，这实在是一个让人为难的办法。于是，我通知我的兄妹及我们的子女，今后给母亲打电话，如果电话一直没有人接，记住，一定不要挂断，响铃一定不能少于三分钟。

母亲说："有了这三分钟，接电话就笃定交关（够用）。"

我心头一热，母亲对我们子女的要求竟然是这样的微薄，只要三分钟就可以了。于是，我再次关照我的兄妹及我们的子女："这三分钟的拨打，一定要充满温情。"

2012 年 2 月

（本文获上海市妇联、上海电视台举办的"平凡中的感动"上海新孝行故事征文优秀奖）

阿胶里浓浓的爱

日历翻到了冬至。从这天开始的每一个早上，母亲都会从罐子里舀上两调羹阿胶，放在锅子里隔水蒸，然后吃点儿饼干，或者面包，开始一天的新生活。

母亲生于1922年，虽然已是耄耋老人，但耳聪目明，没有什么慢性病。母亲喜欢独居在老式的石库门房子，三顿饭菜都是自己解决，一般的单件衣服也是自己洗，每天下午打一场小麻将。这几年，母亲在我二哥的陪同下，到过不少东南亚国家和地区。母亲九十一岁时曾到韩国旅游，跟随大部队行动，一点儿没掉队，该玩儿的景点一个都没落下。导游和其他旅客听说母亲九十一岁高龄，都惊奇不已。很多人都要求和母亲合影，说是沾沾福气。当团内一些人嚷嚷吃力的时候，就有人提醒："苦不苦，看看人家老阿婆；累不累，看看阿婆九十一。"

父亲去世时才三十六岁，和父亲同龄的母亲忍受不了这巨大的打击，精神受到严重刺激。这还不算，一个女同志，拖着六个孩子，生活的艰难程度可想而知。"屋漏偏逢连夜雨"，紧接着三年经济困难时期来了，母亲既要忙单位工作，又要忙家务，体力严重透支，再加上长期营养不良，身体十分虚弱，经常咯血，并患有胆囊炎等多种疾病，胆囊炎发作时，常见母亲在地上打滚。

20世纪80年代初期，在农场的胞弟顶替母亲进了毛纺厂，听工友们谈了很多关于母亲的故事：母亲将省下来的饭票买馒头带给我们吃，而自己经常吃点儿清汤白饭，有几次竟然昏倒在车间里。即使这样，母亲还是响应号召，主动减去了自己百分之一的工资。母亲是厂里有名的美女，很多人劝母亲改嫁，事实上，当时追求母亲的人不少。母亲说，我不能让我的六个孩子吃苦。胞弟听了以后大受震动，他将母亲的点点滴滴都告诉了我们。在父亲去世以后的那段日子，两岁的弟弟对生活的艰苦是没有记忆的。一次，厂医对弟弟说，你母亲身体透支太厉害了，有条件的话，让你母亲吃点儿阿胶补补身子。于是，从那年开始，弟弟开始了长达三十多年给母亲熬阿胶的历程。

每年冬至前的一个月，弟弟就忙开了，先买上一斤半东阿阿胶。这些年，由于人们重视养生，东阿阿胶的价格年年看涨，三十多年前卖 40 多元钱一斤，前三年已经挂牌 900 元了。即使涨价了，弟弟年年都捡最好的买。此外，要配云南野生核桃一斤半，将核桃先洗一下，放油炒，炒熟后晒干；福建莆田桂圆一斤半，莆田桂圆肉头厚，核小；河北沧州小红枣一斤；半斤冰糖，将大块敲小，便于溶解。总之，熬膏子的辅料一定要好的，毕竟一分钱一分货。等东西配齐了开始制作：将东阿阿胶放入搪瓷容器内，然后倒入花雕，浸泡三到五天。将搪瓷容器放入铁锅蒸四十分钟，为了保持原汁原味，使之便于保管，防止水蒸气进入，搪瓷容器须盖上盖子，因为阿胶在下面，须搅匀后再蒸四十分钟，这样就大功告成了。

三十多年来，弟弟给母亲熬阿胶从没间断过。弟弟结婚以后，弟媳妇帮助弟弟一起熬。孝敬母亲是我们每个子女的责任，于是我们提出熬阿胶的事情应当由大家轮流承担。可是弟弟一口拒绝，不让我们“染指”。考虑到弟弟工作很忙，我们又建议委托药店代熬阿胶，弟弟说，他喜欢在煤气灶前慢慢地熬阿胶的过程，这个时候心里充满了幸福感。弟弟说，和母亲相比，熬阿胶这点小活儿算不得什么。

2018年的初春，九十七岁的母亲驾鹤西去。从此，那盛阿胶的罐子就一直空着了。

2020年12月

国庆十周年，那场不平凡的焰火庆典

焰火，绚丽灿烂、恢弘壮观，人们冥思苦想，用尽一切美好词语，也难以表达对焰火之美的赞叹。随着科学技术的发展，焰火已走进寻常百姓家。经常看到新人结婚，除了爆竹，还有焰火，焰火盛放的绚烂、壮观，令人为之瞠目。这些年，我看过许多精彩纷呈的焰火表演，但我最难忘的，还是国庆十周年的那场焰火。

1959 年正是建国十周年，以往，为庆祝国庆，上海会在市中心的人民广场集中燃放焰火。这次，为了让更多的人观看到焰火表演，政府在全市设立了几个燃放点，杨浦区的燃放点就设在杨浦区第一中心小学内（即现在的百联滨江购物中心的位置），我家恰恰就在小学不远处。那天我早早吃完了晚饭，搬了长凳，和几个同学坐等焰火。

晚上 7 点，一声炮响，大地也为之抖动，一朵朵硕大无比的牡丹花从天而降，有粉红、桃红、深红等颜色，从艳丽到淡雅都有，或相间或参半，有镶边有透心，其变化之多，几无相同的色调，可谓仪态万千，让人赞叹不已。随后，菊花、水仙、桃花相继出现，千姿百态，美不胜收。需要说明的是，那时，杨浦区没有高房子，一般老式公房有个三层楼已经属于高层建筑了，所以在观看的视角上一点儿不受影响。

现在想来，那时的焰火是很落后的，常常此花将败，彼花欲起，中间要等很长时间，而且不像现在还有音乐焰火，声光同时出现。那时的我们很容易满足，虽然中途要等待一段时间，可美丽的瞬间却是最值得期盼的，每一次等待后的欢呼都震耳欲聋。

马路上，人群涌动，很多穿着鲜艳服装的女青年，手里拿着鲜花、洋泡泡（气球），脸上充满了喜庆的神色，显然她们从人民广场游行刚刚回来。我第一次知道，晚上可以不再黑暗，天空可以如此精彩，祖国可以如此可爱。

时间已经过去了几十年，可国庆十周年天空中绽放的焰火常常在我的脑子里定格。我对那一幕幕印象之深刻，我自己都感觉不可思议。倒不是我的记忆超群，而实在是那时候没有电视，一般人家也很少有收音机，就连偶然能读到的报纸，也都是黑白的。我们那一代人对色彩的理解是停留在文字上、平面上的，而焰火的绚丽却是那么生动。

2005 年 10 月

我是第 612492 条好汉！

1989 年 4 月中旬，我有了一次到北京休养的机会。能到首都旅游，是我一辈子的梦想。在一个星期的时间里，我游览了圆明园遗址公园、人民大会堂、天安门广场、人民英雄纪念碑、故宫、大观园、定陵博物馆等。北京的名胜古迹给我留下了深刻的印象。4 月 19 日，我们打算登长城。导游和同事都对我说，别去了，爬长城很累的。那年，我刚过四十岁，按道理是年富力强的时候，但我因小儿麻痹落下后遗症，左腿残疾，行走不便。这次北京游没有掉队已经很不容易了，登长城，所耗费的体力将是巨大的。我当然知道长城不是那么容易能上得去的，但现在到了长城的脚下，怎么能不上去？长城是高，可是我的决心更高。我相信“不到长城非好汉”绝非虚言，我要当一条好汉！

我攀登的八达岭长城是明代长城的精华，是北京开放最早的一段长城，海拔高达 1015 米，地势险要，城关坚固，有五百多年的历史。我给自己定的目标是登上第一个烽火台，我不知道到第一个烽火台有多少距离。我目测了一下，倒吸了一口凉气，觉得烽火台的那头是天边。我不知道自己能否爬得上去。我扶着墙角，沿着台阶一级一级向上。我不敢向上看，也不敢向两边看，我的目光就落在脚下的每一级台阶上。我只知道，我现在是一步一步向前，是一步一步在攀登。时间一分钟一分钟过去了，我的步子缓慢而沉重。我的步幅很小，但是每一步都是向上的，向着登高的目标坚定不移。前面有人挡着了，他们或是聊天，或是取景拍照。我就静静地站着，不说一句话，当对方发现了我头上热气腾腾的汗水，就赶紧让开。慢慢地，我发现前面挡路的人越来越少，我顾不上原因，我只关心脚下。我沿着目标一小步一小步向前，先是登，颇有几分英雄豪气，慢慢是移，最后是挪，我知道自己已经到了体能的极限。无论如何，我要登上去；只要能登上去，就是胜利。

当我走到一块开阔的地方，我知道我登上了第一个烽火台。我抬起头，想看看蓝蓝的天，想看看长城两边的风景，却看见前面有几十个人注视着我，然后他们齐声呐喊，并向我报以热烈掌声，原来是他们清扫了我前面的“障碍”，是他们在默默地为我保驾护航。我的脸上挂满了汗水、泪水。我不停地躬身作揖，嘴里不停地说着：“谢谢各位！谢谢各位！”

在烽火台上，我感觉，我站在天地之间，我站在历史与现代的交界线，对悠悠历史的敬畏之情油然而生。后来我去过很多名胜古迹。但是，没有一次比登临长城的感悟更多，没有一个地方让我如此魂牵梦绕。在我的心里，长城最美。是的，登长城有点儿枯燥，因为长城只有砖，但是，登长城是一种精神上的洗礼、灵魂上的震撼。长城，是中华民族的瑰宝，是对人类的杰出贡献，是中国的文化符号之一。万里长城永不倒，中华民族精神永存！

我收藏了那次登八达岭长城的门票，确切地说这只是一张小纸片，设计极其简单，简单到连长城图案都没有，唯一能给人留下印象的就是“我登上了万里长城”几个字，以及编号 612492，这就是说，我是第 612492 条登上长城的好汉！

2020 年 10 月

重拾的回忆

我的收藏中，数量最多的是明信片。明信片中年代最早的不是中国发行的，而是苏联的。

事情是这样的：20 世纪 60 年代，我正在读初中，是班里的俄语课代表。经我二哥介绍，我与苏联第聂伯罗彼得罗夫斯克州的一所中学的学生娜塔莎通信，我们成为笔友。娜塔莎大眼睛，留着长发，穿碎花裙子，十分美丽（娜塔莎曾经将她的照片寄给我，后来不知什么原因找不到了）。娜塔莎寄给我的明信片，我至今还保存得好好的。我清点了一下，共有五十二张。这五十二张明信片，从内容看，有卡通、圣诞贺卡类六张，人物肖像类八张，其余三十八张皆是风景名胜、花卉动物。从材质看，印刷版四十五张，照相版七张；从规格看，大部分与我国的风光片大小差不多；从功能上看，有两张印有邮资，如印有“金额 3 戈比，1961 年”字样，这大概就是邮资明信片。这五十二张明信片均没有通过实寄，上面没有邮戳，更没有落地戳，都是装在信封里寄过来的。另有六张明信片的背面写有“给自华，娜塔莎”（当然均是俄文）。三张有日期，是写信的时间，一张是 1965 年 6 月 19 日，一张是 1965 年 7 月 12 日，最后一张是 1966 年 2 月 12 日，其余都是空白的。这五十二张明信片，不成套，印刷质量一般，严格地说并不具备很高的收藏价值，但于我而言却是弥足珍贵。

我当时毕竟还在上初中，用俄语写信未免磕磕巴巴，需要借助《俄华词典》并向读高中的二哥请教。再说，通信内容除了介绍自己，无外乎就是介绍我所居住的城市，学生腔很浓，也就勉强混了下来。当时家境困难，邮资对我来说是一笔不小的开支。二哥由于全天在校读书，他省下饭钱寄信，我每次都是把自己写的信夹在二哥的信中。为了给娜塔莎寄点儿小礼品，我将母亲偶尔给我买早点的钱省下来，买些中国剪纸之类的东西寄去。后来受环境影响，到现在我手里还留着一套来不及寄出去的明信片。

四十年过去了，不知娜塔莎近况如何，不知她会不会想起在上海曾经有这样一个中学生饿着肚子给她回信，不知道娜塔莎能不能有机会看到这篇短文。

2006 年 3 月

第二辑

店里店外

烟纸店，渐渐消逝的申城风景（一）

稍许上了年纪的人都知道，上海在若干年前，满大街都是烟纸店。在上海的主要市口，偏远的“下只角”，马路拐角，弄堂深处，都可以看到烟纸店。

烟纸店，也有称烟杂店的。所谓烟杂店，顾名思义，经营范围以香烟为主，以杂货为辅。中华人民共和国成立前的烟纸店还经营祭品，如香烛、锡箔，中华人民共和国成立以后，这些祭品被取消，在柜台货架上看不到这种东西了。烟纸店的顾客大都是街坊邻居，个别上下班走过路过的顾客，有时也买包烟。上海的烟纸店究竟有多少年历史，恐怕很难考证了，但至少有一点可以肯定，上海开埠一百六十年，烟纸店那时就存在了。

烟纸店经营场地不大，小有规模的，也就二十平方米，一般都在十至十五平方米，最小的只能放一只柜台，三四平方米。早先的柜台是木头的，以后是木头、玻璃组合起来的柜台。柜台沿店面平行，如果店面大点儿的话，柜台放成曲直形状，留一条小小的通道，便于进出。柜台上放着铁皮瓶架，按照需要，可放 4 只、6 只或 8 只数量不等的兔子瓶，瓶里装着花花绿绿的食品，硬糖、粽子糖、清凉糖、薄荷糖、棒头糖。瓶盖是锡制的，由于年代久远，锡制的瓶盖都“龇牙咧嘴”，不那么雅观。瓶架往往放在柜台醒目处，吸引孩子的眼球。在瓶架边上还有一种直瓶，有放蜜饯的，像咸支卜（咸萝卜干）、盐津枣，也有放包好的油氽豆瓣、油氽果玉（花生）的，那油从黄黄的包装纸里渗透出来，香味直往鼻子里钻，引得人口水直流。

“螺蛳壳里做道场”，烟纸店小老板将店面的空间利用到了极致，一般顾客都能在店里找到自己所需，什么小百货、小文具、小五金都有，退热片、咳嗽药水也有供应。那么多的商品放在小小的店堂间是琳琅满目，井井有条，拿取方便。

烟纸店营业时间很长，早上6点，小老板就起床，头一件任务是将排门板一块一块卸下，放在店门边上。如果烟纸店开在弄堂口，排门板就可以放在弄堂里，不用担心日晒雨淋。然后小老板简单梳洗，不一会儿老板娘端上一碗冒着热气的豆浆，手上还带着一份大饼油条。老板吃完早点，坐在高高的凳子上，表示一天的生意开始了。晚上9点，烟纸店关门打烊，老板重复早上所有的动作，将排门板一块一块上好。门板上有个可开关的小门，一尺见长，这是专门用来供夜间服务的。半夜里买包烟，或有其他什么需要，只要敲敲门：“王老板，我是后头的阿三，来包烟！”只见小门打开，也不用问什么牌子的烟，准不会错，就递了出来。银货两讫后，小门“吱”一声又关上了。

2004年2月

烟纸店，渐渐消逝的申城风景（二）

烟纸店老板的经营意识都很强，店里的商品大部分都能拆零卖，信纸、信封可一张一卖，香烟可以拆包卖，最经典的是买飞马烟和勇士烟，那年头儿这两种烟是普通劳动者的大众消费，价格分别为0.28元和0.13元，5分钱可买两支飞马三支勇士，价钱4分7厘5，老板往往再给上两张手纸，算是公平交易。因此在烟纸店买东西不用担心缺斤少两、以次充好。聪明的老板知道，这些顾客都是他的衣食父母，得罪他们岂不是得罪了衣食父母？老板讲究和气生财，在他那里买东西可以赊账，隔壁张三、后面的胖子，都是老顾客了。老板的人缘极好，平时柜台前总有三三两两的老邻居在"吹牛皮"，说什么东西又涨价了，说国家大事，毕竟"国家兴亡，匹夫有责"嘛。

老板的精明还表现在当家理财上。1967年我进的工作单位是合作商店，其成员就是原来烟纸店老板和摊贩，我记得有几个人本事相当了得。那时我当会计，算盘打得特别快，人称"快枪手"。有一次去商店参加盘点，一个叫老王的老头和我比赛，一张盘点表有二十六行，既要算出数量乘单价的价格，还要计算出总金额，换句话说，一张盘点表里有五十三笔账要算。我用算盘，老王全靠心算，很多人在旁边看热闹。谁知我才算到第二十行，老王就将全部金额准确无误地报了出来，我佩服得五体投地。多年的经验积累，造就了他们超凡的本领，用他们的话说，哪怕他们一天不在店里，晚上来"瞄"一下，就可以大概知道今天的营业额是多少、库存商品还有多少，而且八九不离十。

老板做小本买卖，本小利微，没有仓库，周转很快，天天批货，对市场行情拎得特别清楚。我曾对某区的烟纸店做过一番调查：1960年，该区六百六十六户烟纸店被组织起来走合作化道路，六百六十六户烟纸店的全部资金为143044元，平均每户214.78元，而且这214.78元不单指商品，还包括房屋、营业用具的作价（估定物品的价格），可见老板之“小”。说是老板，其实在店里打点的就是夫妇俩人，老板娘也是帮工。烟纸店也被称为“夫妻老婆店”，可能就源于此。老板去批货，老板娘一边纳鞋底，一边烧饭，一边带孩子，一边看店，也忙得够呛。烟纸店雇伙计的不常见，这除了成本考虑外，家里地方小也是个重要因素。一般烟纸店都是家连着店，店连着家，没有地方可供伙计睡觉。老板还兼采购、运输，外出批货，或挎着纸盒，或拎着布袋，肩扛手提，而且一般都是步行，几分钱的车钱也是要省的。那时哪家老板有一辆脚踏车，不仅可以算是一笔很大的固定资产，而且也特别威风。

2004年2月

烟纸店，渐渐消逝的申城风景（三）

说到烟纸店老板，不能不说老板的儿子。老板的儿子叫小开，姓王叫王小开，姓张叫张小开，小开比老板时髦，头发三七分，皮鞋锃亮，裤缝笔挺，皮带上的金属搭扣总是有意无意露出来。小开初中肄业，有点儿文化，写字间进不去，小老板又不想当，“吃吃白相相”（吃吃玩玩），乘老头子不在，有时溜进店堂间，捞几块牛皮糖，捧一把弹子糖。老板娘望着宝贝儿子也只能无可奈何。相比之下老板就土得多了，脚蹬布鞋，身着皱巴巴的上衣，裤沿处是白边，一块布条当腰带，老花眼镜的一条腿是用绳子代替的。我认识一个小老板，一年四季不穿袜子，家里大大小小几张嘴都靠这爿小店养活，这个老板当得真有点儿灰溜溜的。

尽管日子过得很艰辛，老板还是苦苦支撑着。开烟纸店起点低，本钱少，而且技术含量低，我所在的单位，有一个曾经参加过北伐战争的国民党中级军官，就留在上海开了一家烟纸店。在当时，烟纸店是一个不错的饭碗。每年除夕、初五接财神，老板总要放点儿爆竹，重新贴幅“生意兴隆”“财源茂盛”之类的对联，盼望来年生意兴隆。尽管店里现在用的还是昏暗的电灯，日光灯争取明年买吧。小店的名称寄托着老板的全部希望，这些店名往往叫“万昌”“顺发”“兴隆”“泰祥”“元丰”等。

对于烟纸店小老板来说，有两个年代是万万不会忘记的，中华人民共和国成立前及文革中。我的爷爷曾开过一爿烟纸店，在20世纪50年代早期就关门大吉，主要原因是我母亲坚决要关。母亲是中华人民共和国成立后第一批入党的纺织女工，那时党员家里有人开店，显然不合适。母亲今年已九十五岁高龄，说起我爷爷开的小店至今记忆犹新。母亲是20世纪40年代初嫁给父亲的，在纱厂做生活（干活儿，做工），小店全是我爷爷一人照看。在我们家不远处有个日军司令部，有一回日本人牵着半人高的大洋狗，在小店门口转来转去。母亲那时二十岁不到，战战兢兢躲在门板后。日本人投降后，国民党将日军司令部改作伤病医院，马路上经常可以看到绑着绷带、拄着拐杖的士兵，他们到小店买烟，钱也不付："把账记上。"我爷爷敢怒不敢言，因为在其他小店就发生过一起伤病员闹事事件，小店被砸得稀里哗啦。那年头儿开小店整天担惊受怕。

烟纸店，上海这道独特的风景，陪伴上海这座城市走过了漫长的岁月。上海市民对烟纸店有一种难以割舍的情结，很多人的记忆深处都和家门口的小店有着千丝万缕的联系。"青山遮不住，毕竟东流去"，现在烟纸店逐渐被便利店取代。然而，当你在上海的角落里发现一爿烟纸店，它顽强的生命力，总会引起人们说不清、道不明的无尽思绪。

2004年3月

当年发工资

我进单位的时候，每个月发工资的那天，老职工称之为“关饷日”。那时关饷是件很大的事情。一来，家中就业人数少，一个月的开销就指望发工资；二来，除了基本工资，没有其他经济来源。我在单位担任会计工作，虽说发工资是出纳的事情，可由于我供职的单位规模不大，我也经常帮忙。

我们单位每月 12 日发工资。我负责将工资表做好交给出纳，出纳打好支票提前一天向银行预约，在预约的同时，还要附上票面分析单。那时，老职工工资是 50 元上下，学徒每个月是 16.84 元（这是集体所有制，全民所有制为 17.84 元）。发工资需要各种面值的钞票，会计对于票面面值多少，尤其是辅币（即 1 元以下的小票）面值多少，要做到心中有数。那时票面面值最大的钞票是 10 元钞，最小的是 1 分。一次，在发工资时，由于统计上的错误，面值 1 角的钱领多了（共 50 元，五百张），最后不得不将厚厚的五百张 1 角钱全部装入一个职工的钱袋里，这个职工以为我们会计部门对他有意见，引发了一场误会。

我们单位每个月发工资的总额也不过 4 千多元。我们从银行将钱领回来后，先全部复核一遍，然后分装到工资袋里。这时，在我们的周围已经排起一支小小的队伍，只有等所有钱款分装完毕，没有一分钱的差错后，才能开始发放。

有些人拿了工资，就赶紧将钱交给等在办公室外的家人，让家人去买米买油，或者给子女付书费学费。之所以着急买米买油，倒不是担心涨价，那时物价很平稳。很多养家糊口的中年人，一个月收入才50元上下，可是他们的子女特别多，有十个孩子不是稀罕事，为了维持生计，寅吃卯粮，前吃后空的现象很普遍。和老职工聊天，他们常常憧憬，什么时候工资能涨到100元就好了。

弹指一挥间，现在发工资，早就发生了翻天覆地的变化，单位将核算好的工资表拷入U盘，U盘直接交给银行，减少了很多麻烦，而职工随时用卡或存折取钱就可以了。当然现在也有领工资排队的现象。每逢关饷日，早上八点不到，银行门口就排了上百号的老人，有的已经颤颤巍巍了，甚至是在子女的陪同下来的。其实，这些老人“不差钱”，之所以在关饷日到银行，主要是为了会会老同事、老朋友，说说老年人关心的话题，这种排队和当年的排队不可同日而语！

2014年11月

卖瓜的名堂经

大热天，西瓜成了消暑的好食物。现在的“吃瓜群众”有福了，想啥时候买就啥时候买，想买多少就买多少，很方便。

可是，那时的吃瓜群众就没有这么方便了，那时能吃到西瓜不容易，卖西瓜也不容易，因为卖瓜有交关（很，表示程度深）名堂经。

先讲讲跢瓜（卸货的一种方法）的名堂经。西瓜易碎，尤其是成熟度在九成以上的，一碰就豁开，再加上单个西瓜有好几斤重，甚至十多斤。卸西瓜不可能像卸鸡蛋那样小心翼翼地从车上捧下来，因为一车西瓜往往有几吨重；也不可能像击鼓传花一样地传递，唯一的办法就是跢瓜，两个人一组，一个人在卡车上由上往下跢，一个人在下面接，上下距离几米远。跢瓜和接瓜是要有技巧的，如果用两只手，一看就是洋盘（生手，缺乏经验的人），尤其是接瓜的，两只手接瓜不仅撒度（吃力），胸口难免会被碰伤，而且容易向后仰而摔倒。接瓜讲究的是用巧劲，用一只手，接到跢下来的瓜，顺势而为，手腕轻轻一转就放入杠篮里了。所谓杠篮，就是圆形的大竹筐，一般可以装二百斤左右的西瓜。整个过程灵活、自然。接瓜的人，既要接瓜，又要按单个瓜是四斤还是六斤分开放，因为不同规格的西瓜价格不一样。另外，要在接瓜的时候迅速判断手里西瓜的生熟程度并放入不同的杠篮里。整个卸瓜过程，上下两人需要默契配合，配合完美的话，一车瓜可以做到无一失手。吃瓜群众看这眼花缭乱的“天女抛瓜”的场景，都连连称赞，看来没有一点儿基本功还真不行！

瓜卸完了，还不能卖，还要将杠篮里的西瓜全部称一下，然后和发票核对，一看份量，二看生熟度，三看规格，如果发现实物和发票严重不符，要电话联系，或者补缺，或者开红字收据，或者下次补实物，等到全部确认完毕，就开卖了！

这个时候，耐心排了几个钟头队的“吃瓜群众”开始闹忙了，大家希望早点儿买到西瓜，可以早点儿回家吃瓜，因为，整个西瓜供应季节供应不了几次。买西瓜要凭小菜卡，五人以下为小户，五人及以上为大户，小户和大户可以供应多少，会有专门的通知。

现在说说算账的名堂经。卖瓜一般两人为一组，一个司磅，一个收款。瓜的价格为每斤 0.085 元、0.095 元、0.105 元和 0.115 元，价格不同是根据西瓜品种和规格划分的，单个瓜四斤以上和六斤以上，价格就不一样。现在的人对价格还有半分钱零头可能会不理解，那时物价是很严格的，价格由上面统一规定。那时没有电子磅秤，也没有小的计算器，一切只能靠心算，这心算是相当考验水平的，不仅要快，而且要正确，还要求一次过，不容许报两次数字。有的人由于业务不熟，计算金额卡壳，消费者对金额产生怀疑，只好再重新计算，使排队的人埋怨声一片。这种现象相信那时的“吃瓜群众”都碰到过。我就碰到过这样一个实例，一个顾客买了三十四斤六两西瓜，其中六斤以上规格的七斤二两，单价 0.105 元；四斤以上规格的二十一斤一两，每斤 0.0905 元；其余为四斤以下规格的六斤三两，单价为 0.0805 元。请问，一共是多少钱？读者朋友如感兴趣，不妨当一次司磅，不用计算器，看看花多少时间能算出来。那时当个营业员，没有一点儿真功夫，还真不行！

2017 年 8 月

当年，卖瓜是件烦心事

天气渐渐热了，马路边的地摊上，都是西瓜。晚上吃好饭，居民笃悠悠（悠闲地）拣西瓜，随买随吃，交关方便。

20 世纪 80 年代初期，还是实行计划经济的年代。对居民来讲，天热要吃西瓜很不容易。其实，卖瓜更加不容易。那时，我在一家食品店当小头头，管百把人。在西瓜上市一个月前，上级公司就开始布置，要求打好“西瓜战役”。讲“西瓜战役”，并没有任何夸大的意思。在每年西瓜供应季节，果品商店、食品商店就紧急动员起来了。员工的休息日全部取消，一半员工负责日常营业，一半员工负责西瓜供应。商店的格局早就做了调整，柜台进行了合并，腾出一半店堂间摆西瓜。西瓜供应是一项政治任务，要保证居民吃到西瓜、吃好西瓜。因此，团支部早就做了动员，青年突击小组也成立了起来。一些小青年特别能战斗，吃在店里，睡在店里，几个礼拜不回去。有的家长不放心，就偷偷摸摸地跑到店外头，看看自己的孩子。

那时西瓜凭小菜卡供应，五个人及以上算大户，五人以下算小户。大户供应三十斤，小户供应二十斤，小菜卡由营业员当场剪角。送西瓜的车子还没到，店门口就有人排了长长的队伍，住在商店附件的居民早就了解商店的进货规律。不过，如果发烧 38 度以上，凭病历卡可以不用排队，可优先购买一只西瓜。稀奇的是，那时没有发生过病历卡造假、冒充的现象。有时，一车西瓜不大灵光（不够好），卖起来就吃力。这个时候熟手就派上用场了。熟手拣一个西瓜，用尖刀挑出一只三角，红颜色的瓜瓤让消费者看得很开心，再让消费者尝一口三角瓜瓤，当然是很甜，熟手顺便再拣几个，凑满可以购买的分量，并再三关照这个先吃，那个后吃。还在西瓜某个部位削掉一块皮，以防将不是本店的瓜拿来调换。

买卖西瓜时吵架是经常发生的。卖瓜最麻烦的是如何评判瓜熟与不熟，有的西瓜瓜瓤是红的，但是不甜；有的有甜度，但瓜瓤瓜子是白的。营业员每天要面对几百个顾客，与顾客因西瓜是不是熟、几分熟而争论不休，重复同样的话，累得够呛。店堂间热得像火炉，几只电风扇又没有办法将大家的火气压下去，为了不影响做生意，我就出面当老娘舅（讲公道的年长者），将顾客请到边上，端一杯凉开水，再讲道理，最后退点儿钱，或者是再送一只小的西瓜，算是解决问题。

整个“西瓜战役”持续两个多月。“西瓜战役”结束以后，每个人在写小结的时候，都会出现这样的话：“虽然嗓子哑了，皮晒黑了，人变瘦了，可是，我们的心更红了。”现在看来，虽说有点儿夸张，但是很有道理！

2015 年 7 月

“零拷”岁月

上海早期的烟纸店，就是现在的便利店。烟纸店在上海生存了上百年，深受老百姓欢迎。烟纸店给老百姓带来了很多方便，其中特点之一就是“零拷”。零拷，实际上就是零打碎敲（拷），零拷和上海人曾经用过的两钱半粮票一样受到嘲笑，但这也恰恰反映了上海人的精打细算。那个时候，上海人经济条件普遍不大好，家里地方不大，没有冰箱，不能像现在一样，将一个礼拜的东西买回来，于是零拷成了上海人家的普遍现象。比如，烧晚饭了，正好需要黄酒做佐料，就吩咐孩子到烟纸店去买 5 分钱黄酒，不要小看这一点儿黄酒，除了做佐料，多买几回，还可以给男人吃一顿。

零拷大有学问。我在烟纸店做过三年学徒，也算吃过萝卜干饭。狭小的店堂间，堆放了十几坛老酒，除了黄酒，白酒系列有 50 度土烧 0.9 元 / 斤，55 度 1.1 元 / 斤 ，60 度 1.2 元 / 斤；还有以优质白酒为酒基，配以红参、当归等中药材浸泡，制出的酒颜色像绿豆汤的绿豆烧；以高粱酒为酒基，加入五加皮、杜仲等浸泡的五加皮，这些酒很受老百姓欢迎。比较高档的濉溪大曲，零拷 1.6 元 / 斤，算是比较贵的了，要知道当时茅台才 8 元一瓶！老酒的零拷是用吊提，所谓吊提，就是一种大小不一的固定容器，有一个长长的固定的柄。吊提是伟大的发明，要把液体倒进瓶口小小的酒瓶，是很不容易的事情，有了吊提，再加上漏斗，就很方便了。老上海人称零拷为零吊就是这样来的。吊提有锡的、竹头的，规格有半两、一两、二两，这样就可以搭配不同的斤两。由于比重不同，黄酒、白酒的吊提不一样，不可以互相通用，以保证份量准确。

记得我第一次给店隔壁弄堂里的一个熟客零拷二两五加皮，那个熟客带了玻璃杯，递了一支香烟给店里的老师傅，然后两人就嘎讪胡（聊天）了。我拿起二两的锡吊提，按照“拷酒要快，拷油要慢”的诀窍，抖抖豁豁将酒灌进了玻璃杯，拷完后还十分地道地用揩布将玻璃杯揩清爽后给了熟客。那熟客见了摇摇头:“小阿弟，份量不准足（不准确）啊！”师傅随即加了点儿，熟客心满意足地走了。见我丈二和尚摸不着头脑的样子，师傅说:“这些人是老酒鬼，老酒鬼的玻璃杯有花纹的，二两酒到什么花纹，他们眼睛一瞄就晓得了，对酒鬼来讲，这一点点老酒都不能相差的！”师傅还关照，锡吊提拷酒要当心，因为容易碰成“瘪塘”（凹下去），有了“瘪塘”份量就不准足了，所以要经常校吊提，生意人最讲究信誉。

在烟纸店里可以零拷的，除了老酒、酱油、豆油、火油，还有雪花膏、百雀羚。烟纸店的最大功能就是便民，香烟可以拆零卖，连上厕所用的手纸、写信用的信纸信封、缝补衣服用的针线、裁剪衣服用的画粉、教学用的粉笔，都可以零卖，这些是另外一种零拷形式了。

任何事情都有两面性，零拷也会带来一系列问题，如食品卫生，还有就是容易作假。我在烟糖公司工作，就听说在酒里掺水，或者将低度酒倒入高度酒中，酒精的度数就下来了，严重损害了消费者的权益。于是，就有上级部门不定期到商店进行抽查，使用酒表来测定白酒中的酒精含量。方法是取一只玻璃杯，杯里装500ml或1000ml待测度数的白酒，把酒精计和温度计放进量杯中，三五分钟稳定后读取度数，再查阅温度换算表即可，此法为现代通用的方法。

现在零拷不常见了，这不仅是因为现代人消费水平提高了，消费习惯发生了变化，还有一个重要原因就是卫生和产品质量不易把控。

2017年2月

甏头酒

到董岭去度假，朋友海龙兄带了一甏花雕酒，十斤装。我不由得想起了和甏头酒有关的往事。

酒在我国有五千多年的历史，“葡萄美酒夜光杯，欲饮琵琶马上催”“劝君更尽一杯酒，西出阳关无故人”“借问酒家何处有，牧童遥指杏花村”等名诗佳句都脍炙人口。酒和名人的佳话更是不胜枚举：爱酒名家像酒仙李白，醉翁欧阳修，醉侯刘伶；民间津津乐道的美谈，如梁山泊好汉大碗喝酒、大块吃肉，曹操煮酒论英雄。各位一定注意到，他们喝的都是甏头酒。

甏头酒的酒甏是口小腹大的陶瓷容器，一甏酒的重量在六十斤上下，一只空甏的份量就有二十斤左右。搬酒甏不能用蛮力，是要讲技巧的：两只手分别抓住甏的上下部位，然后将酒甏贴着身体搬动。所以在大部分情况下，由于搬运困难，只能将酒甏像转圆规似的一圈一圈转到店里，然后堆成上下两排。这种活儿都是男人干的，小姑娘根本就搬不动。后来有了活络的铁丝架子，将铁丝架子套住酒甏，然后二人互相配合，后面的人搭住前面人的后肩就可以搬动。甏头酒的封口是用泥土封的，只有在销售的时候才会敲开泥土。甏泥由稻草、谷糠、黄泥合成，很有韧性。甏泥可以糊煤球炉的内胆，经常有居民索要。商家会自制罩子盖在封口上，以免酒和空气接触。罩子是用纱布做成的，内装黄沙。在夏天，如果频繁打开黄酒的罩子，整甏黄酒容易发酸，影响品质。商家一般会倒出一部分黄酒盛在大口玻璃瓶里。黄酒卖到后来，底部有不少“酒脚”，商家将“酒脚”倒入用纱布做的袋子中进行过滤，澄清后的黄酒，仍可销售，残留在纱布里的沉淀物就倒掉。

零拷酒，往往有“吸一口”的故事。酒开甏以后，如何倒入其他容器？那时用一根橡皮管插入酒甏，然后用嘴对着橡皮管吮吸一下，酒就能流到其他容器，在吮吸的时候，吸得太轻，酒出不来；吸得太重，会被酒呛了咳嗽。不会喝酒的，那是遭罪；喜欢喝酒的，“酒鬼跌进了酒缸”，正中下怀，吸入的往往是一大口。

甏头酒是零拷的，于是常有酒鬼在店里，买点儿花生米之类，直接沽点儿酒就喝起来了。在零拷的过程中，经常会有误会发生。有家长反映，让孩子买酒时有短斤缺两的现象，原来，家长给了孩子0.2元，孩子只买了0.15元的酒，剩下的5分钱买了零食；还有家长反映说酒的度数有问题，一查，有的孩子好奇，就偷偷喝上一口，然后倒点儿白开水充数。

那时商店也有瓶头酒，但是很少有顾客买“瓶头酒”，如果有人买，家里一定是有重要的客人上门了。那时“瓶头酒”空瓶可以退钱。从甏头酒到瓶头酒，反映了人们生活水平的提高，也说明了人们生活方式的变化。

现在街边的小店偶然也有甏头酒，但是已风光不再了。

2020年8月

啤酒往事

现在，大热天喝上一瓶冰啤酒是很惬意的事，也是很平常的事情。但是在计划经济年代，啤酒是紧俏货，不是消费者想喝就能喝到的，也不是商店想要进多少货就能进多少的。批发部门给予商店的啤酒供货数量有一个标准，就是看商店天冷时的销量，天冷时销得越多，天热时的供应量就越大。事实上，天冷喝啤酒，是一件受罪的事情。商店为了做生意，就对消费者许诺，或者发牌子，证明天冷买了多少啤酒，保证天热可以对商店优先供应，比如天冷买一瓶，天热可以优先供应三瓶。

到了天热的时候，由于受运输能力的限制，啤酒厂让商店直接到厂里去车（拉货）。那时，一般店家运输工具只有黄鱼车、拖车，没有机动车，为了进啤酒只好四处托人借卡车。上海市区有两家啤酒厂——西区的上海啤酒厂和东区的华光啤酒厂，我们进货一般在华光啤酒厂。华光厂在杨浦区定海路的一条小路上，大清早，卡车在华光厂门口就排起了长长的队伍，不知道什么时候能轮到自己。车子是借来的，驾驶员要服侍好，那时车里没有空调，只好用扇子不停地给驾驶员扇风，极力安抚驾驶员情绪。好不容易轮到自己了，正准备去开票，谁知道支票忘记带了（啤酒是紧销货，所以要用支票进货，当场结算），这个时候黄汗直流，双脚直跳。开票的如果发慈悲心，允许派人去取支票，这简直是“恩典”啊！到啤酒厂进货实在是一件折磨人的事情！

那时喝啤酒，要以瓶换瓶，因此一般人家要囤不少空瓶，而商店的啤酒瓶是向批发部门有偿借来的。受地方的限制，商店的空瓶都是一格一格（一种可装入二十四只空瓶的木格）堆高放在靠墙处。那时一只空瓶的价格接近一瓶啤酒的价格，因此堆在商店外面的空瓶经常丢失。这也是那个时代的一大特色：啤酒瓶和啤酒一样吃香（受欢迎）。相比瓶装啤酒，散装啤酒更受欢迎。散装啤酒一是价格低廉，二是不需要用空瓶换，三是新鲜程度更高。但是一个区一般只有一两家商店供应“散啤”。因为卖“散啤”要有一定空间，要在店堂间摆一只巨大的啤酒储存罐（俗称“坦克”），更重要的是卫生条件要符合标准，商店每天晚上要将“坦克”洗干净，否则第二天会发臭。啤酒厂装散啤的槽罐车到了商店门口，通过一根长长的管子将啤酒直接放到商店“坦克”里。这里一边往“坦克”里灌啤酒，那边，店门口早就排上了长队，男女老少顶着大太阳，每个人手里拿着不同的容器，有热水瓶、铜吊、啤酒瓶，也有钢精锅。散啤 8 分钱一杯，这个“杯”是统一的、专用的量具，上面标有刻度。卖散啤经常会“寻相骂”（吵架），因为往量具里倒啤酒是大有讲究的，商店师傅将龙头开大，放得急点儿，虽然看着同样也是一杯，但泡沫很多，顾客到家往往只有一半了。这个时候顾客一般都要陪着笑脸，希望师傅手下留情，龙头开得小点儿，让泡沫少点儿。如果是下午买散啤，放到晚上，这啤酒早就没了气，味道也没了。啤酒没有气，人往往会一肚子气。没有办法，那时没有选择。

如今啤酒不再是紧销货，人们可以喝到来自全国各地乃至世界各地的啤酒，令人难忘的散啤也渐渐淡出了视野。后来我再看到散啤是在啤酒屋，那已经是鲜榨的了。在啤酒屋，不仅可以尝到最新鲜的啤酒，而且可以亲眼目睹鲜啤的出产过程，这种滋味和当年大不相同了。

2016 年 8 月

酸甜苦辣说年货

从20世纪60年代初到70年代末，这段时间商品供应十分紧张，票证是商品供应的主要凭证，到了春节，每家每户都要拿到一大把花花绿绿的春节年货供应券。春节商品供应分大小户，五人以下是小户，五人及以上是大户。记得70年代中期，当时我在食品行业工作，春节每户凭票供应“四大金刚”：粉丝一斤，金针菜、黑木耳一包，枣子半斤，炒货一件。前三种基本上是固定的：粉丝一斤，价格0.8元；金针菜、黑木耳0.25元，一户一包；枣子半斤，红枣或黑枣。唯独炒货有点儿讲究，炒货是几选一，或者香瓜子、长生果选一斤，或者花生米、小核桃、松子选半斤。

春节供应开始的第一天，排队的人特别多，多数人是盯着炒货来的，最热门的是小核桃，还有松子。商店的场地都比较小，还要维持正常经营，于是不少商店向附近的小学、幼儿园借教室，春节供应正好是学校放假的时间，借来的教室既当仓库又当加工场所。有时候干脆在学校的边门供应春节商品，排队人群在居民小区排成了“九曲桥”，派出所、居委会派人戴上红袖章维持秩序，形成了一道独特的风景。

每到春节，消费者忙着购买年货，营业员则更忙，许多商品运到商店，然后限期限时完成加工、包装任务；有的商品到货很晚，而供应年货的日子却是全区统一的。在整个春节供应期间，营业员天天要到晚上十二点才回家：加工商品，核对票证，为明天的供应做好准备工作。不少营业员将病假单放在口袋里，轻伤不下火线。

有人认为，营业员的工作是很轻松的，事实上并非如此。商业部门将每年的春节供应称为“春节战役”，是很有道理的。年货中粉丝比较难包装，需要装在一个二米长、一米宽的麻袋里。粉丝很硬，要从麻袋中一把一把地拽出来，就算戴上手套，不少营业员手上都是道道裂痕，手指上贴满了橡皮胶。这还不是最难的，最难的是包装枣子，枣子装在麻袋里，冬天枣子结成一团，不能用食品铲子或钳子将枣子取出来，一来用铲子或钳子速度慢，二来一用力工具就断了，当时又没有其他工具，只能用手将枣子一团一团挖出来，然后再一包一包称分量。一次年货供应下来，手指变黑、出血、长茧，是家常便饭。加工完毕，还要轧账（核算查对账目），大包装变成小包装，肯定有损耗。损耗多少都要有原始台账，要有多人签字，不能毛估估（大概估计、估算一下）。

副食品行业是春节供应的重要角色，副食品供应也很有讲究，像家禽票，买了鸡就不能买鸭，凭蛋票可以多买点儿冰鸡蛋，冰鸡蛋吃口（口感）差，聪明的上海主妇就用冰鸡蛋做蛋饺。用肉票买猪头肉的时候，可以多买点儿，因为那个时候有猪头肉吃是很不错的了。到菜场买年货，比到食品店买年货更加累人，不少人家排队用砖头、破篮头充数，结果在半夜里，砖头、破篮头寻不着了，于是大家“寻相骂”。我家兄弟姐妹多，人多的优势就发挥出来了。我们兄弟分工，比如，我和弟弟在上半夜排队，当别人都在暖和的被子里呼呼酣睡，我和弟弟却只能在菜场喝西北风。到下半夜，也就是凌晨两点多，两个哥哥过来替换我们，一直到开秤将菜买回来。哥哥他们更辛苦：睡意正浓，却要离开温暖的被窝，这滋味真不好受。而我和弟弟钻到还有哥哥他们体温的被子里，很快就进入梦乡。

20世纪60年代末70年代初，上海的一般人家都有子女插队落户，子女回家探亲，可以带点儿当地的土特产，如长生果、香瓜子。也有自己家里炒南瓜子、西瓜子的，这需要在平常就把南瓜子、西瓜子收藏起来，再放到太阳底下去晒。我的大阿姨住在虹口区的舟山路，隔壁就是鼎鼎大名的“好吃来”炒货工场，我们经常去“好吃来”要点儿细砂，用细砂炒瓜子，味道特别好！

那个时候春节商品供应数量有限，品种也单调，但是节日气氛却很浓，大家脸上的笑容是真诚的。

2020 年 1 月

那可爱的“大白兔”

我知道大白兔奶糖，是在五十年前。

1962 年秋末，还处于三年经济困难时期。这天早上 10 点多，不知道什么原因，我只觉得浑身发抖，呕吐不止，然后就昏厥过去了。之后的事情都是家人告诉我的：我昏过去以后，家人从来没有见过这个架势，顿时吓呆了，有的给我掐人中，有的给我灌开水，可是仍然没有效果。好在大哥读中医，那段日子正好在我家附近的一所医院实习，于是家里人飞快地跑到医院将大哥叫回来。大哥带了听诊器赶到家，搭脉搏，听心率，然后果断地说：“这是低血糖症状，喝些糖水就可以了。”

那时不仅缺粮，人也缺乏常识，不知道低血糖吃点儿糖就能好。可是，到什么地方去搞糖水呢？当时，每户人家一个月才供应二两古巴砂糖，早就吃完了。慌乱中，妈妈想起来家里还有糖精片，于是赶紧找来，掰了点儿糖精片，用热水冲和后，准备灌到我的嘴里。这时，正好邻居王叔叔来串门，看到这个情况，便马上说让我们等一下，然后他就奔回家去。大家都不知他要去干啥，紧张地等他回来。不一会儿，只见他手里捏着一块糖进来，他说：“这是大白兔奶糖！”王叔叔剥开糖纸，掰开我的嘴巴，将“大白兔”轻轻塞进了我嘴里。没过多少时间，我就睁开了眼睛。后来我们知道，王叔叔在香港有亲戚，时不时会收到香港寄来的包裹，这大白兔奶糖就是从香港寄过来的。

我吃到了大白兔奶糖，这让我的哥哥、妹妹、弟弟羡慕极了。糖是什么味道，已经是个遥远的记忆了。在食品店里，“粒头糖”（一粒一粒的糖果）很长时间不见踪影了。即使有，我们家也买不起。那时，全家八口人，全靠母亲一个人的收入维持，连基本的生活都得不到保障，更别说吃“粒头糖”了。由于食品糖供应紧张，不少人家买了些糖精片弥补不足。家里的古巴砂糖和糖精片是被母亲锁起来的，平时我们根本见不到。家里蒸馒头时，母亲把糖精水和到面粉里，以增加甜度。这时，我们会趁母亲不注意，偷偷喝上一口。由于糖精片甜过头了，甚至有点儿苦味，我们反而不知道真正的甜味是什么样子了。大家问我，“大白兔”是什么滋味？奶糖和糖不一样在什么地方？十四岁的我在昏厥中，哪里有感觉啊！大家都甚为惋惜：这么好的机会没有好好品尝。弟弟妹妹吃不到大白兔奶糖，可那张包裹糖块的糖纸还在啊。于是，几个弟弟妹妹就用舌头在糖纸上舔了又舔，一直到糖纸头被舔烂了为止。最小的弟弟说，他尝到了糖的甜味和奶的芳香。弟弟还说，他希望自己也能生一场像我一样的病，希望王叔叔也能给他一块大白兔奶糖。看到这种情景，大家的心里真是酸酸的。

于是，我知道了大白兔奶糖是可以救命的，后来我还知道大白兔奶糖还可以“救人”。

1967 年，我被分配进了区烟糖公司下属的烟纸店。我想，这下老鼠跌进米缸里——终于可以实现吃上大白兔奶糖的梦想了！上班的第一天，我发现店里铁皮瓶架上的糖果瓶里，除了粽子糖、清凉糖等赤膊糖（没有糖纸包装的一种糖果，是由食品工场生产的。工场不同于工厂，是以手工为主的作坊），基本上没有其他糖果品种。从外表上看，糖果瓶里的粽子糖、清凉糖装得满满的，其实那是假象。瓶子的后半部分塞满了废弃的包装物。我偷偷问师傅：“店里有大白兔奶糖吗？”师傅说：“我们店里从来就没有看见过大白兔奶糖。”

1979 年年初，我喜气洋洋地筹办婚事。那时我国经济情况尚未好转，商品匮乏，在这种情况下，办婚事困难不小。就以糖果市场来说，虽然买糖果的票证取消了，但糖果品种少得可怜。即使有，也是一些低档的糖果。好在我在烟纸店做会计，“近水楼台先得月”，我结婚发的喜糖蛮实惠的，喜糖里有陈皮糖、花生硬糖、花生酥心糖，在当时都属于很热门的品种。有些好的品种，我是到市中心的商店去配的。

我另外还买到了一斤大白兔奶糖，是准备装进喜糖袋里答谢重要朋友的。我在准备结婚的那个阶段，很多朋友帮了我的忙，有朋友帮我到家具店买来了抢手的沙发、脚桶、马桶；有朋友给我做喇叭箱；有朋友替我到玻璃店将我所需要的玻璃全部配好；有朋友一针一线给我绣了枕头，等等。为了买大白兔奶糖，我找到了区公司业务科的科长，向科长说明了情况。这位科长颇有仁慈之心，立刻打电话给区烟糖批发部的主任，那主任一口答应。那时一般什锦糖一斤是 1.2 元，而大白兔奶糖是一斤 2.25 元，算高级糖了。要知道，一般人的月工资才 36 元！我将大白兔奶糖分装在十个透明的喜糖袋里，那些“大白兔”在喜糖袋里好像会活蹦乱跳一样。

谁知好事多磨，在最后一刻，这些“大白兔”还是“溜”了。原来，在我结婚前的几天，在安徽插队的妹妹回来了。妹妹回上海有两个任务：第一，参加我的婚礼；第二，办理回沪的手续。妹妹说，她在办理回沪手续，需要送点儿礼给办事的人。我们兄妹六人，除了一个妹妹，全是男孩，父亲在世的时候，妹妹是掌上明珠。1971 年妹妹还未满十八岁，就到安徽插队了。八年来，她吃了许多苦。现在妹妹要回上海了，她有什么需求，我这个做哥哥的，当然要鼎力相助。妹妹见到大白兔奶糖，眼睛立刻放光了。“还记得十七年前的‘大白兔’吗？”妹妹问我。那段刻骨铭心的往事，我怎么会忘记呢？“大白兔奶糖在安徽也是名震四方。”妹妹一边说，一边瞟了一下大白兔奶糖。我知道，妹妹看中了这包大白兔奶糖。为了妹妹早日回到上海，我一咬牙就让“大白兔”跟着妹妹去了安徽。我相信那些帮我忙的朋友能理解我的。后来听妹妹说，大白兔奶糖成了“通行证”，凡是经办的工作人员见了“大白兔”都是眉开眼笑，当然办事的速度也快了很多。

随着国家经济的飞速发展，如今吃大白兔奶糖不再是一件奢侈的事情了。近年来，我为了控制血糖，糖吃得少了，可是偶尔也会买点儿大白兔奶糖的新品种尝尝。尽管现在“大白兔”的外包装有所变化，由卧姿改成现在的跳跃式，但还是那熟悉的模样。去年，妹妹嫁女儿，当我们打开属于我们的喜糖盒，看见喜糖盒里的大白兔奶糖时，我们兄妹都发出了会心的微笑。我剥了一粒送到嘴里，还是那熟悉的味道。我的女儿和我的侄女们，见我们如此钟情大白兔奶糖，都露出了奇怪的神情，于是我就向他们讲了那可爱的“大白兔”的故事。

2013 年 8 月

走下神坛的蛋糕

在糕点中，蛋糕算是贵族。在论个计价的糕点中，撇开月饼，蛋糕价钱算贵的，其他糕饼都是4分、5分，蛋糕7分钱，白蛋糕8分钱。在计划经济时代，很少说到食品保质期的，唯独关照商家白元（白蛋糕）必须当天卖掉（尤其是夏季），否则要坏掉。

那时，如果有人吃了蛋糕，一定会昭告天下是吃了鸡蛋糕，同时一定要将“鸡”的声音拔高几度。为什么叫鸡蛋糕？因为在国人心中鸡大补，比如孕妇坐月子就吃老母鸡。蛋糕和鸡蛋的组合，是龙攀凤，属于锦上添花，尽管是冰鸡蛋。可见，同样是家禽，鸭、鹅的待遇和鸡大不相同。

随着蛋糕的热销，奶油大蛋糕成了市场的宠儿，大家所说的奶油大蛋糕其实是奶白蛋糕，后来发展成麦淇淋蛋糕，由于蛋糕上都裱花，又称裱花蛋糕。真正的奶油大蛋糕一般人是吃不起的。过年过节走亲访友拎上一盒大蛋糕，脸上才有光，尤其是上门女婿，蛋糕是标配。在那时，能买到大蛋糕是要有本事的。因为购买大蛋糕的人实在太多了，一些大型食品商店只得采取付款预约的办法，在指定时间凭提货券提货，验完货后就走人。不要以为蛋糕取走了就万事大吉了。曾经听说过一个上门女婿拎了“机关枪”（火腿）“子弹”（香烟）“手榴弹”（老酒）和“炸药包”（蛋糕）拜见未来的岳父岳母，可不知什么原因，扎蛋糕的绳子松了，白花花的蛋糕打翻在门口，正好准岳母推门出来，那个窘迫，一辈子忘不了！发生“兜底翻”的原因很多，有的顾客“抖五抖六”（不稳重），拎着蛋糕盒的绳子晃来晃去；还有一个原因就是绳子没有扎牢。现在的蛋糕盒子外面都有卡槽，便于营业员在扎的时候，将串头绳嵌进卡槽，这样就牢固得多了。那时，蛋糕盒子都是圆形的，没有卡槽，扎蛋糕盒子是要有基本功的。

关于大蛋糕，还有一个“边角料”的故事。蛋糕在制作过程中有副产品——边角料。虽说是边角料，有的还有奶油，属于物美价廉的商品。边角料十分抢手，有时内部职工先下手为强，有熟人的也从后门买了不少，等到上柜台的时候，基本上只有边角料的边角料，奶油就不大看见。尽管这样，柜台前还是排起长长的队伍，商店也往往将这作为“起蓬头”（造声势）的卖点。

后来，商品丰富了，蛋糕的品种不断升级换代，造型不断变化，口味不断调整。蛋糕的每次华丽转身，都受到市场的追捧，但是热闹了一阵以后，就又寂寞无声了。

现在很多人自己在家里做蛋糕，尽情地发挥自己的想象，其造型、口感都不输店里的，关键是随时随地都可以制作。自此，蛋糕走下了神坛。

美好的东西不一定都能带来美好的享受。本以为一个人吃一个大蛋糕是件幸福的事情，其实，有的时候却是受罪。2005 年春节，恰逢我迁入新居，朋友送来一只大蛋糕以示祝贺。那是一个著名品牌的蛋糕，解开红红的绳子，掀开大大的盒子，“乔迁之喜”四个字映入眼帘，鲜红的樱桃、诱人的黄桃，我忍受不了诱惑，拿了一颗樱桃就放入嘴里咂了起来，味道真是好极了。家中三口人，太太和女儿怕胖不吃，这回可让我好好过把瘾。我将蛋糕当成早餐，首先把樱桃吃个干净，将鲜奶大口大口地送入嘴里，几十年的馋在一天里得到了彻底补偿，真痛快！中午仍然是蛋糕当主食，我这下发觉不太妙，入口也慢了，那鲜奶不再对我有诱惑力了，只吃了两口，肚子已经饱了。到了下午，总觉得无精打采。晚上，望着那还有大半盒的蛋糕，我不禁皱起了眉头，干脆让太太端上苔条炒花生、炒菜心和肉丝榨菜，啜上一口黄酒，呀，真舒坦。太太的烹饪水平不敢恭维，可今天这菜味道特别的好，我风卷残云，没花多少时间，就消灭干净了。

折腾了三天，我总算将蛋糕全部送进了肚子。少吃好滋味，多吃坏肚皮，虽然没有坏肚皮，但是却成了负担，一旦成为负担，毫无美味可言，甚至坏了胃口。毕竟我们长了一个中国式的胃，蛋糕之类的食品只能是补充、点缀，不能做主食，主次颠倒的感觉一点儿都不好。

2021 年 3 月

难忘月饼屑

近几年，每年过中秋，家中的月饼像被人冷落了一样丢在一旁，无人答理。尽管月饼的价格不菲，为了迎合市场需求，月饼花样越来越多，包装越来越花哨，各种馅料的月饼让人眼花缭乱，但吃到嘴里，总觉得味道大同小异。月饼已经成了鸡肋，年轻人不爱吃，老年人怕“三高”，不敢吃。但是，毕竟是中国人的传统佳节，人情往来送点儿月饼是再正常不过的事情了。

说到吃月饼，四十多年前吃月饼屑的经历令我终身难忘。

那年，我在一家食品店当会计。我们商店也经销月饼，月饼分广式、苏式、潮式等品种，其中广式月饼最有销路，而营业员最喜欢卖苏式月饼，原因在于苏式月饼有一层皮（也就是平常所说的屑屑头），食品钳几个来回一折腾，苏式月饼已经“瘦身”不少，卖相自然也难看多了。即便如此，也不用担心没有销路，那个时候都是紧俏商品。退一步说，实在无人问津的话，也可与食品厂商量退货或调换。月饼屑在今天肯定是被人不“屑”一顾的，可在那时候却是宝贝啊！营业员将收集下来的月饼屑全部装入食品袋子，几天下来就有满满一袋。这些月饼屑通常由店经理分配，作为福利轮流分给大家，收到的人象征性地付 1 角钱，也不要粮票，于是个个皆大欢喜。

这次轮到我了，店经理将一纸袋月饼屑递到我手中，意味深长地说：“好好过一个中秋吧。”我急冲冲赶回家，还没跨进大门就嚷开了："姆妈（妈妈），妹妹，弟弟，快，吃月饼了！"那天简直就像过节（事实上确实是过中秋，由于家境贫困，在我们的脑海里从来没有"中秋节"这个概念）。说来不怕笑话，长这么大我们还没有吃过正儿八经的月饼。

由于物资匮乏，那时的食品店冷冷清清，即使有月饼，数量也不多。往常我们买不起月饼，就自己做月饼。在母亲的带领下，我们先用面粉发酵，和上糖精片融化的水，就算馅儿，然后放在平底锅上烙，这样前后几个来回，就成了"月饼"。当然，与其说是月饼，不如说是"三不像"——不像月饼，不像馒头，不像大饼。即使是"三不像"，也受到大家的欢迎，觉得这是很好的月饼了。吃着"三不像"，我们还在念叨，不知道百果月饼究竟有多好吃。

我的思绪被拉了回来，母亲拿出三只碗，给我们做了平均分配，我到厨房拿了另一只碗，母亲只按三份分配，她解释到："妈妈胃不好，不能吃。"我和妹妹、弟弟用筷子一小片一小片地往嘴里送。我们把碗放在嘴巴下面，防止月饼的屑掉到地上，我们慢慢地嚼，细细地品，一次又一次地回味。

忽然小弟欢呼起来，原来他找到一块小半块的月饼，连里面的馅儿也看得清清楚楚，我想起了经理意味深长的话，原来那是经理特殊的关照。我们都羡慕弟弟的运气，看着他将真正的月饼往嘴里送。突然他将小块月饼拿在手上不动了，递给我妹妹："姐姐，给你。"我们只当作是孔融让梨，"姐姐，再有半个月，你就要到安徽插队落户去了。"空气一下子凝固了起来，我们五个子女中（大弟1967年去世），有四个男孩，父亲在世时最宝贝妹妹。我的两个哥哥已经先后去了外地，作为70届初中毕业生的妹妹，虚岁十八还未满，就要远走他乡，母亲作为纺织厂的党员干部，纵然千般不愿，也只能万般无奈。"哇"的一声，妹妹的哭声打破了寂静。在母亲的示意下，妹妹颤抖着夹起月饼，她让母亲、我和弟弟都咬上一口，一个圈子兜下来，半大的月饼仍然那么大。我发现泪水早就将月饼屑浸湿了。我将剩下的月饼一口吞了下去，仿佛将人间美味也吞了下去。

以后我吃过的月饼已经无法计数，但总觉得没有月饼屑好吃。

2004 年 10 月

谁还记得“高级饼”？

前不久，晚报上发表了一篇题为《外婆的“石头月饼”》的文章，情真意切，十分感人。我将这篇文章转发到朋友圈以后，引起了大家的共鸣，也有朋友对文章提到的月饼价格表示了质疑：文中说“那天（是20世纪60年代初期），我到南京西路‘王家沙’左挑右挑，花了4元5角钱买了一个皮色油亮、印戳鲜红的苏式百果月饼”。由于我长期在烟糖公司工作，很多老同事发信息给我，说20世纪70年代中期，商店供应的广式百果月饼0.29元/个，金腿月饼0.31元/个。有人说，四五十年过去了，即使在现在，4.5元也可以买上不错的月饼了。所以认为作者的文章有误。

其实，作者的记忆一点儿没错。在三年经济困难时期，上海商业部门发放的票证多达五十三种，一百四十一张票面，一个季度发的票证有厚厚一沓，所有的票证中，粮票最为重要。当时，人们可以借得到钱，却借不到粮票。那个时候，我家有六个兄妹，定粮根本不够吃，只能用南瓜、豆腐渣解决温饱问题。母亲每个月都要找人买上二十斤的黑市粮票，有段时间，我们家每个月有一次享受吃高级饼的待遇，既是解馋，同时也算改善生活，增加一点儿营养。母亲到平凉路宁国路的合作社（后来合并到烟糖公司，成了我上班的商店）去买“高级饼”，0.5元一块，不要粮票，价格是正常糕饼的十倍，也就是说，这块饼原价是5分钱，当然需要半两粮票。母亲每次只买六块，她自己不吃。这个“高级饼”，在现在看来一点儿不高级，大小和奥利奥饼干差不多，单层的，没有夹心，颜色是深咖啡色的。吃高级饼充满了仪式感，全家人将四五平方米的灶披间挤得满满的，然后从食品袋里将“高级饼”郑重其事地一块一块拿出来。大家先将高级饼仔细打量一番，然后再轻轻抿上一小口，在嘴巴里回味半天，再吃上第二口。大家都统一行动，基本上是一起吃完的，否则，第一个吃完的看着其他人吃，实在不是滋味。我们在吃的时候，尽量用手托住，生怕有饼屑掉下。那个时候连饼屑都十分珍贵，吃完了以后，再用舌头将拿饼的手指舔了又舔，直到手指发白。

晚上睡觉的时候，大家还在兴奋地议论高级饼，有大有小，没有人挑剔，5 分钱是普通饼，5 角钱就是高级饼，吃了高级饼还不敢声张，每次吃高级饼，家里就像过节一样，一块比茶杯口还小的高级饼要吃上半天，然后再回味半天。那时在想，什么时候能够奢侈地一次吃上几大块，或者一口将高级饼扔进嘴里，狠狠过上一把瘾。可惜的是，每月吃一次高级饼的“政策”实行了一年不到就停止了，因为家里没钱了。那时只有母亲一个人有收入，为了维持全家人的生计，她将家里能卖的都卖了，能当的都当了，母亲只要我们身体健康。我们子女成年以后，没有一个人得过胃病之类的慢性病，现在想来，母亲那时有多么不容易。

为了佐证本文提到的信息，我特地查阅了有关资料。那个时候，对少数商品实行高价政策，是从高级糕点、糖果开始的，然后扩大到饭馆、商店等许多方面。实行的结果是全年销售高价糖果四点一亿斤，糕点三点九亿斤，共回笼货币 33 亿元。我还查到，1961 年 3 月 4 日国务院财贸办公室下发了一份正式文件：“近来对外宴会上吃花生米的现象相当普遍，北京吃，其他地方也吃……根据总理指示，请各地今后举行对内对外宴会及其他特殊供应时一律不要供应花生米。”对供应花生米都要干预，可见那时困难的程度了。

从当年没有什么可吃的，到现在想吃什么有什么，这其中的甘苦，只有经历过的人，才有深切体会！

2021 年 3 月

当年，我在食品厂做月饼

我有过一段在食品厂做月饼的经历。

20 世纪 80 年代中期，我在某区烟糖公司的科室当办事员。我们区公司下面有家食品厂，这家食品厂很有规模，生产的月饼不仅能保证本区的月饼供应，还能供应外区、郊县。为了每年的中秋节能顺利开工，食品厂早早做了准备，提前两个月就开始总动员，所谓“兵马未动，粮草先行”，如采购面粉、食糖、油，蛋品、果料、咸肉、火腿等原料；包装盒设计、印刷；机器设备维护和保养；劳动力的安排，聘请临时工等等。食品厂的利润指标一半靠月饼季节完成，公司的利润一半要靠食品厂。为了表示对食品厂的重视，公司科室干部在月饼生产季要到厂里轮流劳动。事实上，大家很喜欢到食品厂劳动，于公而言，可以减少临时工的使用，节省开支。其实，大家还有私心：这段时间食品厂的伙食特别好，因为很多原料的边角料都用来改善职工的伙食了；还有最重要的原因是能在厂里洗澡。那个年代，由于人们居住环境普遍较差，洗澡难是上海人的痛，商业部门受条件的限制，也没有浴室，而食品厂有几百号人，洗澡自然是最起码的福利。我们去劳动的时候，都会带上替换的衣服，等下班以后解决一下洗澡问题。

月饼生产是一个复杂的流水线工程，即使是食品厂的普通工人也不一定所有工种都会。我们这些办事员主要从事辅助工作。在原料车间，放着好几张比乒乓球桌还长的工作台，我们十几个人一组，或检查红枣、黑枣的核去干净了没有，或挑拣咸肉中的杂质，然后将咸肉切成大小一样的形状。我那时很好奇，案桌上的咸肉，刚刚从仓库提出来，只简单处理一下，我问为什么不洗？带队的师傅答复：来不及也不可能洗，制成以后送入几百度的高温炉去烘焙，所有的细菌都杀死了。

有的同事分在成品车间，做广式月饼的时候，他们的工作是将生胚倒入印有花纹及字样（如“豆沙”“百果”“金腿”等）的月饼模子里挤压成型，苏式月饼还必须在月饼的生胚上盖上各种名称的印章（如“松子枣泥”“猪油夹沙”“黑麻椒”等），然后放入烤箱里烘焙，取出后冷却，最后装盒、装箱送到商店。整个月饼流程就这么完成了。

计划经济时代的月饼品种单调，但是售货比现在麻烦得多，因为要收粮票，月饼有各种规格：二两半一个，二两一个，一两一个，也有半两一个的。卖月饼收了钱还要收粮票。那时各区食品店的本位主义都比较严重，首先要保证自己所在区的公司食品厂生产的月饼销售在第一位，其次才允许进一点儿外区的月饼，进一点儿名牌的月饼。商店这样做也是无奈之举，因为上级规定必须如此。整个月饼销售季节，商店要随时汇报进货数量、销售数量、库存数量。开始是几天一汇报，后来是一天一汇报，临近中秋的前几天，一天要汇报好几次。这样做，食品厂可根据各商店的库存以及库存品种决定是否生产和生产什么品种，另外还有一个重要原因，就是调剂余缺，减少积压，减少损失。

有个很奇怪的现象，而且也是一个铁定的规律，那就是在中秋节前，月饼很吃香，一过中秋，身价大跌，就好像江刀鱼在清明前千人宠、万人爱，价格被抬高；一过清明，身价大跌，这是由于“清明前鱼骨软如棉，清明后鱼骨硬似铁”。同是江刀鱼，清明前后大不一样，这情有可原。可月饼还是那个月饼，只不过相差一天而已，并没有发生本质变化，看来确实不能低估节日效应的威力。过了中秋，商店就会将月饼下架，表明自己店里的月饼很畅销。然后统一退货到食品厂，或者由厂里下指令打折，一般都是内部处理，或者卖给营业员，或者卖给熟客，那时不允许有品牌月饼在柜台上公开打折处理。现在为了抢商机，很多月饼生产商在中秋前一两个月就将月饼投入生产并上市，而且一上市就宣布打折，真让人无法理解。

2019 年 9 月

算盘里打出一片天地

20 世纪 60 年代后期，我被分进了商业部门，当了会计，于是整天和算盘打交道。

算盘，我读小学的时候曾经学过几次，主要是有关算盘的知识，以及进行一些最简单的加减法。谁知道就这点儿可怜巴巴的算盘知识，在三年困难时期派上了用场。我家原来有一把算盘，我利用学过的知识，用算盘给家里算账，但算来算去，家里依然揭不开锅，家里依然贫穷。几年以后家中经济有所好转，那把算盘就束之高阁了。

进单位以后，算盘成了吃饭家伙，我自然不敢怠慢，一空闲下来就练习。那时练得最多的是从 1 加到 100，好在自己年轻，学起来还是蛮快的，没有多少时间就成了熟手。

前几年，碰到老同事，回忆种种趣事，他们说最喜欢看我打算盘，说我打算盘的速度飞快，令人眼花缭乱。当然那是夸奖，但打得快却是事实。我右手的食指和中指之间夹着笔，小指微翘，四指并用。我可以不看算盘，眼睛看着账本，就能正确地将数据计算出来。算盘是我的前任留下的，有些年头儿了。十三档的一把红木算盘，拿在手里有点儿份量，打起来声音特别好听。我有时两把算盘并用，一把用来打乘法，一把打加法，同事说我打算盘眼花缭乱就是这样来的。我所在的商店下面有个门市部是日夜商店，二十四小时通宵营业。月底盘店是不能关门的，有时我去帮忙盘店，在我的边上常常围了不少顾客看我打算盘。那时年少气盛，自然有几分得意，以后有了计算机，在盘店时，别人使用计算机，我用算盘，其结果往往是我快。

前几日，家中大扫除，发现一把落满灰尘的算盘，一番清理后，总算恢复原来的样貌。拨弄了几下，珠子一点儿不活络，手指更是僵硬得很。俗话说，曲不离口，拳不离手，仔细想想，已经十多年没有和算盘打交道了，虽然，我到现在还在做兼职会计，但使用的是会计软件，不要说用不到算盘，连计算器也用不到。

2013年，珠算被列入人类非物质文化遗产名录。虽说“申遗”成功，可是使用算盘的人毕竟越来越少了，算盘正在渐渐被人们遗忘！

2016年7月

“国民第一零食”——瓜子

《红楼梦》第八回“比通灵金莺微露意 探宝钗黛玉半含酸”，宝钗对宝玉说：“宝兄弟，亏你每日家杂学旁收的，难道就不知道酒性最热，若热吃下去，发散就快，若冷吃下去，便凝结在内，以五脏去暖他，岂不是要受害？从此快不要吃那冷酒了。”黛玉在一旁只顾嗑着瓜子，也不多嘴。黛玉嗑瓜子的举动将她对宝钗的不屑表露了出来。《金瓶梅》中，潘金莲在楼上嗑瓜子，卖弄风情，和西门庆打情骂俏，自此引出一段风流韵事。黛玉和潘金莲都嗑瓜子，一个“嗑”字，传神地描绘了人物和情景。在北方，“嗑”是和“唠”连在一起的。“唠嗑”就是“侃大山”，唠，最起码两人以上，嗑可以一个人。

一次几个朋友唠嗑，顺带弄点儿瓜子剥剥。有人提议比赛吃瓜子，我和很多人一样，手忙脚乱。只见陈姐姿态优雅，兰花指微翘，两指捏着瓜子的圆端，垂直地塞在门牙中间，只听见“咔、咔”两声轻响，两瓣壳的尖头便向左右裂开，白白的瓜子仁被舌头裹入口中，悠然自得，非常迷人。而且她面前果盘里的瓜壳还是干的，都是两瓣。而我的果盘里都是碎壳，沾满了口水。这等嗑瓜子的功力自然令我们钦佩不已。陈姐说，强中自有强中手，听说有高手，一捧瓜子送入嘴里，只见双唇蠕动，不一会儿出来的都是壳。同行的姚兄嫌麻烦，买来一包瓜子仁，一把塞入嘴里。我也抓了一把，爽是爽了，趣味一点儿都没了。上海人将“嗑瓜子”称为“吃香瓜子”，这是很有道理的。嗑瓜子就是要一粒一粒地嗑，不紧不慢。吃瓜子会上瘾，瓜子越吃越香。嗑瓜子是很文雅的，不像有的小吃，还要动用工具，不仅费力而且狼狈。

嗑瓜子是一项大众运动，三五知己闲聊，五六文友雅聚，瓜子是最好的小吃。瓜子也是看电视时最好的消遣食品。茶话会上，除了茶，配点儿水果、瓜子那是标配。古语说“醉翁之意不在酒，在乎山水之间也”，嗑瓜子也是这个道理。

瓜子是统称，按类型分类，有葵花子、白瓜子、吊瓜子、西瓜子、南瓜子、丝瓜子等；按味道分类，有五香味、奶油味、椒盐味、话梅味、哈密瓜味、麻辣味、炭烧味、焦糖味，以及原味。难怪丰子恺先生说：“要‘消磨岁月’……没有比吃瓜子更好的方法了。”

现在瓜子属于最常见的零嘴，可是多年前，瓜子是春节年货供应的品种之一。其他年货最多就是大户小户之分，唯独炒货是在花生米、小核桃、松子和瓜子中选一种。春节供应开始的第一天，排队的人很多，最热门的是小核桃、松子，最不受待见的是瓜子，不过，那时有瓜子吃已经很不错了。

作为国民第一零食的瓜子，没有哪一种零食可以与之抗衡。那些常见的小吃都有缺点：巧克力太甜，西点太粘，糖果不便宜，花生米、长生果易饱。而吃瓜子不影响交流，不影响做事，手不闲着，嘴不停着，还永远吃不饱。难怪蔡澜先生说：“瓜子一吃起来没完没了，不能停止。第一，它们不甜不咸；第二，要剥了才能吃；第三，永远吃不饱；第四，有种令人上瘾的香味。”

那时还有一种堂吃西瓜，顾客只能在店里吃，瓜籽必须留下。店里所售的西瓜都像冬瓜一般大，瓜籽特别大，西瓜瓤颜色红红的。由于这些产瓜的地方少雨且阳光充足，所以西瓜比较甜。堂吃时，瓜籽要吐在桌上的盘子里，不能吐地上。回收瓜籽，一来可以晒干炒瓜子卖，二来明年要留种。有的地方西瓜皮也要留下，可以用于做西瓜酱。

当然，也有客人带上锅碗瓢盆，将瓜瓤挖出带走，但出门时必须检查有无将瓜籽带出。这么多人一起吃西瓜，有狼狈的，有文雅的，也算一景吧！

丰子恺先生写过《吃瓜子》，文首一句："中国人人人具有三种博士的资格：拿筷子博士、吹煤头纸博士、吃瓜子博士。"吃瓜子吃成了"博士"实在有点儿发噱（引人发笑）。在古代，嗑瓜子是一种时尚。苏东坡在给王元直的信里提到他所向往的生活："或圣恩许归田里，得款段一仆，与子众丈、杨文宗之流，往来瑞草桥，夜还何村，与君对坐庄门，吃瓜子炒豆，不知当复有此日否？"在明代，朱元璋喜爱用鲜西瓜子加盐焙干而食。到明朝中期，皇家经营的六家官店更是每年要贩售一万石瓜子。明神宗"好用鲜西瓜种，微加盐焙用之"，吃得很精致。清末来华的法国传教士古伯察忍不住吐槽："我觉得自己像来到了一个啮齿动物王国，这里的很多中国人，他们降生到人间似乎只是为了嗑瓜子。"

相传，乾隆化身贵公子逛街，逛得口干舌燥的时候，买了一个西瓜坐着吃。乾隆皇帝连吃了几块，一看自己的座位，出了一个上联："坐北朝南吃西瓜，籽往东放。"谁知座下无一人答得出。眼看皇帝要发怒了，纪晓岚一语道破了关键。他给皇帝分析，坐北朝南是皇帝的权力，不管下联如何对，都会触犯皇帝的权威，所以没有下联。皇帝一听，是这么回事情。不得不说纪晓岚这拍马屁的功夫实在了得，一句话就让皇帝消了气。笔者搜集了几副下联，以供一乐："居高临下往前看，提防后边。""从上到下读左传，书往右翻。""争先恐后游左江，船朝右划。""耕春营夏搞秋收，粮需冬藏。"

2021 年 5 月

日夜商店故事多

现在，上海二十四小时便利店多如牛毛。在一次问卷调查中，上海拥有众多二十四小时便利店，竟然成为热爱上海的重要理由。可是四十多年前的上海，一到晚上，满世界都是墨墨黑，除了挂在天上的月亮，商店都早早关门了，霓虹灯更是稀罕。“太阳三尺高，门板都关牢；太阳一落山，东西买不到”，这就是那个时期的真实写照。

1968 年 9 月 26 日，率全国之先的上海星火日夜服务商店开张，这是全市商业系统中首家昼夜二十四小时营业的店。

在 1972 年的全国计划会议上，周恩来总理向大家介绍了上海星火日夜服务商店的先进事迹。我们单位也想开日夜商店。开日夜商店关键是选址，我所在的单位位于平凉路与宁国路交口的交通要道，附近有几条公交线路，还有一家医院。那么谁来上三班呢？动员以后，年轻人报名居多，理由竟然是不用搬排门板。那时的小商小店，开门关门都要搬排门板，一块门板长有两米以上、三十几厘米宽，最起码有十多斤重，有的门板重到要两个人一起搬才行，门板和门板之间要编号，否则十几块门板弄错位置，晚上门就关不起来了。门板卸下后放到弄堂里。这些事对今天的营业员来说是不可想象的，现在商店都是卷帘门、铁拉门或者玻璃门，开门、关门可轻松多了。

日夜商店开张以后，很受欢迎，在店门口挂一盏灯，表示二十四小时营业。店里除了备有灯泡、常用药等夜间需要的商品，又搞了很多便民举措，如在商店公告栏中张贴首（末）班车时刻表；制作问路指南，方便问询的顾客；备打气筒，为骑自行车的顾客免费打气。商店附近有好几家万人大厂，工人下班换乘 25 路、8 路公交车，顺便到店里买点儿东西；商店对面的纺二医院，病人及病人家属更是商店的常客。那时，上海郊区送菜到城里全靠农民踏加长的拖车，估计装载分量都在一千斤。农民们有时送菜时间早了，菜场还没开门，日夜商店就成了他们的落脚点，避避风雨，吃口热茶。最方便消费者的是香烟票。那时，香烟是计划供应的，每月分上中下旬，到了每旬最后一个晚上，食品店打烊的时候，营业员往往无法准时下班，他们一边卖烟，一边嘀咕："轧啥闹忙？为啥早点儿不来？"即使这样，也有到点过期的情况发生。现在有了日夜商店，这个矛盾就解决了。

那时运输工具很紧张，可是却给日夜商店配备了一辆黄鱼车。黄鱼车锁在店门口，到了晚上经常有隔壁邻居来借，大部分是送孩子或老人到医院看急诊的。那时很少有出租车，更没有私家车，这个时候黄鱼车派上大用场了。我自己也有去日夜商店借黄鱼车的经历，有一回，我那才五六岁的侄女半夜发烧，我骑着借来的黄鱼车到新华医院，车上坐着我母亲和侄女。如果没有日夜商店，没有黄鱼车，还真不知道该怎么办。

由于二十四小时上班，又不能关门，商店盘点只能安排在半夜，一天夜里十二点光景，进来一个中年男人，似乎吃过酒，在柜台上放了 2 角钱，用普通话说："2 毛 8 分的。"我正好在柜台上打算盘，顺便接待了这位顾客。我想，2 毛 8 分的是飞马香烟，还缺 8 分钱，于是我说："还差 8 分钱。"对方又重复了一遍，我也重复了一遍，只见那人抡起拳头砸向玻璃柜台："2 毛 8 分的！"哐当，玻璃当场碎了，那人手上也出血了。大家赶紧给他将手包扎了一下，原来这人是要买两包 8 分的生产牌香烟，由于酒喝多了，"二包"说得含混不清。当然，那人最终赔了柜台玻璃钱。

有段时间，日夜商店晚上的营业额特别高，一查，原来有人相中了店里漂亮的小姑娘，于是经常来买东西以接近小姑娘。在长阳路江浦路口的一家日夜商店里，竟然有多对青年男女谈恋爱。夜班上到凌晨两三点钟，顾客稀少，容易犯困，小年轻就在空旷的江浦路上学骑脚踏车、黄鱼车，学着学着变成了一对又一对。后来做了个统计，竟然有七对最后修成正果，有人打趣说，这叫肥水不流外人田！

2020 年 9 月

当年技术大比武

2017年10月14日，《新民晚报》在头条刊登新闻：在阿联酋阿布扎比举行的世界技能组织全体成员大会一致决定，2021年第46届世界技能大赛在中国上海举办（原定于2021年举办，后因故推迟）。世界技能大赛被誉为“世界技能奥林匹克”。看到这条新闻，我翻出了一张奖状。这张奖状见证了四十一年前我参加技能大赛的经历。

1977年12月，我所在的区烟糖公司举行了技术比武。技术比武，用今天的话说就是技能比赛。有人觉得好奇：食品店有什么技术含量？其实，食品行业的技术含量，尤其是在包装捆扎方面有很多门道。那时没有塑料袋，再加上由于购买力低下，常常有人一次只买几分钱几角钱的东西，买了食品都要包装，比如，买水果要装入网篮头（一种用竹篾片编织的镂空型篓子），然后放入一张象征喜庆的红字，再用绳子一扎，这就是一份很不错的礼品。买了蜜饯，秤好以后，由于蜜饯的大小不一，规格不一，价格不一，这就需要营业员迅速做出判断：用什么样的包装纸，太大浪费，而且包起来也不方便，太小包不住，容易“露馅”。营业员需要当场包成三角包，这时不仅要快，而且要牢固，没有一点儿功夫还真不行。

“比武”是在大礼堂进行的，“比武”项目有食品行业自身的特点：扎酒瓶、扎罐头（有两瓶［或罐］一扎、四瓶［或罐］一扎，要求扎牢扎紧，不能掉下），有的人包扎质量、速度都不错，但是由于没有将商标对齐放在外面，被扣了分；扎蛋糕（要求扎好的蛋糕盒美观，不能松动）；一抓准（一次能抓一两、二两糖果）；三角包（不是包蜜饯、糖果，而是包山芋粉，稍有不慎，山芋粉就会流出来。而且包好的三角包要从一定高度抛下后，不能碎散）；水果扦皮（要求果皮不能断，抖开以后为一根，果皮要粗细一致。扦好以后的果皮要称重，相当于举重运动员在比赛以后要称重一样）。我就见到过高手盲扦水果：只见裁判用布将这位高手眼睛蒙起来，然后挑了个形状不规则的生梨，只见此人左手捏着生梨，并不断转动，右手的刀贴着生梨移动，仅仅几秒钟，宣告完成。生梨的果皮犹如一张纸，被轻轻地剥下来，当主持人将果皮抖开，小拇指般粗细的果皮一层一层打开，生梨整个圆润光滑，晶莹剔透，人们不敢相信那果皮是人用刀扦出来的，而更像是机器的杰作，其手艺之精湛获得满堂喝彩。技术比武项目还有点草纸、扎方包、西点蛋糕裱花、心算、珠算等。

我参加了珠算比赛。我从事会计工作，整天和算盘打交道。我获得了区公司系统珠算比赛第二名。

第二年我代表区公司到市烟糖公司参加珠算比赛，结果铩羽而归。原来，我学的是传统珠算，沿用“一上一，二上二，一下五去四，三下五去二”的珠算口诀，主要以加减乘为主，除法很少用到，而我比赛的对手是一大批从商业学校毕业的学生，是“正规军”，学的是单纯的加减乘除，而且，那时珠算也正在进行改革，剥皮法、商除法远比传统的复杂的珠算口诀易学，使用起来更方便，很多参赛者用的是只有上下五颗珠子的算盘，十分小巧，尤其是清盘的时候，按一下按钮，珠子就自动复位，无须人工拨弄；而我使用的是十三档的红木算盘，珠子之间间距大，在争分夺秒的比赛中显然处于劣势，再加上比赛的试卷都是加减乘除的混合运算，而不是我平时接触的实务计算。这次比赛让我从坐井观天中惊醒过来，感到人外有人，山外有山，强中更有强中手。我看见有人左右开弓，左手打算盘，右手写数字，左右手的默契程度让我大开眼界。

这次技术比武以后，公司上下掀起了学技术的高潮。有不少人才脱颖而出，以后成了商店的骨干，还有的担任了领导工作。

2018 年 10 月

说不尽的生意经

在旧社会的商号店堂，常常可以看到这样一副对联：“子贡经商，取利不忘义；孟轲传教，欲富必先仁。”这副对联实际上讲的是上海滩的生意经。所谓生意经，是指做生意的方法及门路，通常指某一领域有突出表现的企业或个人的独特经验，可供人学习和参考。生意经，看不见摸不着，要靠自己在生意场上慢慢摸索和体会。有人说，生意经是旧社会一种做生意的噱头，并为此举例：在旧上海，有个大亨讲过这样一句话：上海滩上有斩不光的“冲头”（不做思考、行为鲁莽的人），只要每个上海人受骗上当一次，就可以发大财。这种生意经是以坑害老百姓为前提的，为守法商人所不齿。事实上，一些流传了几百上千年的生意经还是很有道理的，像“货真价实，童叟无欺”“精于小商品，可做大生意”“人无笑脸莫开店，态度谦和能生财”“今日是看客，明日是买客”“酒香不怕巷子深”等，都是耳熟能详的生意经。这些生意经看上去简单，但是要做到却是十分困难。在生意场上历来有这样一种说法：三年学得成秀才，三年学不成一个生意人。可见生意人不是那么好做的。

我朋友邹君，文化程度不高，勉强混了个高中毕业，写个心得体会、请示报告都十分为难，发言谈感想更是结结巴巴。无奈进了商业部门，先是当了个营业员，每天“拍半身照”（上海人叫站柜台为拍半身照），由于年轻、好学，他先是当上了柜台小组长，之后又干了一段时间的采购，几年以后就成为了商店经理。

这些年，由于网购的兴起，实体商店受到巨大的冲击，食品店也不例外，公司下面不少商店，经营惨淡，有的连年亏本。有意思的是，只要将邹君调去，不出半年，都能旧貌换新颜，扭亏为盈，还真神了。我曾经观察过邹君，发现他最大的本领就是能起蓬头。按照邹君的解释，这起蓬头是要人为制造的，要在合理的时间、合理的地点，运用合适的方式，加上合理的商品，制造高潮。邹君的商店在公交车站附近，一般到下午4点以后，他就制造蓬头了。这蓬头，在不同的季节要有不同的内容。比如，中秋节前，商店将自制月饼推在前面，一边写上大大的广告——“刚出炉的鲜肉月饼”，一边大声吆喝，刚下班的人被月饼香味吸引，于是就加入了排队的行列。等有十多个人排上队了，邹君做生意的速度开始放慢，这样，排队的人越来越多，队伍越排越长，排队的人将头颈抻得老长。见队伍已经有几十人了，他的速度又加快了。事后，邹君告诉我，这叫“欲擒故纵”，顾客有一种期盼心理，对这种期盼心理，要掌握好分寸，时间太短，顾客不过瘾，认为不值得；时间太长，顾客失去了耐心，客源就会流失。所以，做生意要耳听八方、眼观六路，要掌握顾客的从众心理。这蓬头一起，带动了其他生意。他所在的商店里一年四季都挤满了人。

上级领导派人将邹君的生意经进行总结，向所属单位推广，效果不大，于是又开现场会，让各单位派人来学习。邹君平时发言不行，但是说到做生意却头头是道。有的人学了以后，到自己商店也去起蓬头，也用鲜肉月饼来吸引人，但是都不成功。邹君说，可以起蓬头的道具太多了，除了月饼，像糖炒栗子、水果、饮料、碎饼干都可以，关键是戏法人人会变，各有巧妙不同。比如门口有车站，消费者在排队的时候，看见车子快要来了，就开始着急了，营业员就要学会察言观色，了解车站有几条线路，每辆车相隔的时间，车子要来的时候，做生意的速度加快，如果还是慢腾腾的，顾客就要跑了。排队的队伍散了，就相当于人心散了，再重新聚起来就有难度。所以这一切都要拿捏得恰到好处。要灵活多变，不能机械。东西是死的，人是活的，“死店活人开”就是这个道理。商机有时是稍纵即逝的，抓得住这稍纵即逝的商机，就是高手。

现在很少有人再提生意经了，取而代之的是满口的市场营销，其实，市场营销就是生意经的升级版。

2019 年 10 月

记忆中的老虎灶

我家马路对面是一家老虎灶。这是一条窄窄的马路，像上海很多小马路一样，默默无闻。幼时的我对这家老虎灶没有什么好感。中华人民共和国成立前，我家住老式公房，这是国民党四大家族的资产。本来整幢房子都是我家一家人居住，包括客堂间、灶披间、亭子间、三层阁，但一幢房最好的部位——前楼，却住了别人。后来问母亲才知道，母亲的公公，也就是我的爷爷，认为前楼对着老虎灶不吉利，有风水先生说在屋顶上架三个酒瓶，可以逢凶化吉。后来又来了个大师级的风水先生，说对面老虎灶以毒攻毒，在屋顶上放了一块镜子，用酒瓶根本不管用，唯一解决问题的办法是将前楼租给别人。谁知道刚将前楼借给人家，上海就解放了，我们这幢房属于敌伪资产，全部归国家所有，我们也成了房客。那前楼自然也归人家了。自此，我对这家老虎灶就有了偏见。

在我的记忆中，我们家和老虎灶几乎不打交道，因为，在 20 世纪 50 年代中期，我们家就装了煤气，那时普通居民用煤气属于凤毛麟角。和煤球炉相比，煤气有两个炉灶，不仅干净，而且火头特别大，因此家里烧水基本都靠煤气。虽然不和老虎灶打交道，但是对老虎灶还是很熟悉的，毕竟开门就面对老虎灶。所谓老虎灶，因烧水处的炉膛口开在正前方，如一只张开大嘴的老虎，灶尾有一根高高竖起的烟囱管，就像老虎翘起的尾巴，因此它被人们很形象地称为老虎灶。干老虎灶是个苦活儿，凌晨三点多就要开工，因为五点多就有人来打开水了。老虎灶用木桶挑水，舀子打水，人工烧火。白天有空儿还要到处去找废木料，因为这是烧水唯一的燃料。老虎灶一般有两至三口锅，最前面的是直接烧开水的，后面几口锅利用前面锅的余热将水加温预热。一旦前面的那口锅里的开水用得差不多了，后面锅里半开的热水就陆续补给至前面的锅里，如此循环往复，既节省了燃料，又保证了供应开水的速度。1956 年，老虎灶组织起来走“合作化的道路”，政府用国营一套模式管理老虎灶。

在老虎灶打开水，一分钱灌满一只热水瓶。仅此，老虎灶是无法生存的，在老虎灶店门口，放上几张方桌，老虎灶适当收点儿茶位费，茶客们通常自备点心和茶叶，边吃边喝，相互间天南海北地侃大山，议论着来自多种渠道的各式各样的信息。到上午 10 点左右，茶客们陆续回家。至于有人说茶馆店举办书场演艺会，或评弹曲调，或评话故事，在我们附近的这家老虎灶是不存在的，也许是规模小的原因吧。中午，老板稍事休息一下，下午 3 点左右又要忙开了。那些干苦力工作的人下班了，比如拉劳动车的，身上一身汗。那时，家里是没有洗澡设备的，天热还能对付，天冷只能到老虎灶洗澡：到浴室价钱太贵，而在老虎灶洗澡只要 8 分钱。在灶披间的门口挂一块布帘，里面放一只大的腰子盆，老虎灶的热水可以得到充分利用，虽然简陋，却热气腾腾，生意兴隆，因为还可以擦背敲背。

我上班以后天天和老虎灶打交道，因为我所在的单位和老虎灶同属商业系统，而且由于单位小，不具备自己烧水的能力，只能到老虎灶打水，灌满一只热水瓶 2 分钱，于是每次买一百根筹子。

老虎灶不景气，再加上有的小商店附近没有老虎灶，职工喝茶成了实际问题。后来上级工会搞调查研究，专门调研小企业职工的喝开水、吃饭、上厕所等问题。根据小额、合理、必须的原则，工会决定职工可以到商店附近居民家解决问题，费用则由居民写收条，凭条支付。

上海自建埠伊始就有老虎灶了，20 世纪 50 年代初是鼎盛时期，全市共有两千多家老虎灶。以后随着供水系统的不断完善，居民的住房设施不断改进，老虎灶开始大量减少；直到 90 年代中期，上海市区的老虎灶基本不见踪影。至 2003 年 10 月，随着上海南市老西门最后一家老虎灶的关门，市区的老虎灶基本全部消失了。

2018 年 12 月

忘不了的脚踏车

1967 年，我被分配到一家区烟糖公司下属的合作商店工作。合作商店，其实就是以前的烟纸店。当时一个合作商店一般有二十多个网点，在此之前店名一般叫“聚兴隆”“丰泰兴”，1967 年后，全部叫“第几门市部”。门市部到总店统一进货，进货的工具就是脚踏车，但不是每个门市部都能有一辆脚踏车。那时私人买脚踏车要凭脚踏车票，单位即使有钞票也不能随随便便买脚踏车。我们单位因生产工作的需要，准备买脚踏车。这就先要填写“社会购买力”申请，然后向中心店申报，再由中心店报到区公司，区公司再报送到区财政局。区财政局审查通过，同意批准购买，之后，单位凭“社会购买力”批准书到指定脚踏车行才能买车。最后，单位会计才能入账报销。

骑脚踏车进货不仅要体力，还需要有点儿技术。有老师傅将两箱香烟（每箱五十条）放在行李架上，不要说用绳子捆绑，连手都不用扶，就能稳稳当当骑到店里；有的老师傅还有一手绝活儿，行李架后面放块木板，将两格啤酒（一格有二十四瓶）放上骑。两格啤酒分量相当于一个成年男人的重量，懂行的人都知道，行李架后放啤酒和带人是两个不同的概念，远远困难得多。

总店的货物是从各个相关批发部去进的，比如香烟、老酒、糖果，是到区烟糖批发部；草纸等是从区土产批发部进货；日用小百货是到区百货批发部。这就要靠专职的运输工骑车运回来。运输工工作很辛苦，日晒雨淋。进商店的小青年一律学徒三年，学徒工工资第一年只有16.84元（国营商店是17.84元），当运输工算普通职工待遇，每个月工资30.6元，六个月以后转为正式职工，工资为36元。而三年学徒满师的，也不一定能评到36元。运输工的工作算重体力劳动，每个月粮食有四十二斤，而营业员只有二十九斤。运输工有了，生产工具不是黄鱼车，因为，黄鱼车装不了多少分量，而且很笨重。运输工的工具是脚踏车加拖车。脚踏车是小牙盘的，这样骑起来不太吃力。在脚踏车坐垫下面装一只拖引，然后连接拖车，有一只卡口正好搭牢。不要看这车子土，当时马路上都是这种运输车辆。一般情况下，一车可装五百斤左右的货。有时间，运输工将两车的任务并入一车完成，比如，应该运六百斤白砂糖，结果一车装了一千二百斤。由于分量重，有一趟脚踏车车条断了几根，轮胎气也没有了，但是运输工照样骑了回来。可见，这样的运输远远超过了“癞蛤蟆”（当时的小三轮卡车）。

运输工是“马路天使”，日晒雨淋。外头人问做啥个生活（靠什么谋生），他们回话总是含含糊糊，不肯正面回答。运输工的个人问题大部分是在本单位解决，这叫肥水不流外人田。运输工相中了哪家门市部站柜台的小姑娘，就开始献殷勤，主动将总店货物送到门市部，而且将货直接送到店里，堆放好，给商店带来了很多方便。当小伙子一身汗的时候，小姑娘拿过来一条毛巾，或者送上一杯茶水，有时间暗暗塞点儿粮票。对于小姑娘的“甩翎子”（使眼色，暗示），运输工当然懂。双方就谈起了朋友，最后成就好事。结婚典礼上，有人问，双方介绍人是啥人，伊拉（他们）讲，是脚踏车！

随着现代物流业的飞速发展，脚踏车加拖车的“物流”运输方式已经成为了遥远的历史记忆。

2014年12月

用黄鱼车和“老三样”欢送的退休

几年前，我办好了退休手续。朋友对我说：“单位有没有给你买‘老三样’留作纪念？”朋友的一番话语将我带回了多年前。

那时我在一家合作商店供职。以前员工是没有退休一说的，员工到了一定年龄可以申请办理退职，当然退职是没有经济保障的。这种情况到了 1979 年发生了变化，由于大批知识青年顶替返沪，也就有了大批员工退休的热潮。那时，退休是一件很大的事情，单位先开欢送会，每个人的面前放着水果、糖果，正中央是放在镜框里的大红退休证书，以及单位买的毛巾、茶杯和脸盆（俗称“老三样”）。座谈会有部分职工代表出席。座谈会的气氛是很热烈的，退休的老同志更是激动万分。会后，就将老同志送回家。

那个年头儿，一些大厂职工退休，都由车辆送回家。我亲眼看到过十几个人敲锣打鼓地用重型卡车将退休工人送到家的壮观场面。我所在的单位条件差，没有机动车，只有黄鱼车。退休工人坐在黄鱼车上，胸前别着大红花，双手捧着“光荣退休”的镜框，脸上挂着抑制不住的笑容。一个漂亮的女青年将毛巾、茶杯、脸盆很庄重地捧着，另有一干人马敲锣打鼓，跟在黄鱼车的后面。无论是送人的还是被送的，每个人脸上都是喜悦中带着虔诚。送行的队伍快要到家门口时，黄鱼车的速度明显放慢了，锣鼓家什的声音也特别响亮。弄堂里早挤满了人，退休职工的家属赶紧出来将一行人迎进屋里。大家将光荣退休的镜框放在家中最醒目的地方，毛巾、茶杯、脸盆紧挨着镜框。带队的领导照例是叮嘱着“欢度晚年，欢迎经常回单位看看”。至此，退休的所有活动就结束了。

前不久我参加了一个老同事的追悼会。在向遗像告别时，竟然发现那张退休证书和“老三样”就放在遗像的边上。老人的子女说，多少年过去了，那“老三样”早就破烂不堪，家人几次要换新的，都遭到了拒绝。每天早上，老人使用这“老三样”来表示新的一天开始了。丧家按照习俗将死者的衣物烧去，我发现与衣服同焚的还有退休证书及纸扎的毛巾、茶杯和脸盆。家人说，这是老人去世前的愿望。我的心里一阵颤抖，毛巾、茶杯和脸盆是老土的东西了，可老人却要将老土的记忆一起带到另一个世界，可见毛巾、茶杯和脸盆在老人的心里占据了怎样的位置啊！

如今单位自然不会再买“老三样”，连退休座谈会都取消了。今天的退休待遇和当年相比不知要好多少，但唯独没有从前那样的回忆了。

2015 年 3 月

当年，“天女散花”，也有种种无奈

前不久，有媒体报道，在中山公园附近的一家大商场里，在上了年纪的中老年人记忆中存留的“钢丝收银”又出现了。只见一个收银台就像一只大蜘蛛连接着许多根钢丝，通向各个柜台铺面。营业员只需将钱款放入收银夹的信封内，信封顺着钢丝滑向收银台，收银员收钱、找零、盖章、分单据，一起整理好再将票据装进信封，同样夹上夹子，滑回给营业员再转交给顾客，一笔收银就完成了。

在20世纪七八十年代的商店，“钢丝收银”确实流行。“钢丝收银”又称“天女散花”，在大型百货商店里，除了能看到琳琅满目的商品，还可见到十几根连接了马达的钢丝上的票夹在不紧不慢地自动循环传送的场景，用“天女散花”来形容恰如其分。不过，“天女散花”也有掉链子的时候，票夹吊在“半山腰”，不上不下，只得用手转动钢丝，将票夹转过来。

后来，“天女散花”变成了“全面散花”，“钢丝收银”从大型商场走向了小商店。不要以为小商店是为了赶时髦，其实，更多的是无奈，原因无他——短款。商业部门在营业过程中会发生短款现象，也就是通常所说的“缺钞票”。短款是正常现象，比如，商品在销售过程中会有正常物损，这是营业过程中的合理差错。合理的短款一般是有行业标准的，糕点柜台和香烟柜台的短款标准就不一样，一般以万分比为指标，合理的短款报请领导审批，可以核销。超过合理部分的短款，是要由相关当事人赔偿的。赔了钱还不算，名誉受损，而且员工之间互相猜疑，影响团结。所以商业部门每个月月底盘点是个难关，当盘点结果是缺钞票了，人人脸色都很难看。分析短款原因，发现收货发货等各项环节都很齐全，但偏偏就是短款了。短款问题搞得大家苦不堪言，于是大家想到了集中收银，“天女散花”似乎是个不错的办法。

那时我在烟纸店工作，烟纸店的规模都很小，而且房子的结构也不尽相同，“天女散花”也只能因地制宜，螺丝壳里做道场：有的将收款账台放在角落里，有的将收款账台放在商店阁楼的楼梯处，有一到两根钢丝，也不安装马达，只要手上用点儿力，票夹能传送就可。烟纸店的收银台环境简陋，用“水深火热”来比喻一点儿都不夸张，夏天闷热，冬天寒冷。再说，收银员高高在上，双脚吊在半空，小腿经常出现肿胀现象。而且收银员上厕所、吃饭都要找人顶，还要交接。

热闹了一阵的“天女散花”后来就烟消云散了。原来，到烟纸店的购物者都是速战速决，绝没有像到大商场购物那样的悠闲笃定。尤其是早上，有的人将自行车停在上街沿，也不上锁，有的人一边看公交车来了没一边喊“快快快，给我来包烟”……几个人挤上来都是买烟的，这买烟的就是讲究速度。而集中收银，一笔生意一来一去要几分钟，这上班的节奏哪里等得了啊。当然，最根本的原因是短款问题还是没解决。

后来大型商场也陆续取消了“天女散花”，据说曾经发生过一桩蹊跷事：某大型百货商店晚上轧账，发现少了一笔现金，正好是一台电视机的价格。那时上千元可是一笔巨款啊！收银员顿时花容失色，大家都不能下班，报警后，再仔细盘查，原来是有人发现有空子可钻，私刻了收银章，然后半路上将“天女散花”发票夹中的发票截获，躲到隐蔽处盖了章，神不知鬼不觉，再将发票迅速装入钢丝传送带中，发票被直接送到柜台。营业员见章已盖好就发了货。后来柜台吸取教训，营业员对大件商品上的图章反复看，有时候干脆到收银台去查问真伪，商场秩序乱作一团。消费者也并没有享受到什么很好的体验。

时代毕竟不一样了，现在的“天女散花”估计也是观赏价值大于实用价值吧！

2018 年 9 月

“师傅”和“师父”

有段时间，“师傅”是一个被叫烂了的称呼。马路上，逮到谁都是“师傅”，向警察问路，也称“师傅”，男男女女、老老少少都是“师傅”。究其原因，那时我们正处于不尴不尬的阶段，称“同志”过于严肃，称“先生”“女士”“小姐”又不太合适，于是“师傅”这个称呼就大行其道。

日常生活中，人们常常将“师父”和“师傅”混为一谈。其实，师父和师傅是有区别的，师父是向徒弟传授知识、技能的人，是学徒对传授技艺的业师的尊称；师傅则是对各种有生产技能的工人的称呼。一般而言，师父带徒弟，手把手地教，将自己的心得体会单传徒弟，这种关系是长久的。

20 世纪七八十年代，师父不仅传授技术，还要关心徒弟的思想品德、恋爱情况以及八小时工作以外的生活。徒弟学徒期满，师父要对徒弟做鉴定。所以那时师徒关系很亲密。

朋友老汪当年还是小汪的时候，进了一家机器厂，拜老高为师父。高师傅姓高，个子却很矮，再加上貌不惊人，平时言语不多，是属于在人群中不引人注意的对象。看看别人的师父高高大大、相貌堂堂，小汪很有失落感。

一次，厂里一台进口设备的关键部件坏了，急需一个零件，由于质量要求极高，很多人束手无策。只见高师傅走到车床边，用了整整五个小时才制作出了零件，下了车床的高师傅脸色苍白，一副完全虚脱的模样。经检验，产品完全符合标准，厂长和书记激动地紧紧握住高师傅的手一直在不停地摇晃。后来小汪才知道，高师傅是厂里唯一一个有八级钳工证书的。一次，车间里突然窜出一股异味，并伴有火花，众人乱作一团，只见高师傅大喝一声："让开！"随即用一麻袋黄沙将火扑灭。刹那间，师父的形象在小汪的心里显得特别高大。从此，小汪对师父充满 了敬意。后来小汪夫妻俩双双读了电视大学，最令人烦心的是，家里双胞胎儿女的接送成了问题，小汪夫妻俩为此愁眉不展。关键时刻，高师傅来了，他说："年轻人要求上进是好事，有困难我来。"高师傅老夫妻俩承担了接送孩子的任务，两个孩子搭伙住在高师傅家，高师傅还要负责督促检查孩子的功课。孩子有点儿不舒服，老夫妻俩二话不说，就将孩子送到医院去看病。两个乖巧的小家伙儿干脆叫高师傅老两口爷爷奶奶。小汪夫妻对高师傅的这份情谊，感动得无以言表。

小汪后来"搞大了"（混出名堂），成了一名副局级干部，但是他只要看到高师傅，不管在什么场合，都要恭恭敬敬叫上一声"师父好"。每年春节初二，小汪一家雷打不动到高师傅家去拜年，几十年从没有中断过。有一次高师傅生病住院，小汪除了自己陪夜，还安排自己的一双儿女来医院值班。病房里的病友知道了这二人曾是师徒关系，都说这个徒弟好，小汪总是一本正经地说："是师父教会了我怎样做人！"

过去有这样一种说法，"一日为师，终生为父"，从某种意义上说，小汪称老高为"师父"时，其实他已经将高师傅当成自己父亲来看待了。

2019 年 2 月

学徒

最近报上载，要在上海市试点升级实行企业新型学徒制。什么是新型学徒制？本人不懂，但是关于学徒，我略知一二。

学徒在中国有悠久的历史，不过，那时不叫学徒，叫学生意。无论是在店里，还是在厂里，都叫学生意。一批从农村出来的年轻人，为了谋生，到城市来，经过保人的荐举，拜师学艺。陈云就是学生意出身，1919 年，他因家贫无力继续求学，到上海商务印书馆当学徒，后来成了著名的经济专家。上海滩赫赫有名的大亨杜月笙在十六铺水果行学过生意。旧时的店和厂都很小，学生意，实际上就是在老板家里打杂，扫地、洗衣、做饭、带孩子，老板等于白用一个工人。那时老板给学生意的只管三顿饭，老板一家人吃饭的时候，学生意的要在旁边伺候，等老板一家吃完了，饭菜已经所剩无几，学生意的只能用萝卜干就饭吃，所以民间将学生意的称作“吃萝卜干饭”。学生意一般没有薪水，偶尔会有点儿零花钱，这对学徒来说已经相当不错了。学生意期间，老板不会轻易将手艺传给徒弟，因为“教会徒弟，饿死师父”，学生意的都是偷偷摸摸在暗中学习。著名滑稽戏《三毛学生意》，就真实地记录了三毛学生意时的生活状况。

相比旧时学生意，我们做学徒的时候就不一样了。我 1967 年被分到商业部门当学徒，我所在单位的性质属于集体所有制，简称合作商店。进单位的时候，按道理应该是要拜师的，可是我所在单位的员工曾是小业主和摊贩，按照那个时候的阶级划分，摊贩有点儿生产资料，属于下中农，是依靠对象；小业主属于中农，是团结对象，但是毕竟不过硬。面对比我们大几十岁的人，上面规定，不能叫师父。叫同志吧，那更不适合，后来就干脆叫老某：姓王就叫老王，姓李就叫老李，女性一律叫阿姨。和我同样年龄的小伙伴们被分到国营商店的，可以认师父。合作商店的面积不大，商品也不多，但是也要学三年。按照我们的想法，三天就能上岗，但没办法啊！学徒工工资第一年 16.84 元（国营 17.84 元），第二年 17.84 元（国营 19.84 元），第三年 19.84 元（国营 22.84 元）。为什么会有 0.84 元的零头？原来学徒工工资里每个月有 1.84 元的服装费。三年学徒期满以后评定工资是 35 元或者 36 元。所以那时有“36 元万岁”的说法。

我们虽然没有正式拜过师父，但是老王老李教了我们不少技能，现在看来很管用。多年以后，当年的学徒退休了，我的很多同事被私人老板聘请当营业员。比如同事葛姐，由于是“科班”出身，在私人老板那里如鱼得水，大显身手，什么商品放在近门口的地方，什么放在显眼的地方，柜台上面放什么，下面放什么，中间放什么，既要让顾客进店门就看见所需商品，还要方便营业员拿取，这些都有讲究。此外还要做到色彩搭配。经她这么一摆布，商场不单调，柜台很充实，很大气，有了美感。葛姐还有一套察言观色的本领，她和大嫂说价格，和男人说品位，和女白领说搭配。顾客带孩子进来，她首先和孩子打招呼，一番称赞，让家长心生欢喜，这生意就成功了一半。全商场数葛姐这个柜台生意最好，以至几家柜台的老板暗地里向她抛出橄榄枝，出高价请她坐镇。葛姐不会做过河拆桥的事情，当然，老板为了留住人才，也不忘给葛姐加工资。

三年学成一个秀才，三年学不会一个生意人，三年“萝卜干饭”没有白吃的。学徒出身的营业员，懂得生意经，熟悉商品的性能，知道市场、行情，知道流行趋势，懂得心理学，善于揣摩顾客的心理，会轧苗头（一种处事方法，指察言观色，见机行事），会看“山水”，基础扎实，一套生意经能派上很多用场。事实证明，当过学徒的营业员和厂里出来的工人站柜台是完全不一样的。

后来学徒制度被取消了，很多手艺也渐渐失传了。

2018 年 12 月

第三辑

书里书外

书架变迁记

爱好读书写字的人都渴望有间属于自己的书房。可是那时上海人均居住面积才二三个平方米，这点儿面积要解决睡觉、吃饭、如厕等问题都困难，有间书房更是遥不可及的事情。

当我终于有了一间独立书房的时候，已经过了近半个世纪的时光。

我们家在 20 世纪 50 年代中期有一只湘妃竹的书架，家中为数不多的书都放在这个书架上。我记得书架上满满当当放着五排书，最下面的是杂志，有《电影创作》《电影文学》《电影艺术》《解放军文艺》《上海文学》《萌芽》《少年文艺》；中间一排是小说，有《红旗飘飘》《中国古代寓言》《保尔》《雾都孤儿》等。第一排是连环画。书架放在三层阁，经常闻到一股书的霉味，而且时不时地看见一些小虫从书架里钻出来。由于时间久远，书架后面挡书的细竹竿断了，只得用绳子系一下，防止书掉下去。书架虽然简陋，却给我们兄妹在精神上带来了很大愉悦。

到了 20 世纪 60 年代后期，我将书架换成了书橱。那时我在商店当会计，每到年底的时候，总要对商店的家底进行盘点。我所在的商店下面有十几个门市部，其中一家酒店有个橱柜闲置着，平时摆放碗筷之类。橱柜高 180 厘米，宽 80 厘米，深度正好够放书本杂志。我一看这橱柜做书橱是最合适的了，便以 6 元的价格将其买了下来。我请人把书橱送到家中，大小正好嵌在我家客堂间楼梯的斜坡下面，仿佛定做的一般。和书架相比，书橱上了一个档次：书架是敞开式的，书本上容易落灰，发黄发脆；而书橱有玻璃门，利用率也大大提高。

20 世纪 70 年代后期，我利用结婚装修新房的机会，将书橱油漆了一下。书橱虽然隐藏在角落，与新房的其他家具相比有点儿寒酸，一点儿不醒目，可是我最得意的就是这个书橱，因为它，新婚的家里有了点儿书香气息。再说，粉碎四人帮以后，一大批经典文学作品和读者见面，我到处托人排队，买了几十本世界名著，然后全部放入书橱。我最开心的时刻，就是在书橱前整理书籍、寻找资料。由于楼梯下面十分潮湿，终日见不到阳光，再加上与老鼠、蟑螂等为邻，等到 1997 年搬家的时候，放在书橱里的很多书，尤其是长期收藏的剪报都已经霉变了，令我十分惋惜。

1997 年我第一次搬家，住房有了很大改善。从老式公房客堂间的十六平方米房屋搬到五十平方米的商品房，生活算是有了质的飞跃，我在卧室里放了两个书橱，比原来的大了许多，虽然卧室挤得满满当当，但毕竟书橱有了安身之地。更重要的是，我还配置了电脑，算是上海最早使用电脑的个人用户。

虽然这还不能算真正意义上的书房，因为看书写文章是在卧室里进行的，但我已经是非常满足了。2005 年我再次搬家，居住面积增加了一倍多，这次我有了一间独立的书房，面积约八平方米。我定做了两排“顶天立地”的大书橱，书橱数量达到了六只，我所有的书都堂堂正正放进了书橱，沿窗一排是转角写字台，从窗户望出去可以看见黄浦江的景色。一把可以转动的办公椅放在书房正中，两台十五寸的液晶显示屏放在最显著的位置，打印机、扫描仪都配备到位，一切都鸟枪换炮了！我给自己的书房起了名——“半步斋”，还请书法家管继平写了斋名。从此，我在书房里度过了一个个春夏秋冬，在书房里的时间成了我最快乐的时光。我在书房里写出了好几本书。最近几年，我在书房练毛笔字，大有长进。

从书架到书橱，再从书橱到书房，它们见证了我家居住环境和居住质量的变化。

2018 年 8 月

别人家晒衣服，我家晒书

到了夏天要晒霉，这在上海是很普遍的现象。只见家家户户将大橱柜里、衣柜里的衣服拿出来晒上几日，然后再包好放起来，这样衣服就能安全度过上海的黄梅天。

可是晒书，我们是弄堂里的第一家。我家有一只湘妃竹的书架，满满当当放着五排书。由于书架放在三层阁，经常闻到一股书的霉味，而且时不时地看见一些小虫从书架里钻出来。那时，我家穷，没有什么衣物和珍贵的皮货要晒，每年夏天，我们就晒书。

某个星期天，太阳出奇好。我们在家门口将睡觉用的搁板搁在长凳上，然后，兄弟姐妹开始将三层阁上的书往下传，我负责将书一本一本摊在搁板上。待书全部放好，大家一起检查，发现有发霉的迹象，就用穿坏的衣服擦干净；发现书有卷角的，就用装满热水的搪瓷茶杯代替熨斗将书熨平整。这个时候，兄弟姐妹就会找来小凳子，各人捧一本书津津有味地看了起来。同时，搁板边上围了很多人看热闹。

一次，过来一个长着白胡子的老人，他住在弄堂最后一间屋子。经常看见他在家用毛笔写字。老人翻了翻搁板上的书，问我："听说过晒书的习俗吗？"我很好奇，难道晒书还有习俗？"每年农历六月初六，苏州有晒书习俗。这一天将图画书籍晒于庭中，可防虫蛀腐蚀。"我点点头。老爷爷又问："听说过'袒腹晒书'的故事吗？"因为平时懂点儿文学常识，我就将"袒腹晒书"这一成语的来历说了一遍。

原来，东晋名士郝隆在夏季经常仰卧在太阳底下，别人问他怎么回事，他回答说："我晒腹中的书。"后来便有了"袒腹晒书"这一成语。当我摇头晃脑地说完，老爷爷问："你知道中国历史上有哪些'袒腹晒书'的名人吗？"我一下子愣住了。"除了郝隆，还有李时珍、蒲松龄。要想成为大学问家，从小就要好好读书啊。"说完，老爷爷转身走了。望着老人仙风道骨的背影，我陷入了沉思。我知道，老爷爷的意思是要我不仅要读书，而且要将读过的书消化！

暑假晒书一直持续到 1965 年，我也从小学读完了初中。暑假晒书成了我童年生活最美好的记忆。

2015 年 9 月

半个世纪前的学生手册

我手里有一本1961—1962学年的《学生、家庭联系册》，又称《学生手册》。这本《学生手册》记载了我读小学六年级时的读书成绩和品德评语。

1956年，我在杨浦区第一中心小学读一年级。中华人民共和国成立初，上海的市立小学统称国民学校。1951年年初，上海市教育局报请市政府核准，自2月1日起，将全市国民学校一律改称小学。改称以后，一般以路名作为学校的名称，杨浦区第一中心小学在当时属于比较好的。

我读小学一年级时已经是八岁。当时读书都是就近入学，同学往往就是隔壁邻居或小时的玩伴，有的甚至还沾亲带故，因此同学们特别爱聚在一起玩儿。那时，我们只读半天书，老师就将我们组织起来成立了学习小组，五六个同学一组。小组学习结束以后就是玩儿了。那时玩儿得比较多的内容是“结麻将牌”（又叫“掼结子”）。结子是用两块旧布缝起来，在收口时倒入黄沙。结子的大小和装多少黄沙是很有讲究的，太小和太轻都不合适。我的结子比较大，一是容易抓得住，二是稳定性好，所以经常赢。我一赢就要“翘尾巴”，这种不好的习惯也带到了学习上。老师给我的学年品德评语上写道：“不要因为一点儿成绩就自满，一个人只有不断以高标准要求自己，才会求得更大进步。”我的成绩一直处于中等水平，连一向比较喜欢的阅读、写作都一直是 4 分，至于写字，竟然全部是 3 分。至今我那一手蟹爬字还让自己汗颜。“少壮不努力，老大徒伤悲”，“徒伤悲”的最好镜子就是学生手册了。

前不久，我们近三十位小学同学在阔别四十多年后聚会，每个同学用两分钟时间介绍自己小学毕业后的情况，苑祥林说自己身上的“苑（冤）假错案”整整有半个世纪了。原来，他的姓在今天看来非常普通，可那时很多人不认识“苑”字，因此从小学开始就一直叫他“范祥林”。到了中学，又“拨乱反正”，终于有同学叫他苑祥林。所以这五十年，他“麻范（烦）不断”，因为要在“苑祥林”和“范祥林”中不断转换角色。马梅云则说起了“风马牛”的故事，令人发笑：她姓马，属相是猪，因为长得胖，自嘲“胖胖”，干的却是“斗牛士”的活儿。原来她在制革厂工作，整天与牛皮打交道。

还有一事值得一说。学生手册中“健康检查记录表”记录了 1961 年 10 月 11 日的两项指标，当时我身高一米四一，体重六十斤半。我在同学中属于中等个子，我们这批在解放前夕出生的同学，在长身体的时候遇到了三年经济困难时期。在小学当教师的侄女告诉我，现在六年级的男孩身高普遍在一米五五左右，体重在八十到九十斤之间。

1962 年我们小学毕业后，大家各奔东西，去了不同的学校。老师给我的评语是：“学习一贯认真，理解力强，思维快，爱看课外读物，故各科成绩较好。劳动积极，对同学友爱，尊敬老师。希望今后严格要求自己，不要因为一点儿成绩就自满。”

2006 年 5 月

抄报纸

20世纪60年代中期，我有过一段抄报纸的经历。通过抄报纸，我知道了有《新民报晚刊》（《新民晚报》前身）这样一份报纸，更知道了这是一份好看的报纸。

事情是这样的：1957年4月9日，《新民报晚刊》搞了一个“以画征文”活动：“画家赵延年同志画了一幅画，画中人可能就是你或你的亲友，也可能是你素不相识的人。这是在公园里最常见的情景吧？然而，画家说，有许多东西是画不出来的，因为此中也许有诗、有散文、有童话、有小说，甚至有戏剧。而这都是要用文字来写的。就是这样，我们要请你来写。写什么和怎样写？可以由你自己来决定。唯一的条件是不能离开这幅画。当然，也不希望你仅仅给这幅画作一个简单的‘说明’。”画的内容是在公园里，一位美丽的姑娘似乎在等什么人，不远处的椅子上坐着一对夫妻，除了有小男孩和小姑娘在玩耍外，边上的摇篮里还有一个睡着的婴儿。“以画征文”活动从4月9日开始，持续到当年6月6日。我之所以了解得这么清楚，是因为十年以后，也就是1967年4月，一个朋友借了一本《新民报晚刊》的剪报贴报给我，内容正好是“以画征文”。剪报是七篇，除了4月9日报纸上的，还有二等奖一篇（估计没有一等奖），三等奖五篇。

1967年，当时我十九岁，情窦未开，不懂得姑娘可能是在等待心爱的人，但文艺青年的梦是有的，只觉得这征文够有意思，别出心裁。那时文化不繁荣，报上的文章很枯燥，除了金敬迈的《欧阳海之歌》等几本书外，其他书都被封存了。眼前的报纸生动活泼、形式多样，“以画征文”，轻松有趣，从此我知道了一个主题可以从不同的角度写出不同的文章来。可惜的是，这份报纸已经停止发刊了。报纸是借来的，于是我就手抄报纸，将七篇文章全部抄在了精装的日记本里，抄了整整十四页。当时我就在默默祈祷：不知是否还有机会再见到这份报纸。

1982 年，《新民晚报》复刊，当时很紧俏，我通过邮局的朋友帮忙定了一份。三十八年来，我和《新民晚报》不离不弃，由于喜爱文学，我将“夜光杯”（《新民晚报》副刊）作为写作的教科书来看。我收藏了从 1986 年到 1988 年三十三个月的所有“夜光杯”的文章。从本世纪初开始，我开始学习写作并投稿。2002 年 3 月 28 日，我的第一篇文章《归来兮，电影说明书》在《新民晚报》上变成了铅字。此后，十八年来，我在《新民晚报》的各种副（专）刊发表了几百篇文章，其中“夜光杯”百余篇。我已经退休多年，读《新民晚报》，给《新民晚报》写稿，成了我晚年生活不可或缺的一部分。

如今再也不可能抄报纸了，但是当初我是通过抄报纸爱上了文学，我要感谢这段经历。

2020 年 11 月

在旧书店买书

20世纪70年代中期，我在一家区烟糖公司的下属商店担任会计，顺便兼个行政领导职务。那时，各项民生政策有所松动，上级工会派人来调查研究，专门调研小企业职工的生计，如喝开水、吃饭、上厕所等问题。最令人期待的，是可以自办图书馆。为了丰富职工的文化生活，上级允许公司每个月有20元购买图书的经费支出。现在人们也许对20元不屑一顾，随便哪本书的定价都在20元以上，可是在20世纪70年代，20元可以买很多书。那时，一本连环画只有一毛多钱，一本小说只有几角钱。那个时候，出版市场一片凋零，新华书店可供购买的书就只有那么可怜的几种。即使有经费，也没有书可买，巧妇难为无米之炊啊！

有人告诉我，福州路上的上海旧书店有除新华书店以外的书籍供应，不过要凭介绍信入内。介绍信上要盖公章，这是起码的常识，我为盖公章的事情纠结着呢。同样是公章，那是大有区别的，按照行政级别，我们区一级的商业公司属于科级，商业公司下面是中心店（股级），中心店下面才是我们零售商店。如此算来，我们商店属于不入流的部门，相当于小型工厂企业的班组，没有级别。我们和工厂班组唯一的区别是我们有公章，这枚公章其实是业务章。懂点儿常识的人都知道，这样的公章上没有五角星。开介绍信要加盖公章，我们这个公章盖在介绍信上根本不管用。如果因联系工作的需要开介绍信，一般要去上级部门开证明（因为上级单位的公章有五角星），但是因买书开介绍信，似乎理由不充分。分管图书馆工作的我想去旧书店的欲望无法克制！于是，我决定铤而走险！

我和另外两个同事来到了福州路上的上海旧书店，递上盖着没有五角星的公章的介绍信，心里忐忑不安。营业员狐疑地看着我们，和边上的人低声议论着什么。后来过来一个领导模样的人，仔细打量了下我们，见我们几人求知若渴，发了恻隐之心，大手一挥："进去吧！"得到批准，我们都十分兴奋。我仿佛进入了一个全新的世界，大量的在新华书店书架上从来没看到过的书籍在那里静静地躺着。那时，新华书店的书都是排在书架上，看中什么书，就让营业员拿，一般也只能拿一两次。而旧书店的书，都放在那里，可以随便翻，随便看。记忆中我去过三次旧书店，那个盖着没有五角星公章的介绍信使我通行无阻。我在旧书店先后买过《史记》，中华书局出版，1959 年 9 月第 1 版，1975 年 3 月北京第 7 次印刷，厚厚的十册，10.1 元；买过《第三帝国的兴亡——纳粹德国史》，世界知识出版社出版，厚厚的三大本，5.15 元，也捎带买过一些连环画。

怎么去福州路？那时交通不便，再说，买了书还要拎回来，也是够沉的，于是单位安排"专车"来回接送。所谓"专车"，就是单位用于装运货物的拖车，在脚踏车坐垫下面装一个拖拽装置，然后连接拖车，有一只卡口正好搭牢。这种拖车装载量大于黄鱼车，而且运输工骑起来也不是很吃力。我们和负责业务的同志商量，安排了业务不是很忙的一天上午，由运输工老叶骑了拖车载着我和另外两个女同事。那时运输工一车货的份量是五百斤左右，我们三人没到这个份量，所以应该不是很累，就是路途远了点儿。按照现在的说法，从杨浦区坐这样的"专车"应该是很拉风的。当车上桥的时候，运输工会很累，我们都主动下来步行过桥，然后再上"专车"。我们去旧书店购书，安排运输工在外面休息。当我们顺利进场，买到了中意的书，真是高兴极了，一看时间也挺晚了，我们四人在福州路的一家小饭店吃了中饭，买了一瓶啤酒。长这么大了，这是我和同事第一次喝啤酒，每个人就那么半杯，一边喝一边就醉了。那天脸上红红的，走路晕乎乎的。为了避免“酒驾”，运输工没有喝酒。

到了20世纪70年代后期，图书市场开始繁荣了，乘坐“专车”，用介绍信买书，也就成了一段历史。

2019年11月

练习本见证青葱岁月

1965年，我初中毕业。那年，我十七岁。十七岁是最有梦想的年龄，和很多人一样，我做的是文学梦。

我从1965年7月26日开始写读书笔记，到1978年，十三年间一共写了三十六本读书笔记。读书笔记是写在普通练习本上的。第一册练习本的封面是龙华塔，“龙华塔影江南风，三月桃花相映红”，封面非常漂亮。不过，这并不是我的第一本练习本，我的第一本练习本是第十四册，封面是跳伞塔以及正在从跳伞塔跳下的跳伞运动员。练习本的扉页上写着：“奖给1962年度第一学期五好学生郑自华，做一个勤学习、守纪律、有礼貌、讲卫生、爱劳动的好学生。1963年元旦”，而且盖上了我所在学校红彤彤的大印，这是我进中学以后，因成绩优异而获得的奖励。如此算来，我最早的练习本离今天已经有五十七个年头儿了。按道理这应该成为我读书笔记的第一册，但由于它是奖品，我一直不舍得用。

练习本是一个时代的见证：第十二册是“劳动的喜悦”；第十五册是以“毛主席语录”作为封面；第十七册是“红卫兵”；第二十二册是革命京剧样板戏《红灯记》中李玉和的造型；第二十八册是“向毛主席的好学生学习”，封面上的三个“好学生”分别是焦裕禄、王杰和雷锋，三个“好学生”每人捧着一本《毛泽东选集》，练习本反面印有“上海制品五厂（68下）”字样，估计是1968年下半年生产的，货号204—302，24开二十页，我当时花8分钱买的；第三十二册，是“知识青年上山下乡”，火车上贴着“向金训华同志学习”的标语。

三十六本练习本的封面，不都是关于革命的，如第七册是黄山迎客松，第九册是熊猫，第十一册是鲤鱼，第十六册是天鹅。似乎有点儿奇怪，和当时的时代背景完全不搭啊。仔细查看，露出原形了，原来封面是我粘贴上去的。那时我在烟纸店工作，商店有很多自用的练习本，封面比较新颖，有的已经用完了，丢在了角落，我发现后就留了下来，然后“狸猫换太子”，换到我的练习本上来了。当然，这一切只能是暗箱操作，不敢公开的。第十八到第二十册是软面抄，俗称黑面抄，是三本一起买的，质量都算上乘。另外，第二十一册的封面是外国卡通人物，第二十七册封面是两个少女跳芭蕾，在练习本中属于另类，不多见。

第三十一、三十三、三十四、三十五册练习本是出口转内销的，封面没有“练习本”字样，只有英文“Exercise Book”的字样，开本大小比原来的大一号，纸张也更白一点儿。第三十三册末页除印有“中国制造（MADE IN CHINA)”字样，还盖有“内芯乙付”或“乙付”图章，估计是副品，转到国内销售的。那个时候，出口转内销的商品特别受欢迎，练习本也不例外。第三十六册收官之册是硬面抄，其中我的最后一篇读书笔记写于1978年5月25日，这年我已经三十岁了，处在从青年向中年的过渡时期。

五十多年前，我和我的朋友偷偷摸摸互换书籍，然后躲在三层阁里阅读，正所谓“躲进小楼成一统，管他冬夏与春秋”。在十三年时间里，我阅读了三百九十本书，抄录警句格言和描写人物、景色的句子，有的更是整本书整本书地抄写。在读书的同时，我还写了一百二十万字的读书笔记。三十六本练习本，见证了我的阅读历程，从第一册阅读《前驱》《苦菜花》，到第三十六册阅读陀思妥耶夫斯基的《被侮辱与被损害的》（邵荃麟译，文光书店1953年出版），还有狄更斯的《双城记》、莫泊桑的《我们的心》、雨果的《悲惨世界》等，我差不多将我知道的世界名著都读完了。虽然那时物质、精神生活十分单调，但是我的内心世界却十分充实。伴随我青葱岁月的练习本也由普通的花面抄发展到黑面抄、出口转内销，打上了时代的烙印。

半个多世纪过去了，那三十六本读书笔记的纸张有的已经发黄变脆。看着这些练习本，我恍如隔世。老的练习本已经是时代的记忆了。据说现在老的练习本一本难求，有的往往要几十元一本，一些有特别纪念意义的练习本，价格就更高。我的这三十六本读书笔记，更是有了双重的意义，它们不仅保留了那个时代的印迹，而且记载了我连续十三年的读书心得，其中承载着记忆，承载着感情，承载着一个文学爱好者的心灵轨迹。

2015 年 12 月

“三声”有幸

前几日，有媒体报道，文庙旧书集市要关门了，至于将来是否回归文庙不得而知。文庙旧书集市关门，这让上海市民又少了一个淘书的好去处，实在可惜。文庙我只去过一次，一是路远，二是要赶早，不是很方便。但是，关于淘书，我倒有几桩有趣的故事。

2005 年 9 月上旬的一天晚上，我骑自行车与文友聚会，在经过平凉路临青路拐弯的时候，看见有一个地摊上放着很多旧书。爱书的我将自行车停在边上，将地摊上的书翻阅了一下。大部分书都很普通，没有什么大的价值，突然一本《上海民歌选（普及本）》映入我的眼帘。我装作不经意的样子问老板什么价，老板回答 8 元，我还到 5 元后成交。这本《上海民歌选（普及本）》出版于 1958 年 9 月，1958 年 10 月第 2 次印刷，两次印刷共 12 万册。书中有我熟悉的毛炳甫、胡万春、李根宝和史玉新创作的民歌和他们收集的民歌。这些民歌的作者，有的成了著名作家，如胡万春；有的成了工人诗人，如毛炳甫、李根宝。可惜这几个人都已作古。我请依然还活跃在民歌战线的史玉新老先生在他创作的《谁说工人文化低》那页签名留念（史玉新老先生已于前几年去世）。这本书里并没有收录大名鼎鼎的《戴花要戴大红花》，于是我特地请教了此首民歌的作者王森先生。他说，他的这首民歌写于 1959 年，1960 年的《上海民歌选（修订本）》将其收录了进去。更值得一说的是给本书绘制插图的有韩和平、哈琼文、贺友直、蔡振华、程十发、张乐平、丁斌曾、乐小英等，他们都是如雷贯耳的大画家。

也是这年的10月，我们同学一行人到七宝老街游玩，看见一家旧书店门前摊着一些书，我胡乱翻着，看见《苏联歌曲珍品集（1917-1991）》躺在角落里。我一直喜欢俄语歌曲，尤其是《莫斯科郊外的晚上》这类经典歌曲，平时都会哼上几句。书的原价是21.8元，我试探着问老板价格，老板说15元。我翻开扉页，一个漂亮的签名“薛范”跳了出来，边上盖有清晰的“薛范”印章，同时写有“1997.2.23”字样，我兴奋得叫了起来：“这是薛范的签名书！”几个同学围了上来，老板一把夺过书，看了一下以后说：“要的话，50元，50元！”我和同学们据理力争，老板就是不松口，我实在舍不得那本书，几经还价，最后以40元成交。由于我的沉不住气，硬生生将15元变成了40元。

谁知道，有关这本《苏联歌曲珍品集（1917-1991）》的故事还没完：2016年5月28日，薛范先生到杨浦图书馆作“苏联电影音乐名家欣赏”讲座，我恰好报名参加。薛老师引经据典，让我了解到，唱了几十年的《莫斯科郊外的晚上》，创作于1956年，2016年正好是其发表六十周年。由于我带了《苏联歌曲珍品集（1917-1991）》一书，在互动环节的时候，主持人点到我演唱《莫斯科郊外的晚上》。面对此曲的译配大师——我敬仰的薛范老师，我心里紧张得不行，结果高音唱到低音时，中间走音，可谓洋相百出，周围的人仍然用掌声给予我鼓励。如果说，在七宝买书，是发了不该发的第一声，那么我的走音就是发了第二“声”。虽然走音，但是我用这种方法向薛范老师致敬！

2017年4月16日，上海人民广播电台的“星期广播音乐会”邀请薛范老师参加，我有幸在现场，和薛范老师又一次近距离接触。薛范讲述了译配《莫斯科郊外的晚上》的甘苦及歌曲背后很多鲜为人知的故事，让现场的听众深受感动。在互动环节，我说了和薛范的前两

“声”的故事，巧合的是，从《苏联歌曲珍品集（1917-1991）》所收录的第一首歌曲至今整整一百年，因此就有了第三“声”，这些歌曲在我心里声声不息唱了几十年，让我们这代人在精神上有了寄托！

散场后，薛范老师为我在《苏联歌曲珍品集（1917-1991）》签名：“三声有幸（上海广播大厦）”。一本书，三次签名，那既是“三‘声’有幸”，更是我的三生有幸！

2020 年 3 月

人生的第一本教科书

对于五十多岁的人来说，小人书（即连环画），肯定是人生的第一本教科书，或者是启蒙教材。虽然那时我们很多人还不识字，或者即使读书了，字也认识没有几个，但是这个不妨碍我们看小人书。小人书有图画，只要结合图画的内容，就可以猜测大概内容，那时的我们，谁不知道梁山好汉？谁不知道隋唐英雄？谁不知道《三国演义》里的“桃园结义”？我们都是从小人书里得到这些知识的。

1949年，周作人在《小人书》里写道：“在上海或是北京的马路上行走，常可以见到路旁有些小书摊，却不是卖的，只是借给人看，又不拿回家去，只在摊边翻看。这在北京名为小人书，但也并不专门只给小孩们看，有好些成年人也在那里看着，而且还很滋滋有味的。”无独有偶，茅盾先生也有过类似的描述：“上海的街头巷尾像步哨似的密布着无数的小书摊。虽说是书摊，实在只是两块靠在墙上的特制木板，贴膏药似的密排着各种名目的版式一律的小书……”我经常到离家不远的马路对面拐角处一家书摊，有的时候，和弟弟两人合看一本书，尽管老板脸色不好看，但是也没有办法，因为没有规定只能一人看，也没有规定一本小人书要看多少时间啊。两个人看，只花一个人的钱，多合算啊！道高一尺魔高一丈，老板也有办法，将比较厚的小人书拆开装订成两本。我们都在骂黑心的老板，可是没有办法，那都是热门的小人书啊！我有个同学家里是出租小人书的，到同学家里看小人书，没有风雨之虑，没有寒冬和炎夏之苦，当然，这钱是一分也不能少的。

那时看小人书还有一个渠道，就是到我家不远的沪东工人文化宫图书馆。到“东宫”要凭工会会员证（凭证可以带两个孩子），然后将会员证抵押借书。如果没有会员证，就要花3分钱买门票，那时的我们身上是掏不出3分钱的。母亲虽然有会员证，但不可能一直带我们进去。母亲很忙，家里大大小小的事情都要母亲一个人操持。我们只能央求其他大人帮忙，有人发善心，我们就能进去，然后站在别的小朋友旁边一起看书。

到了20世纪60年代中期，母亲厂里的图书馆有出借小人书的业务，厂里毕竟有派头，将几本小人书装订在一起，每次可以借好几本。母亲没什么文化，我们开书单让母亲去借，但是毕竟僧多粥少，那些热门的小人书总是借不到。母亲一下班，我们都喜欢翻母亲的包，我们希望母亲包里能有好吃的，但更希望有小人书。如果有好的小人书，那心情就会好上好几天。

我现在藏有七十九本小人书。其中有三本由于没有头和尾，至今都不知道书名。年代最久的小人书是《一贯害人道》《列宁和斯大林》，这两本是20世纪50年代初的小人书，应该属于古董级的文物了。还有很多电影小人书，这是我的藏书中比较特别的品种，比如《今天我休息》《骆驼祥子》《早春二月》《战火中的青春》《青春之歌》《大浪淘沙》等，这些小人书的图片基本上都是电影画面。谁都知道，小人书中的精品是《三国演义》，一共六十册，有七千多幅图画，上海人民美术出版社1957年出版。这套连环画成为无法逾越的丰碑之作，成为绝版中的极品。据说全套品相好的1957年版的小人书《三国演义》可以卖到二三百万元！我手里有之一《桃园结义》，徐正平画；之三《捉放曹》，徐正平画；之五《跨江击刘表》，徐一鸣、屠全枫画。我的不少小人书的封面处一块一块像狗皮膏药一般，原来上面某某学校、商店、工厂图书馆盖章的字样都被涂掉了。

有时，我翻出收藏的小人书，就会想起儿时的种种趣事，夏天的晚上，我和弟弟妹妹一起纳凉，我就会将小人书中的故事讲给大家听，书中的正义战胜邪恶，为人终须善良，做事必须认真和持久，这些道理都在我们幼小的心灵悄悄发芽，并影响了我的一生！

2019 年 8 月

9.5元买《辞海》

报载，《辞海》（第七版）编纂出版工作日前在沪正式启动，并将于2019年中华人民共和国七十华诞之际出版。《辞海》对我来说充满神秘的色彩。

20世纪60年代初，我正在上初中，博学多才的语文老师告诉我们，《辞海》的试行本已经出版，收集了九万多个词目，有一千二百万字，印成了十五个分册，重十五斤。语文老师自豪地说，想当年，《康熙字典》也只不过收集了五万个字，我们的《辞海》是很了不起的。还是在孩提时代，我就对字典充满了敬意。那年，我正在读小学，一次有事到办公室找老师，看见老师正在翻一本厚厚的书，老师说："这是我的不说话的老师。"小学时代，学生对老师都敬慕得很，而老师称这本厚厚的书为老师，可见这本书不简单，于是我知道这本厚厚的书就是字典。进了中学我才知道，《辞海》比字典更详尽、更丰富、更全面。如果把字典比作老师，那《辞海》就是教授了。

1979年，《辞海》正式出版了，为了便于收藏和阅读，出版社专门出版了缩印本，价格22.2元。这笔金额在今天看来实在是微不足道，稍微过得去的烟只能买一包，可当时的22.2元要占我一个月近一半的收入，而且那个时候的我正在装修新房准备结婚，钞票相当紧张。我打听到印刷厂要内部处理一批《辞海》，无非是在《辞海》的扉页上盖了"印刷质量不符规格"字样，价格才9.5元。恰好我有位朋友在这家厂工会工作，谁知当我赶到厂里时，只剩下一本了，还有好几个人都争着要，都在讲自己需要《辞海》的理由。我灵机一动，赶紧拿出那张崭新的、大红的《结婚证》，说:“我的结婚新房需要书香味。”那年头儿商品奇缺，什么东西都得配给、凭票供应，我只能将《结婚证》随身携带，还真没想到这回派上了大用场，我那位朋友顺水推舟，于是我拥有了心仪已久的《辞海》缩印本。我将《辞海》放在新房的最醒目处，同事、朋友来玩时，首先看到的就是《辞海》，再一看价格，都羡慕得不行。于是我得意洋洋地将 9.5 元买《辞海》的故事说了一遍。《辞海》是我所有藏书中单本最厚的一本书，也是使用价值最高的书。

《辞海》在一百年间一共出了六版，2009 年出版的第六版所收单字、词目与 1979 版不可同日而语。2001 年，出版社为使更多人拥有新版《辞海》，推出贴补差价以“79 版”换“99 版”的办法，我权衡再三,还是没有换,因为我想保存那段历史,保存我那难忘的回忆。

2015 年 12 月

高考往事

1977 年 10 月 12 日，国务院批准教育部公布全国首次恢复高考的消息，当年 12 月 10 日至 12 日正式考试。全国高考报名人数 570 万，录取 27.3 万，录取率约 4.8%。这次考试具有划时代的意义，考试改变了几代人的命运,从此在社会上形成了尊重知识、尊重人才的新风尚。

为了帮助报考者迎接高考，广西人民出版社于 1977 年 10 月出版了《高等学校中等专业学校一九七七年招生文化考试复习提纲》，共分政治、语文、历史、地理、数学、物理、化学七门课，其中政治分为马列著作、毛主席著作和党的十一大文件与思考提示两个部分，思考提示共列了四十二个问题，比如有这样几道题：第一题，人类历史发展经历了哪几个社会阶段；第十七题，为什么说小生产是经常地、每日每时地、自发地和大批地产生资本主义和资产阶级的？语文分语文基础知识、写作知识与作文练习两部分，基础知识中有遵照毛主席关于“把消灭错字认真地当做一件事情来办”的指示，要求考生正确掌握和运用汉字，理解和掌握常用的词和成语，理解和分析并列、选择、递进、转折、假设、条件、因果等复句，并掌握有关的关联词语的用法，掌握常用标点符号的用法。

《一九七八年全国高等学校招生考试复习大纲》，由中华人民共和国教育部编，上海教育出版社翻印，政治学科分为辩证唯物论常识、社会发展简史、科学社会主义常识、中国革命和建设常识以及时事政治五部分，内容显然比广西的《复习提纲》更多；语文学科分阅读和写作两部分，阅读部分的要求是能够理解一篇文章的中心思想、在写作方法上的特色。《复习提纲》五十九页，价格为0.11元；《复习大纲》四十页，价格为0.09元。

用现在的眼光来看，无论是广西的《复习提纲》还是教育部的《复习大纲》，其内容简直是太浅了，让初中生答题都绰绰有余，比如，1977年上海高考语文卷，作文题为“在抓纲治国的日子里——记先进人物二三事”和“知识越多越反动吗”二选一，作文分数满分90分，基础知识只有10分；这年的数学试卷中有这样一道题：某生产队去年养猪96头，今年养猪120头，问今年比去年增加百分之几？计划明年比今年多养40%，明年养猪几头？

1982年，我参加了上海电视大学第一届中文专业的入学考试。现在读电大，门槛很低，没有入学考试。可是我们那时读电大，就没有这么简单了。1982年，上海电大第一次招收中文班。我从小喜爱文学，看了不少书籍，像中华书局出版、复旦大学编写的《中国文学史》，上海文艺出版社出版的高校试用教材《外国文学作品集》等。中文专业入学要参加考试，当时考语文、政治、史地三门课。语文，包括语文基础知识和作文；政治，包括社会发展史、政治经济学常识、辩证唯物主义常识和一年来的时事，史地，则以中国史和中国地理为主。

1982年的3月6日，是上海电视大学入学考试的日子，下午考政治，时间为两个小时；3月7日，上午考语文，下午考史地。我的准考证号是824368。我手里有广西人民出版社出版的《高等学校中等专业学校一九七七年招生文化考试复习提纲》和教育部编写的《一九七八年全国高等学校招生考试复习大纲》这两本小册子，通过积极备考，我最终考了164分，这届中文班上海招了两千多名学生（包括自学视听生）。我所在的上海电大杨浦工作站，共招生一百多人，杨浦考到 164 分以上的有五十一人。很多人因为分数没达标，被电大拒之门外。我班有个同学，夫妻俩一起报考，结果丈夫以一分之差，与电大失之交臂。不要以为文化考试过关了，就等于跨进了电大，根据德智体全面发展的要求，还要到学校领取政治审查表和体格检查表，单位人事部门要出具政审证明，我们杨浦工作站有没有因为政审、体检不合格而被取消入学资格的人就不得而知了。

2019 年 6 月

三十七年前读电大

1982 年，我考进了上海电视大学（现在叫开放大学）中文专业。

当我满怀着喜悦之情，揣着录取通知书到学校报到的时候，不由得倒吸了一口凉气。我知道电大办学条件会比较差，但没有想到会如此之差。我就读的上海电大杨浦工作站设在唐家塔小学。读大学竟然到小学来读，真让人有种说不出的滋味。唐家塔小学位于杨浦区的黄兴路与控江路的路口，学校用的都是原来小学生的课桌，我们很多男同学，都是一米八的汉子，根本无法将脚收进课桌底下，只能将脚放到课桌外，成了“绊马索”，同学走路要非常当心。更令人难以置信的是，唐家塔小学还是“都市中的村庄”，它位于凤城大队，而凤城大队是当时杨浦区最后一个农村编制的乡村，学校周围有不少农田，时不时见一些老人在田埂上忙些什么，低矮的草窝中还能见到“天蓬元帅”正在懒懒地打着呼噜，同学们的脚下经常会沾上泥块或草屑。如果是下雨天的话，道路泥泞不堪，走路更要万分小心。

条件艰苦还不是主要的问题，上课的设施实在太差更令人犯愁。说是电视大学，其实大部分时间是听广播，教室里装着那种生产队里用拉线开关的喇叭。我们使用的教材，不少是权威专家编写的，像翦伯赞的《中国史纲要》、张志公的《现代汉语》、刘叔成的《文学概论四十讲》等，给我们上课的老师，有的就是教材的作者，大都很有名气，可是这些老师的普通话普遍不太标准，通过“生产队”的喇叭传出来的声音，听起来让人昏昏欲睡。

除了听喇叭上课，也有电视教学，我们第一学期开了三门课，分别为中国通史、写作和现代汉语，从早上7点30分开始上课，连上四节“喇叭”课，第五节课为电视课（在当时的五频道播出）。那时电视还不太普及，电视播出质量不高，一间大大的教室，五十多个人，就一个十八英寸的电视机，坐在前排的嫌声音太大，后排的同学则抱怨听不清，至于电视屏幕下打出的字更是看不清，再加上唐家塔附近有干扰站，“看不见的战线”“谍影（叠影）重重”“多瑙河之波”是常态，收看效果可想而知，大大影响了教学质量。都说读书苦，其实读电大更苦。考试出题在中央电大，批卷在市里，辅导复习在区里。没有范围，没有重点，教科书的角角落落，都是考试范围。由于办学经验和师资力量有些不足，大家读书都显得非常吃力，同学们有一两门功课不及格，算不上什么新闻。本人古代汉语考试就挂过一次红灯，成绩为56分，学校还特地发了张通知给我，让我在假期里好好复习；经过补考我总算及格了。

虽然条件很艰苦，但学校管理却非常严格。我至今完好保留了三年读电大的所有相关资料，包括各种通知、排课表、书学费清单、每学期的成绩报告单、每月作业、考勤联系表、所有的教材、辅导材料、为撰写毕业论文准备的各种材料、毕业论文三稿复写件、准考证、毕业证书等。虽说是业余读书，但上下课不能迟到早退，单位有事无法到学校上课必须出具证明。学校如有调课，或增加上课课时，也会发书面通知，便于学生请假。每月2号，学校将学生每个月的作业、考勤情况寄送到各自所在的单位人事部门，方便单位监督。比如，1983年4月25日，学校发通知到单位，由于要举行第一学年第二学期的期中考试，需要再增加四个半天的复习辅导时间，而且特别强调考试日的两个半天为公假，这就是说，我们考完试以后还要赶到单位上班！由于管理严格，我们同学中间没有发生过逃学或者利用读书找借口不上班的现象，因为所有的一切都是建立在“我要读书”而不是“要我读书”的基础之上。我们是成年人读书，不少人身上是三副担子一肩挑，读书之苦、工作之重、家庭之累，非一般人所能理解。

1985 年的夏天是炎热的，当我们全体同学聚在一起拍摄毕业照的时候，当我们拿到奋斗了三年而取得的毕业证书的时候，我们的心更热，每个同学的脸上都洋溢着笑容。三年，一千多天，我们洒下了多少汗水，忍受了多少委屈，付出了多少辛苦和努力，这其中的甘苦，只有经历过的人才知道！

2019 年 5 月

读书往事

“生命，如果跟时代崇高的责任联系在一起，你就会感到它永远不朽；要是只想到自己，行尸走肉，纵使能活上千年百岁，也不过等于短暂的昙花一现。”

这段话摘自作家陈立德所著的《前驱》，摘录时间为 1965 年 7 月 25 日。对于十六七岁的我来说，在我的第一本读书笔记上恭恭敬敬地抄下这段话时，心情是何等激动，而且当时正处在火红的年代，我立志将来当个作家，用我手中的笔去为人民大众服务。

从这天起，我开始没日没夜地看书，做笔记。从中国作家郭沫若、茅盾、巴金、许地山到外国的大文豪高尔基、巴尔扎克、托尔斯泰，我都真诚地“拜访”他们，认真地阅读他们，诚恳地与他们“对话”，“我对书籍，好像一个酒徒对酒一般，变成不可一日无此君了”（高尔基）。

后来，读书成了难事。好在我的一些同学、朋友、邻居、同事都是书迷，外面“革命”硝烟弥漫，而我们却是“躲进小楼成一统，管他冬夏与春秋”（鲁迅）。大家彼此将家中有限的书籍拿来进行交换，当然，一切都是小心翼翼的，书的外面用报纸包好，并关照不得转借。记得有一次我到朋友家，看到一本《俊友》，真是欣喜若狂，开口就向朋友借，谁知朋友一口回绝，原来他也是向别人借来的，“明天一早要还的。”朋友说。我向朋友保证明天上午 8 点以前一定完璧归赵，说完夹着书兴冲冲赶回家，匆匆吃了晚饭，钻进房里，一口气将书看完。我在这天的读书笔记中写道："《俊友》，［法国］莫泊桑著，李青崖译，新文艺出版社1955年出版。"由于借书渠道不一样，往往有的书只有书名没有作者；有的书先看下册，再看上册，美国作家德莱塞的《天才》，我是1967年2月27日看完下册，过了半年多，到了9月3日才看到上册。托尔斯泰的《安娜·卡列尼娜》也是这样。我在读书笔记上抄下警句格言、作者介绍，写下随想、读后感，有时干脆将好的段落、好的文章整段整段、整篇整篇地抄下来。对于还在读初中的我来说，越读越觉得眼界开阔，"书改变着人，改变着生活"（车尔尼雪夫斯基），这是千真万确的真理啊！

我的最后一篇读书笔记写于1978年5月25日，书名是《被侮辱与被损害的》，是俄国作家陀思妥耶夫斯基的名作。整整十三年，我读完了三百九十本书，写了三十六本读书笔记，合计一百二十多万字！尽管我的文学梦没有实现，但我从来不后悔，因为我曾经奋斗、曾经追求过。如今读书笔记早就不写了，可那三十六本读书笔记却是一笔巨大的精神财富，良好的读书习惯更是一直陪伴着我，至今受用无穷。

2001年8月

第四辑

戏里戏外

和电影有关的往事

我住在大杨浦的平凉路，附近有“东宫”（沪东工人文化宫），再往东面有杨浦电影院，往西有沪东电影院。20世纪五六十年代，这里的文化事业很繁荣。我最喜欢到杨浦电影院看电影，因为在放映前一刻钟可以放人进去，我和哥哥早就等在检票口，为的是第一个冲进去借小人书看。杨浦电影院里有个很大的休息厅，休息厅两旁是观众服务部，凭当场票可到观众服务部换小人书看。我和哥哥坐在影院里的沙发上，那可是我第一次坐沙发，那是最开心的时光了。等放电影的铃声响了，再用小人书将电影票换回来。我印象最深的一次是看了《夜半歌声》，由于主人公有被毁容的镜头，到毁容镜头出现的时候，哥哥用手将我的眼睛捂住，我就透过手指缝偷看。那天夜晚，我失眠了。像这样既能看电影又能看连环画的高档享受，一年也不一定有一次。那时候能看上一场学生场就很满足了。

学生场放映时间是早场，也有早早场的。早场一般是早上10点钟左右，早早场就更早了，8点不到就开场。早场和早早场一般只有周日开设，此外，寒暑假也会有学生场。为了看早早场，就不能睡懒觉了。学生场的票价只要5分钱，就这5分钱，也不是能一直享受的。我一般都是将过年的压岁钱留着看电影。有时将母亲给的买早点的钞票省下来，或者两三个同学凑份子钱看学生场。男孩喜欢看战争片，20世纪50年代中后期，像《聂耳》《上甘岭》《战上海》《无名岛》

《五更寒》《智取华山》《天罗地网》《羊城暗哨》《地下尖兵》《边寨烽火》《林海雪原》《地下航线》《东进序曲》《红珊瑚》《停战以后》《无形的战线》《沙家店粮站》《长虹号起义》等，光这些名字就让人过足瘾头。

我读书的杨浦区第一中心小学就在东宫对面，星期五放学，有的同学就到东宫买票。每个星期一，读书课间休息的时候，是最闹忙的时候，前一天看过学生场电影的同学最出风头。大家围着他听他讲故事，这个人就开始搭架子。记得有一次，一个同学看了《摩雅傣》，其中秦怡饰演母女两个人的角色，尤其是一个镜头中，母女两个人一起出来，让我们大为震撼。一个人怎么能拍两个角色呢，难道秦怡分身有术？大家争论不休，这个问题一直到小学毕业我们也弄不清楚。

大家欢喜到东宫小剧场看学生场还有一个原因，那就是看完电影可以到东宫去白相（游玩）。东宫那个时候好白相的地方很多，上海那时除了大世界，东宫也有哈哈镜。当时到东宫要凭工会会员证，没有会员证要花 3 分钱买门票。后来东宫加强管理，看完电影，从太平门出来，早已有工作人员把门，每次看完电影就被赶了出去，东宫再也进不去了！当然也有人精明，在散场前躲到厕所间，然后再大摇大摆到东宫去白相！

过去放电影前总要放点“加片”，如新闻简报，或者科教片，或者放几张幻灯片之类的，比如，不要吃有声响食物的提示，或者在幻灯片上打上放映员的工号，让观众慢慢进入状态，然后再放正片。

前不久，我去看电影，两个小时的电影结束了，观众都已经离开了，我还呆呆地坐着。服务员过来对我说：“电影结束了，你还在等什么呢？”我说我还在等幻灯片上的“不要忘记钱包、雨伞”的提示和“再见”的字样呢！

2019 年 5 月

看电影曾经是工会会员的福利

想当年，看电影是工会会员的福利，工会一个月会包一场电影。我所在的杨浦区是产业工人大区，上千人的厂比比皆是，还有不少万余人的大厂，厂家上三班是常态。工人都交工会会费，既然交了会费，就有权享受工会福利。那时的工会福利很简单，就是看一场电影。为什么是看电影而不是看戏？因为戏票价钱贵，场子小，而且剧场往往在市中心。但每个区都有好几家电影院，企业可以选择近的影院包场。由于职工多，同样一部电影要包好几个场次才能满足不同班次的人的需要。包场是一项复杂的系统工程，选前座后座、选中间边上，选哪个场次等等，有人会拿着电影票到工会调换。企业工会有专门的干部联系电影院，工会干部常常为订什么样的电影而挠头，因为每个人的口味不一样，一些好的、热门的电影，在某些人看来并不好看，比如进口片，有些人就不喜欢，说是人名太长记不住，有的工人还会向厂长、书记“告状”，工会干部往往要吃牌头（挨批评）。真是“百姓百心”啊！不过，有的时候工会干部还是蛮吃香的，小青年谈恋爱，需要看电影，请工会干部帮忙买点热门的电影票，要知道那时热门电影票不是那么容易买到的。所以工会干部抽屉里的香烟和喜糖总是不断。

后来企业效益不行了，看电影也成了美好的回忆。老伙伴聚在一起，除了说《红楼梦》《追捕》，就会说到那时看电影的种种尴尬。那时没有空调，剧场头顶上的电风扇呼呼作响，看电影时常常走神，不自觉地抬头往上看，影响了观影的情绪。有的电影院用冰块降温，在更早的时候，影院降温是靠扇子。观众进影院，每人可以领一把扇子，是那种圆形的纸糊的扇子，有的由于多次使用，扇骨外露，纸张破裂，扇风的时候，风不大，而扇风的声音却很响，只见前后左右的人都在扇扇子。等电影结束了，离场时将扇子放到出口处的箩筐里。由于天热，有的人穿背心，有些不雅，工作人员尽管劝导，总有人不听劝，工作人员也无可奈何。有的剧场条件差，坐的是长凳。后来电影院的设备开始更新换代，改善了看电影时“活受罪”的情况。

现在看电影方便了，不仅仅是因为电影院多，主要是手机上安装了各类 APP，随时随地点一下，就可以知道电影的信息，然后选择心仪的电影观看。早年电影信息都来自于报纸。我收藏了一份 1960 年 10 月 4 日的《新民晚报》，报纸用近三分之一的版面刊登了电影放映和戏曲演出的广告。电影广告有上映电影的影院名称、场次信息，便于观众挑选观看。由于报纸的版面比较紧张，后来有关电影放映的广告被移到报纸的中缝。20 世纪 90 年代中后期，电影市场萎缩，报纸上就很少看到这类广告了。

即使是在报纸上刊登电影放映广告的年代，也不是所有的电影院都做广告的，因为需要支付广告费。电影院宣传放映什么电影，除了登报做广告以外，还有其他途径。比如，在影院门口的墙壁上绘制即将放映电影的海报，海报很大，足有几个平方米，攫取影片中的一些精彩镜头，很有冲击力，让人有观看的欲望，有的影片有几幅海报同时展示。

那时一部电影要放映好几天，热门电影放映半个月甚至更长的时间，新的海报覆盖到老的海报上，预告一部新的电影上市了。电影海报一般由影院的美工绘制，美工的绘画水平高低决定了海报的质量。为了提高海报绘制的水平，市里经常组织美工学习交流。电影海报风靡了很长一段时间，引起了一大批影迷的追捧，为此有人专门收藏电影海报。前几年，还专门有老电影海报的展览，引发了怀旧之风。此外，影院还制作排片表，A4纸大小，发到相关企业、学校，拉近和企业、学校的关系。

我那时是沪东电影院影评组成员，可以提前观看即将上映的电影，看完电影写观后感，贴在影院门口的宣传栏上，可以帮助观众了解电影剧情，尤其是对理解译制片，更是有很大的帮助。

2021 年 1 月

我和沪东电影院的不解之缘

有一段时间，八埭头是杨浦区最繁华的地区，而八埭头的繁华又以沪东电影院为中心。沪东电影院建于 1942 年，是杨浦区最早的电影院。20 世纪七八十年代，杨浦区有六七家电影院，1982 年建成的长白电影院，1983 年建成的翔鹰电影院，1986 年建成的四平电影院，相比这几家电影院，沪东电影院的设施是比较落后的，只是比楚城大戏院好点儿。所以我那时看电影一般都到杨浦和东宫。

1969 年 2 月 2 日，我在沪东电影院看了第一场电影，片名叫《燎原》，票价 2 角。《燎原》拍摄于 1962 年，导演是大名鼎鼎的张骏祥。几年以后，我就和沪东电影院有了不解之缘。1974 年 7 月，我被工作单位推荐参加沪东影评组，观摩的第一部影片是王心刚主演的《侦察兵》。看完《侦察兵》，我们到影院楼上讨论。这样，我有了近距离接触沪东电影院的机会。沪东电影院那时已经改名为抗大电影院，看来这个改名还真名副其实，因为抗大是艰苦朴素的代名词。沪东是居民区里的电影院，很破旧，办公室十分狭小，办公室和办公室之间有很多楼梯要走，而且这种楼梯就是上海老式房子的木楼梯，稍微走得重点儿，就可以感觉到晃动。

那个年代文化生活十分单调，电影院放映的大都是革命样板戏。承蒙影院厚爱，我被推荐为影评组的副组长，由于有通知观片、组织讨论的任务，我经常往沪东电影院跑。很快我就和沪东电影院所有员工都熟悉了，大家都叫我半个沪东员工。

没有多久，电影的春天来到了，影评的春天也来到了。那时看了电影，要结合形势进行宣讲，要宣讲就要写稿。由于电影的资料特别少，我们只能在看电影时，用笔将电影中的有关内容在黑暗中记录下来，然后在沪东电影院的办公室写稿。我记得参加写稿的有市东中学的杨峻岩、沪东电影院经理陈惠林、宣传组长郑玉芝及我。宣讲要讲究时效，我们常常写稿至通宵，第二天清晨，大家在汾州路上的小摊吃点儿早饭就打发了。当听到我们写的影评稿在厂区、社区受到欢迎时，我们所有的付出都值得了。

弹指一挥间，在沪东电影院的影评生涯已经过去好多年了。我和沪东电影院的很多员工成了很好的朋友，一直到现在我们还保持着联系。有时，大家聚在一起，共同回忆有关沪东电影院的往事。每当我骑车经过沪东电影院时，总会将速度放慢，看着那衰落的门面，心里总会有隐隐的痛楚。

2010 年 10 月

露天电影

一块巨大的幕布挂在小区的广场上，两架放映机像两匹骏马高昂着头稳稳地站在广场的中央。

我是个影迷，1975 年有幸当上影评员，看电影的机会就更多了。我喜欢记下看电影时的日期、片名。在我的记忆中，从 1965 年开始记录，至今已五十三年，五十三年来我看过的电影不下千部。坐在设施先进、设备豪华的影院里，那种感觉好极了。当然也有条件差的，杨浦区长阳路上的楚城大戏院，坐的是长条凳，用扇子降温。电影结束，将扇子丢在箩筐里。吊扇在头顶呼呼旋转，让人分神。当其他影院都使用冷气时，楚城大戏院还是用冰块来降温。

看电影的很多往事早已云消雾散，记不清了，唯独一场露天电影却使我终身难忘。

小学毕业那年，学校搞篝火晚会，会后放映电影。那年头儿看一场电影是一项很奢侈的消费，不少同学长到十多岁还从来没进过电影院。虽说是盛夏，同学们都穿上了白衬衫，戴上了红领巾，像过重大节日似的。当我们各自带着小板凳走进操场时，迎面挂着一块银幕，大家不禁欢呼雀跃起来。那天观看的是《地下少先队》，情节很紧张，看到好人被追，全场一片喊声："快逃！快逃！"当看到上海解放，又一批少年儿童光荣地加入了少先队，这时响起了主题曲："我们是共产主义接班人……"顿时我们也跟着唱了起来。我们一边唱一边拍手，这个时候已经分不出是谁在唱歌，银幕上下汇成同一个声音，那场面绝对壮观，那气势绝对宏伟。散场了，在回家的路上，同学们还在议论谁最勇敢，谁演得最好。第二天上学，《地下少先队》依然是我们津津乐道的话题。在后来的作文中，我写下了看露天电影的感想，还被老师当作范文在全班朗读。

杨浦区“2004送电影进社区”的第一场放映仪式在长海广场举行。我作为长海小区的居民，当然也轧闹忙来了。今晚放映的电影是香港的《兄弟》。电影开始了，脚边是奔跑追逐、嬉戏的孩子，一些顽童踮起脚，好奇地在银幕前晃悠，然后冲着自己的投影做着鬼脸，或者摆成小狗、小猫的姿势在银幕前晃来晃去。一阵微风吹来，幕布拱了起来，银幕里的人物也随之变形，引起了大家一阵哄笑。从窃窃私语到嘻笑怒骂，有人不断地走进，也有人不断地走出。尽管家中的大背投电视机放的连续剧很吸引人，尽管DVD里的美国大片等着主人去欣赏，却仍然有不少人挤在人群中观看露天电影。有时人们需要用热闹去填补一个人看电视时的孤独。

再过十年二十年，问起今天坐在长海广场的孩子，对什么样的电影印象最深刻时，我想他们中的绝大部分人和我一样会说：露天电影。

2004年8月

电影说明书，见证历史的活档案

1985 年，一批经典电影在影院内部放映，供专业人士观摩。我是一家影院影评组的影评员，有幸忝列其中。3 月 29 日，在上海学术电影院（也就是宁波路上的新光影剧场），我观看了大名鼎鼎的电影《乱世佳人》，并购买了人生第一份电影说明书，说明书上印着“资料影片观摩简介材料”字样，16 开，两张四页，字印得大大的，故事梗概也就四五百字。不久以后我又看了电影《出水芙蓉》，故事梗概少到只有一百余字。说来不怕笑话，正是从说明书中，我认识了费雯丽、克拉克·盖博，我知道了《乱世佳人》获得过十项奥斯卡金像奖。其实，这还不能算是真正意义上的电影说明书，只是一种宣传页。它们不仅内容简单，而且印刷质量也一般。到了这年 10 月 16 日，我们观看苏联故事片《两个人的车站》《头回出嫁》，说明书有了变化，变成了三折式，正面有了固定图案，颜色每期也不同，给人一种崭新的感觉。

其实，我还珍藏着两本 20 世纪 50 年代中后期的电影说明书，都是我大哥在读中学时期看电影时随手买的，共计一百九十三份。我按国产片和译制片分类装订了起来。半个世纪前的电影说明书，尽管纸张已经泛黄，但这是真正意义上的说明书，上面刊印着故事情节简介、人物介绍、演员资料，有些片子牵涉到时代背景，还写上有关历史事件、名词解释、作者生平（或近况）与相关的作品，有时还印上一些拍摄花絮、银幕背后的故事、电影主题歌、电影剧照等，如《铁道游击队》说明书第四页上的拍摄花絮，就介绍了拍摄过程的一些有趣、惊险而又鲜为人知的幕后故事，满足了观众的好奇心；又如译制片《奥赛罗》，先是用“黑板报”的形式，用二百来字对电影做提纲挈领的介绍；然后是“说明书”，对电影做了详细介绍，约千余字。说明书还介绍奥赛罗、苔丝德梦娜、埃古等人物，对他们的性格进行分析，对观众理解莎士比亚的名剧有着很好的指导作用。在演员表上，还印上了配音演员的名字，像高博、程之、姚念贻、胡庆汉、邱岳峰、富润生、毕克等。这种说明书，在使用上有多种功能，影院在宣传时作参考用，观众观影时作说明用，而收藏时则作资料用，对电影的再宣传有着不可替代的作用。

电影说明书是重要的历史档案，它不仅记录了电影业发展的进程，同时反映了特定时代的风貌。20世纪50年代的说明书，纸张相当粗糙，印刷质量也很差，上面一般印着“人人动手，节约用纸，请观众们根据实际需要购买说明书，尽可能几个人合用一张，减少纸张用量”“为了保障安全，夜晚各种车辆行驶时必须点灯”，有的还印着“围歼七大害虫　造福万代子孙”“突击一月，全歼苍蝇蚊子；苦干一年，基本消灭七害”，时代气息扑面而来。当然，物质生活的贫乏，在字里行间可见一斑。最值得一提的是，我手中的两本说明书都印着“说明书编号 ××”，不仅便于观看，更方便了收藏、装订。

80 年代的说明书上已经有了广告，我发现了一个有趣的现象：我收藏的说明书中，凡是有广告的，内容基本都与药品或医疗器械有关。而且这个时期的说明书用词谨慎，只是简单介绍电影情节，有“批判地吸收”的味道，可能是学术资料电影的缘故吧。至于对电影明星的介绍，更是少之又少。

现在，由于资讯发达，电影说明书似乎没有生存空间了，但却成了不可多得的收藏品。

2004 年 5 月

大牌云集
——我看拍电影散记之一

我一直喜欢看电影，20世纪70年代，我就参加了电影院的影评组，除了看大量的电影外，还有机会和导演、演员近距离接触，听他们讲拍电影的有关趣事。为了满足自己的好奇心，今年年初，我还特地到松江车墩影视城参观，正好撞见有剧组在拍电视，我就在边上观看。不过，马上就有工作人员将我请走了，心里不免十分遗憾。

前不久，应朋友之邀，我加盟了电影《男生贾里新传》剧组，担任财务工作。这让我有了一个真正近距离接触电影的机会。

一进剧组，我对什么都感到新鲜。进服装间，上百件的衣服整整齐齐挂着，原来，在开机前，服装师傅根据演员报来的尺寸赶制了这些衣服，有统一的校服，有生活中穿的便服，正所谓“兵马未动，粮草先行”。服装师见我吃惊的样子，笑了起来：“在我们眼里，这部戏的服装是最简单的。”服装师告诉我，她参加了电影《木乃伊3》的拍摄，那服装才叫厉害，数量有几千套之多，而且都是古代服装，服装师傅根据设计师的设计，一件件做出来，要求很高。呵呵，看来这里能人遍地、高手云集啊！此片制片人简平，是著名儿童文学作家，资深媒体人。那个副导演，看上去和普通大学生没有什么两样，可是恰巧在前两天，娱乐频道在播放的一部电视剧，她不仅是责任编辑，还是副导演，让人刮目相看啊！剧组的演员绝大部分是十三四岁的学生，这些学生个个身怀绝技，在镜头前放松自然，很少有表演痕迹，对于导演的说戏，很快就心领神会。细细一打听，原来不少学生是上海电视台小荧星剧团的，他们中间的不少人上过电视、拍过广告。像扮演贾里的男一号，个头儿不高，却是个小小“老演员”。这些学生演戏老成，能力也极强，组织一台联欢会，都是自己策划，自己安排，节目有相声，有朗诵，有演唱，很有水准的。

2009 年 8 月

在片场
——我看拍电影散记之二

进剧组后，有人对我说，其实，拍电影很单调，很枯燥。在片场看了几天，果不其然。很多时候，演员是走过来又走过去，一段台词要一遍一遍地说。重复的动作，重复的姿势，重复的话语，而最后拍成片子就那么一条。可能在电影中就那么几秒钟的画面，要拍几个小时甚至更长的时间。

拍电影不仅枯燥，有时候还很辛苦。我们的拍摄基地在崇明，8 月的天气，骄阳似火，气温在 35 摄氏度左右，而很多场景都是在室外。比如，在上学的路上、篮球场上。在 35 摄氏度的高温中，在炎炎的烈日下，不要说演戏，就是走路也吃不消。更何况，那些小演员平均只有十三四岁，根据剧情的要求，还要背着十多斤重的书包，实在是难为他们了。比如扮演剧中贾梅的那个小女孩，要拍骑车上学的镜头，由于她刚学会骑车，骑起车来难免摇摇晃晃，练了有十几遍之多，总算骑稳了。一直到所有演员的表情、站位让导演、摄影师满意，才准备要开拍了，谁知这时，演员的汗水将化的妆冲淡了，于是，化妆师又在现场进行补救。等补妆完毕，那光线又不行了，云层将太阳遮住了。原来，拍电影和拍电视不一样，由于银幕会将拍摄画面放大无数倍，所以对光线的要求极强，同时这个镜头的光线还要注意和上下场镜头衔接，不能有丝毫瑕疵。有人告诉我，最苦的就是盛夏拍冬戏、严冬拍夏戏，那个遭罪啊，真难以想象。

其实，剧组还有一批人更辛苦，那就是助理，比如导演助理、摄影助理、服装助理、灯光助理、录音助理等。上面讲到的那场贾梅骑车戏，由于此片是同期录音，只见录音助理赤裸着上身，高举着话筒，跟在贾梅的后面奔跑，手上的青筋暴着，背脊上的汗珠一串一串的。休息时，我和录音助理开玩笑："在计划经济年代，你可以算重体力劳动了，每月定粮要四十五斤才够吃。"拍好一个镜头，那些摄影助理赶紧将摄影机拆下来，搬到下一个需要拍摄的地方，而灯光助理也需将灯光、反光板搬好、架好。

以前看电影，往往只看主要演职员名单。到了片场，你会感到有一大群默默无闻的工作人员。而不少工作人员，在演职员名单中根本就没有名字！

2009 年 8 月

安靜專注 看見自己

感谢蔡志忠老师对我的鼓励和教导，我会努力在未来的人生路上，更加专注，活出自己。

向上社交

圈子的上限，决定你人生的上限

许晋杭 著

UPWARD
COMMUNICATION

人民东方出版传媒
People's Oriental Publishing & Media
東方出版社
The Oriental Press

图书在版编目（CIP）数据

向上社交 / 许晋杭 著. — 北京：东方出版社，2022.11
ISBN 978-7-5207-2909-3

Ⅰ. ①向…　Ⅱ. ①许…　Ⅲ. ①社会交往－通俗读物
Ⅳ. ①C912.3-49

中国版本图书馆CIP数据核字（2022）第 135854 号

向上社交
（XIANGSHANG SHEJIAO）

作　　者：许晋杭
责任编辑：辛春来
出　　版：东方出版社
发　　行：人民东方出版传媒有限公司
地　　址：北京市东城区朝阳门内大街166号
邮　　编：100010
印　　刷：北京明恒达印务有限公司
版　　次：2022年11月第1版
印　　次：2023年6月第2次印刷
开　　本：880毫米×1230毫米　1/32
印　　张：9.75
字　　数：190千字
书　　号：ISBN 978-7-5207-2909-3
定　　价：59.00元
发行电话：（010）85924663　85924644　85924641

推 荐 语 · 一

RECOMMENDATION

晋杭是一个特别会说话的年轻人，在事业上取得一些成就后，做了许多公益的事情，年纪轻轻就为社会做出不少贡献，是年轻人学习的榜样。

梁晓声

著名作家

推　荐　语 · 二

RECOMMENDATION

听晋杭讲话非常舒服，他讲话的那种感觉，莫名就会带给人温暖。

他是我接触过的90后中非常有活力的一个。

跟他开会的时候，他能非常精准地表达自己心中的想法，这是不容易的。

跟他一起写歌是一件很快乐的事，很多人都喜欢跟他一起做事。相信在这本书中，他会把他为人处世的秘诀，毫无保留地跟你分享。

飞儿乐团 阿沁

著名歌手

推荐语·三

RECOMMENDATION

之前跟晋杭合作了单曲，我发现他的音乐充满了对生活的向往，对艺术的热爱。

更让人惊讶的是，他不仅是一位歌手，还是一位老师，一名作家。

不管他在哪个领域，是什么身份，他都用心做到最好。

希望以后他可以继续加油，创作出更多受人喜欢的作品。

黄雨勋

周杰伦编曲师、世界巡回演唱会音乐总监

推荐语·四

RECOMMENDATION

在商业中，时间就是生命，而很多人却把时间都浪费在低效的沟通中，这是非常可惜的。

晋杭的沟通能力非常强，我经常会和很多朋友去听他的课，因为沟通的能力，决定了你管理团队的能力。

每次跟晋杭吃饭，都喜欢听他分享关于教学的心得，听他讲梦想，讲未来……

看着他一步一个脚印走到现在，作为他的大哥，我感到非常欣慰。

很多人看到的是他表面的光鲜亮丽，但是背后的付出，只有他自己知道。

他身上有一股劲儿，这股劲儿能鼓励很多人积极向上。

而这股劲儿，不仅体现在他身上，也渗透在他的书里和教学里。

希望他的作品和教学能给你带去力量，让你重拾希望。

林思萍

贵人鸟股份有限公司董事长

自序

2022年的年初，我带着团队小伙伴一起去电影院看《奇迹·笨小孩》。

电影当中易烊千玺扮演的主人公为了获得大公司老板的支持，在对方楼下等待了好几天，甚至为了能争取跟对方聊上10分钟，买了一张高铁票，跟对方一起上车，只愿能坐在对方面前，讲完自己的商业想法。看到这一幕，我想起了自己当年北漂的日子。

曾经我也为了能跟某位前辈多聊一会儿，买了一张飞机票，跟他一同进入候机楼，只为能争取多跟他聊一会儿，直到他登机……

最终，我跟电影中的主人公一样，通过努力获得了对方更多的支持。

像这样通过自身努力，不断向上社交的场景，在我的成长路上比比皆是，关起门来，三天三夜我都讲不完。

有一天，我在跟一位老师相聚时，向他汇报了我这些年的成长路径。他听完后，鼓励我把这些年向上社交的心得写成一本书，帮助更多迷茫的年轻人。

我问他："为什么您会觉得我的方法能帮助更多人?"

他说："很多人一提到向上社交，就会联想到阿谀奉承、溜须拍马等。但其实真正的情况并非如此。晋杭，你就是一个活生生的好案例，你一不喝酒，二不抽烟，你所有的社交方法都是对别人有正向指导作用的。2021年你被授予'向上向善好青年'荣誉称号的时候，我就特别有感触。因为在我眼里，你的向上社交技巧就是在教人如何向善的。所以你的书一定能帮助很多人，告别社交中阿谀奉承的刻板印象。"

听完前辈这番话，我回到家一夜没睡。

我硬生生地被他打了一针鸡血，弄得我好像写不出书来，就再也没脸见他一样。

从那以后，我就踏上了写这本书的不归路。静心观察、用心记录，专心整理我在向上社交这个板块的心得体会。

整本书写下来，里面有大大小小的上百个技巧，写完这些技巧后，我总结出三个关键词。

▲ 第一个关键词：真诚

是的，我们要真诚，我讲一句非常现实的话，就是我们在向上社交的过程中，使用的所有技巧，在前辈眼里，很可能都是慢动作。

也就是你想什么，他全都知道。他会成全你，并不是因为你的技巧有多好，而是因为你的起心动念是好的，你的态度是真诚的，他知道他帮你，也是在为这个社会作贡献。

▲ 第二个关键词：行动

有了真诚以后，再加上这些社交的技巧，就能更好地突破社交。

但是我见到太多的人，在他脑海里“知道”就等于“做到”。但其实这两者之间，相差十万八千里。书中有些技巧，我在多年前就知道了，但是直到多年后的今天，才敢说自己真正懂了。这些年，我大量去实践和总结，才能说自己真正掌握了，而多年前的那个“知道”仅仅只是一种自以为是的“知道”。

我知道自己有这种情况，很多初学者也有这种情况。所以千万不要把书买来后，就放在一边落灰。看这本书只是开始，真正去实践和运用才是关键。

向上社交不是名词，是动词，需要我们行动起来。

▲ 第三个关键词：梦想

当年我在北京跟随著名表演艺术家游本昌老师工作的时候，

曾经问过老人家：“我什么都没有，您为什么愿意一直把我带在身边？”

老人家说：“因为我在你身上，看到了年轻时的自己。”

老人家这句话，我从入耳到入心，一直记到现在。

是的，在你向上社交的过程当中，抛开世俗利益的层面，很多前辈愿意帮助你的另外一个更大的原因，很有可能是在你身上看到了年轻时的他自己，那个为了梦想而不顾一切的自己。

他觉得帮助你，就是在帮助年轻时的自己。

所以，心怀梦想，为了让这个世界变得更好而努力，你将会获得更多人的支持。

一个没有梦想、没有真诚、没有行动的人，就算让他学会了所有的社交技巧，也没有任何意义。

所以，愿这本书中的文字，能够帮助你克服奋斗路上社交的恐惧，同时，给你向上向善的力量，面对迷茫和未知的人生。

许晋杭

2022年7月11日

于长沙好友邓美娟家中

目　录

CHAPTER 01

获得成功，为什么往往先要跳出自己的圈子

CHAPTER 02

调整自己，保持最佳的社交状态

CHAPTER 03

认识更多优秀的人，拓展自己的视野

CHAPTER 04

社交是一种自我展示的社会行为

CHAPTER 05

做好准备工作，让社交更加高效

CHAPTER 06

向上社交需要主动创造机遇

CHAPTER 07

向上社交的一些基本注意事项

CHAPTER 08

如何提升自己的社交高度

CHAPTER 01

获得成功，
为什么往往先要跳出自己的圈子

1 获得成功，为什么往往先要跳出自己的圈子

2 调整自己，保持最佳的社交状态

3 认识更多优秀的人，拓展自己的视野

4 社交是一种自我展示的社会行为

5 做好准备工作，让社交更加高效

6 向上社交需要主动创造机遇

7 向上社交的一些基本注意事项

8 如何提升自己的社交高度

社交是一种本能反应

很多时候，人们会认为社交是后天形成的一种需求，是人进入社会，体验社会生活后产生的一种新的生活模式，但事实并非如此。

加州大学洛杉矶分校的心理学教授马修·利伯曼是社会认知神经科学领域的创始人，他认为人类最重要的属性是社交，而社交属性是天生的，源于人类的一种本能反应，因为他发现社交其实和大脑神经息息相关。

马修·利伯曼经过多年的调查研究，发现人类的大脑并没有所谓的“休息时间”，它其实一直处在运转状态，只要人还活着，大脑就无法停止运转，就会持续进化。而进化，本质上是利用休息时间的对赌，简单来说，就是学习其他的技能。比如，有些人利用休息时间写小说，有的人利用休息时间搞发明创造，有的人利用休息时间学习理财知识。通常情况下，大脑会选择合适的进化模式，在某一特定领域进行大量操练，从而为自己争取更多优质的生存资源。

对赌的形式非常丰富，人们可以按照自己的需求和意愿进行各种操练。除此之外，人类大脑中还存在一个“默认网络”，这一网络负责训练人类的社交行为，它会反复进行模拟。在很长一段时间，人们都没有意识到大脑的这一运作机制。随着医学技术的发展，尤其是核磁共振技术的出现，人们有机会进一步了解大脑在社交训练方面的相关信息。如果对大脑进行核磁共振检查就会发现，当人脑进入所谓的休息状态时，默认网络就会自动开启，然后不断训练和强化社交能力。在这一过程中，它会自动模拟自己在社会中所处的位置、所取得的成就、外界对自己的看法以及思考如何赢得他人的认同。默认网络的运作机制，基本上都是一种本能的反应，它实际上体现出了人类融入社会的冲动。事实上，人类身上的社会属性或者社会心理的一部分可以追溯到亿万年前的哺乳类动物时期，其余的部分则是后来进化出来的，而且基本上属于人类独有。

这种默认网络下的练习、模拟会伴随人类的一生，直到生命停止。从某种意义上来说，每一个人都试图被大脑训练成一个能够与社会进行很好协作的人，大脑会促使人们去完善自己的社交技巧，更好地去融入社会生活，个人会不自觉地去关注外界，去维持与外界的连接。一个最简单的例子就是同情心，从生存和发展的角度来看，人类自带的基因中具有自私自利的因素，毕竟只有为自己着想，才能在恶劣的环境中生存下去，才能将自己的基因延续下去，这是物种进化的基本趋势。但是人类具有的同情心，明显是对基因延续的背叛，因为同情他人并施以援手，往往会让自己遭受一定程度的损失。

为什么人类会不惜违背自身发展需求而产生同情心呢？原因就在于人类的大脑具有奖励回路，当人类意识到自己的同伴或者其他人遇到困难时，这个奖励回路就会督促他们采取行动，并在采取救助行动之后进行奖励，使人感到心情愉悦。也就是说，人类关心他人，与他人进行良性互动的行为是一种本能，大脑中的神经回路系统对此已经做了基本的编码和程序设定，很多时候，人类的行为只是按照这种设定去执行而已。

听起来是不是觉得很神奇？其实同理心的存在除了和大脑自带的奖励回路有关之外，还和人类大脑的另一个特点息息相关，那就是天然的相互连接，简单来说，大脑会自动与他人进行连接，这种连接和镜像神经元有关。

科学家曾对灵长类动物进行研究，发现当人类在灵长类动物面前捡起花生时，灵长类动物的镜像神经元会发生放电现象，而当人类在它们面前弯腰做出捡东西的动作但没有捡起花生时，它们的镜像神经元并不会放电。显而易见，灵长类动物大脑中的镜像神经元机制具有理解他人行为的作用，这一点在人身上同样非常明显。

很明显，镜像神经元可以帮助人们彼此理解，反映彼此之间的表情和感受，从而为同理心、同情心的出现奠定了基础。它的存在为人类内在思维提供了便利，以至于在一种无意识的状态下，人们就会相互理解、相互感受，相互模仿。认真进行分析，就会发现这是社交的一种基本模式。在日常生活中，人们的相关举动都可以依据镜像神经元进行解释。一个人并不喜欢球赛，可是当身边的同学、朋友经常看球并且评论球赛的时候，他在潜意识中就会产生跟随和模仿，镜像神经元会帮助他去理解其他人对球赛的热衷，理解其他人观看球赛的行为，然后自己也会跟着去看球赛，一次两次之后，最初的模仿就会形成一个习惯，最终养成看球赛的兴趣爱好。

从这个角度来看，社交圈最初的形成绝对不会是偶然的，它是个人对周边人行为的理解和模仿，最终形成了一个思想、行为相似度高的群体生活模式。当大家的行为趋同时，就会产生更多的话题，就会拥有更多的共同点。拓展开来，可以说就是人对外界环境的理解和感受，并最终被环境同化的过程。古人说“近朱者赤，近墨者黑”，其实就是人类大脑理解和模仿周边其他人行为的一种表现。人们的言行举止，往往会受到周边环境的影响，而人们对于自己的判断通常也都来源于外界的评价，这就是为什么人们很容易被暗示、被说服、被诱导。

既然人类大脑有社交的需求，也容易连接和感知外界，那么为了提升自己的社交水平，就需要与他人建立正向的连接，并获得正向的影响。最简单有效的方法就是寻找更好的社交环境和更加优秀的人，因为只有更好的环境和更好的人，才能够带来更积极的影响。

当大脑对那些更加合理、高效的行为进行理解和感知时，人们容易模仿并建立更为合理、高效的行为习惯。比如，经常接触那些比自己更加优秀的人，接触那些拥有更开阔视野以及更高思维层次的人，自己的大脑会变得更加灵活、聪明，也会在思考问题时保持在一个高层次上。

举一个简单的例子：很多人都想去一线城市或大公司上班，原因就在于一线城市或者大公司的资源更多，人们可以获得更好的发展机会，可以接触到更好的环境，相比于普通城市、普通公司，一线城市拥有更多、更好的资源。大公司的员工可能更具有上进心，对于人生的定位和规划都要超出普通人，更重要的是，他们在社会上的资源也许会更加丰富。在这样的环境中，人们的思维、视野都会得到提升。

其实，从个人生存和发展的角度出发，人们都希望感知和理解那些更具价值的行为，从而帮助自己成长。所以人们应该在利用好社交本能的同时，强化向上社交的行为模式，让自己更合理、更高效地成长。

环境影响个人

很多人可能都听说过这样一个理论：先拿出一页纸，在纸上写下和自己相处时间最长，或者和自己关系最亲密的6个人（家人除外），记下他们每一个人的月收入，将6个人的收入相加除以6，算出他们月收入的平均数，将这个平均数和自己的月收入进行对比，就会发现这个平均月收入和自己的月收入相差无几。

进一步拓展这个理论就是：一个人的社会地位往往和身边6个人有关，一个人的价值大致等同于周边6个关系亲密的人的平均价值。美国的商业哲学家吉米·罗恩也曾提出类似的观点："与你亲密交往的5个朋友，你的财富和智慧就是他们的平均值。"

这些理论指向了一个基本的观点，那就是个人的能力、资源、视野、思维、财富、价值、社会地位，往往和自己所处的环境有关。《孟母三迁》中说："居住之所近于墓，孟子学为丧葬，躄，踊痛哭之事。"可见，环境确实会影响一个人，更具体地说，每个人的生活方式都和自己所处的圈子有直接关系。这里所说的圈子，指的是生活圈和社交圈，简单来说，就是一个人平时和什么人交往，和什么人一起工作，这些同一圈子里的人，他们的言谈举止、思维层次都会相互影响。

举一个简单的例子，如果一个人的圈子里大部分朋友都是做小生意的，那么这个人有很大可能也会开一家小店；如果他的朋友圈子中关系最好的人都把注意力放在打工上，那么他也很难会产生自主创业做大事的想法；如果他身边大部分人的思想层次都停留在考虑最近一个月的收益上，那么他也很难将目光放在长期规划上。

圈子对人的影响非常大，因为圈子里的每一个人都是相互连接、相互影响的，个人的行为既受到其他人的影响，同时也会影响到其他人。所以在一个较为稳定的圈子里，大家的层次都是差不多的，无论是财富、学识、思维、立场，还是认识事物的深度和广度都大同小异，处于差不多的水准。

晚清重臣曾国藩年轻的时候火气很大，经常与人喝酒、斗殴，而且在学习上一直表现不佳，屡次考试都没有考上。后来，在父亲和祖父的要求下，他潜心治学，并顺利考入翰林院。翰林院在当时是整个中国最有才气的地方，全国的学术精英、最前沿的学者、思想最具深度的人都聚集在那里，可以说是最高层次学者的聚集地。

经过几年的熏陶，曾国藩积极自省和完善，坏脾性有了很大的改善，他还努力学习，阅读翰林院的藏书，并在担任翰林院检讨期间，向唐镜海先生学习义理，向倭仁学习国学，又向何绍基学习书法。这些人都是当时各个领域内的名士，和这些高人交流，无疑让他的视野得到了拓展，也让他获得了更好的社会资源。也正是在那个时期，曾国藩实现了人生的第一次进化，开始具备做大事的潜质。

在同一个圈子里，人们在潜移默化中，会接受其他人的改变，或者会强迫自己趋向于同别人一样，而这无疑会导致自己失去更多的可能性。一个人如果打算拔高自己的人生高度，打算让自己变得更强、更优秀，那么最好的方法就是突破现有的圈子，进入更高的圈子里去，简单来说，就是向上社交，确保自己接触的人更加优秀，确保自己在一个更高层次、更高水平的环境中生活与工作。

法国社会学家埃米尔·杜尔凯姆写了一本《社会分工论》，书中传达了这样一个思想：人处在社会中，不可避免地要成为群居动物，并由此分化出相应的社会职能，这种社会职能其实是建立在社交基础上的。为了扮演更加出色的、重要的角色，最简单有效的方式就是尽可能与那些优秀，甚至比自己更加优秀的人在一起。

那么，如何寻找优秀的人呢？如何鉴定对方是否比自己更加优秀呢？很多人将优秀或者比自己更加优秀定义为“有钱”“有地位”，这种划分标准并不合理，因为优秀的人并不一定需要借助财富和地位彰显出来，而有钱、有地位的人也不一定就很优秀。

如果仔细进行观察，优秀的人往往具有以下几个特征：

▲ 专业领域内无可比拟的优势

优秀往往是相对的，而这种对比最直观的体现就是专业水平，在同一领域和行业内，如果某人具备了绝对的优势，在行业内做出了超出其他人的成就，那么他的专业性就值得认同，他就可以被认定为优秀人才。认识这样的人，有助于提升自己的社交层次和个人的能力。

▲ 对事物有独特的见解

和优秀的人进行交流，人们可以接触到很多与众不同的观点，其中一些甚至具有颠覆性。总的来说，优秀的人会从不同角度和深度看待问题，而不是盲从大流，相比于普通人，他们更容易挖掘事物的发展规律与核心价值。

▲ 有明确的目标并付诸行动

优秀的人有一个远大而明确的目标，他们知道自己需要什么，而且会专注、踏实地为这个目标而奋斗，一步一个脚印实现自己的愿景。靠近这样的人，无疑可以帮助自己找到前进的动力和勇气。

▲ 强大的自我认知

认识自己往往是最难的，优秀的人拥有出色的自我认知能力，无论是自身的优势还是劣势，他们都可以进行全方位把控，确保自己可以扬长避短，提升办事的效率和社会竞争力。不仅如此，他们还能够改进自己的劣势，完善自己的价值。

对于多数人而言，向上社交的时候，一定要先挖掘出那些优秀的人，想办法与之建立社交连接，并借助对方的优秀让自己获得成长。

突破社交圈为什么那么难

每个人身上或多或少都具有社会属性，而人们对于向上社交的需求是普遍存在的。因为从生存和发展的角度来看，只有向上社交，才能够满足人们日益发展和成长的需求。

但不同的人处在不同的社交圈层之中，想要实现圈层的突破，并没有那么容易。为什么突破社交圈层会那么难呢？

“个性”是个人融入社会的标签和名片，往往伴随一生，个性突出的人，更容易在人群中被识别出来，也更容易受到外界的关注。事实上，多数人的性格都存在缺陷，而且个性并不那么突出和明显。许多人会产生疑惑，“为什么我的短视频播放没人关注”“为什么在一个陌生环境中，自己很难引起别人的关注”“为什么有的人第一天上班就获得了领导的关注”，其实这些问题大都和性格有关。性格太普通的人，没有特色，没有亮点，是很难赢得关注的。在讲究高识别度的中心算法体系中，性格上的平平无奇会非常致命。

很多人也许会说，“我只要改变性格就行了”。但实际上，性格基本上受到先天因素的影响，又和自己长期生活的圈层文化息息相关。在一个既定的圈层中，人们的思维和行为早就受到别人的影响，形成了一种惯性，这个惯性本质上加剧了个人性格的形成和固化。

正因如此，在一个固定的社交圈子里，人们往往会与自己性格相近的人交往。有的人性格比较内向，不太喜欢社交活动，那么就会和同样内向的人待在一起，然后相互影响，形成行为习惯；有的人性格上有些优柔寡断，做事情喜欢瞻前顾后，那么他们很难会和那些果断勇敢的人成为朋友；同样，对于普通人来说，性格决定了他们只适应这一圈层的社交环境和人际关系，如果换一个更高层次的社交圈，他们也许会感到手足无措，性格上的冲突就会显示出来。

举一个简单的例子，一个经营小企业的人，想要进入乔布斯、盖茨、马斯克、贝索斯这些商业大咖的圈子，可能性是很小的。原因很简单，很多小企业家容易满足，不具备追求“完美主义”的性格，无法忍受那种近乎折磨自己的管理方式和极端的性格，在之前的小圈子里，周围的人都是类似“容易满足”的思想，大家的行为表现都是偏于松散的、自由的，管理方面也不够规范，行为很快就会产生惯性，一旦惯性束缚个人的思维，并成为潜意识中的一部分时，人们就很难摆脱圈层文化的影响。对那些商业大咖来说，他们同样无法忍受那些“小富即安”“过得去就行”的想法。

个人的思想和行为受到环境的影响，直接导致了个人在行为模式和思维模式上的惯性。所以如果人们打算突破圈层，首先要注意突破自己的行为模式，在性格上进行改良和完善。毕竟想要变得更加优秀，就需要让自己的性格更好也更具个性，但改变一个人的性格非常难，这种难度就决定了突破圈层的难度系数绝对不会低。

除了性格上的限制之外，个人能力和思维层次的限制也是关键因素。突破圈层需要人们表现出与更高圈层相匹配的能力与视野，而多数人的能力和视野具有很大的局限性，想要短时间内形成突破非常困难。能力或许可以通过学习和实践得到提升，但是人们对于事物的看法，思考的习惯、思维的层次，基本上很难做出很大的改变。

有家跨国公司决定招聘一名建筑师进行培养。有三个人去面试，公司让他们谈论一下对建筑工作的理解，第一个人对于自身工作的理解很直白，认为自己就是一个负责砌好砖头的人；第二个人在谈到自己的工作时，强调了自己可以建造安全牢固且美观的房子；第三个人也谈了自己的工作，他为自己的工作感到自豪，因为自己可以为城市建设贡献一份力量，确保城市规划更具美感。显而易见，第三个人的思维层次和觉悟最高，因此在这一次面试中脱颖而出，最终有机会进入跨国公司上班，接触到更多行业精英。

很多人就停留在第一个建筑师的思维层次上，对于自己的工作没有一个更长远、更伟大的规划，对于自己的工作没有更高境界的认知，所以只能停留在更底层，无法突围出去。在一个圈层中待久了，人们的思维就容易局限在这一层次上，周围的人都是这样看待事物的，人与人之间缺少更高层次的交流，无法站在更高层次上来分析问题，更不会建立一个至高的目标。能力以及思维层次是个人成长的必要条件，也是实现圈层突破的前提，但思维的固化很容易阻碍人们站在更高的地方来规划自己的人生。

另外，很多人会忽略一个重要的限制因素——资源。每个人都有属于自己的社交圈以及社交圈层，这和他们所扮演的社会角色，所处的社会阶层和起到的社会作用息息相关。不同的社会圈层所拥有的社会资源往往是不同的，一个人如果没有足够的社会资源，是无法维持和拓展自己的社交圈的。社交活动其实是一种双向满足。人们通过社交实现自我满足的同时，也需要给予别人一定的满足，而这一切都需要资源来支撑，没有足够的高质量资源，就没有实现圈层突围的资本，没有赢得高圈层人士认可的凭证。

社交圈层的突破困难重重，普通人想要获得向上社交的契机，想要进入更高层次的社交圈，往往需要付出很大的努力。

三种常见的社交模型

在谈到社交的时候，许多人会想到一个模型：内向/外向模型。这个模型是以个人的性格特点为依据进行设定的，但仅仅依靠这样的模型无法完整地画出人际交往肖像，还需要借助其他的社交模型来明确社交的方向与方法，更加立体地了解自己的人际交往偏好，获得更加和谐、高效的人际交往效果。

对于向上社交的人而言，了解更多的社交模型至关重要。

▲ 第一种：取悦/交往模型

所谓的取悦/交往模型，实际上指的是个人在社交中表现出来的取悦他人的天赋，或者交往的天赋。善于取悦他人的人往往表现为喜欢与人交流，而且可以与任何人进行交流，当他们进入一个新环境时，能够在短时间内与大多数人快速建立社交联系，但这些交流大多流于表面，比较浅，双方的关系并不深。善于交往的人则表现出一定的克制，当他们进入新环境中时，很少主动与人交流，只有在经过一段时间的接触后，他们才会选择与自己合得来的少数人建立很深的联系，双方之间的交流可能不多，但非常有深度。在这种模型中，存在四个象限：

低取悦，高交往

这种人非常重视社交的深度和内容，只有深入的有价值的社交活动才能引起他们的兴趣。他们注重思考，很看重精神交流，社交活动不多，也不擅长交朋友，却往往拥有一两个知己。马斯克、乔布斯、盖茨、扎克伯格都属于这一类人，他们不喜欢无价值的社交活动，只喜欢深度社交。

低取悦，低交往

这种人在生活中比较少见，大多性格孤僻，比较自我，对于自己和外界的交流丝毫不感兴趣。相比于社交，他们更愿意做自己的事，想自己的问题。解决了“庞加莱猜想”的俄罗斯天才数学家佩雷尔曼就是这类人。多年来，他几乎与世隔绝，不与人交流，连邻居也很难见到他本人。

高取悦，低交往

这类人可以和多数人打成一片，他们是天生的自来熟，具有非常宽泛的社交网络，但是他们对于深度交流并不热衷。相比于每天探讨社会新闻、人生价值、工作方法、思维模式等有深度的东西，他们更愿意与人在社交软件上彼此问候，说一些日常生活中的话题。他们会有很多朋友，但基本上没有一个是深交的。那些沉迷于网络社交的人往往被归于“高取悦，低交往”这一类群体中。

高取悦，高交往

这类人是天生的交际者，他们不但注重社交网络的宽度，还注重社交网络的深度。他们可以与更多人快速建立较深的联系，进行深度交流，而且社会资源往往比较丰富，可以非常好地驾驭自己的社交网络。

▲ 第二种：能力/意愿模型

能力/意愿模型是评价一个人在社交中是倾向于交往的主动性，还是倾向于依赖自己的能力和方法。侧重能力表现的人能够更好地与人互动交流，赢得他人的认同。意愿强烈的人主要是强调他们在社交中的热情，这种人喜欢与人交往。

这个模型也拥有四个象限：

高意愿，高能力

这种人喜欢与人交往，拥有非常出色的交际手段和能力，在交往中可以快速吸引更多的人关注。他们不会在社交活动中消耗大量的能量，反而可以从中获得更多的能量。在日常生活中，最常见的就是推销员，他们的语言表达能力、社交技巧非常丰富，而且与人交流的意愿很强烈。

低意愿，高能力

这类人看起来不太喜欢社交，平时不会主动与人进行交流，但不喜欢交流并不意味着不具备交流的能力。事实上，他们有能力处理好人际关系，有能力吸引他人的关注，只要找到合适的社交对象，他们往往可以依靠出众的能力与技巧征服对方。股神巴菲特的最佳拍档查理·芒格不喜欢与人交流，即便是在股东大会上，也很少说话，但作为一个复合型人才，查理·芒格的知识储备很大，而且构建了庞大的思维模型，只要一开口说话，就令人印象深刻，获益匪浅。

高意愿，低能力

这类人非常渴望交际，希望自己可以认识更多的人，但由于社交能力不足，或者天生内向，不知道如何与人沟通，所以往往在社交活动中碰壁，他们很希望掌握更出色的社交能力。在日常生活中，很多性格内向，或者表达能力差的人，都属于“高意愿，低能力”的人。

低意愿，低能力

这类人不喜欢社交，也不精于此道。当他们进入社交场合，或者被迫与人交流的时候，往往备感折磨，自身的能量会快速流失，而且会对其他人的能量产生副作用，甚至破坏社交活动。一般患有社交恐惧症的人都有这种倾向。

▲ 第三种：利益/关系模型

利益/关系模型实际上表现出了大多数社交的性质，人与人之间的交往往往离不开情感关系上的亲密索求以及利益上的往来需求。追求关系的人，往往会将对方作为交流的出发点，侧重于保护对方的利益，因为相比于自身的利益，他们更加看重双方之间的感情。而侧重于利益索取的人，在实际交往中，会在一定程度上将利益获得作为社交的发起点，他们不太看重感情维系，将自身利益作为社交发起点。这个模型具有五个象限：

高关系，高利益

这是典型的合作型的社交模型。一般来说，这类人非常重视彼此之间的关系，注重精神交流和感情交流，同时会尽量保证双方的利益都能够得到满足。在利益和关系上同时实现双赢的人并不多，一般具备了出色的社交技巧和强大的个人魅力，只有少数人能够做到这一点。

低关系，高利益

这类人比较在乎自身的利益是否能够得到满足，为人比较自我，不太关心他人的感受和体验。一般来说，他们没有多少真心朋友，也缺乏能够长期合作的伙伴。很多生意人向上社交时，单纯地以满足自身利益为前提，结果往往因为无法维持更稳定的关系而导致利益丧失。

高关系，低利益

一般来说，这种人愿意为了他人的感受而忽略自己的体验，愿意为了成全他人而牺牲自己的利益。这种老好人在一些极端的情况下容易变成讨好型人格。

低关系，低利益

这种人属于回避型，在社交中没有什么特别要求，尤其是在面对冲突时，会选择逃避责任或者推诿，要么就表现得毫不在意。对他们而言，是否伤害到别人的感情和利益，是否能够满足自身的利益，都无关紧要。

关系利益折中

这是典型的妥协型模型，这一类型的人善于在关系和利益中寻找一个平衡点，然后找到一个能够满足双方需求且能被双方接受的办法。

对于想要向上社交的人而言，必须了解对方，了解自己的社交特点，了解彼此之间的社交特色，从而制定更为合理的社交模型，提升社交的效率。

避免无效社交

最近几年，网络上流行一个概念：无效社交。它是指无法给个人的精神、感情、工作、生活带来任何愉悦感和进步的社交活动，简单来说，就是对个人没有帮助和结果的社交。与之相对应的就是有效社交。所谓有效社交，是指能够给个人精神、感情、工作、生活带来愉悦感和进步的社交活动。

对无效社交和有效社交的概念，网络上有一种形象化的描述：

> 一个樵夫和一个放牛的人相遇，两个人在一起热聊。半天之后，放牛人的牛吃饱了，可是樵夫一根柴也没砍到。那么对于樵夫来说，这就是无效社交，因为他花了时间和精力参加社交活动，但是一无所获。

另一个樵夫和放牛的人遇到了，两个人一起聊天，樵夫从放牛的人口中得知从这里往南走一点路，那里有很多柴可以砍。第二天，他按照指示前去砍柴，很快就砍了满满一担。对樵夫来说，通过社交，他获得了有价值的信息，收获满满，这就是有效社交。

从结果来看，无效社交属于一种无价值产出或者低价值产出的社交，它主要包括无效的社交对象和无效的社交方式。

无效的社交对象：对方对自己的生活、事业、精神、情感没有任何帮助，双方有交流，但这些交流不会产生什么价值，或者说价值小到可以忽略不计。双方在长时间交流和沟通中，只会产生更多成本和消耗。

比如，某人想跟着某个上司学习，可是对方什么也不教他，每天就是安排他做一些体力劳动，结果自己付出了大量的时间和精力，什么也没学到。又比如，某人想要结识一些大客户，于是经常和对方参加一些社交活动，出席一些饭局，可是对方只想免费吃喝玩乐，根本没有想过建立稳定的、深入的关系，这个人最终只是找了一个酒肉朋友。

无效的社交方式：简单来说就是一些错误的、不合理的社交方式。比如，经常麻烦和打扰别人，或者有利益才和他人交往，无利可图时则保持沉默，这些社交行为往往会引发他人的反感，破坏双方的关系，甚至引发冲突。还有一种情况就是所谓的损耗型社交，在这种社交模式中，个人为了赢得对方的信任，可能会不断付出，但他不会要求对方也这样做，最终会在这种看起来不公平的社交模式中不断消耗，个人的能量往往会被他人榨干，最终对社交产生恐惧心理。

无效社交是向上社交中的一个常见现象，也是威胁向上社交的一个严重问题。毕竟相较于其他社交模式，人们在向上社交中投入的资源、资金、时间和精力可能更多。正因如此，人们更需要保证社交的质量，从社交对象、社交方式上把好关。

比如，对社交对象进行选择时，不能将个人的身份、能力、地位、权势作为唯一的评判标准，而要看对方是否适合自己，是否能够给自己的生活和事业带来帮助，是否在道德上过关，是否拥有正确的价值观和人生观，又是否有意愿与人结交。如果一个人只想利用别人，那么即便他再出色，也不能与之交往；如果一个人看不起比自己更差的人，并拒绝与之社交，就不要和他交往；有些人可能并没有真才实学，只是徒有一个头衔和名声，这样的人不值得交往。

一个年轻人前往硅谷拜访一位投资人，希望向他请教投资方面的问题，可是每次去对方不仅索要一笔不菲的见面费，而且很少说投资上的事情，偶尔提起也只是简单带过。

直到某一天，对方在闲谈中露出了马脚，年轻人这才知道这个所谓的顶级投资人根本就是徒有虚名，没什么能力，更多的是自我宣传和包装起来的。

选择合适的社交对象，往往可以让自己找到真正优秀的学习榜样和真正优质的资源。而在寻找的时候，应该坚持适配原则，看看对方是否真的适合自己；还应该坚持能力和道德评估，看看对方是否有能力，又是否愿意与人分享这种能力。

如果说选择合适的社交对象更多地受到客观因素的影响，那么掌握更加合理的社交方式就涉及更多的主观因素。社交方式的选择、学习和利用往往直接决定了社交的效果，无效社交的出现主要和无效的社交方式有关，选择一个更合理、更高效的社交方式，往往决定了社交的效果和高度。

有一次，卡耐基准备招收秘书，于是就在报纸上刊登了招聘启事，吸引了大量应聘者的关注。应聘者纷纷寄来了个人简历和求职信，信中大多讲述自己的工作能力、工作经验，以及对工作的畅想，每个人都想尽办法展示自己、推荐自己。面对成千上万封内容差不多的求职信，卡耐基根本没有办法一一阅读，而且也很难在诸多求职者中找到合适的人担任秘书。

不久之后，他被一封特殊的信件吸引住了，写信的是个女人，她在信中并没有过多地谈论自己的能力，而是非常礼貌地说道：“您所刊登的广告可能已经引来众多的回信，相信您现在一定非常忙碌，没有时间一一阅读，因此您只需拨个电话给我，……我非常乐意过来帮忙整理文件，以节省您宝贵的时间。”正忙得焦头烂额的卡耐基，突然见到这样一个善解人意的人，于是毫不犹豫地给女人打去了电话，希望她可以担任自己的秘书。女人最终从众多求职者当中脱颖而出，成为卡耐基的秘书。

在这个故事中，女人就采用了换位思考的方式来赢得卡耐基的关注，相比于其他一味展示自我，替自己着想的人，这个女人的做法显得更为明智，她满足了对方的需求，因此也获得了对方的关注。

针对不同的人，往往要采取不同的社交方式，但社交的底层逻辑基本上都是差不多的。在向上社交中，需要抓住一些最基本的原则：

▲ 懂得挖掘对方的需求，以满足对方的需求为契机寻求建立连接的机会。

▲ 积极展示自我，通过自我价值的呈现来吸引更多的关注。

▲ 保持谦卑的姿态，尽量以对方的需求为中心。

▲ 产生分歧时，要懂得克制，避免发生冲突。

▲ 要主动和自信，把握住社交机会。

▲ 使用更高效的交流方式，保证信息传递的效率。

总的来说，人们如果想要把握住向上社交的机会，想要提升向上社交的效率，就一定要保证以对的方式和对的人进行交流。

CHAPTER 02

调整自己，
保持最佳的社交状态

1

获得成功，为什么往往先要跳出自己的圈子

2

调整自己，保持最佳的社交状态

3

认识更多优秀的人，拓展自己的视野

4

社交是一种自我展示的社会行为

5

做好准备工作，让社交更加高效

6

向上社交需要主动创造机遇

7

向上社交的一些基本注意事项

8

如何提升自己的社交高度

离开社交舒适区

人际关系网络效益研究方面的专家马克·格兰诺维特，在斯坦福大学担任教授期间，带领自己的团队对人际关系网络进行了深入研究。他对个人的社交关系进行了划分：强关系和弱关系。其中强关系指个人生活圈和工作圈中的人际关系。处于强关系中的人，往往拥有共同的生活经历、共同的学习经历或者工作经历，彼此之间相互信任且比较亲密，类似于家人、亲人、朋友、同学、同事、领导都属于强关系的范畴。弱关系是指圈子以外的人际关系，平时不认识或者不熟悉，生活上没什么交集的人往往处在弱关系当中。比如，亲戚的朋友、朋友的朋友、同学的亲戚、同事的朋友都属于弱关系。

马克·格兰诺维特认为强关系虽然是生活中重要的社交连接

基础，大家也都习惯于在强关系中从事社交活动，但对于涉及个人发展的大事上，弱关系反而更能起到作用。他曾经带领团队经过长时间的调查发现，在就业中，大多数人并没有像我们平时所想的那样，寻求熟人关系来解决就业问题，只有16.7%的人是依靠熟人关系来找到心仪工作的，而超过50%的人是依靠陌生人或者圈外人的帮忙实现就业的。不仅如此，很多创业者和经商人士，也证实了这一点：在经商的时候，大部分问题都是依靠弱关系得到解决的。

这个研究表明：人们想要获得更好的发展，就要主动走出自己的圈子。但很多人却害怕“出圈”，更加害怕向上社交。原因就在于，人一旦在自己的生活圈子里生活得足够久，就会形成一个舒适区，在这个圈子里，他会感觉到非常舒适，舒适区内现有的资源、技巧和能力已经足以应付各种情况，他对周围的朋友非常信任，对周围的生活模式和社交模式产生了依赖。此时，人们就容易形成社交的固化模式，并且拒绝为此做出改变，因为一旦要做出改变，往往就意味着自己需要付出更大的代价来完成这件事，不仅需要重新构建自己的资源和生活模式，还需要承受被其他圈层看不起的风险。

一个人从低层次的圈层走向高层次的圈层，一样会产生不适应。这种不适应往往体现为担心自己无法融入更高层次的社交圈，担心对方会对自己的不当行为提出指责，担心直接被对方拒绝，担心自己被人踢出圈子，担心自己无法应对社交中出现的问题……其实向上社交本身就会存在一些障碍，这些障碍在其他社交中也会存在，只不过它们在向上社交的场景中会被放大，但这并不应该成为逃避的理由，人们需要强迫自己走出舒适区。

京东掌门人刘强东在一次演讲中说："当年考大学的时候，我所有的志愿就报了两个城市，北京和上海。对我来讲，上什么学校不是最重要的，我一定要去中国最大的都市看一看，因为我坚信，在那里我可以站得更高，我可以看得更远。"刘强东的想法很纯粹，那就是走出农村，去更大的城市去接触更多优秀的人，拓展自己的视野，提升自己的能力。

刘强东出生在宿迁贫困的农村家庭，经济条件并不好，还有一口浓重口音的普通话，这让他或多或少地会在社交中受到一些阻碍，但他并没有因此就放弃，而是大胆地走出农村，去认识更多优秀的人。

对于向上社交的人而言，最重要的就是主动去尝试。不要将自己约束在现有的圈子里，要主动打造优质的弱关系，让自己结识更多更加优秀的人。通常情况下，人们可以主动联系他人，主动寻找话题，主动去参加和组织社交活动，主动向对方请教，主动构建合适的社交场景。

考虑到社交过程中可能会出现的一些问题，向上社交的人还需要掌握3种最基本的能力，来保证自己彻底走出舒适区。

▲ 总结能力

人们参加社交活动之后，主动对自己的社交行为以及社交过程进行总结和复盘，把具体的社交技巧、表达方式、社交结果写出来，然后进行分析，写出一个小结。分析自己有什么地方做得不到位，了解自己最大的优势、需要抓住的重点，为接下来的社交奠定基础。

著名的成功学家拿破仑·希尔早年参加社交活动，会特别注意将自己所说的话和他人的表情记录下来，回家后反复琢磨和分析，看看自己有什么话说错了，看看自己需要怎么做才能赢得他人的好感。正因如此，他才能在向上社交中做得如此出色。

▲ 接受能力

在向上社交的过程中，由于双方在思维、能力、立场、知识等领域的差距，在交流中难免会存在一些分歧。在这个时候，人们需要正视自己的不足，坦诚接受他人的批评和指责。需要注意的是，在向上社交的过程中，人们需要转变思维和角色，主动去适应和接受他人。

▲ 改变能力

无论是总结自己的社交方式还是接受他人的建议，最终都是为了改变自己。所以向上社交需要一些改变自我的勇气，对自己不合理的社交模式和行为方式进行调整，改变的最终目的是实现自我提升，以便更好地适应向上社交。

其实，一个优秀的人应该具备属于自己的社交格局，在打造这个格局的过程中，走出舒适区是基本操作，人们需要保持向上、向前的姿态，积极寻求更具挑战性的社交模式。

保持自信，做到不卑不亢

在向上社交的过程中，不同圈层之间会存在一定的社交差异。这种差异往往和知识储备、学历、见识、习惯、地位、格局、背景、资源等有关，由于各种差异和差距，难免会让向上社交者产生一些心理压力。

在这些心理压力中，最常见的就是自卑心理。带有这种心理参与社交的人会在那些比自己更加优秀的人面前表现得很不自然，甚至不敢与之进行交流。比如在面对一个行业中优秀的前辈时，很多人会担心自己说错话，因此不敢表达真实的想法。在面对上级领导的时候，人们往往担心说错话得罪人，因此不敢提建议，不敢表达自己的观点。在面对一些陌生的社会精英时，人们更是会感到束手束脚，不知道应该如何展开社交活动。

《如何结交比你更优秀的人》的作者康妮说过这样一句话：“向上社交首先要有自信。你要知道，那些大咖首先都是人，只不过他们可能比我们更努力，更有资源，或者更幸运地碰到合适的机会，才有了今天的成就。”

很多人在向上社交的时候，往往会想：“我无法成为一个优秀的人”“我无法像他们一样优秀”“认识他们就像是一次中奖”，自卑地认为自己低人一等。他们还会担心自己说的话、问的问题太过于幼稚，会被对方瞧不起，还会担心对方没有时间、不理会自己，甚至会因为一些错误的表达而受到批评，不知道应该和对方说些什么，无法和对方进行有效交流。

担心说错话被嘲笑、排斥，实际上是过于看重自己感受的表现，这种人往往忘记了自己和对方交流的初衷，忘记了自己为什么想要认识对方。担心自己不知道该说些什么，使得他们在交流前就陷入“低人一等”的自我设定当中，其实在沟通之前，就可以好好想想自己应该说什么。担心对方忙，更是一种先入为主的惯性思维，人们通常会觉得那些大人物很忙，不会把大量时间消耗在社交上，不会随随便便就和那些更低层次的人交流。但事实上，对方可能并不忙，而且非常愿意与任何人进行交流，一个人不去尝试，又怎么知道对方会不会接纳自己呢？

在社交中，每一个参与者都需要做决策，规划好自己的未来，在这个过程中，个人的想法和感受有时候显得无足轻重，至少不会像人们所认为的那样重要，因此保持自信很有必要。

向上社交的恐惧实际上是能量不足的表现。每一个人都有属于自己的能量场，这个能量场越强大，对外界的吸引力就越强；反之，能量场越弱的人，越容易被边缘化，更别说向上社交了。一个聪明人会主动提升自己的能量场，而提升能量场最简单的方法就是保持自信的状态，自信的人往往可以对周边的人产生积极的影响，并吸引更多的能量向自己靠拢。

Facebook创始人扎克伯格是一个非常有自信的人，甚至有一些自负。正是因为如此，他在工作中常常会表现出独裁的一面，很多员工都非常害怕见到扎克伯格，并认为他那张毫无表情的脸本身就具有十足的压迫感。

可是公司内部的COO桑德伯格却经常让扎克伯格碰一鼻子灰。有时候，双方会针对某个问题展开激烈的争吵，面对扎克伯格的咄咄逼人，桑德伯格寸步不让，甚至会为了坚持自己的看法而叱责扎克伯格什么也不懂，在她看来，对方花钱将自己从谷歌公司挖过来，目的是提供更好的建议，为了实现更大的价值回报，而不是为了取悦领导，只要自己的做法是正确的，就没有必要放弃这些观点。

令人意外的事，平时非常自负的扎克伯格在桑德伯格面前，几乎每一次都会妥协让步，然后非常温和地说：“你还好吗？”很明显，他非常信任桑德伯格，并认为对方这种思维的独立性非常难能可贵，是真正值得交流和信任的人。

对于自信的人来说，强大的能量场使得他们更容易赢得高层圈子的关注。那么如何来保证自信心，维持强大的能量场呢？

▲ 保持主动性

万事开头难。人们首先做的就是打破自己的被动局面，给自己的社交活动开一个好头，为此可以尝试着率先打招呼，尝试着主动提出一些问题，尝试着替对方解决问题，只要保持主动，就可以展示出更好的状态。许多人害怕主动出击的原因就是害怕被拒绝，他们似乎忘记了，如果一个人不够主动，可能连被拒绝的机会也没有。

▲ 勇敢争取话语权

有些人害怕提意见，害怕说真话，担心自己说错话会引火上身，殊不知如果无法提供任何有价值的信息，在更高的社交圈也就失去了存在的价值，整个向上社交的行为就会遭遇失败。所以不妨主动与人交流，勇敢而自信地说出自己的想法。

▲ 多展示一些自己的优点

很多人害怕向上社交，觉得自己形象不够好，觉得自己太胖了，或者认为学历、社会地位比不上他人，要么就认为自己没有魅力。在各种自我贬低中，他们往往会失去信心。此时不妨转换思维，多想一想自己身上的优点，展示自己的优点。

除了强化以上这些行为之外，还需要及时注意身体散发出来的信号，了解自己的情绪变化和身心的状态。一个人的自信状态和自己的情绪息息相关，一旦情绪不佳，不在状态，就要及时调整，确保自己以最好的状态与人交流。

保持开放且让人容易接近的态度

社会学家认为，个人行为与环境因素是两个相互依赖并紧密关联的参数，个人的表现会对他人产生影响，并且会影响他人对自己的判断。

心理学上有一个著名的首因效应，主要是说人们最初接触到的信息所形成的印象会在大脑中占据主导位置，这些印象会成为人们之后的行为活动和评价的主要指标。简单来说，人与人在第一次交往中给彼此留下的印象，会在日后成为评价个人形象的标准，人们永远没有第二次机会给别人树立第一印象。

又比如，某位新领导第一天来公司就职，在工作中出了差错，员工往往就会因此判定这个新领导能力不行，无法管理团队，更不能带着团队创造更出色的业绩。但事实上呢？对方可能是一个经验丰富且很有责任心的好领导。

第一印象并不一定就是正确的、合理的、全面的，人们很容易会被第一印象误导，这在社交中非常常见。由于第一印象的存在，人们会在之后的认知模式和行为模式中，主动寻找更多的信息来佐证这个第一印象，即偏向寻找那些符合第一印象的相关信息。当人们对同学的第一印象是开朗活泼时，就会特别关注对方在生活中好动的那些片段，会千方百计回忆彼此之间存在的一些互动经历。当员工认定新领导能力不行时，同样会抓住对方在日常工作中的一些小错误不放，或者时不时在对方的工作中挑刺。

从心理学的角度来说，当人们对某人或者某物形成了一个较为固定的看法和期望时，就会按照这种看法来搜寻相关的信息。最常见的是下定结论之后，其后所能找到的信息都是为这个结论服务的，目的是证明这个结论没有错。这样的行为模式具有很大的问题，最明显的一点就是，当结论是错误的时候，很多人并不愿意承认这一点，而是继续想办法为自己的错误结论辩解。很明显，在出现方向性和原则性错误的时候，所有的信息搜寻、整合渠道都会因为错误的偏向而越来越窄，相应的解读信息会受到各种制约。一旦人们坚持这样做，就会失去更多客观审视和理解环境的空间，从而有可能错过那些真正优秀的人。

国内某科技公司最初成立的时候，老板建议员工购买自家公司的股票。但是很多员工却认为天底下不可能有这么好的事情，纷纷强调自己没有多余的钱用于投资。结果公司上市之后，最初的股票翻了几十倍。为什么大家会错过这样的机会呢？原因很简单，多数员工会怀疑老板的意图，认为他是借机筹集资金。

在向上社交中，一个有趣的现象是，很多人都惯性地认为处于高圈层的那个人肯定会保持防备的状态。实际上，很多时候，真正封闭自己的是那些向上社交的人，在惯性思维和第一印象的作用下，人们经常会对高圈层的人保持强烈的戒备心理。比如，很多人会认为高圈层的人不够友善，喜欢鸡蛋里挑骨头，认为这些人缺乏真正的实力，只不过是徒有虚名，很多时候，他们会想“对方怎么可能看得上我这样的人，肯定是拿我消遣或另有所图，要么就表现出不服气的一面，觉得对方并没有比自己更加优秀，不过是靠运气获得成功的，自己完全可以像对方一样成功。因此，在交流的时候，并不愿意认真倾听，甚至有意干扰对方。这些心态问题往往会把向上社交搞砸，从而错失机会。

所以，我们必须保持开放的心态，保持容易接近的状态：

——不要被第一印象带偏，不要盯着对方身上的某个缺点和错误不放，要全方位地看待对方，尤其应当善于欣赏对方身上的优点；

——要主动接纳不一样的观点，而不是一味保持抗拒，多想一想对方获得更高成就的原因，保持学习的态度去交流；

——以更加温和的态度去交流，虚心接受对方的指示，必要的时候要放空自己，把自己想象成一个容器，可以接纳更多不同的东西；

——保持主动性，主动去建立连接，表达自己的友好立场和想要向上社交的意愿，不要事事都等着他人提醒。

从现在开始，和每一个优秀的人交流，用心记下他们说的每一句话。不要去辨别什么是好的，什么是不好的，也不要去分辨什么是更好的，只需要负责去倾听和接收，进行信息整理和消化，重点记住那些价值很高的信息。除此之外，不要轻易给每一个遇到的人贴上标签，而是尽量选择从不同的角度、不同的场景去了解对方身上不同的面，而人们只需要从其他人身上获得自己想要的东西就行。

其实，对于那些愿意开放，愿意给别人一个展示机会的人而言，他们往往也愿意给自己争取一个机会。

在交流中保持幽默

美国语言学家赫伯·特鲁曾经这样评价幽默的作用："幽默是一种特性，一种引发喜悦，以愉快的方式娱人的特性；幽默感是一种能力，一种了解并表达幽默的能力；幽默是一种艺术，一种运用幽默感来增进你与他人关系的艺术；幽默是人际关系的润滑剂，它以善意的微笑代替抱怨，避免争吵，使你与他人的关系变得融洽，更有意义；幽默可以帮助你减轻人生的各种压力，摆脱困境；幽默能帮助你战胜烦恼，振奋精神，在沮丧中转败为胜；幽默能帮助你把许多的不可能变成可能；幽默比微笑更有深度，其产生的效果远胜于微微一笑。

在社交中，很多人都将幽默的特性当成一种高级别的社交能力，并且确信保持幽默的状态能够让他们获得更多的关注。从现实的角度来分析，幽默的确具备很多社交优势，无论是向上社交、向下社交，还是平行社交，都可以有效让对方放下戒备，并且营造一种轻松愉悦的氛围，而这种氛围无疑有助于社交的不断深入。

对于那些想要向上社交的人来说，保持幽默感是一个重要的武器，在双方交流的过程中，具有很大的作用。

拉近彼此之间的关系：幽默本身会引发愉悦和放松，当个人的情绪得到放松时，对外界的防备和排斥就会降低。

缓和彼此之间的分歧：科学研究发现，幽默带来的愉快和其他愉悦情绪具有一些不同之处，幽默带来的愉快似乎来自发现和解决幽默中包含的冲突信息。也就是说，幽默本身具有解决矛盾的功效。

吸引对方的关注：幽默的人往往能够调动气氛，而且思维比较活跃，经常会使用一些非逻辑或者逻辑不一致的形式来组织语言，这种人往往具有独特的魅力。

那么究竟应该如何进行表达，才能呈现出幽默的效果，吸引对方的关注并寻求建立连接的机会呢？

在这一方面，可以重点了解一下幽默的一些技巧。比如，许多人在向上社交中会因为与对方之间的差距而存在自卑心理，影响社交行为，但直接忽视这些差距或者强行拔高自己，都会给自己的形象带来损害，最好的方式就是运用幽默的方式直面缺点。幽默的人可以针对自身的不足进行自嘲，以此来化解尴尬，同时让自己看起来信心十足。

一个青年歌手准备去业内知名度最高的舞台上参加比赛，很多人都觉得他形象不好，肯定会被淘汰，但他还是义无反顾地去报名，并期待着评委可以给自己一个展示的机会。到了赛场，节目组的导师一开始并没有特别看重他，打算走走流程就直接将他淘汰出去。其中一个导师直接问他："你为什么来这里参加比赛？紧不紧张？"

青年歌手笑着说："我听说很多知名歌手站在舞台上时，会有缺氧窒息的感觉，我想也许我的情况会好一点，想必你们也看出来了，我最大的优势就是海拔低，即便是在最高的舞台上，也不太容易缺氧。"

在这段自我表达的话里，歌手除了自嘲个头比较矮之外，还使用曲解或者巧用逻辑错位的方式，将"最高级别舞台"与海拔高联系到了一起，又将高级别舞台上的紧张情绪，与高海拔缺氧的生理反应混淆在一起，形成了多重错位，产生了很好的幽默效果，让人听了非常舒适。

在幽默的表达中，借助逻辑上的错位往往可以形成很好的沟通效果。

有个人去一家大的杂志社投稿，他找到了总编，希望对方可以刊登自己的笑话文集。总编手里已经有不少好文章了，于是在随便翻看几页之后，有点为难地说："你的文风还不错，可是这些笑话有点冷。”投稿者故作无奈地说：“是啊，是有点冷，要不还是等到夏天再出版吧。”总编听后哈哈大笑，立即收下了这本笑话文集。

在这里，投稿人就是将笑话很冷与天气冷的概念混淆在一起，故意制造了逻辑错位和自嘲，使得谈话变得更有趣味。

许多人觉得自己没有幽默细胞，也不知道如何让谈话变得更加幽默有趣，其实想要提升自己的幽默属性，可以重点掌握制造幽默的一些方法。首先就是设置悬念，激活对方的紧张与期待的心情，吸引对方的注意力，引导对方去联想“为什么要这样”或者“接下来会怎样”；其次是渲染，针对设置好的悬念，进行氛围上的渲染，目的是强化悬念，打开对方的思维，让对方更迫切地对接下来的谈话产生兴趣；接下来就是反转，反转就是制造曲折的过程，通常是设置一些意外，用于改变人们之前形成的思维；最后就是突变，当听众沿着之前的谈话形成的脉络产生一个逻辑思维时，说话的人突然改变逻辑方式，违背了对方的预期，从而形成一个逻辑错位，这个时候幽默已经形成。

需要注意的是，幽默并不意味着高价值的输出，对于向上社交的人来说，保持幽默只是一种手段，关键还是要保证沟通的内容有足够的价值。

保持热忱，吸引对方的关注

在向上社交中，除了价值展示以及沟通技巧展示之外，个人的精神状态也是一个非常重要的因素，精神状态越好的人，越是能够展示出自己的社交优势。好的精神状态，往往包含了自信、乐观、执着、坚强，还有一点就是热忱。

许多人常常会忽略这一点，但一个人的成功往往要归功于个人的热忱，因为热忱才愿意付出和投入，才愿意不断提升自己，才愿意克服各种苦难并坚持下去。在向上社交中同样如此，如果人们打算让自己积累更多的优质人际关系，想要让自己成功进入更好的社交圈中，那么就一定要想办法保持热忱的状态，让对方感受到自己对工作、对生活以及对社交关系的重视，感受到对更强自我的追求以及为之而努力的决心。

以职场关系来说，任何一个领导都不喜欢那些表现消极、不求上进的员工。如果一个人对于自己的现状总是感到不满意，总是用消极的心态面对生活，那么肯定无法全身心投入到工作当中，无法正视并兑现自己的价值，这样的员工是无法在向上社交的时候说动对方的。对领导来说，他会本能地排斥和这样的员工有更多的交流，可能会拒绝提供进一步的帮助。

莫里先生是一家跨国公司海外分公司的经理，他在工作中一直兢兢业业，尽可能将管理工作做到位。有的夜晚时分，他会刻意到公司里走一走，检查一下才离开。有一次，因为要应酬一位大客户，他回家的时候已经是半夜了，想到还没有去公司看看，他就驱车前往公司办公楼。结果刚到楼下，他发现三楼的一个办公室里还亮着灯，意味着这么晚了公司里还有人在加班。他感到有些疑惑，怀疑是不是某些部门的领导，为了提前完成任务而强迫员工加班。

走上三楼之后，他敲开了房门，发现有两个年轻的职员还在设计一份图纸。莫里先生问他们是否还在加班，有什么重要的工作不能推到明天去完成吗？

其中一个职员站起来说："不，先生，我们只是喜欢做这个而已。事实上，没有人要求我加班，我也完全可以不用加班的。你看，这只是我额外设计的第二份图纸。"

莫里有些惊讶，但对于这两个员工的表现感到开心。他记住了两个员工的编号，第二天，他就让人事部的负责人将这两个人调到了自己的办公室。

其实，每个人都有属于自己的能量场，个人的能量场能够影响别人，同时也会受到其他能量场的影响。对向上社交的人来说，他们渴望靠近一个更强大的能量场，来吸收更多的能量。但是对一个高能量场的人来说，他并不希望，也不太习惯和那些低能量场的人交往，尤其是那些表现消极的人，往往会影响和削弱自身的能量场。

相比于那些表现消极的人，对生活充满热忱的人，往往拥有更强大的能量场，会给人带来很多正向的影响。这恰恰是他们能够保持向上社交趋势的一个优势，至少从社交的角度来说，更大的能量场会成为一个吸引他人的关键。

卡耐基就是一个非常热忱的人，他的演说不仅受到普通大众的欢迎，也受到了巴菲特这样顶级富豪的关注。每次演说的过程中，他都会展示出这一点，以至于在场的每一个人都能够感受到他对于这项工作的热爱，能够感受到他对于听众的感激，以及展示自我价值的那种积极性。更重要的是，他所传递出来的那些内容，因为那份热忱而变得更具感染力和说服力，这恰恰是演说听起来魅力四射的原因所在。

事实上，保持热忱，向上社交的人能够向对方传递这样一种态度：这是一次有意义的交流和对话，我非常喜欢这样的交流方式。事实上，在人际交往中，人们首先会观察一个人的社交状态，看看这个人是否对这一次的社交有兴趣，是否做好了准备，又是否有意推动社交活动的进行，他们会评估对方的反应和表现，并做出相应的调整。

通常情况下，一个人是否热忱能通过一些细节表现出来，比如，个人的精神状态是否很好，是否情绪高昂，甚至明显带有喜悦感；在交流中是否比较活跃和主动，愿意表达自己的喜爱，并且会经常提一些问题，使话题更加深入；是否愿意保持倾听的姿态，认真听取对方的谈话；是否对很多话题都感兴趣，并且愿意付出更多时间来交流。

微软的创始人之一保罗·艾伦是一个非常善于社交的人。早在创业之初，他就和盖茨各司其职，盖茨主要负责技术方面的设计和突破，而艾伦更像是一个战略制定者，他会提出自己的想法和看法，同时要负责对外交流。为了提高自己产品的影响力，他经常寻找那些大的企业寻求双方合作。在沟通的时候，艾伦展示出了非常好的状态和技巧，总是表现得激情四射，在他同别人讲述自己的想法、介绍自己的产品或者倾听别人的一些好建议时，眼睛里常常是放着光的，他总会有一些很有创造性的想法，并且非常乐于展示和实现它们，在他的整个创业期间，这一点从未发生改变，而这种渴望和热忱让人觉得肃然起敬。这就是他能够说服IBM与微软进行合作的一个重要原因，更是微软得以成长的一个重要因素。

卡耐基说过，“热忱是个性的原动力”。一个人如果对生活、对工作、对自己所做的事情保持热忱，这就是个性的一种体现，它可以凸显个人对待生活、工作的态度，可以凸显个人对生活、工作的掌控力。与此同时，热忱也是培养个性的一个重要因素，热忱的人更愿意投入，更愿意提升自己，打造一个更完善的自我，这些都会促使他们表现出更好的一面，从社交的角度来说，这是个人赢得他人关注的关键。

消除自己的嫉妒心理

在阻挠个人向上社交的过程中，有一个因素很容易被人忽视，那就是嫉妒心。嫉妒心太重的人，往往会忽视身边的优秀者，刻意将这些人排斥在外，他们不愿意承认自己和他人之间的差距，不愿意和那些更优秀的人待在一起，不愿意将自己与优秀人士作对比。在日常的生活和工作中，有嫉妒心理的人常常处于一种过于保护自我的状态，拒绝和对方有过多的接触，甚至抹黑对方。

比如，公司里的同事获得了晋升，大家都去道贺。但有的人就会远离对方，因为在他看来，同事获得提拔并不是因为他的能力很强，而是因为领导喜欢他而已，自己的工作能力、工作态度也不比对方差。当同事主动邀请他参加聚会时，他也当面拒绝，因为他觉得对方是在有意炫耀，并趁机羞辱自己。事实上，即便他接受了邀请，也很难融入聚会之中，嫉妒心会让他备受折磨，在社交过程中感到不自在，甚至有可能会做出破坏氛围、伤害对方的事情。

嫉妒心重的人，往往会将社交活动搞砸。他们容不得别人比自己优秀，并且会主观地认为对方并没有真才实学，认为和对方交往会让自己难堪、受气，所以他们总是千方百计回避向上社交，以此来给自己足够的安全感。也正是因为如此，他们在社交中常常处在一个较低的圈层中，由于拒绝向上交流，他们很容易被困在自己的圈子里，并且很难找到能够帮自己拓展成长空间的优质资源。

S先生是某公司的市场部负责人，由于公司的市场份额不断萎缩，领导希望他可以给出一个新的市场营销方案，刺激消费。领导建议他去拜访一位年轻人，对方是哈佛大学毕业的高才生，在商业运作方面有着独到的见解和方法。S先生表面上答应着，心里却很不是滋味。在他看来，自己工作多年积累了丰富的经验，还是公司内部的骨干成员，没有必要向一个年轻人请教。另一方面，他嫉妒对方获得的成就，对方不仅仅头顶哈佛大学的光环，还在业内认识了很多大人物，更创办了属于自己的公司，这样精彩的经历对于一个年轻人来说实属难得，自己奋斗多年，却远远比不上对方，这让他感到有些心态失衡。

S先生按照领导的指示拜访了对方，但那一次的谈话并不顺利。他以一个过来人和前辈的姿态，一直试图主导话语权，每次对方一说话，就表现得很不耐烦，想要提出反对意见，并且不断强调经验的重要性。这一次的交谈最终不欢而散，S先生不仅没有获得刺激营销的方法，还得罪了年轻人，这让领导非常不满。

嫉妒心是人类最常见的心态之一，它源于生活和工作中的对比。当人们意识到对方比自己更出色的时候，可能会因为外界的评价而产生心理压力，这种压力会让他们对对方做出不客观的评价，产生不正确的认知。一般来说，嫉妒心重的人，往往会否定他人，并由此产生过度肯定自我的心态。在面对比自己更加优秀的人时，他们会习惯性地与之保持距离，刻意制造沟通障碍，不愿意承认对方的优秀，甚至会千方百计给对方找缺点。正因如此，嫉妒心重的人很难与人进行交流，更别说和那些更加优秀的人建立健康的社交联系了。

在向上社交中，嫉妒心是一个巨大的破坏性因子，会严重阻碍个人拓展自己的社交网络，也会影响外界对自己的看法，这对个人融入社会、利用社会资源会产生消极的影响。

那么应该如何去克服嫉妒心作祟呢？

心理学家认为，每个人从婴儿时代开始就形成了两种不同的认知：“好的我”和“坏的我”。“好的我”一般是指循规蹈矩、聪明可爱、心灵手巧等好的那些部分，“坏的我”包括了爱哭、不听话、尿床、吃零食、抢别人的玩具、胡乱花钱等不好的行为模式。“坏的我”常常不被父母、老师认同，不被社会认可，因此会被压抑住。但这种压抑本质上是对天性的破坏，一旦压抑过度就会反弹。

当身边的人取得不错的成就而受到赞扬时，备受压抑的人会认定对方抢占了好的东西，而恰恰映射出自己身上坏的一面。为了彻底铲除这些不好的自我，人们会不断攻击它，可是这种攻击很快会触发内在的心理防御，而防御机制会产生投射作用，将对“坏的我”的攻击转移到别人身上。这个时候，那些因为优秀而获得赞誉的人就成了攻击的对象。嫉妒心就是这样产生的，而消除嫉妒心的最佳办法就是接纳自己，接纳不完善的自己。

比如，建立一个正确的观念，意识到没有任何人是完美的，每个人都有自己的不足，那些更加优秀的人也是一样，并不是在每一个领域都表现得那么完美。同样地，每个人身上都有优势，也有各自的闪光点，只要使其得到合理的发挥和利用，一样可以产生强大的影响力。

所以在社交开始之前，一定要给自己树立这样的想法：他在这一领域表现得很出色，他在这一领域内比自己更加优秀，自己需要向对方学习，需要借助对方的优势，获得更多的资源。通过不断的努力实现进步，期待自己在某一天也能像对方一样优秀。通过自我调整，人们可以改变自己的社交态度，从而有效提升自己的状态，确保社交活动的顺利推进。

人们除了接纳自我之外，正视自己的嫉妒心也很重要。很多人会刻意麻痹自己，告诉自己这不是嫉妒心，告诉自己对方原本就不优秀，根本不值得自己嫉妒，这些掩饰自己的想法往往会加剧嫉妒的心态，对自己保持客观的状态不利。因此，当出现嫉妒心的时候，应该承认自己的小心思，不要将其妖魔化处理，不要觉得嫉妒心就很丢人，毕竟嫉妒心很常见，重要的是慢慢认识自我、认识他人，逐步引导自己去克服它。

尝试着和自己不喜欢的人交往

在社交生活中，每个人都有自己的倾向性，不同的人会喜欢不同风格、不同类型的社交对象。此外，人们对于不同的人会有不同的看法，以及会拥有一个喜好的标准，这就使得他们有选择性地安排社交活动。当面对自己心仪的社交对象时，会表现得更加主动和积极，而当在面对不喜欢的人时，往往会表现出抗拒和挣扎的一面。

即便是在向上社交中，人们也容易受到个人喜好的影响，个人在选择社交对象时，会按照特定的原则去评估是否值得与之交往。最典型的就是公司内部的关系。很多人都会有自己不喜欢的领导。事实上这些领导精明能干，具有很强的领导力和魄力，掌握着强大的权力以及大量的优质资源，但是其严厉的管理风格与员工在工作中的一些摩擦，会使得员工对他们敬而远之，拒绝与之产生更多的交流。还有一些人不喜欢能力出众但个性张扬的同事，即便工作中遇到了一些难题，也不会轻易向对方请教，双方在工作中甚至可能长期处于零交流的状态。

这一类职场关系在生活中很常见，人们在处理的时候往往也比较坚决地保持距离，以满足自己的喜好标准，但这种个人喜好在很多时候都掺杂了过多的主观评价，其中就包括偏见和一些私心，这会导致人们丧失很多优质的人际关系。所以真正聪明的社交者，不会仅凭个人喜好来评判谁值得交往，谁不值得交往。在很多时候，他们会更加看重对方身上的能力和优势，看看自己可以从对方身上学到什么。

在苹果公司内部，很多人都不喜欢乔布斯，大家都害怕看到乔布斯，但前苹果设计师查德·利特勒却并不这么看，他乐于与乔布斯打交道，乐于听从他的安排。尽管他承认乔布斯总是高高在上、喜怒无常，但在他看来，这只是天才的小瑕疵而已，乔布斯虽然很独裁，但同样很有魄力，且领导力无可比拟。他曾经这样评价乔布斯："苹果内部挺分裂的，它和其他普通大公司一样存在官僚主义，但只要乔布斯发布命令，它的效率甚至能超越创业公司。比如，如果没有乔布斯的交代，一个项目可能需要数个月时间才有进展，但如果乔布斯将任务交代下来，那么这个项目的完成速度将超乎你的想象。所以，当你想要完成任何跨部门的项目时，只需说明这是乔布斯交代的，那么你当天就有可能拿到你想要的成果。”

在向上社交的过程中，查德·利特勒的做法值得借鉴。他跳出了单一的评判维度，坚持以更多维、更丰富的标准为自己保留社交的机会：

——对方的确有不足的地方，但他身上的优点更值得人们尊重，只要这些不足之处不会对自己造成太大的影响，可以尝试着去接受对方身上的优点；

——思考自己对于他人的评价是否客观真实，是否掺杂了不合理的情感因素，如果有，则需要放下陈旧的思维和个人的偏见；

——换一个角度来看，也许对方的缺点会是一个优点；换一个立场来看，也许自己的表现还比不上对方。

挖掘优点、客观评价、转换思维，这些正是人们在向上社交中需要解决的问题，为了避免受到线性思维的影响，人们首先需要及时做好内心调整工作。事实上，人际关系本身就是复杂的、多维度的话题，每个人的内心都会有很多不同的想法，这种多元化的形态是一个常见的现象，也是构成人类情感复杂性的前提，但无论如何都不要试图分裂自己的内心，不要试图去给自己制造一些虚拟的压力，要专注于转变自己的一些错误思维。

人们需要将内心占据主动位置的那些想法提出来，然后将其与那些矛盾的、冲突的想法整合在一起，确保自己的内心可以保持一种和谐的状态。所以即便是对某个人有看法，有不好的印象，也要尝试着去克服和整合这些想法。

比如，当人们认识到对方身上有缺点时，只要对方的优点更加突出，就要懂得去包容，避免被那些不好的评价带偏，同时要想一想对方身上的缺点真的有那么严重吗？又是否对其他人造成了负面影响，找到足够的依据再作出评论，而不是人云亦云或者仅凭主观印象来判断。通过这一种思想的整合，可以更好地消除内在的分歧，解决矛盾，从而顺利推动向上社交活动的展开。

CHAPTER 03

认识更多优秀的人，拓展自己的视野

1 获得成功，为什么往往先要跳出自己的圈子

2 调整自己，保持最佳的社交状态

3 认识更多优秀的人，拓展自己的视野

4 社交是一种自我展示的社会行为

5 做好准备工作，让社交更加高效

6 向上社交需要主动创造机遇

7 向上社交的一些基本注意事项

8 如何提升自己的社交高度

寻找并接近那些拥有话语权的人

很多人都希望进入更高层的社交圈，但加入社交圈有时候并不是简单地认识圈里的人就行，接触更加优秀的人的确可以为进入高层社交圈提供帮助，但是想要真正进入一个更高层的圈子，不仅仅要认识优秀的人，更要认识那些能够决定是否接纳外人的领导者。简单来说，人们需要找到圈子里掌控话语权的人，这类人往往具有更高的权威，且具有最终的决定权。低圈层的人想要进入高圈层，需要接受对方的检验、审核与决定。

很多行业都存在高端社群，这些社群里聚集了大量社会精英和行业翘楚，他们掌握着丰富的社会资源，拥有丰富的社会工作经验，还具备了强大的社会影响力。认识这些人并不意味着就一定可以进入他们的社交圈，想要获得入圈资格，往往需要经过创建社群的群主同意，群主会严格审核每一个想要进入社群的人。很多会员制的组织机构也是如此，组织的创建者往往才是最具话语权的人，外人想要进入组织，成为组织内的会员，必须经过创建者的同意。

无论是社群群主，还是组织机构的管理者，实际上他们都是组织内最具话语权的人，是人们入群并认识更多社会精英的关键。这种话语权体现在多个层面：

——进行身份验证与资格审查，确保不会破坏规则；

——决定是否接纳外人，不会随意让人加入；

——决定是否资源共享，很多新加入的成员，可能会存在一个考核期；

——决定内部的资源分配，不同的人可能享有不同层次、不同类型的资源；

——安排社群活动并制定内部的交流规则。

在大多数圈子里，都会存在一个稳定的管理机制，大家不可能处于一种松散的状态，不可能随意拉人入群，除了最基本的入群入圈的标准之外，一定拥有一个大家都认同和推崇的管理人，这个管理人可以决定社交圈的基本运作和扩充。

对于向上社交来说，掌控话语权的人就是推动社交顺利进行的关键，作为一个最终的决策者，他手里掌握的资源往往也是最丰富的。那么，如何才能与高圈层中掌控话语权的人建立更深入的连接呢?

首先要了解整个社交群的具体运作模式，看看谁才是幕后的掌控者，谁在圈子里掌控话语权。通常情况下，一个组织的最高领导、一个团队中辈分最高的人、一个社群中的群主，都是掌握话语权的人，他们扮演最终决策者的角色。但需要注意的是，能力最强或者地位最高的人有时候不一定是实际的掌控者，社交圈里话语权往往被那些最擅长管理和处理人际关系的人掌握。

所以想要弄清楚这一点，可以进行打听，多问问圈子里的人，或者查询相关的信息，了解谁的话语权最大。也可以进行观察，看看谁在圈子里的威望最高，看看平时都是谁在组织活动，看看谁说话的分量最重，以及大家对各种谈话的行为反应，找出那个话事人。

其次，要注意连接的方式和方法，而最重要的就是展示自己的价值，让对方意识到自己能够为社交圈提供什么帮助。对于那些掌控话语权的人来说，维护圈子的利益可能是一项重要的工作，因此连接者必须想办法为圈子提供更有价值的东西，才能赢得对方的认同。

在美国西部大开发时期，出现了淘金热，很多人都前往西部挖金子，有一个淘金几十年的老人组建了一支专业的队伍，里面加入的人都是非常出色的淘金者，大家准备组队挖金子。就在出发前，有个穷困潦倒的厨师找到了他们，希望能够跟着一起挖金子。多数成员只是笑笑不说话，他们实在想不到任何理由让对方加入。不得已，厨师找到了组建队伍的老人，然后非常肯定地说："你们一定需要我，事实上，你们都需要一个做饭的人，这样你们就可以安心地挖金子了。"老人听了觉得有道理，毕竟在西部恶劣的环境下，如果有人可以提供更可口的饭菜，无疑能够提升工作的效率，于是决定将其纳入队伍中，并同意将金子收益中的5%作为报酬。

在说服那些掌控话语权的人时，不仅要重点突出团队利益，而且要重点提及对方所扮演的角色以及所具备的责任心，通过拔高对方的形象来吸引对方的关注。比如，可以这样告诉对方"考虑到您一贯以来都是站在团队角度思考这些事，我非常想和您交流一下"，"我做的这些事符合您一贯坚持的原则"，"正是因为您过去一直在做这件事，所以我更加期待着和您进行交流"。这是一种非常有效的心理战术，目的是通过这种间接的赞扬来提升对方的责任心，降低戒备心。出于对团队利益的考虑，对方可能会更愿意放低姿态建立连接。

还有一点，与社交圈中掌握话语权的人建立连接之后，向上社交的人需要注意一个基本问题，那就是进入圈子之后，必须谨守规则，不要违背圈子里的运作法则。同时，要注意处理好同其他成员的关系，不能认为自己只要处理好了同管理者的关系，就可以忽视其他人，要知道在一个团队中，内部的交流是否顺畅与内部关系是否和谐有关，这也是管理者最关心的问题。如果一个人无法处理好自己同其他成员的关系，那么迟早会被踢出这个社交圈。

总的来说，谁掌握了话语权，谁就掌握了社交圈基本的运作机制和资源。对于加入者来说，把握住了这些人，也就为自己掌控和利用更多优质资源奠定了基础。

把握社交圈中的关键节点

社会不同层级、不同圈子往往具有不同的运转模式，但在一个开放的、共享的社会机制下，不同层级与圈子之间其实存在联系，只不过彼此之间的联系有强有弱。那么这种联系一般是以什么形式存在，或者说是依靠什么媒介建立起来的呢？

对企业来说，大都是依靠合作机制来实现的，只要存在合作和利益共享，那么不同圈子之间的连接自然就会出现，像苹果公司需要下游的供应商一样。相比于企业或者组织，人与人之间的交流形式可能更加丰富一些。在社会学中，有一个著名的六度人脉理论，具体来说，就是一个人与其他任何一个人之间的间隔不会超过六个人，他可以寻找中间人来建立连接，而这些中间人不会超过六个。除了这个理论之外，还有一个著名的贝肯数。贝肯是好莱坞电影的一个配角演员，一辈子都渴望成为主演，并期待着认识更多的主角。在多年的社交实践中，他发现了一个有趣的定律，那就是一个配角想要和主角建立联系，需要通过2.6~3个人，这就是所谓的贝肯数。无论是六度人脉理论还是贝肯数，其实都指出了社会关系网络中媒介的存在，而且为人与人之间的交流提供了一个基本依据，那就是任何人之间都可以建立有效连接，关键在于你是否能够找到合适的节点。

在社交网络中，往往会有一些人就是所谓的社交节点，想要搭起关系桥，就要找到社交圈中扮演节点角色的人，这些人通常都比较活跃，人际关系很广，往往是人际网络中的发起人，集聚着大量的关系链，可以将不同类型的人、不同层次的人连接在一起，甚至可以将社交圈内和社交圈外的人联系在一起。他们可以自由突破不同的社交圈层，获取不同圈层的资源，为他人的社交活动提供便利，同时也有助于提升自己的社交层次。当人们面对陌生人，或者面对那些层级明显高于自己的人，会存在很多社交障碍，而节点的存在可以梳理、连接并强化这种社交关系，能够有效减少社交阻力。

比如，在企业或者单位机构中，很多中低层干部就兼具节点的角色，他们一方面会向上汇报基层运作的情况，另一方面负责向下传达上层领导的指令，可以说在高层和底层空间里具有很强的存在感，是构建整个企业运作体系的关键环节。

又比如，生活中存在一些所谓的关系通，这些人可以在更高圈层里获得一个相对稳定的地位，又可以在低圈层里如鱼得水。不仅如此，他们在社会各个领域都存在资源和社会关系，可以较为自由地出入不同的圈子，帮助不同的人建立连接并解决问题。

在娱乐圈或者体育界，有一个比较常见的角色——经纪人。他们就经常会扮演社会节点的角色。经纪人的作用很大，社会影响力广泛，可以为雇主带来更加丰富的社会资源。一些明星想要获得更好的影视资源，想要认识更多的大导演以及大明星，需要经纪人来运作；想要获得更多的代言合同以及参加更多的综艺节目，也需要经纪人进行运作；如果他们遇到了什么困难和问题，经纪人一样会动用自己的社会关系出面解决。一个优秀的经纪人，可以帮助明星更好地拓展社会关系，提升社会资源的质量，提高自身发展的档次。

从社会关系网络衔接的角度来说，需要节点的存在。无论是想要向上社交的人，还是准备向下社交的人，都需要找到一个节点来打通关系。社交圈中的节点不一定要具备特别强的技术，不一定要具备惊人的财富或者崇高的社会地位，他们真正的优势是强大的社交能力和丰富的社交资源，这就是他们比其他人更加优秀的原因。相比于很多社会精英单一的社交模式和社会资源，节点的社会资源无论是宽度还是深度都具有一定的优势。和节点建立深度连接，往往就等于打开了一个巨大的资源宝库，里面拥有各种不同领域、不同层次的社会资源。

很多互联网的创业者，都喜欢寻找高瓴资本的创始人张磊。因为张磊就是一个高价值的社会节点，他不仅可以为创业者提供资本支持，还可以为其提供人际关系的支撑。张磊不仅认识互联网圈中的各位大佬，而且在投资行业也具有丰富的社会资源。作为国内风险投资领域的大佬级人物，张磊的社会关系非常广，而且质量很高。因此很多人都愿意借助他的力量进行发展，而不是直接寻求互联网内其他企业家的帮助。

对于向上社交的人而言，寻找和把握高质量的社交节点至关重要，它是拓展个人优质社会资源的重要方法。

那么，应该如何把握社交圈中的关键节点呢?

人们可以重点关注社交圈中那些最活跃，且与人相处最融洽的那些人。如果一个人的社交活动非常丰富，且能够和不同领域的人交往，就值得重点关注。当然，想要了解一个人是否是高质量、高价值的社会节点，还需要对其社会关系和社会活动进行观察，了解对方平时和什么人交往，交往的层次如何，涉及的领域是否宽广。

当然，如果有条件的话，可以选择让自己成为社交节点。简单来说，就是让自己成为一个资源整合者。比如，某地有很多人都在外地工作，其中不乏一些能力出众的企业家，那么对于普通人来说，应该如何走进那些企业家的圈子呢？一家一户上门拜访？这样做不仅效率很低，而且容易引起他人的反感，这里可以提供一种另类的思路，那就是打造一个能够集合各位企业家的平台。

类似于着手打造一个老乡商会，自己可以说服更多的老乡企业家加入进来，告诉他们入会的好处。事实上，对于企业家来说，他们也希望获得更充足的社会关系，而老乡自然会是最好的选项。如果有人能够提供一个认识更多老乡的机会，他们一定愿意加入和支持。很显然，如果人们可以把握住企业家、创业者们拓展人际关系的心理需求，就可以帮忙构建一个社交平台，然后以此为契机，与各位企业家建立连接。

这种社交节点有时候类似于社群创建者和管理者，又有点近似于中介，他们可以借助某些平台来掌握更多优质的资源，这些资源会成为他们向上社交的重要武器。实际上，在中国的浙江、福建等地，很多组织同乡会的人，往往掌握着大量优质的人脉资源，很多社群的群主，原本只是普通人，但是因为通过社群认识了大量的优秀人士，一跃成为社交圈中的香饽饽。

相对而言，自己成为社交节点的话，就可以借此打开更大的人力资源市场。

不要忽略身边的那些潜力股

在日常生活中，人们都渴望通过认识更加优秀的人来获取更多的资源，把握更多更好的发展机会。但事实上，判定一个人是否足够优秀，或者判定自己是否处于向上社交的时候，人们常常会进入一些误区，其中一个误区就是依据个人的社会地位、财富以及名声来判断。

严格来说，一个人是否优秀并不能单纯地从个人地位、财富，或者取得的成就来决定，很多更加优秀的人也许并没有获得很好的发展机会，掌控的资源也不多，但他们所展示出来的发展潜质非常惊人，拥有一个非常光明的前景，而且在未来会成为社会精英，这些人会是人际交往中非常优质的社会资源。

对于向上社交的人来说，不要去忽视这些所谓的潜力股。相比于其他高圈层的优秀人士，与潜力股建立连接时拥有更多的优势。比如，潜力股虽然具有很大的发展空间，但是社会地位并不算高，与之交流的时候，人们面临的阻力和压力会更小，社交的成功率会高一些；和那些已经成功的人相比，潜力股更加需要鼓励和认同，与之建立社交连接，往往也更容易赢得对方的信任；潜力股在成长过程中只是缺少一些好的机会，如果人们愿意提供一些必要的帮助，那么将来获取的回报会非常惊人，这种属性对向上社交的人而言，具有非常大的吸引力。

蔡崇信经人介绍认识马云的时候，马云还是一个很小的创业者，阿里巴巴的发展规模很小，甚至还在为几十万元的启动资金而烦恼，而此时的蔡崇信是一家跨国公司的高管，年薪几十万美元，但经过一次交谈，他就被马云说服了，认为马云未来一定会做成一番大事业，成为商场上最优秀的企业家，所以他几乎不计报酬加入了阿里巴巴，帮他打理公司，后来的发展也证实了他最初的判断。为了回报蔡崇信的信任，马云给予了丰厚的股票，这使得蔡崇信成为身家几百亿元的富豪。

不过，在判断一个人是否属于潜力股时，往往没有一个固定的标准，很多时候需要依靠强大的观察能力作出判断。比如，亚马逊的创始人贝索斯认为，招聘人员想要判定应聘者是不是优秀人才，就要多问自己几个问题：“你是否欣赏这个人？”“这个人能否提高整个团队的工作效率？”“这个人是否能够成为某方面的超级明星？”

在社交中也有一些标准，首先要看看自己对于对方的印象和感觉，其次要看看对方身上具备的优势是不是很大，看看对方是否能够在某行业或者某领域内产生巨大的影响。当然，并不是所有的潜力股都可以被快速感知出来，有些潜力股很难被人发现。

不过，一般来说，潜力股具有以下几个比较典型的特征：

▲ 偏执

潜力股能力出众，但做事比较偏执，而且常常会在一些小事情上表现出来。这种偏执很容易被生活和工作中的伯乐发现，但也很容易被更多的普通人所忽略。事实上，只有偏执狂才能真正获得成功，这一点在潜力股身上更加明显。

▲ 责任感

潜力股往往会在某些方面表现出惊人的能量，而在其余方面表现很平庸，主要原因就在于责任感，在面对自己感兴趣或者擅长的事情时，他们会投入很大的精力，而且能够尽职尽责将工作做到位，这是他们日后获得成功的保障，也是被人重视的一个基础。

▲ 时间管理

对于潜力股来说，他们非常重视时间，懂得将时间安排在最重要的事情上，同时会合理进行时间分配，确保自己的工作和生活不会受到影响。对于向上社交的人来说，如果身边有人擅长时间管理，那么可以多加留意。

▲ 自我驱动

潜力股往往具有自我驱动的意识和习惯，他们有着坚定而明确的目标，知道自己要追求什么，因此，即便不需要什么外来的动力，他们也能够发挥自身的潜能，认识并突破自己的能力圈，并且可以用最精干的方式完成那些具有挑战性的工作。

▲ 敏锐的预知能力

对于潜力股来说，他们对于自身的发展有着比较合理的完整规划，而且他们能够预料到自己所做的事情能够带来什么影响，所以对于自己所做之事更有信心，这种预见能力确保他们可以保持更加坚定的意志力。

▲ 大局观

潜力股往往能够沉得住气，拥有清晰的自我定位，不会轻易放弃自己的目标，不会轻易受到外在因素的干扰，而这缘于他们拥有出色的大局观，能够更好地掌控自己的成长节奏。正因如此，他们的成长属性比一般人更强。

▲ 优势

潜力股往往属于有能力但能力没有完全放大或者被释放出来的人，他们的能力无法及时得到体现，但他们身上所展现出来的某些优势具有很强的吸引力，未来会成长为一种巨大的力量。当人们成长到一定程度时，潜力股是向上社交的理想选择，人们在寻求优质的社会关系时，不要忽略挖掘身边的那些潜力股。不过想要真正与之建立稳定的社会联系，需要把握一些社交原则，提升成功率。

——要懂得称赞对方的优势，进一步拉近关系；

——要尽量给予帮助，满足对方的现实需求；

——针对对方的优势进行交流，寻找有价值的话题；

——保持倾听姿态，充分保护对方的话语权。

此外，还有非常重要的一点，在面对潜力股的时候，要具有包容心，要能够包容对方身上的一些小问题，要尊重对方的一些另类观点，适当妥协，以免发生冲突。

结交专业领域内比自己更优秀的人

法国著名的观光饭店管理人才罗伯·胡雅特，在年轻的时候，被母亲送去学习观光饭店管理，刚进入培训班的时候，他一点也不习惯，多次想要离开。母亲批评他缺乏意志力，遇事就想要打退堂鼓，很难做成大事。胡雅特最终坚持了下来，并且以第一名的成绩毕业。之后，他有幸前往巴黎的柯丽珑大饭店上班。

胡雅特发现进入大饭店的人来自各个国家，对于侍应生而言，只有掌握多国语言，才有机会做好自己的工作，也才有机会认识更多的人。于是，胡雅特开始自学英语，并取得了不错的成果。

3年之后，大饭店准备选派职员前往英国实习，胡雅特毫无意外地入选。结束了英国的实习之后，他学好了德语，又去德国广场大饭店进行了实习。胡雅特打算去美国看一看，大饭店的经理非常看好他，直接以公司的名义派他去美国考察。

到了美国之后，胡雅特直接找到了美国华尔道夫大饭店的总裁柏墨尔，他非常希望可以和对方打交道，在事业上获得对方的经验以及帮助。当然见面时，他并没有提其他要求，而是请求对方给自己一个实习的机会，并表示自己愿意从基层做起。柏墨尔没有当一回事，接纳了胡雅特。

某天，柏墨尔到餐厅部视察，正巧见到胡雅特趴在地上擦地板。他感到很惊讶，他知道对方是柯丽珑的副经理，心想他怎么会来这里擦地板。

面对柏墨尔的疑惑，胡雅特非常谦卑地说："我想亲自体验一下美国观光饭店的地板有什么不同。"

柏墨尔非常好奇地问："你以前也擦过地板吗？"

"我擦过英国的、德国的、法国的，我想尝试一下擦美国地板是什么滋味。"

交谈了几句之后，柏墨尔将胡雅特叫到了办公室，也正因如此，胡雅特获得了柏墨尔的器重，他开始通过这位大总裁接触美国观光饭店产业的方方面面，从而顺利进入美国的观光领域。在那之后，他的事业也越做越大，直到成为掌控64家观光大饭店的总裁。

胡雅特的成功并不是因为运气足够好，而是因为他一直在学习，向更优秀的同行吸收更先进的经验和技术，正是这些让他获得了更快的成长，并赢得柏墨尔的欣赏与认同。

认识更加优秀的人往往要保持特定的方向，要兼具目的性和针对性，而接触并认识行业精英，无疑是最直接的社交模式。考虑到每一个人都有一个相对固定的行业，个人的发展依赖行业，个人的生活也建立在行业盈利的基础上，从个人生存和发展的角度出发，人们需要认识行业内的精英，因为他能够带来最直接的满足与回馈。

具体来说，行业领域内的向上社交具有现实意义。比如，个人可以从前辈或者行业精英那里获得更多的经验，包括如何规避风险，如何避免走弯路，如何更好地解决相关的问题，如何找到成功的方法和技巧，人们可以看看行业精英是如何处理工作中的问题的。最后，思想和精神层面的传承也是一个重要的社交内容，对于那些处于高圈层的社会精英来说，他们的思想、思维层次往往更高，精神层面的力量更为强大，这也是值得学习的重点。

乔布斯在创新管理方面是行家，可是在产品营销方面还是有所欠缺，尽管他非常懂得如何借助各种营销方式来推销自己的产品。比如，一年一度的产品发布会，可是从整个产品的运营层面来看，他还是不够成熟，为了让苹果公司的产品走向全世界，他想到了库克，这个曾经在IBM公司负责PC业务的天才营销者，考虑到库克在拉美和北美制造、分销电脑的成就，考虑到他在营销方面的经验和技巧，以及庞大的客户网络，乔布斯在1998年数次邀请对方加盟，并许诺了副总裁的职位。事实上，乔布斯的这一举动为他赢得了赞誉，也为苹果公司之后几十年的发展奠定了坚实的基础，库克的到来让苹果产品畅销全球，并且市值一路飙升。

对于任何想要获得发展的人来说，可以直接将结交目标定为行业中的前辈、精英以及成功者。事实上，在日常生活和工作中，这类社交模式往往还有一个最大的优势，那就是大家之间接触的频率更高，相比于不同行业之间的交流，同一行业之间的社交没有那么多的阻力。在向上社交中，出于对自身发展的追求，多数人都倾向于在自己所在的行业和领域内寻求更优质的社会关系，而且相比之下，这种社交关系更容易建立起来。

当然，接触并与行业内的精英建立深度连接，同样需要注意一些技巧：

——多一些业务交流，多一些请教；

——设定一个场景，提升交流的实用性；

——想办法建立业务往来，以合作带动社交；

——懂得主动去解决他人的问题，加强彼此间的互动。

总的来说，相同的行业属性，会让双方有更多的共同语言，这对社交的成功率和社交挖掘的深度都会产生更为积极的作用，而人们要做的就是推动社交的深入。

把握少数重要的人际关系

在向上社交的时候，很多人往往会产生一种想法，那就是认识的能人越多越好，结交的优秀朋友越多越有利于自己的发展，所以他们往往会锁定很多理想的社交对象。但从现实的角度来分析，并不是所有人都适合自己，也不是非要认识所有人才能获得成功，在人们经营自己的社会关系网络，经营自己的社会资源时，最重要的是坚持抓重点的原则，简单来说就是把握极少数重要的人。

麦肯锡公司曾经提出了一个重要的概念："关键驱动因素"。所谓"关键驱动因素"指的是任何一件事在其发展过程中都受到一个关键因素的推动，可以说事物的顺畅发展离不开这个关键因素，事物的本质、发展规律以及发展的模式都是由这个关键因素来决定的。

在个人的发展过程中，也存在一些关键驱动因素。比如，一些重要的人际关系，往往会成为改变个人发展的关键，是成为推动个人走向成功的基石。而人们要做的就是把握好向上社交的机会，接近并结识这样的关键人物。

许多人会习惯性地将关键人物设定为在财富、权势、能力上占据最高位置的精英，其实每个人的发展道路不同，发展的层次不相同，因此发展的需求也不相同，对于社交资源的需求自然不会一样，人们只需要找到适合自己的资源，只需要找到能够带动自己快速成长和进步的资源。

王先生是一家公司的中层干部，工作十多年，但一直没有得到上级领导的重用，他多次打算离开公司，但担心自己找不到更合适的工作，只能继续待着。后来，公司的副总裁因为管理权限的问题离开了公司，很多副总裁的下属也一同跟着离开，一行人另起炉灶，开始创业。王先生和副总裁并没有什么交集，但他非常敬佩对方，认为不管是对方的个人能力还是管理魄力都是一流的，而且知人善任，了解每一个下属的能力和优势，并能够重用每一个有能力的人。王先生认为和这样的人在一起才有机会受到重用。于是，他下定决心辞掉了工作，并主动联系了副总裁，希望跟着对方一起创业，副总裁对于王先生的举动非常感激，两个人还推心置腹谈了一夜。

当时，王先生的决定遭到了一家人的反对，大家都觉得他过于冲动了，人到中年，盲目辞掉工作，弄不好就会失业，到时候会面临巨大的生活压力。可是王先生却意识到这是一次绝佳的机会，副总裁会成为自己人生下半场的一个重要角色。事情正像他预想的那样，有着十多年市场开发经验的他很快受到了赏识，直接被任命为市场部的经理。由于得到了对方的信任，王先生终于可以大展拳脚，发挥出自己全部的实力，人生迎来了蜕变。

一生中不需要依靠太多高质量的人际关系，不需要认识太多高群层的人，只要把握少数关键的社交对象，就可以实现人生的质变。相比于那些盲目扩大向上社交范围，以及随意进行向上社交的人，把握少数关键的人物至关重要，毕竟一个人的时间、精力和资源都是有限的，不可能无限扩大自己的社交圈，过分分散自己的时间和精力，这样可能会导致向上社交成功率的下降，与其采取广撒网的策略，还不如集中精力去把握少数重要且适合自己的社会关系，抓重点、抓关键的策略可以更好地保证社交效率。

对于关键人物的设定，可以从以下几个方面进行考量：

——选择最有机会改变并引发自己质变的人；

——选择一个流程或者一个关系链上，最能推动自己进步的人；

——选择当前自己最不可或缺或者对自己影响最大的人；

——选择那些会引发连锁反应的人。

在这些标准设定中，人们更多地需要对自己的发展状态进行了解。同时，也要更多地关注他人，然后找到合适的对象。

那么，如何去把握少数关键社交对象呢？

第一，可以针对自己的现实需求，明确自己的社交方向，看看自己应该联系哪一个领域、哪一个行业的优秀人士，然后列出一份社交名单，找出可能对自己有帮助，且自己有机会与之建立连接的人。这份社交名单不需要太长，最好不要超过10个人（实际上对多数人而言，可能并没有那么多的目标）。

第二，在列好名单之后，对名单上的人进行信息搜集，了解他们的基本情况，看看是不是和自己的需求相符，看看对方是否是最值得交流的人，也要对自己与不同社交对象建立连接的难度进行评估。在评估难度的时候，一方面需要对对方的社交性格、社交习惯、社交需求进行了解，另一方面则要弄清楚自己的社交能力。

第三，在经过各种评估之后，对名单进行审核与简化，争取将理想的社交对象控制在3~5个，过滤和简化是为了集中精力把握更重要的社会活动。简化名单的过程中要注意客观，注意进行全方位的对比，如果没有很多理想的社交对象，那么最好能够选出两个。

第四，在压缩名单之后，继续进行信息搜集，针对选定的社交对象做好社交准备，列出社交计划，并做好各种资源的筹备，为接下来的社交活动打好基础。

需要注意的是，人们在列出名单之后，可以对名单上的人进行排名，分好1、2、3、4，然后按照排名去展开社交活动。这个排名可以按照重要性来排，可以按照难易程度来排，或者按照自己地域上的距离来排。

找到那些愿意相互促进和提升的人

如果对社交进行分析，最理想的社交一定是相互促进的，无论是信息的交流、经验的交流，还是个人能量的相互碰撞，最终都会引起一系列良性的反应。在向上社交中也是如此，一方可以从另一方获得更先进的技术、经验和理念，可以获得更多的指导，对方在传授经验的时候，自己的思维也能得到提升，对于事物的思考也会加深，甚至可以获得一些额外的信息。

所以在一种良性的社交关系中，人们应当主动去寻找那些愿意进行合作的社交对象，这种合作体现为信息的交流，而且是一种持续相互推动的交流模式。这样就可以形成一个相互学习、相互促进、共同成长的良性循环，对双方关系的稳定、提升有很大的帮助。

1957年，巴菲特遇到了奥马哈的医生埃德温·戴维斯，这个医生存了一笔积蓄。于是，该医生就把这些钱交给巴菲特打理，而埃德温之所以如此信任巴菲特，是因为对方让他想起了查理·芒格。巴菲特一下子就来了兴致，表示对查理·芒格很感兴趣。埃德温很快就介绍查理·芒格给巴菲特认识，而当时的查理·芒格还在当律师。

见面之后，巴菲特就被查理·芒格吸引住了，他后来回忆说："大约五分钟后，查理·芒格被自己讲的笑话逗得在地板上打滚，这和我做的完全不一样。我当时就想，'我不会再找到一个像这样的家伙了'。我们一见如故。"事实上，巴菲特非常欣赏查理·芒格的博学，欣赏他的思维模式，这些是巴菲特之前没有想过的，正像他所说的那样："我马上知道查理·芒格是我会喜欢的那种人，我能从他那里学到东西。"

事实证明了他的判断，巴菲特师从格雷厄姆，认为人们应该购买价格低廉的股票，低价股票的增值空间更大，后来他改进了格雷厄姆的投资理念，开始注重购买高价值的股票，认为价值越高的股票，成长空间也就越大。但一个企业或者一只股票不可能永远保持在高价值的状态，很多当前价值高的股票很快会下降，这对投资者来说不够"友善"，查理·芒格则建议将时间纳入投资，强调购买那些具有长期发展和竞争优势的项目，而巴菲特正是依靠这个理念成长为世界上最出色的投资者的。对于查理·芒格，巴菲特心怀感恩，并且认为正是查理·芒格让他从猩猩进化成了人。

与此同时，巴菲特也对查理·芒格产生了积极的影响，他认为查理·芒格的思维如此活跃和多元化，天生就适合投资，应该跳出律师行业，去追求更高的价值。查理·芒格听取了巴菲特的建议，开始成立自己的投资公司，并且一度获得了惊人的回报，而这也为后来两个人的合作奠定了基础，查理·芒格最终成为巴菲特创办的伯克希尔·哈撒韦公司中的重要成员。

巴菲特和查理·芒格之间就是一种相互促进、共同成长的关系，也正因如此，他们成了投资界乃至整个商界最好的搭档，成为合作的典范。在这种社交关系中，两个人是相互协作、相互包容、相互请教的状态，从第一次见面就表现出了交流的渴望，而且一直都在试图从对方那里获得更多的信息。

这是一个非常好的互动模式。关键的一点在于，人们需要主动和对方交流自己的想法，对于向上社交的一方来说，不要总是自卑地认为对方比自己更加优秀，对方的地位比自己更高，那么自己的观点和想法就毫无价值。事实上，在倾听对方的指导时，一样可以表达自己的看法，可以适当展示自己的思维模式。从信息交流的角度来说，没有任何人可以掌握所有的信息，也没有任何人的思想会是完美的，总有一些地方会有遗漏。孔子说：“三人行，必有我师焉”。每个人身上都有自己的优势，都有别人值得学习的地方，因此在向上社交的时候，任何一方都具有存在的意义，也都可以在交流中提供自己的价值。

不过，对于向上社交的人来说，如何寻找那些愿意和自己产生良性互动的人，并不轻松。那么究竟应该如何来寻找合适的社交对象呢？

其实，愿意相互交流、相互促进的人身上往往具有一些明显的特征：

——具有谦虚的态度，为人低调随和，在交流中他不会给人居高临下的感觉，更不会让他人觉得不自在；

——具有良好的学习精神和精益求精的态度，愿意学习更多的知识，尤其是自己未接触过的知识，他们愿意去接触不同的人，来完善自己的知识体系；

——具有包容性，在交流中会主动倾听不同的声音，甚至主动了解对方的想法，也愿意接纳和思考那些不同的方法，因此不会拒绝和他人进行交流；

——不会抢占话语权，经常会提一些问题，也能够积极引导对方将话题深入进去，而不是一味地自说自话；

——尤其喜欢和与自身互补的人交往，并且愿意作出调整。

在向上社交的时候，可以选择和具备以上特点的人进行交流，这样的人往往会表现出相互交流的意愿，在他们的眼中，和自己交流的人都是值得学习的对象，都具有特定的价值。更重要的一点是，他们愿意与人共同进步，而不是只想着自己获利。在这样的社交模式中，双方往往都可以获得成长的机会，并且更容易建立紧密的联系。

对于向上社交的人来说，为了推动彼此之间的交流，需要表现出更大的积极性。比如，更加主动地与对方建立联系，要主动展示自己的价值和能力；多提一些问题，引导对方进行信息传递；保持尊重的态度，确保沟通氛围的和谐；懂得把握谈话的主题，内容的质量一定要高，这样才具有强大的吸引力。有必要的话，可以不断加深交流的层次，深化交流的内容，挖掘更高层次的东西。而且交流要从单纯的信息分享，进化到智力碰撞和思想碰撞，以此来强化彼此之间的社交联系。

还有一点很重要，就是在和那些愿意相互促进的人进行交流时，保持交流的频率，确保双方可以拓展更多的话题，强化彼此之间的联系。

争取进入对方的朋友圈

多年以前，为了推动网络社交软件的开发和拓展，腾讯公司提出了社交网络中“二度人脉”的概念，按照这一概念进行解释，个人的朋友圈属于一度人脉。认识朋友的朋友，并组成的社交圈属于二度人脉。二度人脉的概念和弱关系有着异曲同工之妙，都是个人拓展社交圈的一种形态。从理论上来说，二度人脉可以是一种循环。

比如，甲是乙朋友圈中的成员，乙的一度人脉中包含了甲，而通过甲认识他的朋友丙，丙就是乙的二度人脉，如果乙通过丙继续认识新的朋友，那么二度人脉将会持续拓展下去。在现实生活中，考虑到个人社交的形式和能量，二度人脉的拓展实际上也是有限度的。即便如此，人们完全可以通过二度人脉思维，打造一个新的朋友圈，即乙认识甲，并争取进入甲的朋友圈和社交圈，接触甲的朋友丙、丁、卯以及其他优质的人际关系，甚至可以直接和这些人成为朋友。

在向上社交中，使用发展二度人脉的策略来拓展社交圈是一个非常高效的方法，可以认识更多优秀的人，因为那些更加优秀的人，他们的社交圈也更好。当人们认识和结交一个高圈层的人时，进入他的社交圈，并争取认识这个圈子里更多的人，这个时候他获得的资源和价值都会大幅度增加。

同样以上面为例，假设甲是一个企业家，乙结交甲的话，可能会从甲这里得到更多的订单，或者获得一些创业的经验和指导。这个时候，甲给乙带来的帮助和提升，往往会有一个限度，如果乙顺利进入了甲的社交圈，与丙、丁、卯之类的高端人才建立社交关系，那么他可能会认识一些顶级的投资人、一些理财专家、一些大客户，以及其他行业的精英。这个时候，乙就获得了更多优质的资源，能够从各个方面拓展自己的社会关系，也能学到各种不同的经验。

从社交范围、社交高度来说，进入一个更高端的社交圈，比单纯地结交更高社交圈中的某个人，效果要好很多。与马云或者马化腾结交，与进入他们的商业社交圈是不一样的；一个企业家与贝索斯建立社交关系，与直接进入贝索斯的核心朋友圈也是明显不同的。从资源获取的层面来看，进入对方社交圈会带来更多的便利。而且当一个高圈层的人愿意引荐朋友进入自己的社交圈时，代表了更大的信任和更亲密的关系。

梁先生在上海工作时，偶然间参加一个同乡会，认识了在上海经商的付先生。付先生经营一家大酒店，在圈内很有名望。由于来自同一个乡镇，梁先生经常邀请付先生一起参加各种聚会活动，关系越来越亲密。

后来，梁先生辞去了上海的工作，转而去杭州创办工厂，但由于缺乏经验，创业一直不很顺利，两年来始终没有什么起色。梁先生经常向付先生说起创业的事情，付先生便建议对方往互联网方向发展，而且他愿意提供帮助。梁先生看到工厂没什么希望，就转手将工厂卖给了别人，然后创办了一家互联网公司。

付先生没有食言，他亲自带着对方参加自己的私人晚宴，与会者是各个行业内的企业家，他们在市场上拥有很大的话语权，其中不乏一些互联网行业的精英。在付先生的牵线下，梁先生认识了很多优秀的互联网工作者和创业者，双方经常一起聊天，梁先生由此接触到了很多此前没有学过的知识和经验，不仅如此，这些人还利用自己的资源直接帮助梁先生拓展销路，帮忙寻找合适的合作伙伴，使梁先生的互联网公司很快就走上了正轨。

汽车销售之神乔·吉拉德就说过，自己每次认识一个顾客，就等于有机会认识这个顾客背后的250个人。在向上社交中，就应该建立起这样的思维——不仅要与对方建立社交连接，更要想办法与对方所在的社交圈建立连接，将向上社交所能产生的能量和价值成倍放大。

在向上社交中，想要进入对方的朋友圈，首先要控制好自己的节奏，不要急于提出这样的请求，而应该尝试着维护好双方的关系。事实上，当双方的关系变得更好，对方自然会选择合适的时机进行引荐，这个时候，人们可以跟着对方参加社交活动，主动去认识对方社交圈里的人，要注意主动打招呼，主动去衔接话题，主动展示自我，同时要主动了解和满足对方的需求。人们需要通过更多的接触来建立信任，平时可以表现得谦虚一些、礼貌一些，态度也要真诚一些。

彼此之间多接触往往会带来更好的印象，但这还不够。人们在向上社交中可能会赢得对方的信任和关注，但这并不意味着他的朋友圈能够接纳自己。因为每个人的社交偏好和社交模式都不一样，社交性格、社交风格、社交习惯也不一样，人们想要真正融入那些更优秀的圈子，并不容易。想要赢得对方朋友的认可，就要注重个人的实力展示，要展示自己的价值，赢得更多人的尊重和认同。

此外，进入对方的朋友圈，最重要的不是和这个圈子里的每一个人都建立深度连接，而是要选择那些最重要且价值最大的人进行连接，重点经营好彼此之间的关系。毕竟个人的社交圈范围以及社交权限都是有限的，不可能无限拓展下去，把握住那些最优质的人际关系才是最重要的社交任务。

CHAPTER 04

社交是一种自我展示的社会行为

1. 获得成功，为什么往往先要跳出自己的圈子
2. 调整自己，保持最佳的社交状态
3. 认识更多优秀的人，拓展自己的视野
4. 社交是一种自我展示的社会行为
5. 做好准备工作，让社交更加高效
6. 向上社交需要主动创造机遇
7. 向上社交的一些基本注意事项
8. 如何提升自己的社交高度

展示自我，分享自己的价值

《六度人脉》中有这样一句话：人脉有两个重点，一是方向，二是传递。方向是你应该认识什么样的人，传递则是指你应该展示和发送的信息。

事实上，认识什么样的人，很大程度上反映出自己是什么样的人，而人们所传递的信息又决定了他们能吸引到什么样的人。一个人认识什么样的人，很大程度上取决于他自己的选择。如果他选择向上社交，选择输出更有价值的内容和信息，那么就会认识更多优秀的人。如果他选择了和普通人待在一起，或者输出的价值很平常，那么可能自己认识的朋友也大都是普通和平庸的。

其实，在社交中，自我展示既是客观存在的，也是主观存在的。客观存在是指个人在社交活动中的行为本身就会带来信息的传递，而主观存在则强调个人在社交中的主动性或者说主观能动性。举一个简单的例子，很多人去参加活动，可能会进行信息登记，但是难免会被人提问，在回答问题的时候，就会传递一些基本信息，又或者活动举办者会进行一些简单的介绍。这些都是客观发生的，自己无法避免。如果个人能够主动向与会者介绍自己，发表演说，展示自己的能力，或者帮助他人解决问题，这些就属于主观上的自我展示。

对于向上社交的人来说，主观展示自己的价值是一个非常重要的社交途径。诺贝尔奖获得者赫伯特·西蒙在多年前曾这样说道："随着信息的发展，未来有价值的不再是信息，而是注意力。"英特尔前总裁葛鲁夫更是反复强调："整个世界将会展开争夺眼珠的战役，谁能吸引更多的注意力，谁就能成为世纪的主宰。"他们所强调的注意力其实就是自我展示。只有善于主动展示自我的人，才有机会获得更高的关注度。

西方有这样一句古老的诗歌："鳕鱼下了一万个蛋，而家养的母鸡只下了一个；鳕鱼从来不开口讲述她所做的，因此我们轻视鳕鱼却奖赏家养的母鸡。"母鸡之所以能够获得关注，不仅仅是因为它具备相应的价值，更在于它能够将这种价值表现出来，传递给需要这种价值的人。

无论主动还是被动，人们在表达时，都会向身边人传递价值，这是个人社交价值的一种基本形态，但是为了让社交变得更有意义，人们需要主动展示自己，分享自己的价值，无论是技术、经验、财富还是思想、精神力，都可以进行分享。这种分享往往存在六个层次：

第一个层次是环境，简单来说，这是一个自我展示和共同分享的时代，无论是共享文化、共享产品，还是社交网络和短视频中的自我营销，都表明了分享力已经成为社会发展的一种趋势。

第二个层次是日常行为，也就是说个人在日常生活中的分享行为。不同的人会有不同程度的分享，有的人偏于保守，有的人更加开放。分享的频率越高，分享的内容越多，个人的价值展示的就越充分。

第三个层次是知识的传授，真正高价值的内容一定是知识，能够将自己的知识传递和分享给更多人的人，无疑可以提升自己的关注度，而且分享本身也是知识留存的一种方法，任何一次分享都会给自己贴上“知识拥有者”的标签。

第四个层次是借助价值分享来创造价值。比如，可以塑造个人的品牌，打响知名度，然后进行资源链接，为自己的价值创造奠定基础。

第五个层次是成为自己专长的代言人，即将自己最大的优势展示出来，创造一个更具力量的身份，并且利用这种身份影响其他人。就像一个人在心理学方面很出众，那么自己身上心理学导师的标签就会非常明显，然后他可以开设课程传授自己的知识。

第六个层次是为身边人创造一个美好的场景，打造一个智慧共生、和谐共赢的社会。

层次越高，为了确保自己输出和传递的信息能够获得更多的关注，就需要不断展示和提升自己。价值展示与分享是一个非常重要的社交内容，也是向上社交的重要保障。当然，想要赢得高圈层的关注，一定要重点把握价值展示和价值分享的一些内容：

——要弄清楚自己平时在哪里分享，适合在哪里分享；

——经常分享什么内容，所分享的内容中哪些是有价值的；

——平时和什么人分享，有什么分享群，集中精力聚焦在那些重要的分享群中；

——明确自己需要改进哪些方面的能力，提升分享力。

一个曾在硅谷工作的“海归派”，想要在国内找一家大公司上班。于是，他就在朋友的帮助下，参加了一个本地商会举办的晚会。在晚会上，他发现圈内有不少知名企业家和投资界的大佬也在场，于是，就主动和对方一一打招呼。

在介绍自己的时候，他并没有任何的怯场，而是非常自信地谈到了自己的工作经历：“我在硅谷从事投资行业，专门帮助那些新兴科技公司拉投资，制订融资计划，负责融资业务的推进。这些年国内的行情越来越好，新兴科技公司的发展非常迅猛，可以说出现了很多价值洼地，这也是我选择回国的原因。”

经过一圈的自我介绍，并没有多少人表现出想要合作的意愿，但对这个“海归派”来说，只要有机会展示自己，就有机会获得别人的认同。在晚会结束之后的两天，有一家互联网公司的老总找到了他，因为公司打算入股一家新创立的互联网公司，老总希望他可以帮忙做一个策划方案，并全权负责这一次的入股计划。就这样，这个“海归派”顺利获得了一份理想的工作。

从这个案例中就可以发现，“海归派”的成功缘于他能够主动展示和分享自己的价值，而且他的分享力非常强大，清楚自己应该在什么场合分享，应该具体向什么人分享，他将自己的职业规划和向上社交完美融合在一起。

对于那些喜欢向上社交的人而言，保持强大的分享力非常有必要，尽可能展示自己的价值，通过价值分享来形成更强大的吸引力。

建立属于自己的个人品牌

为了赢得更高层次的人的关注与认同，首先就需要不断提升自己的影响力。一个人如何才能在群体中脱颖而出？如何才能获得更大的关注？最直接有效的方法就是打造个人品牌。当个人品牌建立起来的时候，往往能够通过营销渠道与周边的人产生更高效的链接，在相互信任的基础上带来溢价和增值。其实在互联网信息时代，打造个人品牌早就成为一种潮流。

那么究竟什么是个人品牌？

如果从营销的角度来分析，个人品牌本质上是个人向粉丝或潜在关注用户长期提供的具备某种特色的产品、服务以及价值，像平时所说的故事、形象、口号、艺术品、品牌、商标、影视作品、声音、符号、流行文化，一些自带流量的内容，其实都可以算作个人品牌。它们是文化积累到一定程度后输出的精华，具备特定的价值观和世界观，而且拥有强大的生命力，尤其是社交上的生命力。个人品牌一直都在强调个人价值的内容化和标签化，这些内容和标签可以被特定用户认同，且能够在用户意识中形成某种特定的印象，并借此影响到用户的行为。

从社交的角度来分析，打造个人品牌的目的就是突破现有的圈层，人们可以通过个人品牌的影响力来展示自己的能力和魅力，确保自己可以从当前的小圈子里跳出来，进入更大的圈子和更高的层次。J.K.罗琳在成名前，处境和一个乞丐差不多，那时候没人认识她，也没有人看重她的才华，可是当《哈利·波特》面世之后，就成为她最大的品牌，她也成为最畅销和最富有的作家。

很多影视明星也是如此。也许他们出演过很多影视剧，也有很多的作品，但往往没有什么知名度，观众对他们没什么印象，影视公司和导演、制片人也不认为他们具备票房号召力和粉丝流量。为什么会这样呢？主要原因就在于他们没有打造属于自己的个人品牌。比如，很多影视剧的评分很低，质量非常差，这样的作品自然不具备吸粉能力。有的影视作品虽然火爆，但可能处于戏红人不红的尴尬处境，只能说公司的作品品牌建立起来了，但并没有建立明星的个人品牌，因为在这些出彩的影视剧中，个人并没有展示出更具特色的东西。当一个明星没有建立自己的个人品牌时，他的资源就会受到限制，无法更上一层，更别说成为一线明星了。

那么，如何才能打造属于自己的个人品牌呢？

▲ 高价值输出

对于个人品牌而言，高价值往往是最核心的内容，只有输出更高的价值，个人品牌才更容易建立起来。就像作家要写出优秀的独具特色的小说，演员要推出精彩的影视剧，创业者要打造独一无二的产品和服务一样，产品的价值越高，个人品牌的价值也就越大。

▲ 鲜明的社交形象

在流量时代，高价值的内容虽然很重要，但是打造一个独一无二的社交形象，同样可以让人获得额外的关注，因为独特且鲜明的社交形象可以确保人们在人群中脱颖而出，这种形象展示容易引起更高层次的人的关注。比如，有的明星喜欢穿花皮鞋，那么这个花皮鞋就成为他的一个形象爆点，并成为吸粉引流利器。还有一些人在社交中非常幽默，甚至故意说一些具有语法错误的口头禅，这些口头禅一样会成为一种独特的标识，从而引起他人的关注。

▲ 展示个人的优势

每个人身上都有独特的亮点和特点。比如，一个人的名字很特别，外在的美貌和独特的气质让人难忘，热情和真诚容易感染他人，又或者他在专业领域内的能力非常突出。一个人如果在某件事情上有能力、有方法、有激情，那么不妨大胆展示出来，在做这些能够展示个人魅力的事情时，个人往往会由内而外地发光，并影响他人的判断。

▲ 自我营销和自我强化

个人无论是具备某种优势、特点还是价值，最重要的是要及时表现出来，最好采取营销的方式，让更多的人了解这些特质。比如，在更多的场合积极表现自我，发表能够展示自己特色的作品，通过各种营销方式，可以让自己的形象得到广泛的认同，与此同时，个人需要不断强化自身的特色，加强他人对自己的认知，从而形成一个标签和品牌，对外界产生影响，这样一来，在向上社交的时候，才有机会吸引到对方。

字节跳动的创始人张一鸣早在上大学期间就非常注重学习计算机技术，他在业余时间也会学习各种编程知识，正因如此，他的电脑技术过硬，经常会帮助同学修电脑，甚至依靠维修电脑挣钱。为了打响自己的知名度，他经常会在BBS上发表有关编程和电脑维修的文章，很快成为圈内小有名气的人。

大学毕业后，很多公司都向他抛来了橄榄枝。有一位南开大学的师兄准备设计一款办公协同软件，他在BBS论坛上看到了张一鸣的文章，于是邀请张一鸣一同创业。两个人只见了一次面，张一鸣就打动了对方，两个人便组团开始了创业。后来，这家公司宣布倒闭，但一个名为酷讯在线的旅游网站很快就发来了邀请，公司的创始人听说张一鸣的电脑技术非常出色，于是就邀请他入伙，负责技术开发和管理。

事实上，张一鸣此后的数次创业，都和自己身上的技术男标签息息相关。美团的王兴多次邀请他创业。海纳亚洲投资基金（SIG）合伙人王琼非常欣赏张一鸣的技术能力，不仅邀请他创办了九九房，而且在张一鸣提出创办字节跳动时，义无反顾地支持他，不仅提供资金支持，还帮忙拉投资，最终成就了字节跳动这个商业巨无霸。

如果对张一鸣的社交轨迹和成功轨迹进行分析，就会发现真正推动他不断往更高处攀爬的因素在于自身的技术能力，可以说电脑技术成了张一鸣身上最大的个人品牌，正是这个个人品牌使得他成为创业者和投资人关注的对象。

其实，社交不仅仅是信息的交流，更是一种自我展示的过程，只有充分展示自己的优势和特色，才能拥有机会在社交中获得更多主动权，所以人们有必要打造一个成功的个人品牌，作为提升自己向上社交的底气。

打造一套适合自己的社交思维体系

许多向上社交的人，往往可以在各种社交场合如鱼得水，无往而不利，很大一部分原因就在于他们拥有一套成熟的自我营销体系和社交体系。很多社交高手都拥有自己的体系，在面对不同的人时，可以采用不同的方法，但他们的底层思维都是一样的，都是依赖自己总结出来的一套思维体系和社交体系来运作。依靠这套体系，他们能够在不同的社交场合都保持高效的输出，确保自己的展示可以产生更大的正面影响。

那么，如何才能建立起合适的、高效的社交思维体系呢？

第一，在向上社交的时候，往往会有一个社交目标，每一次的社交活动，都应该在社交目标的指导下进行。比如，希望获得更多的优质资源，希望获得情感上的支持，希望得到地位上的提升，或者希望借助对方的力量，获得预期的收益。切记，不可贪多。什么都想要，最后就会什么都得不到。

第二，为了达到这个目标，人们往往需要借助一些方法和资源。比如，选择更加高效的沟通技巧，或者输出更多高价值的内容，一般来说，输出的价值越高，实现目标的机会就越大。

第三，在高价值输出的基础上，人们会进行经验总结和积累，会不断分析和改进自己的方法，从而构建并完善自己的思维体系。类似于3W1H体系就是比较典型的思维模式，人们在社交之前，在做出任何表达和行为之前，需要弄清楚自己要做什么，和谁做，为什么这样做，以及究竟应该怎样去做。依赖思维体系，人们可以有效拓展思维的深度和广度，还可以把握住社交细节。

第四，随着思考的深入，人们的社交体系会变得越来越稳定，越来越完善，最终固化成一种常用的社交模式。这个时候，人们就有了比较稳定的社交基础和社交风格，并使用这一体系中的很多方法、技巧，来输出自己的观点，实现自己的价值。

第五，输出之后，往往会获得一些反馈。无论是正面的反馈，还是负面的反馈，人们都要进行整理、分析和总结，对好的进行保留、强化，对不好的要进行改进和完善，完善后再次输出，以获得更好的反馈。在多次的反馈、整理、分析和总结之后，整个体系将会获得不断完善，个人的社交能力也会逐步得到提升，自我表现也会越来越出色。

其实，很多人都非常重视社交思维体系的打造。“汽车销售之神”乔·吉拉德为了认识那些买车的大客户，不仅仅是四处发放名片，他还会将客户的名字、生日、兴趣爱好全部弄清楚，记录在册，定期联系对方，然后会精心准备生日礼物和结婚纪念日的礼品，这些都是在他经过无数次的思考和实践基础上产生的工作方法。很多人认为乔·吉拉德的运气很好，其实更大的原因在于他打造了属于自己的社交思维体系，能够在短时间内就与对方建立更密切的联系。

显而易见，打造一套完整的思维体系在社交中具有很大的作用，它可以为人们提供一套最基础的沟通技巧，确保社交的成功率。

除此之外，在打造个人社交体系的时候，还可以使用复盘的方法。一些优秀的社交者，非常重视自己的社交效率，平时就注意对自己的社交活动进行复盘，每一次完成向上社交活动之后，给自己一点独处的时间和空间，回想一下自己的这次社交经历，回忆每一个关键的流程，对整个过程进行复盘。

“复盘”最初是一个心理学名词，是指人们重新回顾和梳理过去的经历或者过去所做的事情。一般来说复盘者会对自己的思维模式和行为模式进行仔细回顾，以便更加确切地知道自己在什么地方做得不够到位，在哪些环节上犯了错误，看看哪些地方还值得继续改进。复盘一般侧重于对那些出现问题的环节进行回忆与分析，经过梳理和反思，想办法找出其中的原因，以及找到解决问题的方法，最终获得自我提升。

从本质上来说，复盘是一个心理推演的过程，复盘者会列出各个重要环节和因素，分析各种不同的可能性，然后努力找出不同的方向和推演自己在不同方向上的努力所产生的结果。复盘可以深入挖掘个人的经历，形成一个不断被重复的重要经验，减少错误度对自己接下来行动的干扰。

在向上社交中，人们可以通过复盘的形式对每一次的社交活动进行回顾、梳理、分析和改进，找到一个更合理的方法和模式，通过不断的复盘和尝试，可以形成一套属于自己的更加稳定高效的社交体系。

麦肯锡公司在早期的时候，业务拓展非常缓慢，而且缺乏大客户的订单。为了改善这种情况，公司强化了人员培训，并且要求所有人在提升业务能力的同时，必须重点提升自己的社交能力。不久之后，公司出现了一批精英员工，他们开始帮助公司拉来很多世界级的大客户，而他们之所以做得如此出色，很大一部分原因在于公司要求员工必须对自己的商业谈判和商业社交进行复盘。

每一次与那些大客户见面之后，他们都会在第一时间进行复盘，仔细回忆自己说过的话，以及对方对这些话的反应和行为表现。在社交活动中发生的事情，他们都会尽量进行回忆，然后找出自己做得不好的地方，及时进行改进，然后在下一次社交时进行实践，并继续复盘和完善。

对于向上社交的人来说，复盘是一个需要长期推进的过程，每一次行动都可以进行复盘，然后将复盘成果运用到下一次实践当中去，从而不断在思考、分析和实践的循环中实现进步，帮助人们构建最适合自己的思维体系。

输出差异化与个性化的内容

在社交中，吸引他人的一个关键要素就是保持个性，个性越鲜明的人，越容易被人关注，向上社交就更是如此。人们如果希望对方可以对自己产生社交连接的兴趣，一定要懂得让自己脱颖而出，懂得彰显出独一无二的个性。通常来说，人们可以想办法另辟蹊径，选择一些与众不同的沟通方式，以非常规的形式来制造反差和个性。具体来说，可以从表达的方式、切入的角度、个人的态度和风格的设定等多个方面来寻求突破，制造一些违反常规的情境，并以此吸引外界的关注。

最常见的一种就是形象改造。一般来说，人们对于某件事情或者某个人会形成一个固化的认知，人与事物会在大脑中形成一个固化的印象，大家只要看到或者提到相关的人和事，就会联想起相对应的那个形象。如果人们可以建立一个与这个印象完全不同且违和的新形象，那么就可以快速吸引他人的眼球。这种打破固有形象的做法虽然有一些冒险，但在社交中往往会起到很好的作用。

2004年，好莱坞梦工厂打算拍摄一部关于熊猫的动画电影。虽然影片中会涉及中国功夫，但当时梦工厂的领导们只想着拍摄一部恶搞的动画片，毕竟这种充满美国趣味的电影更容易受到欢迎，但史蒂文森和马克·奥斯本可不想打造这种流水线式的作品，他们觉得应该另辟蹊径。那么，如何才能说服领导，如何让熊猫的形象变得与众不同呢？

曾在好莱坞多部动画片的制作团队中担当故事板绘画师的史蒂文森，开始了自己的构思。在他看来，熊猫和功夫都是中国文化中最典型的元素，那么就必须凸显出这两点，很快他就想到要将中国传统武侠片中的套路用在电影内容中，还要努力保证电影中的人物形象和场景布置必须具备浓郁的中国文化风格。最后他设计出了一个具有侠义精神的武林高手形象，这个形象和传统的熊猫形象产生了很大的反差。

史蒂文森将自己的构思讲给梦工厂的老板和投资人听，大家很快被这种具有无厘头风格打破常规式的形象设定给打动了，于是，毫不犹豫地支持史蒂文森的工作。就这样，第一次当导演的史蒂文森顺利开启了自己的导演生涯，而事实上，《功夫熊猫》一经上映，就迅速引爆全球电影市场，功夫熊猫开始成为梦工厂的一个重要IP。

史蒂文森对电影内容的设计是颠覆性的，属于典型的反常规行为，毕竟提到熊猫的时候，大家的第一印象是憨态可掬，而《功夫熊猫》中的形象则彻底打破了常规。除了突破常规之外，人们还可以在向上社交的时候，寻找新的角度来叙事，通过不同的切入点来阐述自己的观点，或者描述一些新的内容，同样也可以做到与众不同。

一家公司过去几个月的营收没有达到预期，老总打算让员工汇报工作，多数员工都在重点谈论盈利情况，谈论市场规模，谈论企业的订单增长情况，结果整个汇报工作的内容大同小异，老总渐渐失去了兴趣。此时，有个入职不到半年的员工，站起来谈论了员工与客户的交往频率，他谈到了过去三个月，员工和客户的电话交流比此前增加了70%，公司员工出差的次数增加了320%，新增了27个客户，但公司的净收益只提升了10%，距离预期收益差得很远。这个员工认为公司的营销人员很努力，但效率并不算高，而且忽略了对重要客户和关键客户的把握，如果能够重点抓住少数几个大客户，那么公司的营收会非常可观。

由于切入的点与众不同，老总听了连连赞赏，于是，开始关注对方。这个新入职的员工很快在公司里站稳了脚跟。

除了以上两种方法之外，还有一种比较常见的非常规社交行为，那就是借助逆向思维来吸引对方，逆向思维的关键在于反向操作，面对那些司空见惯的事物以及似乎已成定论的观点，人们可以尝试着反过来思考，引导思维向事物对立面的方向发展，通过反向探索、分析，打造一个全新的模式，或者塑造一个全新的形象。

有个年轻的创业者遭遇了资金危机。于是，迫切地想要获得融资。他准备前去拜访业内一位优秀的投资人，可是到了对方家门前，却刻意停下脚步，没有进去。当对方发现来访的年轻人时，已经猜到了他的来意，便邀请他进去。

年轻人进入房间后，突然决定要走。投资人非常疑惑："难道你今天不是来找我谈论投资的事情吗？"

年轻人点点头："是的，我原本有这样的打算，但我刚才突然想到了一点，您今天大概有5个理由拒绝我，所以我想还是算了。"

"你为什么会这样想？"

"第一，今天是礼拜一，您一定很忙；第二，今天一定会有很多人来找您，您不可能答应所有人；第三，您此前从没有投资过我这类业务，所以我希望不大；第四，您通常只愿意给别人几分钟的时间来介绍，但我可能需要花费20分钟来说清楚自己的项目；第五，听说您会凭感觉作出判断，我担心自己难以入您的法眼。”

听完这些话后，投资人哈哈大笑，他原本想要拒绝对方，但是没想到对方反其道而行，率先说出了被拒绝的理由，这让投资人反而陷入了被动。最后投资人花了两个小时，细心听了年轻人的介绍，并决定对这家创业公司提供1000万元的投资。

逆向思维讲究反其道而行，这样会产生强烈的反差。在塑造个人形象时，能够凸显个性，往往具有很好的社交效果。

需要注意的是，所有非常规的社交方式与沟通技巧不要刻意求新求异，更不能盲目追求一些违背客观事实的怪东西，否则会因为古怪的风格而遭到他人的排斥。

不要试图去改变对方

在社交中，人们总是想着去拓展和增加自己的影响力，希望借助自身的影响力来吸引对方的关注，或者直接影响对方的判断和决定，但是在社交尤其是向上社交中，人与人之间往往保持一定的防备心，过度施加影响力可能会让对方产生一种不安的感觉，从而引发反感和排斥。

心理学家卡尔·古斯塔夫·荣格认为人具有自我保护、自我认同的倾向，而且始终对外界抱有排斥的心理，也正是因为这些特性的存在，人们并不会轻易被人说服，甚至会对外界试图改变自己的行为产生强烈的排斥和敌意。这就是为什么多数人都不喜欢听到别人说“你必须这样做”“你只有跟着我才能做得更好”，事实上，他们更希望自己去影响他人，或者至少应该得到外界更多的尊重和认同。

对于那些处于高圈层的人来说更是如此，他们在整个向上社交中往往处于优势地位，也许他们有时候乐于倾听其他人的想法，并表现出足够的认同，但这并不意味着他们愿意接受他人的影响，愿意被人牵着走。

比如，当领导的通常非常反感下属试图影响决策的行为，员工可以提出自己的观点，可以谈论自己的想法，甚至提供一些不错的意见和建议，但是绝对不要强调上级必须按着自己的想法来执行，也不要试图去质疑和干扰领导先前制定好的决策。同样，当一个行业底层的人向行业精英讲述自己的想法时，他一样要避免自以为是的表态，在整个交流过程中，必须强调对对方的认同，而不是直接告诉对方怎么做才更好。

有个秘书在岗位上工作了40年，直到67岁了，老总也没有将其辞退。有人询问他能够长时间保持这种状态的秘诀，他笑着说："因为我从来不去告诉老板他们应该怎么做，而是负责引导他们去思考自己应该怎样做。"

秘书举了一个例子，公司召开了高层会议，准备收购一家即将破产的企业，可是不少高层领导都忧心忡忡，认为公司会被这笔不良资产拖垮，影响现有发展项目的推进。问题在于公司的老总已经下定决心收购了，他不会轻易改变自己的想法。

某一天，老总就收购问题询问秘书，让他说说自己的想法，在这个时候，秘书非常聪明地说：“这些大事我也不太懂。”老总笑着说：“没事，您随便说说吧！”

秘书想了想，说道：“要是我，首先肯定会看这家公司最近5年的财务报表，了解这家公司的营收情况和债务问题，然后把这家公司的业务发展和公司的主营业务进行对比，看看是否具有互补性，预期的发展是否足够好。最后，您瞧，这些不都是从您那里学来的嘛！”

老总听了之后，立即明白过来，自己并没有认真对这家公司的债务问题进行分析，也没有想过这笔收购会不会影响到目前的项目拓展计划，于是，立即召开会议，再次进行商讨，而这一次，他最终选择放弃这笔收购。

许多人在向上社交的过程中，急于表现自己，告诉对方自己是谁，有什么能力，而且期待着可以影响到对方，从而让自己获得更高的认可。但向上社交最直接的目的应该是让对方接纳自己，而不是试图让对方被自己同化，或者试图去干扰别人的正常判断。真正擅长社交的人，会在比自己更加优秀的人面前，表现得更加成熟，不会让对方感到不适。

那么怎样交流，才不会让对方感觉自己受到了入侵和冒犯呢？

▲ 避免进行过于自我的表达

类似于“你为什么不试试我的方法”“在这一方面，我可是最专业的”的话往往不要说，而且动不动就长篇大论的人，往往也会让人反感。比如，华为公司一位新入职的员工，曾经写了一份万言书给任正非，里面细数了华为公司存在的各种问题，还谈到了自己针对这些问题进行改进的建议和意见，结果任正非看了一眼就扔了，并没有录用这位员工。

向上社交展示自己的价值没有错，但不能陷入自我良好的状态之中。当社交者表现得过于自我时，可能会让对方感到尴尬。在一个具有向上诉求的社交场景中，人们需要明白一点：不要试图去抢夺别人的锋芒。

▲ 避免过于直白的价值交换表态

类似于“如果你愿意帮我，我可以给你带来意想不到的好处”“我希望借助你的力量，而我这里也有你需要的东西”之类的话，往往掺杂太大的功利性，这会让整个社交活动变味。对于那些优秀的人来说，如此直白的价值交换对自己是一种冒犯，他们并不太喜欢通过这样的方式来认识其他人。而对于向上社交的人来说，这也不是一个明智的做法，赤裸裸的谈判并不会给自己带来一段稳定的关系。

▲ 避免使用一些威胁性的话

许多人为了说服那些更加优秀的人，会在社交时强调一些狠话："你不听我的话，可能会面临严重的后果""如果在这件事上无法达成一致，那么你上次提到的那一件事也将告吹"。这类表达往往会让对方觉得自己受到了威胁，从而直接影响社交活动的顺利推进。

▲ 避免直接批评和指责

在向上社交时，向上批评也是需要尽量避免的，像"你在这件事上表现不佳，存在很大的漏洞""我对你的能力表示怀疑"这一类话，最好不要去说，以免引起彼此之间的矛盾，导致对方直接拒绝沟通。

▲ 避免利用第三方来压迫对方

为了增加沟通的底气，不少向上社交的人会借着第三方的名义向对方施加压力，但这种方式往往会被对方视为严重的挑衅，对方很有可能就此终止交流，所以类似于"要不要找某人来当面和你说一说""我想某人也不会同意你的做法"的话，不要说出口。

除了以上几个原则之外，沟通中还要避免反复强调自己的观点，无论对方对你提出的观点和看法持什么态度，都不要试图去说服对方一定要接受自己的想法，反复强调自己有什么观点和立场，只会让对方觉得你太有侵入感和压迫感，这会激发他们内在的排斥情绪。实际上，在向上社交中，想要确保自己不会冒犯到对方，就不要总是想着如何去主导社交活动，不要总想着如何说服对方，甚至将自己的想法和意志力强加到对方身上，有时候不妨把姿态放低一些，努力保持倾听的姿态，尝试着让自己不那么具有侵入性，反而更容易赢得对方的认同。

总的来说，人们在自我营销的时候，要更加自然柔和，拒绝攻击性。

通过情感输出来拉近彼此之间的关系

在向上社交的过程中，保持一个强大的能量场往往有助于提升个人的社交效率，而提升能量主要是从物质、心智、心灵、情感四方面进行，当面对比自己更加优秀的人时，也许在物质、心智、心灵上都不占优，这个时候可以重点从情感方面入手，培养强大的情感支配能力，通过情感能量来强化自身的存在感。

这种情感支配的能力体现在对自身情感的表达上，也体现在对他人情感的捕捉和引导上。比如，有很多销售员非常擅长讲故事，他们常常会谈论一些比较感人的故事来表达自己丰富的情感，并以此来感染其他人，调动他人的情感释放，以此来达到自己营销的目的。在向上社交中，情感往往是一个比较合适的突破口，相比于个人的物质、心智、心灵，人们在情感上的差距往往不会受到社交圈的影响，一个成功人士可能有很高的社会地位和权势，有着高人一等的思维理念和意志力，他们对于事物的看法也要更有深度，但个人的情感表达和支配能力未必就要比普通人更强，相比之下，情感或许是一个人身上最能凸显公平的东西之一，情感表达的能力和自己所处的环境、社交圈并没有关联性，一个社会精英不见得就要比普通人更善于表达情感。所以对于多数人来说，运用情感来接近或者说服他人，是一个比较实用的方法。

有个创业者打算找一个有实力的合作伙伴共同创业。于是，他列出了一份名单，上面都是行业内比较有实力的人，然后逐一登门拜访。可是大部分人对他的创业理念根本不认同，对他的项目也不感兴趣，所以很多时候即便见了面，还没开口说两句话，就草草结束交谈，有的人甚至直接拒绝和他见面。

某一天，他拜访了一位行业精英，对方是某跨国公司的经理人。见了面，他习惯性地向对方介绍起了自己的产品，而出于礼貌，对方也非常耐心地听他推销自己的创业理念。很可惜的是，对方最后还是拒绝了这一次的合作。

经历了接二连三的挫折之后，创业者有些气馁，但这一次，他还是非常感恩地说道：“尽管没能合作，还是要谢谢你，因为你是过去一个月，唯一一个愿意花十分钟认真听我介绍这个项目的人。”说完，他转身离开，没想到对方突然叫住了他，然后说道：“这样吧，你回去再把项目设计改一改，也许我们会有合伙的机会也说不定。”

创业者高兴地回到家里，然后花了几天时间对自己的项目策划进行重新设计。这一次，他终于把握住了机会，和那位著名的经理人成了合作伙伴，开始合伙创业。

有时候，一点真挚的情感释放、一些触动人心的表达，可以产生很好的社交效果，因为人的行为和思维常常受到情感的支配，即便是再理性的人，也会受到情感的影响。

那么，在与那些优秀人士建立社交连接的时候，应该如何使用情感支配的方式呢？

▲ 强化自己的情感输出，调动他人的情绪

打感情牌一直都是社交的重要内容，很多社交高手都喜欢通过强化自己的情感输出，来感染和调动他人的情绪。比如，讲一个感人的故事，说一些充满感情的话，又或者讨论一些容易引发情感释放的话题。在沟通的过程中，人们需要释放自己的真实情感，多说一些感人的话，使用一些能够渲染情感的词语，以及一些具有特定情感表达的动作和微表情。

▲ 抓住对方的情感需求

每个人都有情感，这就决定了每个人都会有自己的情感需求，

只要把握住这个需求，就能够更好地说服对方。比如，看看对方最在乎什么人，最渴望什么样的生活方式，或者对方内心最重要的记忆是什么。特斯拉的创始人马斯克常常被人称作冷血怪物。他在工作中对员工的态度绝对算不上友善，在社交中也经常和其他人搞得很僵，甚至于对婚姻的控制也很糟糕，但这样的人也有自己的情感软肋，那就是他的母亲。许多记者去采访马斯克的时候，往往会顺带着谈论他的母亲，这是马斯克为数不多愿意认真交流的话题。

▲ 加强彼此之间的情感连接，产生情感互动

最好的情感支配和表达方式就是实现情感互动，确保双方可以在情感上实现深度交流和相互促进。一般来说，人们可以谈论一些容易引发共鸣的东西。比如，当社交对象是老乡时，就可以重点谈论一下老家的生活方式，谈论共同认识的人，谈论各自生活中一些值得回忆的片段，在这种交流模式中，话题往往会不断延伸和扩大，情感也会越来越浓烈。

▲ 控制好情感输出的节奏

在向上社交中，应该重点控制好情感输出的节奏。比如，情感输出应该慢慢渗透，坚持循序渐进的原则，情感输出要懂得张弛有度：过于热烈，会引起不适，或者显得矫揉造作，过于平淡又会力道不足；长时间保持高输出，会影响话题的交流，长时间保持低输出，又会破坏氛围，因此最好还是保持一定的弹性，依

据话题的推动和情境中的需求来控制好力度。

总的来说，人们在向上社交的过程中，应该把握好语言的特点和情感输出技巧，寻找激发和释放对方情感的关键点，看看什么人、什么事，最能够调动他人的情感和情绪，以及什么时候应该释放情感，为自己打动和说服对方创造机会。所以，社交之前一定要注意搜集更多的信息，此外，在交流的过程中，人们也可以进行试探、挖掘，从对方的谈话中找出那些更有价值的信息，或者看看对方在谈论某些人和事时的特殊反应。

对于向上社交的人来说，想要提升自己的情感表达能力和支配能力，就要进行重点培养。比如，说话时尝试着加入一些更具感情色彩的词语，或者注意说话的语气、语速以及语调，打造一个属于自己的情感输出风格。平时多向那些具有情感感染力的演说家学习，多听一下他们的演说，了解他们的沟通诀窍。还有一点很重要，那就是所有的情感输出都要建立在真诚的基础上，不能伪饰自己的情感，只有真诚待人，才能确保情感输出的能量和威力。

坚持一对一的社交模式

在社交活动中，为了提升社交的效率，有不少人往往会采取广撒网的策略。在他们看来，只要扩大社交范围，一次性结交更多的人，即便社交活动的效率很低，自己也会有机会认识到那些优秀的人。这种思维往往会导致人们将社交活动当成一种可以批量复制的社会行为，他们会认为一次只和一个人交流，胜算不大，还不如一次性拓展多条社交渠道，提升掌握优质社会关系的概率。

向上社交是为了获得自己所需的资源，那么，向上社交是否越多越好，人们又是否可以一次性与多个优秀人士进行交流？从社交的角度来说，必须保持社交活动的专注性。这种专注首先就体现于全身心地投入到某一个社交活动当中，换句话说，人们必须保持一对一的社交模式，而不是一次性准备同两个人进行社交。

这里有几个原因：

第一，那些优秀的人往往更看重自己在社交活动中扮演的戏份，相比于和谁进行交流，他们更在乎自己是不是唯一的交流对象，保持唯一性是满足他们自尊心的一种方式。因为一对多的模式往往意味着人们并没有保持专注，并没有全身心投入到向上社交之中。

第二，为了确保向上社交的顺利展开，人们需要保持良好的状态和更完美的价值输出，但个人的精力和能力都是有限的，在一对多的社交模式中，个人的准备工作、控场能力、时间安排、能力展现、社交模式切换、风格变化、注意力都会遭遇重大的挑战。想要将一对多的社交模式做到位，可能需要付出更多的努力，而且很容易出现各种错误，这样反而不利于保障社交的效果。在向上社交中，如何开展一场高质量的社交活动，实现聚焦，是人们应该首先考虑的问题。求多并不好，一次性铺开多种社交活动，会导致相关的社交活动进入低质量状态。

第三，社交需要互动，需要信息交流，其中就必定涉及一些私密的内容，因此不适宜让第三方知道。从互动的角度来说，一对一的互动会更加高效，不会有外界的打扰。如果，同时和多个人一起交流，互动性会变差，而且双方很难真正产生深入交流。

一对一的社交活动往往更能体现出对社交活动的重视程度，也能体现出对社交对象的尊重，无论是在传统的社交模式中，还是建立在互联网基础上的线上社交中，一对一的社交模式都体现出了巨大的优势，相比于一对多的社交模式，在向上社交中选择一对一的模式，是有效保障社交效果的重要因素。事实上，即便是社交软件，现在也非常注重一对一的社交模式，并且都在优化和完善这种社交模式，丰富其社交功能，就是因为这种模式更加稳定，人与人之间更容易建立连接。

张先生成立了一家公司，并准备和几个大客户进行合作，为了建立连接，他想办法加入了一个社群，然后在里面发送了几条介绍自家产品并寻求合作的信息，可是回复的人寥寥无几，而且每次都是简单说几句就忽略掉了。之后他又组织了几次饭局，让大家一起来吃饭，可是赴宴的人并不多，参加饭局的人也没有表态。

面对这样的结果，张先生显得非常沮丧。某一次朋友们告诉他，最好还是想办法进行一对一交流，这样显得更加正式一些，而且也能凸显出对对方的尊重和重视。张先生觉得有道理，于是改变了策略，他将社群中那些心仪的大客户全部列出来，然后列好顺序，逐一进行拜访，邀请对方进行一对一的会谈，还精心为每一个人都准备了一些对方喜欢的小礼物。经过改变之后，张先生顺利结交了两位大客户，大家也很快签订了合同。

在一对一的社交模式中，无论是信息交流，还是情感联络，或者是个人对社交的理解和掌控，都会更加出色，条件允许的话，还是应该展开一对一的向上社交，将大部分精力、资源、时间以及能量聚焦在社交活动当中。也正是因此，人们需要不断强化一对一的向上社交模式。

▲ 精准定位，选择最合适的社交对象

由于一对一的社交面相对较窄，为了发挥出聚焦的优势，就需要选择一个最理想的社交对象。人们在展开向上社交之前，需要弄清楚谁的身上具有自己最需要的东西，以及和谁交流的把握最大，只有找准了定位，一对一的社交才能更好地展开。

▲ 保持专注，集中力量进行连接

在向上社交中，不能将鸡蛋放在一个篮子里（不能永远依靠某一个人），但也不能搞平均主义，只要找到了合适的社交对象，就需要集中自身的力量去寻求社交上的突破，每一次都要努力去建立连接，如果总是想着“我还有其他选项”，可能就难以保持专注和全力以赴的状态。所以每次展开向上社交活动之前，就要在时间和资源上做好充分的准备。

▲ 创造一对一交流的条件

选择一个适合一对一交流的场所，不要去公共场合，或者容易受到外人干扰的场合，更不要选择在大家聚会的时候进行交流；人们还应该选择一对一社交的时间，确保双方可以拥有充裕的时

间进行交流。最好私底下向对方发出邀请，不能在公开的场合去谈论社交事宜，像在社群内公开发信息邀请对方，就不是一个非常理想的选择。

需要注意的是，一对一的社交模式，并不是要求人们只和一个人交流，不是要求人们只认识某一个人，它强调的是同一时段内的社交行为必须是单一而专注的。和某人之间的一对一交流失败后，可以寻求新的社交对象展开一对一的交流，建立一对一的社交联系。

CHAPTER 05

做好准备工作，让社交更加高效

主动了解对方的个人信息

在谈到向上社交的时候，人们经常强调的是个人的社交态度、一些基本的社交礼仪和方法，或者强调对自身实力与价值的武装，而往往会忽略一个基本的问题：自己了解对方吗？换句话说，人们在面对一个社交对象时，也许只知道对方非常优秀，是一个大人物，能够给自己带来帮助，可是仅仅依靠这些信息，人们又如何才能更好地把握社交机会呢？

在向上社交中，一个人不仅要充分了解自己，给自己一个最合适的定位，同时也要充分了解他人，尽可能掌握更多他人的信息，从而确保自己可以更轻松地引导他人向自己靠拢。

众所周知，股神巴菲特是一个非常低调沉闷的人，除了每年一度的股东大会和致股东信，他很少与人交流，即便是好搭档查理·芒格，可能一整年两个人也说不了几次话。许多记者都想要采访巴菲特，但是绝大部分时候，他都会笑着回绝。

在某次活动中，一家电视台好不容易争取到了巴菲特的采访权，大家都非常高兴，可是他们同时也听说了巴菲特的为人，知道这个伟大的投资者向来不喜欢和媒体打交道，每次采访都是寥寥几句话，根本套不出有价值的信息。

这个时候，电视台有个新人毛遂自荐，要求采访巴菲特。在采访开始之前，他亲自去了一趟便利店，买了两罐樱桃可乐，就放在演播厅。结果巴菲特走进演播厅之后，一眼就看到了樱桃味可口可乐，乐呵呵地走了过去。原来，巴菲特喜欢喝可乐，尤其是樱桃味的。

这个新来的主持人笑着说："好吧，我之前打算和您一起来采访一下这瓶可乐，现在你喝了它，那么我只能采访你了。"巴菲特听了非常高兴，结果在这一次采访中侃侃而谈，双方非常畅快地聊了一个小时。更重要的是，巴菲特对这个机灵的主持人非常喜欢，之后数次接受了对方的采访。

很多人都觉得巴菲特不好相处，但问题其实在于多数人并不了解巴菲特，至少没有抓住巴菲特的一些生活喜好，这就像一个支点一样，只要把握住了它，就可以产生很大的力量，撬动巴菲特。在社交中，最重要的始终是信息，有时候一些很细微的信息也会产生意想不到的结果，所以在向上社交的时候，一定要注意搜集对方的信息，了解更多有关对方的情况，这样可以达到事半功倍的效果。

那么，具体应该搜集对方身上哪些信息呢？

▲ 了解对方的关注点和兴趣爱好

《联合日报》的经理肯特·库珀曾经说过：“有一个要点，编辑们应当铭记于心，那就是：人只对自己有兴趣。还有一个衍生要点就是：人只对与自己相关的人或事感兴趣。你从来都不会注意那些登在报纸头版或第二版上的关于欧洲的重要新闻，你只会急于了解你应该缴的所得税是否有了新规定；是否修建了一条新公路，使你每天晚上可以在不大拥挤的人群中走回家去；你所住的那条街地价涨了没有；是否有你认识的人死去了；在你昨晚参加的重大宴会中是否有神秘嘉宾；在这条消息中，是否提及了你。”在向上社交中，最重要的是引起他人的关注和信任，而在这之前，人们需要降低对方的戒备心，了解对方关注的东西以及个人的兴趣爱好，这无疑可以更好地制造话题，为后续的交流创造条件。

▲ 想办法找到彼此之间的共同点

《如何结交比你更优秀的人》中有这样一段话：“与人初识，从共同点出发，发现对方的关注点，是与对方产生有效连接的重要步骤。那么，换个角度，如何让对方记住你并且产生愿意与你继续交往的意愿呢？这里有几个窍门。第一，双方有共同点。这一条我们刚才已经讲过，共同的学校、专业、职业、经历、年龄、爱好等都可以让对方更容易记住你，愿意和你连接。”共同点往往会带来共同的话题，从而有效拉近彼此之间的关系，这样可以更好地消除彼此之间的社交障碍。

▲ 了解对方的性格

不同的性格会在社交中展现出不同的风格，有的人比较温和，有的人比较内向，有的人喜欢交流，有的人喜欢表现，有的人谦卑，有的人直白。了解对方的性格，可以更好地把握交流的方法，自己可以针对性地进行调整，以更合理的方式来打动对方。

▲ 了解他人的需求

每个人都有自己的需求，高圈层的人也不例外，如果能够找到他们想要什么，然后尽可能给予满足，这样无疑会给彼此之间的深度连接奠定基础。人们不要总是觉得自己无法提供帮助，真正的问题在于自己是否有这样的意愿，以及是否能够准确把握对方的需求。

▲ 了解对方的社会关系

在挖掘对方的相关信息时，对方的社会关系也是一个非常重要的内容和线索。如果能够弄清楚对方平时喜欢和什么人交往，平时会参加什么活动，拥有什么样的社会背景和社会资源，会有助于找到更多的社交突破点。

▲ 了解对方的优缺点

对于他人优缺点的了解，往往可以引导自己的社交行为。比如，通过对对方优点的了解，人们可以适当给予赞美，缓和彼此之间的戒备心，而了解对方不擅长做什么，或者害怕做什么，则可以避免入坑，说一些让对方感到不满或者不适的话。

需要注意的是，在搜集个人信息的时候，一定要做到全面、客观和细致。全面指的是多方位、多层次、多渠道去了解对方。比如，从对方的朋友、家人、同事、邻居、对手那儿了解情况，不要选择单一渠道，而要从对方的业务范畴、生活范畴、思想层面、精神层面做一些了解。客观强调的是信息来源的客观，以及对人物形象判断的客观，不要掺杂太多主观情感，避免信息搜集得不正确。细致主要是指把握一些细节信息，不要一些笼统的信息，毕竟信息越具体，指向性和指导性越强。总的来说，想要提升向上社交的效率，就要掌握对方身上更多不同的信息。

著名的推销训练大师汤姆·霍普金斯曾总结出了一套实用、高效的沟通模型，这就是著名的NEADS方法。这个方法非常适合向上社交的场景。

N是指现在（Now），即了解对方现在所拥有的资源、地位、情绪、习惯等信息；E是指享受（Enjoy），是指对方现在所使用、所拥有的东西中，最喜欢什么，最不喜欢什么；A代表意愿

（Aspiration），是指在对方所拥有的所有东西里，对方最希望哪些东西能做出改变；D代表决策者（Decision maker），是指谁才是最后的决策者，或者说影响对方作出判断和决策的关键人物是谁；S代表解决方案（Solution），是社交者为对方所能提供的服务。

这个模型其实就是一个信息挖掘的运作机制，可以在短时间内帮助社交者理清思路，找到更合理的社交方法。

关照对方的沟通经验

通常情况下，人们会强调个性化语言风格的重要性，但保持个性化语言并不意味着人们只需要关注自身的表达经验和语言模式，在进行个人展示的时候，有时候需要兼顾他人的表达经验与交流风格，这是消除沟通障碍、提升沟通效率的一个重要保障。

《心理操纵术》一书中曾详细提到了沟通中有关“经验”的问题：“当我们看到一种新式飞船时，我们想让他人相信这种飞船令人诧异的长度，于是，当你想说给街上的行人听时，你就得说它有三个街区那么长，或说它有从榆树街到林肯街那样长。这些人经常在街上走，所以你一说，他们就知道飞船到底有多长。如果你要对乡下人说飞船的长度，你就说飞船有他牧场的两倍那么长。如果你想说给一个纽约人听，你就得说飞船的长度和42号街上新建的克莱斯勒大厦的高度一样。因此，我们想让他人完全理解自己的语言时，一定要基于他人的经验才行。”

按照这种经验来说，人们在社交中一定要懂得保持更加灵活的表达方式，在表述一件事的时候应该按照对方的状态来进行调整，对不同类型的人，要使用不同的语言风格和表述方式，以确保对方可以听得懂自己所说的东西。抛开信息传递的效率问题，在社交中，让对方在一个比较舒适的语言环境和语言风格中交流，他们才更容易保持放松的状态，彼此之间的连接才更容易建立起来。

很多记者就精于此道，在采访的时候，他们会灵活变换自己的语言表达方式，以便让每一个接受采访的人可以按照其习惯的风格进行交流。

面对那些技术工程师时，他们会提前学习一些学术问题和专业名词，了解相关理论知识。不仅如此，他们知道这一类工程师往往偏于理性，说话讲究逻辑性和事实依据，不需要太多修饰性，因此他们说话时，会着重突出学术和数据的重要性。

面对比较感性的作家时，他们会主动同他们讲故事，会使用一些生动的形象的表述，会在对话中插入一些具有哲理性和文学性的句子，确保整体输出的内容有足够的张力，且情感饱满。

面对农民朋友时，他们会放慢语速，重点抓住几个关键词来说，并且会强调口语化的表达，有时候甚至不惜打乱句子的结构。

比如，那些营销人员，同样是推销一个电子产品，面对不同类型的客户，往往会使用不同的表述方式。在面对那些高端人群时，会重点强调电子产品的功能，对生活品质带来的提升；面对年轻消费者时，凸显出产品的社交属性，强调人人都应该拥有这样一款产品；面对普通的工薪阶层来说，会强调它的性价比，突出价格优势；在面对那些理性的消费者时，他们会说“它的内存足足有20G”；在面对那些感性的消费者时，他们会重点强调产品“可以将几百个视频装进口袋”。

事实上，每个人的社交经验和表达方式都不一样，他们对于信息的接收和理解是不一样的，这就使得人们在进行信息输出和观点表达的时候，需要针对性地进行改变。这是社交的一个原则，更是向上社交者需要重点关注的一个原则。

需要注意的是，很多人会习惯性地认为那些更加优秀的人一定会注重表达的逻辑性，会注重数据分析，会强调专业性，而且往往会很好地组织语言。但各个行业的优秀人才在社交方面尤其是表达方面的能力是不一样的，很多偏重技术或者不喜欢社交的人，在社交方面会显得低调内敛，甚至在表达方面存在一些不足，这个时候千篇一律地使用所谓的“高层次输出”模式，反而会弄巧成拙，让对方感到不适应。

有的人喜欢口语化的表达，对专业性强、逻辑性强的表述感到不自在，也常常无法理解；有的人喜欢直来直往，说话不拐弯抹角，对于隐晦的委婉的表达会感到不满；有的人非常内向，话很少，也不喜欢长篇大论，更喜欢简洁的、突出重点的谈话。每个人沟通的经验都不一样，对于事物的描述方式以及能够接受的描述方式都不一样，对于向上社交的人来说，需要坚持具体问题具体分析的原则，先主动了解对方的沟通经验。

一般来说，人们对于事物的描述方式以及沟通的经验和个人的生活、工作息息相关，不同的生活环境和工作环境下，会培养出不同的性格特征、思维模式和沟通模式，人们要做的就是适当了解他们的经验。

那么具体应该怎样做呢？

通常情况下，人们需要掌握对方的基本信息，了解对方的性格、身份、地位、职业、学历、社交习惯，推测出适合对方的语言风格。比如从个人的职业中可以推测出对方的社交情况，以及一些社交的基本习惯，像从事技术研发工作的人可能往往不擅长交流，而从事营销工作的人对于信息的理解和表达会更强一些。又比如，性格外向的人擅长交际；性格内向的人则沉默寡言，不太喜欢过多的铺垫。

还有一种最直接的信息搜集方式就是听对方谈话，这样就可以更加直观地了解对方的表达方式。在参加活动时，可以跟在一旁倾听，或者也可以搜集对方谈话、演讲的视频，又或者可以从其他人那里获得对方的谈话信息。

总的来说，人们应该在展开向上社交活动之前，尽量了解对方的社交习惯和沟通经验，看看对方是如何说话的，看看对方的谈话风格和描述方式是怎样的，然后按照这种风格制定自己的社交策略，这样往往可以更好地建立连接。

了解他人的人际风格

在社交中，不同的人往往具有不同的社交风格。心理学家据此提出了人际风格理论。按照这个理论的指示，人际风格可以从行为和性格上进行划分。行为上分为主动和被动，性格上又分为内向和外向，行为和性格的不同划分可以组合成多种特定的人际风格。对于那些向上社交的人而言，了解对方的人际风格，可以帮助自己更好地掌握社交的方法和技巧，减少社交的障碍和阻力。

那么社交中的人际风格理论究竟是怎样的呢？

心理学家分别将行为和性格设置为横向轴和纵向轴，其中横向轴为“被动——主动”，纵向轴为“外向——内向”。这样就可以划分出四种人际风格，分别是支配型、分析型、和蔼型、表现型。

支配型的人内向且主动，控制欲强，对自己和周边人的要求很高，具有独断专行的特点，一般不容易被人说服，也不会轻易向人妥协，很多时候会表现得非常强势，喜欢发脾气。这些人对权力、地位、领导力看得非常重，对人际关系比较淡漠，且要求很高，别人想要在社交中与之建立连接会比较困难。

很多创业型的企业家，就属于支配型人际风格。他们在日常的生活和工作中都表现出独裁的特性，喜欢将管理权限牢牢掌控在自己手中，不愿意与人分享自己的成果，也不相信别人的想法和意见。对于员工来说，如果他们打算与之进行深度交流，就一定要尊重领导的权力，一定要凸显出对方的价值和地位。

一般来说，与支配型的高圈层人士进行交流，一定要保证社交的质量，谈论的话题、谈话的技巧、个人的状态，必须保持高水准。交流时，要做到简洁、有条理，重点关注沟通的内容。需要注意的是，为了引起对方的注意，参与向上社交的人一定要拿出足够的依据，要提供可行的方案，确保满足对方挑剔的胃口。此外，还要保持低姿态，尽量围绕对方转动，满足对方的控制欲。

分析型的人内向且被动，逻辑思维缜密，条理清晰，说话办事讲究分寸，一般都会按照客观事实办事，不会被主观想法主导，而且遇事具有完美主义倾向，为人谨慎、勤奋而且有毅力。不过和这类人交往需要面临一个大问题，那就是对方比较自我和封闭，在交流的时候，需要重点克服对方的防备心，而且由于对方比较理性，沉迷于数据分析，在社交过程中会强调数据和现实依据。对向上社交的人来说，保证数据的客观真实非常重要，这样才有机会说服对方。

苹果公司的创始人乔布斯就是典型的分析型人际风格。苹果公司的设计师在向乔布斯汇报的时候，往往会提前准备一大堆的依据来支撑自己的观点，但会尽可能少提数据，因为对方肯定会深究数据的真实性和意义。此外，他们一般会在汇报前进行反复练习，找出可能存在的问题，因为一旦自己说错了一句话，或者回答错了一个问题，乔布斯就会接二连三提出各种问题来刁难。为了避免被乔布斯批评和开除，设计师们会小心翼翼地组织自己的语言。还有一点，向上社交的人为了关照对方，可以在交流的时候多赞美对方的分析能力和专业态度，提前给对方打预防针，减少可能出现的阻力。

和蔼型的人外向且被动，做事专心致志、诚实可靠。作为比较理想的托付者和执行者，他们的意志力非常强大，在社交场合，懂得尊重他人，维护他人的尊严，态度上非常温和，是非常善解人意的沟通对象。这种人际风格的人缺乏主观意识，遇事容易摇摆不定，在社交的时候，需要借助外力来做出决定，这对向上社交的人来说是一个利好的现象，他们可以选择合作的姿态提供更具价值的建议和意见，多强调共同的立场和利益，并且保持倾听的姿态，以此打开连接的通道。相比于其他风格，面对和蔼型的人时，遭遇的压力会更小一些，因此人们可以保持一个合理的节奏去交流，充分展示自己的能力和魅力。

表现型的人外向且主动，平时擅长表现自我。对于这类人而言，在他人面前释放自己的魅力是一项重要工作，也是社交的一个重要目的。在很多场合，他们都喜欢发表演说，喜欢介绍自己和证明自己，并且交流风格多变。不过这类人为了表现自我，常常忽略他人的感受，甚至刻意求新求异，以偏概全。

想要和这样的人建立社交连接，人们需要表现得更加聪明一些，保持倾听姿态，更多地将表达的机会让给对方。对于对方的想法、观点给予更多的认同和赞美，最好表现出崇拜的姿态。即便是表达自己的观点时，也要适当称赞对方的立场和想法。

借助人际风格理论，人们可以更好地分辨自己所面对的人具有什么性格特征，具有什么社交习惯和风格，然后针对性地进行调整，制订更为合适的社交计划，使用更具效率的社交方法，做好更充分的准备。在向上社交的过程中了解一个人的社交风格，虽然不一定会决定社交的效果，但无疑可以更多地减少阻力，提升社交的成功率。

需要注意的是，人际风格理论只是一种较为笼统的划分模式。在不同类型和风格的社交中，还可以进一步进行细分。

打造一个合理有序的社交计划

如果想要把事情做得更加顺利，更加高效，除了要掌握强大的技能之外，最好是先制订一个计划。通过制订计划，人们可以选择更有效的方式来获得流程管理上的掌控力。在做事的时候更好地掌控节奏，可以应对可能出现的各种问题。对做事的方法进行设定，也可以更好地实现个人的目标。

对于多数人来说，计划往往会囊括一些基本信息。比如，要明确自己做的究竟是什么事，要知道自己为什么要去做这件事，明确自己什么时候做，决定在哪个地方做，以及了解自己到底该怎样去做，这几个方面往往是个人思考和准备的基本要素，简单来说就是5W1H分析法，即从原因（Why）、对象（What）、地点（Where）、时间（When）、人员（Who）、方法（How）这六个方面提出问题进行思考和分析，制订一个合理的计划。

在向上社交中同样如此，为了保证社交效率，人们一样可以运用5W1H原则来制订社交计划。

第一，弄清楚自己打算和什么人交往，对方是谁，对方的背景是什么，在哪些方面具有优势。尽可能掌握对方全面的信息，确保自己可以做好充分的准备。人们不能单纯为了认识优秀的人而去社交，而是需要针对自己的需求，针对自身存在的问题，然后找到一个适合自己的梦想标杆，或者说找到能够引领自己进步的榜样。通常情况下，一个商贩，没有任何理由和顶级科学家、顶级数学家建立连接，因为他自身没有这样的发展需求；一个工程师，也没有任何理由要与最优秀的运动员建立稳定的社交关系。对于投资者来说，他们的理想榜样一定是巴菲特、彼得·林奇这样的投资大师，而不会是一个擅长打造手工艺品的匠人。

对于向上社交的人来说，必须保持有目的的社交，社交的过程和方向必须符合自己的现实需求。给自己设定一个心仪的对象，或者说可以先问问自己最想成为谁。或者可以先列出一份名单，然后进行进一步的过滤和分析，看看自己最适合也最应该和谁建立社交联系。

第二，要设定自己的社交主题和社交内容，或者说对自己所要表达的方向进行设定，看看自己打算和对方谈点什么，是因为什么事情而主动与对方建立连接。当然，对象有时候也指参加什么类型的社交活动，是联谊会，还是正常的拜访；是节目访谈，还是一些基本的交流。

为了确保自己可以在社交中更加轻松顺利，人们需要提前了解并整合社交的主题，对自己所谈论的东西进行了解，或者至少应该建立一个初步的认知。就像一个人打算请教一位建筑工程师一样，必须对自己所请教的问题进行分析，弄清楚自己想要获得什么样的建筑信息，是了解质量检测程序，还是房屋建造的流程，是了解混凝土混合比例，还是获得房屋主体架构的关键信息。知道自己要做什么，要请教什么，这是社交得以展开的一个基本条件。

第三，要规划社交的时间，看看什么时候可以见面交流，或者什么时候最适合双方交流，毕竟每个人的时间安排都不一样，人们需要找一个不影响自己生活和工作，也不影响他人生活和工作的时间进行会面、交流。不仅如此，人们还要把握社交的时机，看看是事情发生之前去交流，还是事情发生之后交流，是等待对方联系自己，还是自己主动上门拜访。

一次成功的社交肯定会出现在合适的时间里，因此人们需要掌控好时间，不要想到什么做什么，更不要在错误的时间里做事。

第四，要设定好向上社交的地点，尤其是对于主动社交的人来说，安排一个合适的会面地点同样非常重要。首先要弄清楚对方的身份、地位和性格，然后针对性地进行安排。如果对方是一个德高望重的大人物，就可以安排在一些高档场所会面，或者亲自登门拜访；如果对方比较随和，为人也很低调，那么咖啡厅、茶馆都是比较好的会面地点；如果对方性格内向，喜欢安静，那么可以找一些人少的地方进行交流。总的来说，人们需要依据对方的社交习惯和喜好进行合理安排，最好选择一个让对方感觉舒适，也能够契合社交主题的场所。

第五，要弄清楚社交的原因，简单来说，就是出于什么理由和什么目的，人们面临什么困难，想要解决什么问题，想要获得什么东西。许多无效社交的出现就是因为原因不明确，目标不明确，社交者本身并没有一个明确的规划，一切都是按着性子来，或者只是单纯地为了社交而社交。要知道，在向上社交中，整体上来说还是相对严肃、严谨，人们必须认真对待，不能没有任何缘由就打扰别人的生活和占用其工作时间。此外，明确了原因和目的，人们才能够更好地控制好社交活动的节奏与方向，才能够更好地组织社交活动。

第六，要明确自己如何与人交流，如何吸引对方的注意，即怎样去展开向上社交活动，对于社交者来说，除了合理的时间、合理的地点和合理的人，在合理的目标下进行交流之外，还要进行合理的对话。

5W1H的模型实际上为人们开启社交活动做了充足的准备，它通过对社交中各个因素的考量，通过对过程的分析和控制，可以有效提升社交的成功率。

提前进行模拟和练习

在谈到向上社交的时候，往往会谈到一个关键的问题，那就是效率和效果。效率是指向上社交时自己沟通的技巧，而效果强调的是最终的沟通结果，看看彼此之间是不是能够成功建立起连接。

那么，如何才能更有效地建立起深度连接呢？很多人会强调沟通的技巧，毕竟只要掌握更合理的沟通技巧，就可以在向上社交中获得更大的助力。

在这一方面，《内向者沟通圣经》的作者珍妮弗·康维勒就是佼佼者，她曾提出了一个关于交流的“4P”法，包括四个步骤，它们分别是准备（preparation）、展示（Presence）、推动（Push）和练习（Practice）。

准备是指为即将到来的社交活动做好充分的准备，人们可以制订一个合理的计划，弄清楚自己要做什么，先做些什么，以及如何去做。通话时尽可能掌握对方更多的信息，掌握更多的主动权，准备得越充分，社交过程的可控性越强，交流的效果也越好。

在做了充分的准备后，就可以选用合适的展示方式，将自己的社交内容最好的一面更好地展示出来，从而赢得更多的关注。展示往往以准备为基础，只有做了更充分的社交准备，人们才能够在向上社交的时候，展示得更加充分、恰到好处，提升自己的社交魅力。

展示的同时也是一个提高自我、推动社交行动的过程，随着展示的深入，人们还需要面对潜在的各种困难，适当满足对方的需求，并想办法解决社交障碍和冲突，以此来确保自己掌控社交的节奏。

接下来是练习，练习的目的就是控制自己在向上社交中的弱项，对可能出现的问题进行预演，反复尝试那些自己害怕去面对的事情，反复演练自己即将要经历的社交过程，消除各种潜在的障碍，解决各种潜在的危机。

在这个法则中，练习是一个末端环节，但练习并不意味着结束，实际上为了保证向上社交的效率和效能，人们需要在准备、展示、推动以及练习这4个步骤中不断循环和强化，直到自己有更大的把握建立稳定的、深入的连接。

这个方法的核心其实就是练习，简单来说就是一个预演的过程。为了取得更好的社交结果，人们在接触一些重要的社交对象之前，有时候需要提前进行反复练习，争取拿出最佳的社交状态去建立连接。

乔布斯就是一个非常专注的人，虽然他的人际交往能力不太好，但是他非常注重练习。据说在与一些重要客户见面之前，他会提前到房间里练习，抓住自己的每一个神态和动作，控制好自己的语速，他还会重点对说话的顺序进行练习，确保自己可以实现一次完美的交流。

实际上，苹果公司此前每年都会举办一次新产品发布会。在发布会上，乔布斯总是可以在客户以及新闻媒体面前娓娓道来，以最精练、最具特色的方式呈现出苹果公司的新产品，即便是最苛刻的媒体，也不得不称赞他强大的营销和展示能力，这就是每年都会有大批大客户等着和苹果合作，也有大量粉丝守在苹果店门口购买产品的原因。然而，乔布斯如此表现的背后，实际上是几个小时的反复练习。据知情人士透露，乔布斯一直非常看重发布会的表现，他知道台下坐着的都是一些超级客户和超级媒体人，想要获得他们的认同，自己必须做到天衣无缝，因此他会在发布会开始前的几个小时进行反复的演练和完善，努力呈现出更好的效果。

对乔布斯来说，没有什么东西一开始就是完美无瑕的，真正出色的东西都是需要进行不断雕琢和修饰的，而练习和模拟恰恰是达到完美效果的绝佳手段，通过不断的预演，他可以找出自己做得不到位的地方，可以解决一些容易出现的问题，也能够提前对一些意外事件进行预防，从而展现出最好的社交状态。

和复盘不同的是，单纯的模拟和练习更像是一种自我摸索，整个过程需要良好的自我感觉和分析能力。大多数时候，练习可以在一个私密的空间内进行，人们需要依靠自己的感觉来掌握好社交的平衡，找到自我完善的方法。

当我们打算与一个更高圈层的人建立社交连接时，在正式接触对方之前，我们可以提前进行社交活动的演练，这种演练往往需要设定不同的交流场景和情境，在不同的情境中，人们会有不同的表现，这是社交者需要考虑的问题，因此他们需要针对性地做出设定，就像一个人情绪和状态好时，与个人情绪不稳定时的社交状态明显不一样。

接着要设定不同语言体系，简单来说，就是尝试着使用不同的语言风格、不同的语速、不同的观点，以及不同的表达技巧来进行交流，看看哪一种模式最得体，最好能让双方都感到满意。在进行不同类型尝试的过程中，社交者应该强调两点：自己最擅长什么风格，对方最喜欢什么社交风格（他们的社交风格与性格有关）。

最后，可以设定好冲突处理机制，也就是说，当双方在沟通中产生分歧和冲突，或者出现了沟通障碍时，自己该如何处理好这类问题。许多人都会忽略这一点，但冲突处理机制的构建其实很有必要，人们在社交演练中完全可以建立这样的机制，通过练习来提升自己对社交冲突的处理能力，尽可能保证社交活动按照预期规划进行下去。

在练习的过程中，要注意对各种细节的把握。比如，不要犯一些常识性的错误，不要出现一些冒犯性的举动，也不要忽视一些基本的礼仪。人们需要通过反复练习来消除潜在的不利因素，以便维持一个更加稳定的社交状态。

需要注意的是，练习的形式其实多种多样，除了自己在构思中进行练习之外，有时候也可以安排他人从旁进行审核，让他们提出意见和建议，通过第三方的视觉，往往可以全方位地了解各个环节的发挥情况。此外，还有一种比较常见的模式就是社交对练，具体来说就是寻找一个扮演社交对象的替身，让对方在一个设定好的情境和身份中，和自己展开交流。这种预演模式有一个优势，那就是可以让替身说出自己的社交感受——“如果你就是那个社交对象，你准备怎么做。”

打造良好的社交环境

众所周知，如果一个人打算邀请客人到家里吃饭，往往会事先对房子进行打扫布置，尽量让客人觉得舒服，甚至有宾至如归的感觉，尤其是面对一些重要的客人。试想一下，当客人进屋后，看到满地的垃圾、漆黑的厨房，以及混乱的布置，必定会产生不适感，对主人的印象肯定不会太好。

其实，除了请客之外，在进行其他形式的社交活动时，对于社交场景的安排和布置同样很有必要，因为环境往往会影响一个人的情绪。在陌生的环境中，人们的警觉性和防备心会更高。在一个舒适的环境中，人们更容易保持放松。环境还会影响一个人对对方的判断，看看对方是不是一个有审美追求的人，是不是一个有心为他人着想的人，是不是真的重视彼此之间的社交关系。

正因如此，人们如果打算认识那些更优秀的人，想要与之建立社交连接，就要懂得打造一个良好的社交环境。比如，要挑选合适的社交场所，看看附近的环境怎么样，是不是适合双方之间的交流，会不会干扰彼此的谈话，会不会引发对方的不适。与此同时，人们还应该对社交场所进行相应的布置，尽可能打造一个符合对方需求的环境。

在打造社交环境的时候，必须坚持几个基本原则：

第一，了解对方的生活风格，看看对方平时喜欢什么风格的场景布置，看看对方对什么东西感兴趣，然后人们可以提前进行布置，增加一些对方感兴趣的元素。在进行场景设计和布置的时候，需要让对方感受到你的诚意，需要让对方感受到这就是他的主场。

有个互联网的创业者，为了认识行业中某个前辈，于是就邀请对方到一家咖啡厅的包间里坐一坐，希望向对方请教一些创业问题。为了给对方留下更好的印象，他事先就从对方的亲朋好友那里了解了一些信息，然后针对性地作了部署。比如，得知对方喜欢兰花，他就特意购买了一盆春兰，放在包间的桌上。知道对方平时喜欢听古典音乐，他便让服务员找来了一个老式的留声机，然后播放古典音乐的唱片。还有一点，他偶然了解到对方养了一条泰迪，所以他又特意购买了一些宠物狗的照片挂满了咖啡厅。

当这个前辈进入包间后，很快就被眼前的布置吸引了，对这里的环境赞不绝口。这就为双方之间的进一步交流奠定了一个基础，两个人之后足足聊了三个小时。这个前辈不仅大方分享了自己创业经验，还将自己手里的一些重要资源分享给了创业新人，两个人因此成为好朋友。

在场景布置的时候，保持关照性很重要，社交者必须充分考虑到对方对环境的偏向和需求，给予更充分的满足，这样可以为社交活动的开展打好基础。

其次，场景布置要尽可能保持简洁的风格，可以突出个性化的需求，但是没有必要弄得眼花缭乱，也没有必要摆放太多的东西。这样的设计主要是为了方便双方在交流的时候可以保持专注，不会被一些外在的东西分散注意力。

有个人打算邀请大客户到家里吃饭。为了凸显出自己的与众不同，他学着外国人的风格，在客厅背景墙的上方挂了一个鹿头，虽然这是网络平台上购买的仿制品，但却显得个性十足。当客户来到家里后，两个人开始慢慢进入主题，聊起合作的事情，结果客户动不动就盯着那个硕大的鹿头看，明显不在状态，两个人谈了半个小时，也没有得出什么结果，只能约定下一次再谈。

一个美观的环境布置不能太夺人眼球，更不能喧宾夺主，否则对方很难沉下心交流，所以一定要把握好风格，不要轻易尝试复杂的、惹眼的场景布置。

最后，场景环境的设定和布置最好可以直接凸显主题，社交环境整体的风格、相关物件的布置，最好可以和社交的主题联系到一起，这样就可以增加个人的联想，并有效推动社交活动的展开。

有个电子产品制造商为了向一个重要的销售商展示自己的产品，邀请对方到公司洽谈业务，在客户打来之前，制造商的负责人命人打造了一个完全由电子产品构成的房间，而且房间里播放的也是电子产品的宣传音乐和短片。客户觉得非常新奇，于是详细听取了制造商的介绍，最终决定与对方进行合作。

对于向上社交的人来说，必须尽可能保证所有的投入都能更好地为社交主题服务，无论是谈话的风格和技巧，还是场景的设置，最终都要将社交活动引向自己的节奏。

需要注意的是，在选择社交场所的时候，一定要用心进行安排，社交场所周边的环境要好。比如，要尽量选择一些安静的场所，能够保证交流的私密性；尽量选择干净且安全的地方，档次不一定要高，但必须避免脏乱差，避免混乱；又比如，选择一些靠近对方住址或者对方感兴趣的地方，这样可以为对方提供各种便利，减少不必要的麻烦。

总的来说，良好的社交环境可以为社交活动的顺利开展提供助力，尤其是在向上社交中，打造良好的社交环境，能够为接下来的社交做好更充分的准备，营造更好的社交氛围。

不要等到要用时，才想起向上社交

在日常的生活和工作中，人们常常会遇到这样的问题：想要换工作了，不知道应该找谁帮一下忙，也不知道对方会不会帮忙；想要认识一个大客户，让他帮忙解决库存问题，不知道如何与对方建立连接；工作中遇到了一个难题，想着是不是要找能力出众的老员工帮忙，可是双方从来没有过交流。

很多人都会遇到“人到用时方恨少”的尴尬处境，遇事不知道找谁帮忙，遇事不知道对方会不会帮忙，以至于在向上社交的过程中经常会觉得准备不足，并遭遇重重阻力。其实这类向上社交的问题是个人对向上社交的认知错误引起的。不少人会觉得一般情况下不用认识什么优秀人士，平时不注意向上社交，不注意结识那些优秀的人，也不懂得如何突破自己的社交圈层，到了要求人帮忙的时候，再去打听该联系谁。

正是这种狭隘的功能设定，人们在向上社交中常常处于一种准备不充分、仓促行动、后知后觉的状态，而这直接影响了向上社交的效率和质量。因为这种临时建立连接的方法在很多时候会由于准备不充分而面临各种挑战。比如，一时之间可能找不到合适的人，或者无法在短时间内说服对方。相比之下，如果一个人很早就认识很多更优秀的人，在向上社交方面硕果颇丰，那么他在遇到困难，或者有社交需求时，就可以直接从自己的社会关系库中寻找合适的社交对象。对很多人来说，向上社交不仅仅是用来解决眼前的问题的，它就像是一个资源宝库，也许现在无法用到它，可是当人们需要某种资源的时候，就可以从自己建立起来的向上连接中找到自己所需要的东西。

按照这种思路，向上社交应该作为一种日常社交活动来看待，无论能不能立即产生社交效用，都必须建立起向上社交的习惯和兴趣，因为相比于解决当前问题的需求，向上社交是人们学习更高的技能、经验、精神力、思维层次的关键，是个人成长的一种现实需求。这种需求可能会贯穿人的一生，而且往往是在一个持续的状态下起作用的。

黄先生是一家外资公司的主管，在工作期间，他经常会跟着领导出去洽谈业务，或者参加一些重要的商业活动以及私人宴会。在这些社交活动中，他发现不少客户公司都会跟踪和记录消费者的消费情况，它们往往会建立一个数据存储库和个人档案，在数据库和档案中，往往会清晰地记录每一个消费者和客户的个人信息。一般情况下，公司不会去动用这些信息，也不会去打扰客户，只有等到公司有什么优惠活动，或者有什么项目时，工作人员才会从档案中找到合适的消费者和客户，然后向其推销自己的产品。

黄先生想到了一个问题，自己平时参加社交活动，有机会接触到很多行业精英和优秀的企业家，如果自己也能够建立一个类似的档案和数据库，那就等于掌握了一个大资源。正因如此，黄先生开始有意关注日常生活和工作中接触到的大客户和一些行业精英，他会主动和对方交谈，然后要到对方的联系方式，争取和对方建立起更紧密的关系。正因为他平时就注意积累资源，所以在差不多五年的工作时间内，他认识了一大批优秀的人。

2018年的时候，黄先生离开了公司，打算自己创业，这个时候，他将想法说给了那些同行和客户听，没想到很多人都表示赞成，而且还有一些客户主动提出帮忙合作。等到准备工作完成之后，他就一一上门拜访，一些行业中的前辈给了他很多好的建议，而客户更是直接表态愿意将订单交给他的公司来做。正是依靠着上班期间积累的优质资源，黄先生为自己的创业铺好了路，比其他创业者少走了很多弯路。

从社交效率的角度来说，人际关系的积累和储备往往能保障向上社交的质量，而且相比那些临时有事才求人的人，那些注重储备的人，更具有社交潜质。正因如此，向上社交绝对不应该被当成针对问题出现，人们也不要总是想着等自己遇到难题时，才去结交那些更有能力的帮手，而应该提前建立向上连接，牢牢掌控住人际关系。

首先，要及时进行思维转变，将向上社交当成一种社交习惯，平时就主动和那些更加优秀的人交流，尤其是当自己有机会接触到那些更优秀的人时，一定要把握住机会，主动建立社交连接；其次，可以选择和不同类型的人进行交流。比如，自己行业内的人和自身行业相关的人，或者也可以选择一些对自己生活有帮助的人，尽量丰富自己的社交关系，最好想办法建立一个社交数据库；再者，平时要定期整理人际关系的数据库，将自己认识的优秀人士进行分类归档，基本上可以按照行业属性、专业属性、性格特征、社交风格、社交习惯、社会关系、彼此之间的关联度和亲密度等内容进行划分；最后，当自己遇到问题的时候，就可以针对性地从数据库中调取相应的资料，看看谁才是最合适的帮忙者，然后与之进行联系。

在向上社交之前，人们就要确保自己掌控更多的优质资源，确保自己拥有更具价值的社会关系，这是个人平时的社交积累和社交准备。对于很多有远见的人来说，他们会将人际关系尤其是优质的人际关系当成战略资源来看待，会提前进行优质人际关系的储备，以备不时之需。他们会认真对待每一个遇到的优秀人士，会努力握住每一次和优秀人士接触的机会，会争取更多更好的资源。不仅如此，他们还非常善于经营和维护人际关系，并没有将其作为一种有需求才使用的工具。因为他们将优质的人际关系当成战略资源来对待，所以他们才能够更好地把握向上社交的机会，并以此作为日后发展的重要保障。

当然这种储备往往需要建立在个人实力的基础上，人们并不需要刻意浪费时间、精力和成本去经营太多的社交关系。

CHAPTER 06

向上社交需要主动创造机遇

1

获得成功，为什么往往先要跳出自己的圈子

2

调整自己，保持最佳的社交状态

3

认识更多优秀的人，拓展自己的视野

4

社交是一种自我展示的社会行为

5

做好准备工作，让社交更加高效

6

向上社交需要主动创造机遇

7

向上社交的一些基本注意事项

8

如何提升自己的社交高度

保持慷慨，主动让利

在一个彼此之间联系越来越紧密的时代，人与人之间存在巨大的合作需求，很多时候都需要相互依赖和相互成就，以保证能够打造一个双赢的局面。那么如何才能在社交中深化合作关系，实现双赢呢？一个基本前提就是确保对方可以在社交中获得一定程度的满足，而常见的方法就是保持慷慨，给予对方更多的东西，等对方得到了满足，双方之间的关联性也就建立起来了。

和常见的价值展示不同，主动让利和慷慨赠送的针对性不那么强烈，但产生的现实效果并不会降低。举一个很简单的例子，有个人打算替儿子在城里找一份工作，于是去城里找开工厂的老乡帮忙，将辛辛苦苦种的两袋红薯送给了对方。对这个老乡来说，红薯的价值并不高，而且也不是自己需要的，但这种慷慨赠送的行为可能拉近彼此之间的关系，老乡很可能会帮忙。

保持慷慨是向上社交中的一个重要态度，它本身就自带魅力。心理学家认为，那些慷慨的人往往更具吸引力，在拓展社会关系方面具有很大的优势。积极的馈赠和让利行为，本身就能够减少社交阻力，创造出更多更好的社交机会，尤其是在面对一些没有把握，或者相对比较陌生的社会关系时，慷慨的表现无疑会给自己加分不少。

从人际关系相处的角度来说，人们很难拒绝一个慷慨的人，也很难将慷慨之人视为一种社交负担。慷慨馈赠和让利的行为，会使人放下戒备。不仅如此，那些受众往往会对慷慨的行为给予更加积极的回应，提供相应的回馈。

谈到李嘉诚的时候，人们往往会联想到他的产业。和记黄埔就是他的一项重要资产，而这个产业实际上并不是他自己创立的，而是有着“世界船王”之称的包玉刚转赠给他的。那么包玉刚为什么会如此大方地将这份产业赠送给他呢？

这还要从李嘉诚的投资说起。李嘉诚曾看上了九龙仓的股票，并进行收购，但是有个经纪人猜测到了他的意图，于是将这个消息散播出去，结果导致九龙仓股价大涨，才完成20%收购的李嘉诚只能放弃收购。不久之后，他想要认识当时的华人首富包玉刚，可是两个人之间并无交集，而且包玉刚的实力明显比李嘉诚高几个档次，双方很难有机会见面。为了实现社交目标，李嘉诚做出了惊人的举动，他托关系找到了包玉刚，然后直接将自己手里20%的九龙仓股票低价卖给了包玉刚，包玉刚对九龙仓也非常看重，心里非常感激。就这样，慷慨的李嘉诚打通了自己与包玉刚之间的社交通道，两个人的关系变得越来越好。

而包玉刚投桃报李，将手里的和记黄埔送给了李嘉诚，一来一回，双方的关系更进一步，成了要好的朋友。而且在李嘉诚的用心经营下，和记黄埔转亏为盈，最终成了一份优质资产。

对于向上社交的人来说，慷慨的个人行为可以视为一种社交策略，目的是消除人与人之间的隔阂，奠定社交的基础，然后赢得对方的正向反馈。保持慷慨是一种主动示好的方法，很多时候还能隐晦地表达双方构建社交联系的意愿，在社交中可以起到很好的连接作用。更重要的是，慷慨的行为往往会激发对方的互动意愿，这是由人们身上的社会属性决定的。多数人都会对来自外界的刺激做出反应，对于外界恶意的行为和侵犯性的举动，往往会做出防守的姿态，并给予适当的还击；而对于来自外界的善意行为，则会报以善意的回应。

一般来说，慷慨的行为可以表现为物质上的赠予、让利，或者不计报酬的付出，简单来说就是赠予对方一些物质形态的东西，可以是金钱，也可以是某些高价值的资源。除此之外，慷慨还表现为一种智力上的分享，比如经验、思想、方案、理念以及获益机会的分享，人们可以通过共享的模式来展现自己亲近的态度。无论是哪一种形态，都可以拉近彼此之间的距离，为接下来的社交提供更多的机会。

不过，在向上社交的时候，很多人对于慷慨的定义会产生误解，认为对方一定需要更好的东西，需要价值更高的馈赠，认为“他这样的人怎么会看上这种东西”，所以常常会绞尽脑汁去琢磨着如何用更高的成本去吸引对方。可事实上，向上社交中的价值和利益互换很难真正做到对等，而且人们往往不会看重那些慷慨的行为包含的价值有多大。对于慷慨的人来说，重要的是表现出一种做人做事的态度，而不是真的就要做到价值对等式的交换，有时候形式上的慷慨表现会带来意想不到的社交效果。相反地，一些看起来级别很高的价值互换行为，可能不会轻易打动对方。

正因如此，在保持慷慨的个人行为时，一定要注意把握一些原则：

——让利时要表现得更加自然一些，不能表现出太多的功利性，考虑到向上社交的属性，向上社交者的慷慨表现很容易被人理解为有所图，这对个人的社交行动会带来不便；

——慷慨的馈赠和让利不应该设置附加的条件，捆绑式的社交往往让人感到不悦，如果对方在获得自己的慷慨馈赠时被要求需要给出特定的支付，这样就会破坏彼此之间的关系；

——保持慷慨，要量力而为，不要为了想要认识对方，而提供一些自己能力之外的馈赠，或者让自己超负荷承担压力，这样做并没有什么意义，其实重要的不是送了什么，而是你有赠送东西的意愿。

此外，人们在向上社交的时候，需要意识到一点，慷慨不一定可以创造向上社交的机会，也不一定就会带来更加优质的社会资源，可以说，并不是每一次的慷慨行为都可以获得理想的回报，也不是每一次慷慨的馈赠都可以立即获得对方积极的反馈，人们对此必须保持足够的耐心。

随机应变，找准机会建立连接

在向上社交的时候，多数人都会提前做一些准备，了解自己所要连接的人是谁，从事什么行业，有什么成就，社交性格如何，兴趣爱好是什么，并且还会对自己要说的话、要提的问题进行准备，甚至有不少人会提前进行练习，将可能存在的一些问题全部考虑好，确保万无一失。但社交互动本身就会受到客观环境的影响，很多时候，个人未必可以按照制订好的计划行事，而在计划被打乱之后，个人的应变能力将直接决定社交的效果。

2016年，全球第一家C2C购物直播平台“真真淘淘”在苹果店上线。当平台正式面世之后，创始人梁建峰特别有信心，觉得这种商业模式非常好，市场前景会很好，不过由于初次在互联网领域创业，他还是希望可以让在互联网领域上班的朋友帮忙出谋划策，看看有哪些地方还需要改进。当时，梁建峰的一个朋友在小米公司上班，于是他就约这个朋友见面聊一聊。某一天，他带着自己的产品就去找朋友，结果刚走进小米公司的电梯，就偶遇了小米公司的老总雷军。

实际上，他之前并没有想过会见到雷军，更不会说提前做好了准备，只不过当雷军出现在电梯里之后，他临时改变了主意，并不着急向朋友请教，而是直接打算先向雷军介绍自己的产品。在如此仓促的时间、仓促的地点，仓促地与雷军相遇，很多人可能会显得有些手足无措，但梁建峰没有慌张，而是非常沉着、自信地和雷军打了招呼："雷总你好，我今天是来跟小米谈合作的。"事实上，朋友并没有打算和梁建峰进行合作，双方只是打算针对产品进行深入探讨，但雷军一听是合作就来了兴致。梁建峰没有长篇大论地介绍自己，而是直接掏出手机，展示真真淘淘这款APP，当时手机里播放的就是一场奶粉购买的直播。

在短短的一分钟时间里，梁建峰将真真淘淘是做什么的、具体运营的情况说得非常清楚，在互联网领域经营了多年的雷军，很快就意识到了这是一个好项目，于是立即说道："这么棒，你们都做出来了！你来这里找谁？等一下我让人过去找你。"会议开完之后，雷军让人找到梁建峰，然后开始洽谈合作事宜，最终雷军给真真淘淘投资了2000万元。

很多人都认为梁建峰很幸运，那一天偶遇了雷军，但与其说是运气好，倒不如说他拥有强大的社交能力，能够在毫无准备的情况下改变计划，而且还能如此沉稳地控制好节奏，巧妙地与雷军建立连接，这本身就体现出了他出色的个人能力。

在很多时候，计划赶不上变化，一些意外因素会干扰个人的计划。面对这种情况时，死守计划只会让自己陷入被动，失去更多更好的机会，人们必须按照当时的环境变化及时作出调整，确保整个社交活动更加顺畅。变化中往往包含了机遇，只要掌控好变化的过程，就可以从中转化危机。

在这种情况下，社交者一般要把握两点：第一，要有信心和勇气，当变化出现的时候，能够保持信心去面对，而不是就此放弃；第二，要有强大的自我调整能力，可以在计划被破坏之后，快速制定新的社交策略，为建立社交连接做好准备。

而这种应变能力通常都是平时培养出来的。比如，经常参加社交活动的人，就会慢慢积累经验，获得更多的自我调整的能力。另外，应变能力和社交准备工作的完整度有关，准备工作越充分，对于各种突发情况的分析越细，制定的应对措施越完善，应变能力也就越强。

除了情况突变导致行为偏离计划之外，还有一种情况就是，突发事件带来社交窗口。比如，个人在社交过程中原本无法与对方顺利进行连接，但是当某件事情发生之后，带来了绝佳的交流机会，这种突然出现的机会，其实也很考验一个人对局势的把握和分析能力，一个优秀的社交者，可以在一些意外事故发生的时候，借助这种趋势找到社交的突破口。

清朝时期，湖北的武昌是长江岸边的重要城市，受到清政府的重视。为了管理好武昌，清政府安排了名臣张之洞担任湖北督抚一职，而抚军大人则由谭继洵担任，两个人掌控了湖北的军政大权，但两人间的关系并不融洽。有一次，两人带着大小官员前往黄鹤楼，看着江面上波涛滚滚，有人提了一个问题："江水如此浩荡，不知道江面有多宽。"

谭继洵开口说道："我以前看过一本书，记载了长江的宽度，这里应该是五里三分。"张之洞看不惯谭继洵，于是争辩道："怎么会是五里三分呢？我记得书上明明说的是七里三分。"

眼看对方和自己唱反调，谭继洵红着脸和张之洞争吵起来。两位领导吵得那么凶，在场的人都不敢说话。这个时候，一个名叫陈树屏的小县官走上前，说道："其实两位大人说的都没错，涨潮的时候是七里三分，落潮的时候就变成了五里三分。”此言一出立即化解了尴尬的局面，而张之洞和谭继洵都开始注意这个机灵的县官，在那之后，陈树屏分别受到了张之洞和谭继洵的赏识。

在面对社交冲突和危机的时候，如何才能快速扭转局面，从中找到彰显自我价值的机会，这是社交的一个重要内容。不过对于应变者来说，想要把握住机会，或者主动创出向上社交的机会，一定要保持冷静的头脑，要对局势有一个清晰的判断，简单来说，只有自己有把握的时候才去做，否则不要轻易出手。此外，一定要注意懂得消除那些不利因素，使用语言技巧转化矛盾或者消除矛盾，具体来说，就是选择一个新的切入点进行解读，重新构建逻辑体系，让原本的冲突爆发点失去逻辑基础，并为建立良好的连接创造机会。

主动帮助对方解决问题

在人际关系中，互动是一个基本模式，但互动的升级版就是互助，简单来说，就是资源的相互补充、相互供给，从而形成一种更为紧密的协作关系，并间接带动情感的提升。很多低层级的社交者，在处理人际关系的时候，往往只懂得从自己的现实需求出发，社交的目的非常明确，方法也很直接，常常会表现出迫切需要解决自身问题的态度。

比如，很多求职者找工作，常常会强调自己在薪资方面的要求，会强调自己需要获得什么样的满足，却很少去谈论应聘方有什么需求，自己是否能够满足他们的需求。又比如，求人办事，许多人一见面就直奔主题，希望对方施以援手，帮忙解决某个方面的困难，却没有想过自己是否有能力帮对方解决一些现实问题。

人们需要考虑的一个现实问题是：别人凭什么要和你建立深度连接，别人凭什么要帮你，凭什么要为你提供各种资源，或者说你凭什么来打动对方、说服对方。人际关系本身就是有来有回的，聪明的人会更加主动地寻求合作的契机，会主动引导对方向自己靠拢，比较常见的方法就是找出对方的现实需求，看看对方遇到了什么问题，自己是否能够帮忙解决这些问题，事实上，以此为突破口，往往可以更好地搭建关系桥。

英国科学家法拉第在发现电磁感应之后，很快意识到这个伟大的发现将会给世界带来巨大的变革，不过他想要继续研究面临一个很现实的问题，那就是研究经费严重短缺。而在当时的条件下，社会对很多科学发明都不够重视，企业家不喜欢投资那些不能立即产生收益的发明。不得已，他想到了首相，希望可以让首相帮忙拨款。

有一天，他和助手一起拜访了首相，由于研发比较紧急，助手直接向首相索要经费，当然助手也重点谈到了电磁感应会带来的巨大变革，可首相并没有被说动，对于电磁感应的意义也不懂，所以让人打发法拉第和助手回去。

眼看着经费的事情要告吹，法拉第有些着急，于是开口说道：“我想我的助手说得很明白，科学可以带来发明，发明可以改变人们的生活方式，渐渐地人们就离不开这个发明了。到时候，我想您可以用它收税。”当时的英国虽然发展很快，但是国家的财政收入存在很大的缺口，政府的各项支出都面临巨大的压力，也正是如此，首相并不希望把钱浪费在一些不能立即创造收益的项目上，可是当他听到这项发明可以创造更多的税收后，立即产生了兴趣，要是对方真的可以帮助自己解决税收不足的问题，那为什么不尝试一下呢？

很快，他就同意给法拉第的研究提供一笔可观的拨款，而这笔钱也解决了法拉第的燃眉之急，电磁感应技术的研究得到了充足的资金支持。

法拉第的聪明之处在于，并没有一味谈论自己的需求，而是将满足对方的需求放在了首要位置，这就强化了对方沟通的意愿，强化了对方提供帮助的意愿。其实，这种事情在生活中非常常见。对于想要向上社交的人而言，主动去帮忙解决问题，可以让对方产生感激的心理，他们会将这种回报与社交互动紧密联系在一起。

从人际关系交流互动的模式来看，可以分成三种常见的类型，第一种是给予者，第二种是接受者，第三种是匹配者。给予者能够分享自己的价值和能力，主动去满足别人的社交需求。在社交中，给予者的存在感往往比较强，在处理人际关系的时候较为主动，而且非常关注他人的需求，为了赢得对方的好感和认同，会帮忙解决对方遇到的问题，通过援助的方式拉近彼此之间的关系。

这种给予可以是生活中的，也可以是工作中的，向上社交的人可以帮助对方解决一些生活难题，诸如疏通水管、购买飞机票、帮忙照看孩子、辅导孩子学习，或者帮忙联系医生。这类生活小事看起来没什么，但往往会成为搭建关系桥的桥梁，或者成为人际关系的催化剂。

至于工作中的帮助，可能价值会更大一些。比如，某家大公司想要一批价格很低的原材料，但是一直找不到货源，这时候你可以主动帮忙寻找货源，这样就可以和对方建立联系，为之后的合作奠定基础。像介绍客户、提供建议之类的事情，往往都会产生很好的社交效果，为双方建立连接创造机会。

需要注意的是，主动帮助对方解决问题，也需要遵循一些方法和原则，避免盲目出击，造成一些负面的影响。

——保持一定的主动性，尽可能在对方提出请求之前解决问题，或者有时候也可以在没有和对方交流的情况下帮忙解决问题；

——解决问题的时候注意不要触碰对方的隐私，不要触碰对方的雷区，而且对一些比较复杂的问题要保持距离，不能轻举妄动；

——可以主动提出与对方进行合作，双方一同解决问题，这种合作模式往往更能拉近双方的距离；

——对于自己解决不了的问题，可以想办法介绍第三者，或者安排其他的求助路线，为对方提供更多的便利；

——保持谦虚的、坦诚的姿态，不要将自己的帮忙当成一种要挟或者要价的筹码，更不要有居高临下的态度；

——如果想要帮助对方，不要草率做出承诺，要先了解相关问题的难易程度和背景，弄清楚自己是否有能力处理这些问题，以及是否会给自己带来后续的麻烦。

总的来说，人们需要保持敏锐的头脑和良好的态度，需要提升自己帮助他人的意愿，但与此同时，必须做有把握的事情，必须将事情的前因后果以及可能出现的负面影响全部考量在内，然后才能决定是否值得主动出击。

主动向别人请教问题

在向上社交中，很多人都会担心自己见到了那些高圈层的人才之后，不知道应该说些什么，不知道该如何展开交流和对话。其实，这些担心指向了一个根本的问题，那就是如何与人进行连接。这是一个比较常见的社交问题，在向上社交中，它会成为一个基本障碍。那么人们究竟如何与他人建立连接呢？

有一个比较简单、实用的方法就是请教问题。也就是说，当人们不知道应该和别人说点什么的时候，可以借助问题来打开交流的通道，可以借助问题来保证双方的互动。还有一个关键的地方在于，提问本身会引出思考和相应的结果，而这些又会带来更多的问题和更丰富的交流，可以说，提问本身就是一个开关，只要打开了这个开关，向上社交的相关流程也就会变得更加顺畅。

美国西海岸时间2006年6月30日上午11点，著名投资人、小霸王和步步高创始人段永平以62.01万美元的报价赢得了第四次巴菲特午餐竞拍大会，从而获得了与巴菲特共进午餐的机会。消息传开之后，很多人对段永平表示不理解，为什么要花几十万美元吃一顿饭，还有不少人抨击他只是花钱作秀，无非是为了炫耀一下自己的经济实力，炫耀一下自己同巴菲特在一起吃饭。

对于外界恶意的猜测，他没有放在心上。在他看来，这顿饭虽然花了不少钱，但获得的价值却远远超出了这些钱，因为并不是所有人都有机会和巴菲特坐在一起吃饭，并聆听股神的经验之谈。段永平曾经说过，“从巴菲特身上学到的东西，帮我赚的钱，那都是远远多过这个数字的”。为什么要这样说呢?

其实，段永平在离开步步高之后，定居美国并开启了自己的投资生涯。虽然他是一个新手，但是他对于巴菲特的投资理念极为崇拜。他运用这些理念做了几次成功的投资，但想要获得更加稳定的、高效的投资，他希望可以获得巴菲特的当面指点，这就是他不计代价拍下这一次共享午餐机会的初衷。

据说，在当天的午餐中，段永平问了巴菲特一个问题："投资中不能做的事情是什么？"而巴菲特则给出了一个"安全边界"，他告诉段永平："不做空，不借钱，最重要的就是不要做不懂的东西。"而正是这条忠告，让段永平在往后的投资中始终坚守巴菲特设定的投资原则，从而避免了很多失败的投资，并成为华人圈中有名的投资大佬。

请教问题也是一门学问。一个人如果想要让更加优秀的人更好地了解自己、关注自己，并愿意和自己进行深度交流，那么请教的问题一定要有价值，要有深度，要具备可以深入探讨的条件。如果问题问得很肤浅，那么无疑会让对方产生一种"不值得交流"的想法，他们会认为接下来的交流只是在浪费时间。

比如，国内也有人曾拍下了巴菲特午餐，可是在与巴菲特交流的过程中，他直接询问巴菲特如何炒股和挣钱，巴菲特有些失望地回答说："我自己也不知道怎样炒股。"这样的对话显然有些低级，而根源就在于提问者的问题过于肤浅。试想一下，如果巴菲特愿意分享自己炒股的方法，那还不如直接告诉别人应该购买哪一只股票。对于这样一个急于求成的请教者来说，巴菲特自然不会有什么深入交流的想法，而请教者斥巨资所获得的好机会最终就被浪费掉了。

在日常生活和工作中，很多人都容易犯这种错误，他们迫切地想要走捷径，获得优秀人士成功的方法，在向上社交的时候，常常会主动提问："你用了什么方法？""你具体是怎样做的？""你选择了什么项目？""能和我说说你的秘诀吗？"这种直接索要方法的问题，毫无疑问会引发对方的反感。

还有一些无意义或者低价值的问题也会导致交流流于表面。比如，很多人与行业精英对话的时候，所提出的问题都是一些无关痛痒的小事，或者就是一些毫无营养的口水话题，这些问题一方面暴露了自己的真实水准，一方面会让对方觉得这是在浪费时间。虽然向上社交有时候也需要一些生活化的问题来联络感情，但对于提问者来说，必须尽快找到更高价值的提问，这样才能利用这一次交流的机会，提升沟通的价值。

从社交的角度来说，两个人进行交流，重要的是确保话题可以持续深入下去，双方可以在交流中进行思考，可以在经验传授的过程中，挖掘更深层的信息。所以，无论是提问还是回答，都必须具有一定的默契，必须做到相互引导，共同深入，利用提问引出好的答案，然后双方针对这个答案深入交流，提出新的问题。

一般来说，请教者对于提出的问题要进行适当的把关：

▲ 请教一些具备重大价值的问题，类似于行业风向、市场环境变化、个人发展等问题。

▲ 多提一些容易引发讨论和深入思考的问题，比如，一些没

有定论且火爆的社会问题。

▲ 针对对方关注或者深入研究的东西进行提问。

▲ 从更加新颖的角度进行提问，可以做到与众不同，引发对方的好奇心。

▲ 提问的时候，要对问题进行压缩，不能一下子提出多个问题。

▲ 问题要切合接下来谈话的主题，不能随随便便就提问。

此外，请教问题其实需要更为合理、高效的社交艺术，提问者必须掌握好交流的方法，避免引起对方的不适。

比如，请教问题的时候要谦卑，不能过于傲慢，更不能表现出要考一考对方的想法。请教者可以有自己的观点，但不能反复强调，不能炫耀，更不要在双方观点不同的时候，急于辩驳。

双方交流的时候，不要随意打断别人的谈话，最好保持倾听的姿态，让对方先把话说完，然后再谈论自己的想法。而在对方谈论某件事的时候，可以适当提一些问题，加强双方的互动性，从而将话题引得更深一些，比如，“接下来怎么样了”，“您刚才说的那件事，后来是如何解决的呢”，“您能不能详细和我说说这件事”，“我很好奇，您当时是如何作出这样的选择的”。

在很多向上社交的场合中，请教者必须懂得如何借助问题来打开交流的通道，并且让这种交流持续下去，让自己获得更多更有价值的信息，而且最好能够确保双方可以产生思想碰撞的火花，这种交流的状态无疑会让对方对你高看一眼，并产生继续交流的兴趣。

保持同频认同，积极认可对方

著名的语言哲学家保罗·格赖斯认为沟通并不是单一某一方的工作，正常的顺畅的沟通应该建立在双方相互配合的基础上。他为此自创了一个“合作原理”理论。在这个原理中，他提到了四条效率沟通的基本准则：

第一条是量的准则——沟通时需要提供基本的信息量，不能太少，也不用太多。比如，领导问道：“你知道客户几点钟过来吗？”员工回答说：“我知道。”然后就没有下文了，那么这样的沟通明显不成功，且缺乏效率。如果员工说知道，还说出了具体的时间，又说了一大段无关紧要的话，这明显超出了应该有的信息量。

第二条准则是关系准则——必须保持叙述内容的相关性，不要偏离谈话主题。比如，上级前来视察，询问需要多少人才能完成这样的工作量，员工回答说："客户走了。"回答的内容与提出的问题毫无关联，这就违反了关系准则。

第三条准则是方法准则——在沟通中尽量避免晦涩难懂或者容易出现歧义的描述。假设某人用文言文的方式向一位重要的客户描述自己公司的发展状况，对方可能根本无法理解话中的意思。很明显，表达的方式出了问题。

第四条准则是质的准则——人们在沟通中必须叙述绝对真实的事物。假设一位大客户来公司考察，他直接询问这家公司的发展状况，公司的负责人直接吹嘘公司准备上市，还打算引进一批来自世界500强的员工，而实际上公司根本没有这样的打算，也不具备这样的实力，那么双方的沟通实际上违背了质的准则。

格赖斯的四个准则其实就是一种合作机制，只不过这是一种最基础的配合与协作，目的是顺利完成最基本的信息传递。很多人经常会吐槽，"我们之间的谈话没法继续，因为不在一个频道上"，这句话实际上就指出了双方之间交流的不和谐，这种不和谐可以是一些简单的信息对接脱节（违反了效率沟通的四条准则），也指一些立场和观点的不一致。

假设某个高圈层的人，或者圈子里某个很少联系的大人物，在朋友圈和社群里发了一条信息，你选择点赞，这样可以引起对方的关注；也可以直接选择无视，虽然自己不会损失什么，但彼此之间的连接契机实际上被浪费掉了。当然，除了点赞，更加高效的社交方式是互动性的评价。比如，对方某天在朋友圈提出一个问题："湖人vs凯尔特人，谁才是更强的那支篮球队呢？科比加油!"

在这条朋友圈中，释放了一个强烈的信息，那就是发布信息的人是湖人队球迷，或者说至少是科比（湖人队球星）的球迷，那么提出这个问题的人实际上更倾向于让湖人队赢球。这个时候，向上社交的人可以选择点赞，然后对这条信息进行评价，评价的侧重点应该停留在湖人队更强，或者认为湖人队会获胜，又或者希望湖人队和科比获胜。在这个观点上，人们可以说：

——"我觉得湖人队能赢，因为他们有世界上最好的球星科比。"

——"凯尔特人是一个强大的对手，将会给湖人队制造麻烦，但科比会解决问题的。"

——"哈哈，我倒是想要说凯尔特人很强，但科比肯定不答应。"

——"我是凯尔特人的球迷，但我觉得科比会带队赢得比赛。"

这些回应就是典型的同频认同，简单来说，就是双方的观点必须保持一致，双方之间的交流形成一种默契，可以确保双方更好地将话题延续下去，并因为观点的一致和相似而产生更多的情感共鸣。

在向上社交中，同频认同是一种非常实用的方法，它并不是所谓的对高圈层文化以及优秀人士的简单认同，而是一种社交策略，目的是通过更加积极的回应赢得对方的关注，或者说以此为契机，寻求建立连接的机会，因为当人们对那些优秀人士做出积极回应之后，对方可能会因为这种认同感而产生社交的意愿。

微软创始人比尔·盖茨喜欢阅读，而且对很多类型的书籍都很感兴趣，他经常会在网络平台上分享自己的阅读心得，将自认为很不错的书分享给其他人，而且有时候还会积极寻求帮助，希望有人帮忙推荐一些好书。这个时候，经常会有一些人与他探讨相关内容，比如，评价盖茨分享的书籍，或者直接将自己认为不错的好书推荐给他。

这种互动关系往往能够产生良好的社交效果，实际上有几个互动者以及相关书籍的作者，就是因为在互动中和比尔·盖茨建立起比较好的私人关系，盖茨甚至亲自站台帮助作者进行宣传。

许多人会认为那些更优秀的人高高在上，根本看不上他人的评价和认同，但实际上每个人都有被人认同的需求，都希望获得更多人的关注，即便是那些成功者和优秀人士，一样需要周围的人给予赞美，也希望有人可以认同他们的想法，这对那些想要迫切与之建立联系的人来说，是一个不错的机会。也正因如此，同频认同才会成为一个向上社交的重要手段。

那么如何才能更好地运用好同频认同的策略呢？对于向上社交的人来说，应该如何去把握这样的社交机会呢？

▲ 主动出击，对他人传递出来的信息进行同频回应。比如，认同对方的观点并进行评价、引申，或者按照对方的观点进行描述，保证自己回应的内容，在逻辑上与对方保持一致，在结论上与对方保持一致。

▲ 对对方发布的相关信息进行分析，理解对方的真实想法，这样才能针对性地表达自己的看法。对于自己不理解，或者对方表态不明确的信息，不要急于评价，应该先对对方的相关信息做一个了解，看看对方在相关事情上的喜好、态度和个人的意愿，为自己的表态寻找依据。

▲ 如果不认同对方的观点，也可以找到一个更温和的表达方式。比如，告诉对方“虽然我的观点和你不一样，但你说得很有道理”，“虽然我的想法和你有些不同，但你的观点无懈可击”。简单来说，即便立场不同，也不要将对话引向冲突。

总的来说，人们需要在向上社交的时候保持主动性和敏锐性，运用好沟通技巧，使用同频认同的模式来打造沟通的桥梁。

懂得赞美对方，赢得对方的信任

心理学家认为人与人之间具有天然的隔阂，这是出于自我保护的目的，而为了打破这种隔阂，最好的方式就是尝试着赞美对方，通过赞美来输送个人的态度，以此来换取对方的信任。为什么人们对于赞美的免疫力并不高呢？卡耐基认为每个人都有自尊心，而赞美恰恰关照了对方自尊心上的满足。

正因如此，赞美往往是社交得以开展的一个重要保障，它能够有效降低对方的防备心理，减少社交阻力。尤其是在向上社交中，人们更要懂得如何去赞美对方，懂得如何借助赞美来打开社交通道。

柯达公司的创始人伊斯曼在成为一个成功的企业家之后，开始花费巨资建造伊斯曼音乐学院和凯本剧场，他希望以这样的方式纪念他的母亲。考虑到剧场的规模和质量要求，很多人都希望能够获得承包工程的资格，其中就包括纽约优美座椅公司。为了赢得座椅工程的承包权，优美座椅公司安排经理爱达森去寻找伊斯曼，商谈合作事宜。

在出发之前，有人对爱达森进行善意的提醒：伊斯曼是一个大忙人，为人非常严肃，脾气也很坏，他可不会希望自己被人打扰，如果有人打算花费他5分钟以上的时间来做生意，那还是趁早打消这个念头。最好的方式就是快速说明来意，然后快速离开他的办公室。

爱达森记住了对方的话，但他在进入伊斯曼的办公室后，开始四处观察。当时伊斯曼正在忙，摘下眼镜问爱达森有什么事。爱达森走上前，但他并没有急于介绍自己的来意，而是忍不住赞美了一番："伊斯曼先生，我很羡慕你的办公室。如果我有一间像你这样的办公室，在里面工作我一定很高兴。我是从事室内木制品经营的，我从来没有见过这么漂亮的办公室。"伊斯曼见到一位陌生人如此夸耀自己的办公室，表现得很高兴，他顺着对方的话说："谢谢你提醒了我，我差点忘了这事，这间办公室我确实非常喜欢。可现在工作忙，我没时间注意到这上面了。"

接下来，伊斯曼饶有兴致地同爱达森攀谈起来，他聊到了自己购买的英国橡木壁板，说起自己设计室内陈列的事情。爱达森耐心地听着，不时地进行赞美。伊斯曼没有要停下来的意思，还特意谈到了慈善捐赠的事情，说着说着，又聊到了自己的创业过程。就因为一句赞美，伊斯曼和爱达森开心地聊了两个多小时，而最后爱达森看准时机说明了自己的来意，伊斯曼非常爽快地将座椅的工程交给了爱达森。

赞美是维持人际关系和谐的基本方式，也是提升人际关系密切度的重要催化剂。在向上社交中，给予对方恰当的赞美，不仅可以展示自己的高情商，还能消除身份隔阂，拉近彼此之间的关系。那么在向上社交的时候，怎样赞美对方，才能更好地把握住对话和连接的机会呢？

▲ 赞美他人身上的优势

赞美他人时一定要精准和客观，尽可能寻找对方身上的闪光点和优势进行赞美，而不是对一些毫无特色的表现进行夸耀，更不是无中生有的吹捧。真心实意地赞美才能够体现出自己对对方的尊重，这是赞美的一个基本原则。

▲ 运用对比性赞美，突出对方的优秀

在赞美他人的时候，为了凸显出对方的与众不同，有时候可以采用对比的策略。比如，告诉对方："在这一方面，你是最出色的"，"我见过不少人，都没有你这样出色的表现"。通过对比，可以更好地产生赞美的效果，让对方感受到自己在别人心中的位

置。事实上，这种对比赞美的方式适用范围广泛，有时候即便对方做得不够好，也可以客气地说："你已经做得很出色了，要是我只会弄得一团糟糕。"这种带有安慰性的赞美，是比较容易深入人心的。

▲ 借助第三者进行赞美

当一个人在向上社交时不断赞美对方，可能会让对方觉得这只是恭维的话，或者对方会认为这不过是一种社交套路，要么就是赞美者一定有什么企图。为了避免被人质疑，向上社交的人可以选择借助第三者的话进行赞美。比如，告诉对方："我身边的人都在夸您的毛笔字写得出色，所以今天特地来拜访一下"，或者说"我的一位好友曾经得到过您的指点，他强烈建议我过来拜访一下您，所以我就冒昧登门了"。通过第三者转述的方式，可以达到赞美的目的，也能减少对方的猜疑。

▲ 尽可能在第一次见面就赞美对方

对于赞美来说，往往宜早不宜迟，更早地给予别人认同和肯定，这不仅体现出对这份社交关系的重视，而且很容易给对方带去更好的第一印象。在心理学中，人们经常会受到第一印象的影响，如果第一次见面就很冷淡，那么对方就会记住这种表现，并将其视为你的一个社交态度。反过来说，如果第一次就表现出好感，那么对方对你的印象也会变得更好。

许多人担心赞美会引发对方的不适反应，其实只要赞美的时机和技巧到位，就不会产生令人不愉快的情况。事实上，每个人都渴望获得他人的赞美，面对赞美声，多数人都愿意保持社交上的善意。这里有一个小故事：

> 美国著名的图书推销高手比恩·崔西在一次活动中表示："我能让任何人买我的图书。"有位地位尊崇的女士显得很不屑，她说："我知道你们这些推销员很会奉承人，专挑好听的说，不过，我不会听你的鬼话的。你还是节省点时间吧。"
>
> 比恩·崔西此时故作惊讶地说，自己平时会专门说一些好听的话给那些重要的顾客，他们常常会被打动，但是很少会遇到像她一样冷静和理性的顾客。此时女士的态度有了一点好转，主动和崔西聊起来。崔西趁机会再次赞美："您的形象给了您很高贵的个性，您的语言反映了您有敏锐的头脑，而您的冷静又衬出了您的气质……"不久之后，女士就开怀大笑，买了一大堆书回家，还利用自己的关系介绍了很多出版社的朋友给崔西认识。

如果每个人都可以像崔西一样，善于赞美他人，那样就可以创造更多向上社交的机会。

在闲谈中寻找合适的话题

在社交中，话题的连接性至关重要，可以说话题的连接性强不强直接决定了社交活动是否可以持续展开，沟通者必须确保自己一开口就可以吸引对方的关注，让对方愿意倾听和接受他的社交行为。很多时候，人们可以通过信息的搜集来寻找合适的话题，但在信息不多的情况下，人们又该如何开展自己的社交呢？

比如，当人们偶然遇到一个自己完全不了解且缺乏信息的大人物时，应该如何与对方建立连接，并开启自己的谈话呢？很明显，由于没有对方的资料和信息，你根本不清楚对方的基本情况，也不了解对方的个人背景和社交风格，在这种情况下，人们想要把握住来之不易的接触机会，就要采取闲聊的方式来建立社交连接了。

事实上，在面对这一类无准备的社交状况时，最简单的方式就是通过闲聊来拉近距离。需要注意的是，所谓的闲聊并不是随意谈话，也不是随便找一个话题切入。想要真正让对方产生交流的意愿，一定要谈论一些对方比较关注和在乎的话题，进入对方的社交领域，在这个领域中，人们可以找到对方有兴趣且能够不断深入交流的话题。而在日常生活中，有三种话题比较容易产生黏性，它们分别是健康、财富、孩子。

NBA球星奥尼尔在1998年的时候，去一家酒店参加活动。当时正好遇到一个孩子独自在大厅里玩耍，奥尼尔就主动走过去询问小孩的情况，得知对方的父亲去参加重要会议了，于是就留下来陪小孩玩耍。后来男孩的父亲开完会，赶了过来，看到自己的孩子和一个大块头玩得如此开心，于是就表示了感谢。奥尼尔知道男孩的父亲是个生意人，他不清楚应该如何与对方沟通，于是就主动聊起了孩子，聊起了孩子的生活以及教育方面的问题，两个人就在大厅里聊了半天。

临别时，男孩的父亲突然问道："你很会照顾孩子，我很喜欢你，我给你介绍一个投资机会吧，这个机会就是投资谷歌。"奥尼尔觉得对方的言谈举止明显不是一个普通人，于是直接花费了100万美元购买了谷歌的原始股。随着谷歌的快速成长，奥尼尔的投资收到了丰厚的回报。

作家法拉奇在《别独自用餐》中，就谈到了健康、财富和孩子这三个非常实用的社交要素：

健康是人在一生中都需要重点关注的事情，无论是贫穷还是富有，每个人都只享有一次生命的机会，而且它会对一个人的生活和工作造成严重影响，因此健康是一个大众化且容易吸引人的话题。

人们可以重点谈论现在越来越重视的养生，可以谈论中医，可以谈论减肥，或者说一说运动，也可以谈论健康饮食的问题，甚至可以延伸到目前的食物造假。总的来说，关心个人的健康问题，关心时下的健康话题，对对方的健康生活提供一些好的建议，这本身就是一个好的突破口。对于向上社交的人来说，可以结合自身或者对方所遇到的问题进行深入挖掘，引发对方的共鸣。

财富则是体现个人身份、地位的象征，也是个人证明自身价值最直接有效的方式，虽然财富并不是人生唯一的追求，但可以说多数人终其一生的奋斗，大都是为了获得更多的财富，为更高质量的生活提供最基本的保障。相比于其他要素，财富往往更容易激发个人奋斗的决心，同时也是最具代表性的社交话题之一，以此为突破口，往往可以更好地建立连接。

在谈到财富的问题时，可以重点谈论投资的问题，谈论理财的问题，或者聊一聊个人的创业问题，也可以说一说个人对财富的看法和见解，听听对方是如何积累财富的。又或者可以针对性地谈论大环境变化对个人财富的影响，谈论社会变革带来的创造财富的机会。

相比于健康和财富，或许孩子更具有话题性，因为孩子的事情往往让人更操心，也更容易获得关注。从成人的角度来看，孩子的自我保护能力、认知事物的能力、躲避风险的能力都不强，这使得成人必须花费更多的精力来确保他们的安全成长，因此任何有关孩子或者有关孩子成长的话题，都会自然而然地引发情感共鸣。

孩子的话题一般比较宽泛，诸如孩子的家庭教育、学习成绩、身体健康、精神状态、道德教育、心理问题、成长环境，以及引申出来的其他话题，从这些方面入手进行交流，往往可以有效地建立社交连接。最重要的是，向上社交的人需要表达自己对对方孩子的关心，这是赢得对方认同和信任的一个关键点。

如果从马斯洛需求层次理论来看，健康、财富以及孩子其实都可以归结为安全需求，是人最基本的需求之一。从现实的沟通来看，健康、财富和孩子会是理想的闲谈突破口，这三个话题不仅容易产生连接性，还因为更容易产生共鸣而可以进行深入沟通。

不过，在谈论这类话题时，应该要注意以下几点：

——为了更好地进行互动，可以适当谈论自己的情况，这样会显得更加亲近；

——要尽量关照对方的观点，引导对方说出自己的一些真实情况，不能一直都在说自己的事情，更不能将话题转变成说自己的私事；

——这类闲话家常的交流应该是一种分享，而不是过度的自我展示，因此不要有炫耀的心理，更不要总是给对方挑不是；

——避免触犯对方的隐私，无论是个人的隐私还是家庭成员的隐私，都不要去主动询问和了解。

总的来说，人们在向上社交的时候，应该注意寻找合适的话题，同时注意使用合适的对话方式与沟通技巧，确保整个社交过程更加和谐、高效。

CHAPTER 07

向上社交的一些基本注意事项

1 获得成功，为什么往往先要跳出自己的圈子

2 调整自己，保持最佳的社交状态

3 认识更多优秀的人，拓展自己的视野

4 社交是一种自我展示的社会行为

5 做好准备工作，让社交更加高效

6 向上社交需要主动创造机遇

7 向上社交的一些基本注意事项

8 如何提升自己的社交高度

注意最基本的社交礼仪

随着社会的发展，人与人之间的联系越来越密切，社会交往也越来越密切。在这个大背景下，社交礼仪的重要性日益凸显。在一些正式的社交场合上，人们对于社交礼仪的要求更高，以确保自己不会失礼，在向上社交的时候更是如此，人们必定会表现得小心谨慎，保证自己不会做出任何让人感到不舒服的行为。对于向上社交来说，它往往更加严肃、更加正式，而且对参与社交的人的要求也更高一些，这就使得人们需要做好基本的礼仪工作。

那么，在向上社交的过程中，人们应该怎样去把握基本的社交礼仪，才能确保自己可以给对方留下更好的印象呢？

关于这个问题，其实可以从社交礼仪的一些基本内容说起：

▲ 保持言谈举止的得体

在向上社交中，对对方保持恭敬和尊重的态度，是顺利进行社交的前提，所以向上社交的人在与对方进行沟通的时候，个人的言谈举止要得体，要体现出对对方的尊重和重视。比如，见面时主动打招呼，离开时要告别，沟通时多倾听对方说话，不要抢夺话语权，不要直接否定或者讥讽对方，不要大声说话，不要说一些触犯禁忌的话，不要给对方下达命令，不仅如此，还要保持正确的站姿和坐姿，维持一个更正面的形象。

富兰克林年轻的时候非常高傲，与人说话的时候，经常指出别人的不是，还表现得非常无礼。有一次，他去拜访一个年长的著名学者，到了对方家门口，他就在外面大喊大叫，显得非常无礼。等到对方让他进屋时，他直接高傲地抬着头走进去，结果一不小心撞到了门框上。富兰克林显得有些尴尬，正准备动怒，这个时候，老学者开口说话了："如果你能低下头走路，不就可以避免撞到头了？"富兰克林这才意识到自己的失礼。于是，他非常愧疚地低下了头。而在这之后，他开始改变自己傲慢和自负的态度，变得更加低调随和。

▲ 注意着装

在参加向上社交活动，或者与社交对象会面时，一定要注意自己的着装。为了表示对社交活动的重视，表示对对方的敬重，不能随意穿着和打扮，个人的着装必须更加正式一些，一些奇装异服要避免，一些太过随意的着装也要避免，一些容易引发他人不适感的衣服更要避免。此外，人们需要依据特定的场合来安排特定的着装。见自己的领导，见行业内的前辈，见重要的客户，见自己的导师，往往需要进行合理的着装搭配，表现出自己的重视。

华为创始人任正非平时非常低调，穿衣服也相对随意，有时候甚至不修边幅，但是在会见客户以及一些重要客人的时候，他往往穿着打扮得非常得体，以示尊重。

▲ 控制好自己的情绪

在双方对话时，难免会出现一些分歧。面对分歧的时候，可以说出自己的想法，但不要轻易甩脸色，也不要因为冲突而轻易动怒。语言暴力往往不能解决任何分歧，反而会激化彼此之间的矛盾。面对一个比自己更加优秀的人时，在情绪管理上应该做得更加出色一些，不能被自己的负面情绪破坏整个社交上的努力。

某知名企业家的脾气比较火暴，每次与人争辩，容易激动，有时候情绪过激还会骂人，即便是面对自己的大客户，他也会做出这种失态的行为，这让他自己也感到头疼。有一次，他和一位大客户讨论合作事宜，由于双方的分歧较大，他直接指着对方的鼻子大骂，最终双方不欢而散，他也因此失去了一个大客户。

▲ 注意保持及时的互动

在向上社交中，一定要注意与沟通对象进行互动，无论是双方的观点一致，还是意见相左，都需要及时进行沟通，需要在沟通中进行互动，及时对对方的表达做出回应，双方进行更深入的交流。互动首先表明了认真倾听的态度，其次表明了自己的看法，最后，表达了继续和对方深入交流的意愿，无论是什么，都表明了自己对对方的观点比较重视，这是对方乐于听见和看见的行为。对于那些在社交中经常表现得无动于衷的人来说，这是最好的方式。

还有一点需要注意，人们需要准时参加社交活动，时间观念是优秀人士非常看重的一个特质，他们会非常看重时间管理，也希望其他人可以建立良好的时间观念，所以对于向上社交的人来说，最基本的一条就是准时参加活动，或者说按照约定的时间准时会面和交流，千万不要迟到。为了确保自己不会被意外情况干扰到社交计划，可以提前做好准备，甚至提前到场等待对方，而不是让对方等待自己。

著名投资人查理·芒格非常看重时间，也严格要求自己和其他人不要浪费时间，他的中国合伙人李录对此非常了解。李录第一次与查理·芒格见面，约定的时间是早上7:30，可是当李录第一次赶到约会地点时，对方早就坐在那儿看报纸了。第二次会面，李录选择提前15分钟去，结果查理·芒格比他还要早到。第三次，李录干脆提前一个小时去，这一次他发现查理·芒格平时都是6:45到达。这个时候，他才知道，芒格每次与人会面，都会提前到达。也正是因此，李录也养成了提前到场的习惯，尤其是会见一些重要的客人和朋友时，他更是懂得如何掌控好时间。

社交礼仪就像是向上社交的一个外衣，只有把礼仪做到位了，整个社交活动才会更加得体、舒适、健康。因此在向上社交时，人们必须重视社交礼仪，了解并熟练掌握相关的礼仪，并严格遵守。当自己出现一些违背社交礼仪的行为时，要在第一时间给予修正，避免下一次再犯类似的错误。

信守承诺，保持一个好形象

心理学家罗伯特·斯特恩伯格认为，一段幸福的、和谐的、可持续的关系往往需要同时包含三个要素：亲密、激情和承诺感。这一点在伴侣之间比较常见，而且在一些常规的社交关系中同样适用。

亲密往往是指双方社交的频率和深度，带来的关系上的亲近，彼此之间可以建立信任感；激情指的是相互交往时，彼此能够感受到更多新奇的、有意义的东西，往往可以带来更大的满足；承诺感则是个人给另一方带来的一种安全感，即个人承诺愿意在这段关系中能够投入和付出的程度，承诺感越强的关系，往往也就越稳定。

承诺感可以定义为人们渴望持续一段关系的意图，做出承诺成为维护和推动关系的一种重要选择。在现实生活中，承诺常常会被视为一种拉近关系的方法，这在爱人之间、朋友之间比较常见。在一些向上社交的场合当中，人们也容易做出承诺，这被他们视为获得对方信任的一种手段。

在向上社交中，许多人会产生一种卑微的心态。比如，为了在第一时间赢得对方的认可，获得对方的信任，又或者是因为担心彼此的连接会断裂，当对方提出某种请求时，他们可能在没有分析和思考的情况下，就轻易向对方许下承诺。在他们看来，承诺更像是一种策略，而没有想过自己是否要兑现承诺，也没有想过自己是否有能力兑现承诺。

承诺会产生一个基本的问题，那就是是否能够践行承诺，也就是守信。如果说承诺是一个需要做出的态度，是一个需要去做的选择，那么守信就是必须完成的使命。做人应当信守承诺，在向上社交的时候，对方更是会看重这一点，考虑到双方在社交关系中的位置，对方通常都会对向上社交者提出更高的道德要求，其中信守承诺就是一个重要的标准。如果出尔反尔，不践行自己的承诺，就会失信于人，对方又凭什么与之交往。

摩根财团的创始人摩根早年生活贫困，并且一直都找不到挣钱的方法。有一次，他无意中看到一家名为伊特纳火灾保险公司的小保险公司正在招纳股东，据说只要报名注册就可以当上股东。摩根抱着试一试的心态报了名，正式成为公司的股东。

不久之后，一家在伊特纳投保的大客户突然起火，伊特纳为此需要赔付一大笔钱，而这笔钱足以让这家刚创立的小公司破产。这个事故让很多股东产生了悲观的情绪，纷纷要求退股，但摩根没有退股，他认为自己是股东就必须对公司的领导负责，对所有客户负责，所以对客户做出了承诺，自己一定会想办法赔付。很快，摩根就卖掉了自己的房子，还四处借钱，不仅赔了客户的钱，还低价收购了那些退股股东的股份，成为公司的老板。

正因为这样，摩根的举动引起了其他客户的关注，不少实力雄厚的客户对这家小公司重新燃起了希望。为了吸引客户，摩根打出了广告：参与投保的客户，一旦出险，可以加倍获得赔偿保险金。

大家非常信任摩根，于是纷纷进行投保，一些大客户甚至利用自己的资源帮忙拉客户，伊特纳保险公司很快就迎来了转机，摩根也为自己的事业打下了坚实的基础，更重要的是，他的守信行为赢得了更多大客户的信任，他由此获得了更优质的社会资源。

著名作家巴尔扎克说过：“如果你要成为一个有出息的人，你必须把诺言视为宗教，遵守诺言就像保卫你的荣誉一样。”守信的人往往会赢得更多的信任，会把握更多的机会，所以在向上社交中，守信原则往往是个人立足的根本。那么，人们应该如何去做呢？

▲ 答应别人的事情就要做到，而且应该给自己设定一个践行的时间期限，承诺两天完成，那么就要在两天之内做好它，绝对不能拖延。

▲ 为了避免忘掉，可以将自己答应要做的事情记录下来，最好写在纸上，以此来提醒自己必须尽快去完成。

▲ 主动去思考不信守承诺的后果，以此来督促自己不要随意食言，平时可以设定一个自我惩罚机制，一旦自己没有做到事先约定的某件事，就要给予一定的惩罚。

▲ 为了避免自己因为没有能力完成任务而失信于人，那么从一开始就不要轻易许诺，许诺必须经过深思熟虑，必须综合自身的情况。

▲ 合理控制对方的预期，不要在一开始就承诺能做很多，不然最后就算做到了，对方也觉得是应该的。拉高对方的期待值，只会给自己增加无形的压力。

在向上社交中，许多人往往会担心自己一旦拒绝了他人，可能就会被对方视为不够真诚，没有社交意愿，不是理想的社交对象。可是如果失信于人，个人的形象不是会变得更加糟糕？至于拒绝对方，其实只要方法得当，并不会对双方之间的关系产生太大的影响。

那么，应该如何更巧妙地拒绝别人呢？

第一种就是强调个人的能力不足以承担任务。比如，当对方提出某种令人为难的请求时，为了不伤害感情，可以先表达自己做事的意愿，但强调个人能力不足，最常见的表达方式就是“我很乐意帮你解决这些问题，但以我的能力来说，恐怕无法顺利完成”。又或者强调自己能力不行，弄不好会辜负期望，还是另请高明。

第二种就是冷处理的方式，不要直接答应或者拒绝，而是采取拖延的方式，强调目前的时机不对，自己没时间去做，一般可以尝试着给出一个模棱两可的回答。比如，告诉对方“以后有机会的话，我可以试试看”。以后是多久不知道，以后有没有机会也不知道，“试试看”也不算一个正式的回答，这样往往可以顾及对方的面子，还不会让自己陷入尴尬的处境。

第三种就是补偿式的回答，向上社交的人在接收到某项任务时，如果没有能力完成，或者不想去做，可以直接告诉对方自己这一次有诸多不便，恐怕难以帮忙，但是下一次可以帮助对方。

总的来说，人们应该更加严肃、更加谨慎地对待自己的承诺，做出承诺显示出了个人对对方的重视，但做出承诺不能仅仅只是一种态度和策略，更应该是一种行动，表现出自己的担当。如果自己没有把握去做好某件事，那么最好的方式就是隐晦地拒绝对方的请求。

保持坦诚才能赢得尊重

社会学家亨利·克劳德在《他人的力量：如何寻求受益一生的人际关系》中曾经提到了社交关系的四个层次。

第一个层次属于社交孤立状态。在这个状态中，人们对于人际关系没有什么兴趣，与人相处是一种折磨，在他们看来，自己似乎被切断了与他人之间的联系。

第二个层次是坏的连接关系。这一层次的社交状态几乎是人类普遍的经历，他们会在这种层次的社交状态中感到不满、焦虑、恐惧、内疚、自卑。

第三个层次属于虚假的“良好连接”。置身于这一状态中的人，能够将各种负面消息隔离在外，让人产生一种“完美”的感觉，这种感觉会让人上瘾，但它不具备持久性，人们需要通过各种社交活动来找到这种感觉。

第四个层次是真正的连接关系。这种关系具备了三个特点：关心、坦诚和结果。他们在社交中能够给予他人足够的关心，不会在对话交流中伤害别人。在社交中，他们总是能够保持坦诚，而且关注自身行为及时调整，以期获得更好的结果。

同样地，心理学家约翰·鲍威尔曾在《为什么我不敢告诉你我是谁》这本书中提到了沟通的五个层次：

第一个层次属于陈腔滥调打招呼，内容比较模式化、生活化，没有多少实际的意义，就像两个人见了面，经常会问候："最近好吗"，"天气看起来还不错，是吧"，"你吃了吗"。

第二个层次属于他人的事实陈述和报道，这些报道基本上是从别人的谈话中引申出来的事实，沟通者不会强调自己的观点，而是转述他人的内容，比如，"我听到很多人都在表扬你"，"听说你以前是做这个的，还做得挺好"。

第三个层次是意见和判断，人们有表达自己想法和判断的权利，但表达的时候需要符合他人的立场和需求，保持包容性。例如，人们在面对分歧时，可以这样说："您的想法很有趣，我非常欣赏。"

第四个层次属于感受与情绪，人们在沟通过程中会提出自己的看法，同时表达内在的感受和情绪，并且努力让对方感受到这些情感。

第五个层次是坦诚沟通、形成默契，沟通者主动坦诚自己的想法，利用真诚的表现来打动和影响别人。虽然双方可能仍旧会存在分歧，但真诚的做法会降低彼此之间的摩擦。

在向上社交中，坦诚是一个基本的社交条件。沟通双方想要建立更紧密的联系，想要进行深入交流，就需要相互坦诚，不要试图通过隐瞒和撒谎的方式谋取私利。

纽约有个知名企业家去参加一个晚会，并发表了一次演讲。在演讲的时候，他发现台下有个年轻人倾听地非常认真，而且还拿出一支钢笔和本子记录，他对此感到非常好奇，事实上，这和自己见到的所有年轻企业家或者富二代截然不同，似乎很少有年轻人会这样做。讲话结束之后，企业家径直走过去，同年轻人交谈起来。令他感到诧异的是，这个年轻人的穿着打扮、言谈举止明显和在场的人不同，于是，企业家便好奇地询问对方是谁家的孩子。

年轻人有些腼腆地说道："我并不是什么富二代，而是一个来自贫民窟的穷孩子，这里也没有我的朋友。事实上，我来这里参加活动，只是为了见见世面，听你的演说，你看，因为晚会的门票，也许我将要工作一个月才能挣到这笔钱。"

企业家被年轻人的坦诚感动了，事实上，这里的所有人都在努力伪装自己，让自己看起来更加光鲜亮丽，更加富有和成功，充满了虚伪和欺骗，但这个年轻人却丝毫不掩饰自己的身份，这让企业家非常欣喜，于是邀请年轻人过几天去参加自己的私人晚宴。后来两个人成为好朋友，而企业家更是资助年轻人完成了大学课程。

坦诚是社交的一个重要原则，也是确保信息沟通的一个基本准则。只有保持坦诚，双方才能建立起互信机制，才能够相互分享更多的信息，对于向上社交的人来说，这是向对方学习的一个契机。不过，想要在社交中做到坦诚，就必须把握一些沟通的要领。

坦诚首先在于坚持实事求是的原则，主要在于对信息描述要客观真实，不要夸大其词，对相关问题，包括情感的表达、对个人能力和对事件影响力的描述，都要避免夸大；不要歪曲事实，对真实情况进行扭曲处理，这样容易误导对方，事实是怎样就要怎样描述，不能随意进行更改，更不能抹杀真相；要拒绝无中生有，不能按照自己的需求来描述一些没有发生的事情，包括不存在的资源以及不存在的机会。在向上社交中，对他人描述一些不符合实情的事，往往会失去对方的信任，并严重影响个人的社交形象。

坦诚还要求社交者展示自己内心真实的想法，也就是说，沟通时，不要掩饰自己的真实想法，选择一个合适的时机，用合适的方式，将自己内心的感觉说给对方听，展示自己在相关事情上的态度，绝对不能欺骗对方，明明自己不同意对方的观点，还要点头同意和称赞，在具体执行的时候又违背对方的意愿。考虑到不同的想法可能会引发冲突和矛盾，在表达的时候，可以坚持以退为进，或者隐晦地阐述出来，而不是选择撒谎。

富兰克林说过："坦诚是最明智的策略。"在人们试图向那些优秀的人撒谎时，他已经失去了长久维持这种社交关系的能力和机会，也许他能够在短时间内得到自己想要的结果，但这种欺骗最终会让他付出更大的代价。相比之下，保持坦诚可能会让自己不得不暴露出更多的信息和状态，让人显得被动，实际上却在一定程度上掌握了社交的主动权，可以保证自己获得更多的认同。

适当拔高自己的需求层次

1943年，美国心理学家亚伯拉罕·马斯洛出表了一篇名为《人类激励理论》的重要论文。在这篇论文中，马斯洛将人类需求划分为五个不同的层次，从低到高依次为：生理需求、安全需求、社交需求、尊重需求和自我实现需求。在马斯洛看来，人们在满足自身的需求时，都是按照从低到高的需求层次来推进的，先满足低层次的需求，然后追求更高层次的需求，当满足了低层次的需求后，就会将注意力放在更高层次的需求上，而低层次的需求就会失去应有的激励作用。还有一点，如果人们总是停留在低层次的需求满足上，一样会失去追求更高层次需求的动力。

举一个简单的例子，一个家庭刚刚成立时，丈夫和妻子两个人需要上班维持生计，此时两人的需求基本停留在生理需求的层面，只要能找到工作就行了。随着经济的好转，他们开始考虑换一份更加稳定的工作，考虑给家庭成员购买保险，考虑买一套属于自己的大房子，这就是安全需求。接下来，两个人需要考虑去一线城市生活，换一个大公司上班，并给孩子安排最好的学校，这就是家庭的社交需求。等到社交需求满足之后，夫妻两人准备购买别墅和豪车，购买更多的名牌产品，平时也开始注重穿着打扮，在公司里上班非常努力，而且愿意在上级领导面前展示自己的能力和业绩，这就是尊重需求的满足。到了最后，夫妻双双离职，开始自主创业，做自己喜欢做的事情，满足自我实现的需求。

其实一个人处在不同层次的需求上，往往可以反映出他对生活的态度，对于人生的认知能力，以及对于事物思考的层次。在这里可以举一个很常见的例子：对于某个毕业生来说，如果他同时有两份工作可以选择：一份是在跨国公司的技术部门上班，工资是每个月固定的1.5万元。另一份工作是在一家小企业担任技术主管，月薪为2.5万元。两相对比之下，他应该怎么选择呢？

可能多数毕业生把工资看得更加重要，认为在小企业中工作拿到的工资更高，自己获利更大，是最合理的选择，而这样的选择明显是考虑满足自己的低层次需求。相比之下，有少部分人会选择进入跨国公司上班，虽然工资要少很多，但进入跨国公司意味着自己可以认识更多的精英，可以了解更先进的工作模式和管理模式，还有机会接触到更高层次的客户，和这些人交流，有助于拓展向上社交的空间，可以为自己未来的发展提供一个更好的平台。很明显，选择进入跨国公司上班的人更加看重发展问题，他们虽然也有低层次需求的满足，但更加看重自己的发展以及自我价值实现需求的满足。

只要对做出这两种不同选择的人进行比较，就会发现前者的社交格局和人生格局都被束缚住了，他们很难会有更大的突破，而后者拥有更开阔的视野，对于人生的规划也更加合理，能够从长远出发来思考问题，在做事的时候，不会为眼前的小利益而放弃最终的大目标，而这样的人不仅拥有向上走的愿望和能力，还更容易获得成功，这些正是优秀人士所看重的。

从这个角度来说，向上社交者在面对对方的时候，需要适当提升自己的需求层次，或者说应该表现出追求更高需求层次的意愿，就像第一章讲到的那样，一个高层次、高追求的建筑师无疑更能获得青睐。有人曾经谈到应聘工作的话题，任何人在寻找工作的时候，薪水肯定是考量的一个重要因素，但在和老板谈论的时候，不能只谈钱，或者说不能过分谈钱。比如说，了解公司的发展规划，希望获得一个更好的发展平台和自我展示的机会，这样一来，老板对自己的印象会更好一些，而且双方之间的谈话也会更加深入。

在向上社交中，话题的选定有一定的讲究，虽然从内容上来说，只要是符合主题的内容都可以进行讨论，但就话题的延续性来说，越有深度，越有思想层次的谈话内容，往往越受欢迎。所以在向上社交的时候，需要展示更高的需求层次，不要把自己约束在那些低级别的需求层次上，要尽量拔高个人需求，把目光放得更长远一些。

马云在说服孙正义投资阿里巴巴的时候，没有说自己多么需要钱，而是想要寻求一个更好的合作伙伴；乔布斯在说服更擅长管理的百事可乐CEO约翰·斯卡利加盟时，说道："你想在接下来的时间里卖糖水，还是想和我一起去改变世界？"李开复从微软跳槽到谷歌时，对谷歌的高管说，自己并不在意工资多少或者薪酬公开与否，他更感兴趣的是公司是否具备更为完善的发展前景和公平的考核体系；巴菲特24岁就跟着导师格雷厄姆，他从来不关心自己的薪水，而是强调要学习多少知识。

在向上社交中，更高层次的需求意味着更高的视野，意味着个人在这样的社交关系中愿意付出更多的努力，也意味着自己对对方能力和实力的认可，并愿意经营好这份关系。还有一点很重要，当个人需求层次得到提升之后，也直接拔高了话题的层次，提升了话题的价值，这样就有效地满足了对方的沟通习惯，符合了对方的社交标准，往往可以帮助双方找到更多的共同话题。

那么，人们应该怎样做，才能拔高自己的需求层次呢？

▲ 与那些更优秀的人见面时，不要直接说自己希望得到什么，而要强调自己想要学到什么，相比于直接获得满足，通过

学习的方式来实现目标，可以凸显出个人成长的属性。

▲ 少谈论物质追求，多说一些渴望尊重以及自我实现的需求，或者说一定要突出个人的远大目标，这是一个更好的社交信号。

▲ 少谈论当前的收获，多谈论一下将来的发展规划，在向上社交中立足长远，往往可以获得更多沟通的机会。

从某种意义上来说，优秀的人往往有更高的需求层次，而向上社交的人则需要拔高自己的需求层次，这会是一个良性循环，无疑会赢得更多的社交机会，而更多更好的社交机会，又带动了个人思维层次和需求层次的提升。在这种循环中，个人往往会得到持续的进化。

向上社交也要坚守底线

在向上社交中，为了赢得对方的认同和信任，获得自己想要的东西或者自己想要解决的问题，人们基本上会围绕着对方的需求、想法和立场来推进社交活动，这是由各自需求上的差异和位置的差异决定的。一般来说，保持一个更加谦卑的、低调的姿态，可以减少更多的社交阻力。

众所周知，社交具有一定的规则，社交过程中也存在一些所谓的潜规则，人们会按照约定俗成的规则进行交流，会按照大家都能够认可的模式完成社交互动。除此之外，个人也需要制定一些私人的标准和原则，掌控好社交的尺度。实际上，作为一种倾向性比较明显的社交方式，向上社交的人往往需要展示自己的尊重态度，但尊重并不意味着无条件的配合对方，不意味着无底线地听从对方的要求，完全按照对方的意愿行事。对于任何一个参与社交的人来说，保持个性和独立性是一项重要的任务，也是社交的基本准则，更重要的是，每个人都需要保持自己的社交底线，给自己的社交画一条红线，什么人坚决不能与之交往，什么事坚决不能去做。

坚守社交底线其实是给社交者划定一条最基本的安全线，只要越过了安全线，可能就会给自己带来严重的影响。比如，破坏个人的社交形象、引发不必要的社交纷争，伤害个人的根本利益，或者影响个人的长远发展。因此，人们必须时刻保持清醒的头脑，确保自己的社交活动不会触碰底线，确保自己的社交行为不会带来太大的负面影响。

那么，人们应该怎样去做呢？坚守底线具体又体现在什么地方呢？

第一，向上社交不能违背道德和法律规定。比如，许多人为了结交权贵人物，可能会在私底下送礼、贿赂，这无疑违反了法律，这样的行为应该严厉禁止。向上社交者应该建立起正确的价值观和社交意识，避免受到不正之风的侵扰。如果社交对象变相向自己要好处，收取贿赂，或者强迫自己做一些违反道德和法律的事情，自己要坚决说“不”。

第二，不要做违反个人原则的事情。任何人都有自己要坚守的原则，这些基本原则往往是个人立足与发展的保障。如果轻易违反规则，那么个人的形象也会受到很大的损害，之后很难赢得别人的信任。此外，盲目更改原则，个人做事的方式和效率也会遭到很大的挑战。

第三，向上社交并不意味着可以和任何一个人进行交往，有时候即便对方比自己成功，也要懂得保持理性，看看对方是不是合适的社交对象。比如，有的社交对象是自家公司老总的竞争对手，这个时候，就不适宜与之进行交往，即便对方主动，也要保持距离。又比如，有的人能力很强，但是心术不正，道德素养不高，那么也要与之保持距离。

第四，要确保自己的社交行为不会对其他人造成严重的影响，不能为了和某个人建立连接，而损害其他人的利益，甚至破坏自己和其他人之间的联系。在一个相互影响的社交网络中，人们想要做到面面俱到很难，但寻求合作共赢应该是主流，绝对不能将自己的社交礼仪建立在伤害别人的基础上，这样只会限制自己的社交，甚至影响个人社交形象。

每个人都有自己的底线，这些底线往往都不一样。可无论是谁，都必须确保自己的核心利益不会受到损害，确保自己的原则不会遭到破坏，守住做人做事的底线，在社交中保持一定的独立性，往往才能赢得更多的尊重，才能获得更大的生存空间。

1923年，福特公司某车间的一台电机突然坏了，导致所

有的生产工作全部被迫终止。总裁亨利·福特非常着急，希望工程师可以尽快修复，可是工程师忙了好几天都没有找出原因。福特有些生气，抱怨工程师的效率太低。不久之后，一个工程师请自己的好友思坦因曼思前来帮忙。思坦因曼思检查机器之后，用粉笔写下了几个字：这里的线多了16圈。

工程师们拆开机器，按照指示重新调整了线圈，结果真的发现电机的线圈多了16圈，而调整之后的机器很快恢复正常运转。福特得知这件事后非常震惊，于是亲自找到思坦因曼思，开出了10倍的工资聘用他到福特公司上班。思坦因曼思还是拒绝了，因为他当时在一家工厂上班，还是重要的技术人员，一旦自己离开，不仅违背了合同约定，还会给工厂正常的生产和经营活动造成严重的影响，也许这家小工厂会就此倒闭，所以他不能为了更高的工资就答应福特的邀请。

思坦因曼思坚守原则的行为赢得了福特的认同。福特听了这番话非常感动，也为自己的鲁莽举动感到惭愧，所以回来后，他做出了一个惊人的决定，直接花钱收购了这家小工厂。这样一来，思坦因曼思就不会因为成为福特的员工而感到为难了。

事实上，个人在社交活动中的表现不仅可以反映出一个人的能力和思维层次，还能反映出个人对自身的要求。如果人们缺乏一个合理的标准，缺乏一个支撑自身行为的原则，那么就可能会在向上社交的过程中犯错。而坚守底线，既是给自己一个交代，也是给别人一个交代。

把握好社交阈值，做到适可而止

英国学者罗宾·邓巴曾经提出了一个社会脑进化假说，他认为灵长类动物的社交能力是在进化过程中形成的。在进化的过程中，人类大脑中负责处理复杂与抽象思维的大脑皮质所占的比例会越来越大，处理社交关系的能力也就越来越强，但这种比例不可能无限增加，它往往存在一个上限。

一般来说，人类大脑提供的认知能力能够维持自己与150人进行较为稳定的社交互动，有的人也许会说自己在网络上认识1500个人，但这1500个人当中不可能所有的人都和自己保持亲密的互动，多数人连朋友也算不上。在现实生活圈子里，人们能够维持的稳定社交圈，一般只有150人左右，超出了这个数量，人们的社交质量就可能会下降，社交效果也会不断减退。

这里其实就涉及社交阈值的问题，150人的数量就是一个普遍存在的社交阈值，超过了这个数量，很多人的社交质量就开始下降。每个人都存在社交需求的阈值，当一个人的社交需求达到某种程度时，他的满意度最高，一旦再往上增加，就可能会出现不舒服、不满意的情况。

其实在具体的社交活动中，个人的精神状态也容易受到影响，大脑无法处理更多类型化的人和事。举一个最简单的例子：公司里来了一个新领导，大家都在他上任的第一天，表达了自己的欢迎，领导也一一回礼表示感谢，可是第二天、第三天还有人表示欢迎，领导可能就会感到不胜其烦，这个时候就表明员工的欢迎活动已经超过了领导的社交阈值。

一般来说，太热情、太频繁的社交互动往往会适得其反，尤其是在那些存在明显层级差距的社交活动中，下级对上级，或者普通人对精英人士，如果表现得很热情，很容易被认为是有利益上的诉求，这样反而会引起对方的反感。

社交活动离不开基本的互动，但是健康的社交关系并不是以接触的频率作为依据的，两个每天见面、每天问候的人，未必就能够成为好朋友，就像公司内部的员工每天都会和领导打招呼一样，这种惯性社交模式并不会带来关系上的改进。交流过于频繁的话，反而会突破社交阈值，产生负面影响。如果人们想要实现向上社交，并建立更高层次的社会关系，就需要掌握好一个度，在建立连接的同时，避免过犹不及。

▲ 工作以外的事情，要控制好度

许多人会有这样的误解，认为自己和那些高层次的人接触的时间越多，就越容易引起对方的好感和关注，所以某个领导生病了，他一整天都在微信上嘘寒问暖；上司家里有什么事情，他不辞劳苦上门帮忙干活；某个大客户的孩子上了重点小学，他有事没事就打电话赞美两句；某领域内的前辈有了新的研发，他又在群里三天两头去道贺。看起来，他的热情很高，但问题在于对方可能根本不需要他的关心，因为在他们看来，这些与工作无关的事情无关紧要，过度热情和讨好会让对方觉得你是有所图，因此很难得到应有的尊重与认同。

▲ 不重要的事情，尽量不要叨扰对方

工作中交流无疑可以巩固双方的合作关系，但千万不要在工作中过度消费彼此之间的这种关系，原因很简单，对方有自己独立和私密的空间，如果不是非常重要的事情，他们不太喜欢外人干扰自己的工作。所以，如果有人打算借着工作的名义向上社交，一定要注意社交的效用，必须在重要的事情上与对方进行交流。

▲ 避免随大流

在向上社交中，很多人通常会产生随大溜的意识。比如，称

赞某一个人时，会重复其他赞美者的话；想要接近某个人时，会选择大家惯用的手段和方法，打造相同或者相似的社交场景。这种随大溜的做法很容易突破人们的社交阈值，因为太多重复性的社交仪式或者社交行为，会导致自己出现审美疲劳。所以想要获得关注和认同，有时候可以换一种方式。

▲ 剥离那些无价值的社交活动

人们经常会觉得陪着领导去旅行，参加那些高层人士举办的晚会，或者加入一些精英社交群，就可以快速建立向上社交，但实际上，真正的向上社交是需要产生价值的，或者说存在一些价值行动，不能产生价值的社交活动就是无效社交。当一个人长期做一些无效社交的时候，他花的时间越多，就越容易突破对方的社交阈值。

所以对于真正聪明的人来说，他会设定好自己的向上社交模式，控制好社交的力度，确保自己的每一次社交行为都可以产生应有的效果。

中国著名的投资人李录是股神巴菲特和查理·芒格非常器重的人。最开始，李录只是哥伦比亚大学的留学生，一身负债。1991年，他在哥伦比亚大学偶然听到了巴菲特在校内的演说，很快就入迷了。之后他翻阅大量和巴菲特有关的书籍，还对投资产生了兴趣。1996年，他第一次遇到了查理·芒格，并且很快用自己所学的知识打动了对方。某一天，查理·芒格对他说道："如果你能够与华尔街不同，我愿意投资你。"

这句话让李录产生了希望。果不其然，到了2004年，查理·芒格投资了李录管理的喜马拉雅基金，第一次成为李录的投资合作伙伴。但这个时候的李录其实并没有完全走进查理·芒格的交际圈，朋友一直劝他多和查理·芒格进行交流，获得更大的信任，这样就可以借助对方的地位来获取更多的社会资源。可是李录并没有听进去，事实上，他与查理·芒格成为合作伙伴之后，沟通次数并不多，有时候几个月也才说一两句话。只有出现了重大的投资项目，或者出现了重大的市场变动，李录才会和查理·芒格通话或者会面，讨论投资事宜。

也正因如此，两个人的关系非常密切，李录成为查理·芒格一生中最重要的三个投资人之一，并且他放心地将自己的财产交给对方打理，更是让李录进入了自己的朋友圈。2008年，巴菲特和伯克希尔公司投资比亚迪，就是李录在背后强力推荐。

崇拜巴菲特和查理·芒格的人很多，为何李录能够脱颖而出？这就是有价值社交活动的力量，李录用学识和了解打动了巴菲特和查理·芒格，进而有机会让对方看到自己的潜力，但同样重要的是李录非常善于掌握尺度，不会刻意去讨好对方，更不会频繁接触对方，他非常善于把握工作和生活的尺度，尤其是当他面对喜欢安静思考问题的查理·芒格，这样的自觉性至关重要。

如果说李录看重的是给予对方更大的私人空间，那么打工皇帝唐骏在向上社交的时候，则看重圈子内关系的和谐与透明度。比如，很多人在工作中常常试图和上级领导成为朋友，但打工皇帝唐骏却一直反对这样做。在他看来，社交要有更为明确的指向性和目的性，每个人都要弄清楚自己为什么要社交，要认识什么人，要和对方保持怎样的社交关系，以及为什么要保持这种关系，绝对不能为了社交而社交，为了增加自己社交圈的人数而主动去认识对方。

唐骏在工作当中，有一个非常奇怪的规定，那就是基本上不会与领导交朋友，除了工作上的关系之外，彼此之间没有太多私人的交往，生活中更是不会相互往来。很多人觉得唐骏心高气傲、自以为是，有的人则认为唐骏足够优秀，根本不需要朋友。面对外界的猜疑，唐骏的表态很直接，他希望自己在工作中可以与其他人保持更加透明的关系，同时以此来保证自己可以专心投入工作，不会受到更多的干扰和掣肘。

著名的互联网企业家陈天桥曾经花费巨资聘用唐骏，可是两个人在生活中并没有什么交集，就连陈天桥私底下邀请对方参加社交活动，或者一起喝茶聊天，唐骏也是次次拒绝。陈天桥也非常疑惑，为什么唐骏对自己这样冷落，难道两个人就不能进一步进行交流，成为好朋友吗？直到唐骏离开公司后，他才主动拉着陈天桥的手说："我以后可以和你交朋友了。"

在一个圈子内，不必要的向上社交可能会引发一些不良的反应。比如，会引起高层人士的反感，认为社交者在刻意用他们的资源谋取私利，或者认为社交者别有心机。此外，一些刻意的向上社交行为可能会引发周边其他人的不适，对其他人产生不好的影响。比如，同事可能会对他抱有敌意，或者认为他喜欢溜须拍马。

为了社交而社交，为了认识人而社交，有时候不见得多么明智，有的人表面上认识很多优秀的人，认识很多行业内的精英与高层领导，但是一旦自己有什么事，往往谁也不会站出来帮忙，原有的人脉资源几乎一个也派不上用场。

真正擅长社交的人，不会盲目拓展自己的人际关系，他们会依据现实需求或者未来的发展需要，评估建立社交连接的可能性与稳定性，聪明地衡量其中的利弊，给自己的社交活动设置一定的限制，把握好社交阈值，确保自己可以在一个更加和谐、稳定的环境中发展。

要懂得维护和保养社交关系

众所周知，现实生活中的社会关系往往都不是固定的，人与人之间的连接容易受到各种因素的干扰。比如，外界环境的影响、个人心态的变化、社交活动频率的变化、个人的生活和工作变化等。其中，社交活动是影响社交关系的重要原因，在社交活动中表现不佳，很容易影响彼此之间的信任。比如，说错话、做错事，相互之间产生了纠纷，又或者长时间不交流，都会导致彼此之间的关系被冲淡，甚至有可能直接导致关系破裂。

其中有一些是不可控因素引起的，有很多则包含了可控因素，主要和主观意愿相关，主要是看个人是否想要好好经营和维持这份关系，或者说是否重视这份关系并愿意投入更多。其中有一种比较常见的现象，就是建立社交连接之后，却不注意通过互动来维护这种关系，导致彼此之间的联系越来越弱。

从社会关系的角度出发，人的社会属性很明显，无法完全独立于群体之外生活，所以人与人之间的交流具有一种天然的优势和属性，但许多人本身存在一些社交惰性，在他们看来社交活动是一种消耗性的行为，个人可能需要投入大量时间、金钱、精力和情感去应付，而这一切都会直接导致自己的生活、工作受到影响。还有一些人会产生这样的想法，既然和他人建立了社交连接，那么对方就属于自己的社会关系和人力资源了，根本用不着刻意去维护。

但从现实的角度出发，人际关系也需要定期保养和维护，因为时间可能会冲淡彼此之间的感情，如果太长时间不交流，或者只有过一次交流，那么双方的情感维系会随着时间的推移而变得越来越弱。此外，当人们被太多的生活、工作事务分散精力和关注度后，就可能会对社交活动慢慢失去兴趣。如果不能定期进行交流，那么彼此之间的关系会越来越弱。对于那些优质的人际关系来说，更是需要定期进行维护，强化彼此之间的联系，不要在日常的冷藏状态下慢慢消磨掉。

福特汽车的创始人福特先生在某一次活动中见到了发明家爱迪生。爱迪生当时世界闻名，拥有自己的实验室和各种专利，无论是个人财富还是社会地位都是顶级的，相比之下，福特那个时候只是一个不起眼的小人物，唯一的想法就是想要制造汽车。在那一次活动上，福特主动找到了爱迪生，然后诉说了自己对对方的尊重和敬仰，他还希望能够和爱迪生进行合影留念。

爱迪生满足了他的请求，然后福特趁机和对方攀谈起来，还说出了造车的愿望，没想到爱迪生不仅没有嘲笑对方，还鼓励他勇敢去追求自己的梦想。就这样，两个人很快就有了更多的话题，并且互留了联系方式。

在之后的一段时间，福特都会定期和爱迪生交流，给对方送去节日祝福，爱迪生也会进行回应。两个人的关系越来越亲密。于是，福特经常约爱迪生和其他几个朋友一起出去旅行，大家漫无目的地开着汽车沿着公路行驶。有时候，他们会下车砍树，做一下运动，支起帐篷玩点小游戏，如果兴致来了，还会点起篝火，坐在一起畅谈。

正是因为懂得维护这段关系，福特和爱迪生几乎成为一生的好朋友，而爱迪生不仅在事业上帮助福特，还和福特一起购买土地办工厂，成为事业上的合伙人。

对于社交关系的维护，本质上体现出了个人对他人的重视，也体现出了对社会关系的重视，作为一种重要的生存和发展资源，人际关系一直都是人们最常使用的资源之一，对于那些优质的人际关系来说更是如此，人们必须想办法让他们长期保持在一种被激活的状态，而这种激活就需要定期交流和不断深化。

维护社交关系或者说将社交关系持续维持在激活状态很简单，那就是找出和自己有联系或者有过连接的优秀人士，经常与他们进行交流互动，这种互动可以使用多种不同的方法：

第一种是日常互动模式。常见的就是节日问候，像生日祝福、新年祝福、节日的互动都属于这一类；还可以经常分享彼此的生活和工作，讲述遇到的一些趣事；或者也可以经常一起聚餐，参加一些社交活动。

第二种是探讨模式。探讨模式一般是指当个人在生活和工作中遇到什么问题时，可以和对方一起讨论相关的话题，或者针对某些特定的问题向更加优秀的对方请教，这种交流方式往往可以有效推动深度连接的出现。

第三种属于情感交流模式。比如，平时遇到了什么烦心事，都可以向对方倾诉。心情不好的时候，可以找对方说说话。或者当自己感到迷茫的时候，希望有人可以给自己一些力量和能量。

第四种则属于合作式的交流模式。社交双方可能在生活中的交集并不多，但是由于存在很多共同的利益或者共同的追求，向上社交的人可以经常和对方在某个领域内进行合作，通过合作的方式来强化彼此之间的联系。

总的来说，维护的方式多种多样，关键在于要推动彼此之间的交流，不能让交流长时间陷入停滞状态，其实这种行为并不需要浪费太多的时间、精力和成本，有时候打一个电话，或者简单地聚一聚，就可以达到强化关系和联络感情的目的，重要的不是人们举办了什么盛大的社交活动，又付出了多少，而是看人们对待社交关系维护和保养的态度和认知，有时候简单的投入，就能让彼此之间的社交关系长时间保持稳定。此外，在维护社交关系的同时，人们需要懂得将各种互动方式结合起来，不要显得过于单调，这样可以更好地深化彼此之间的联系。

CHAPTER 08

如何提升自己的社交高度

1
获得成功，为什么往往先要跳出自己的圈子

2
调整自己，保持最佳的社交状态

3
认识更多优秀的人，拓展自己的视野

4
社交是一种自我展示的社会行为

5
做好准备工作，让社交更加高效

6
向上社交需要主动创造机遇

7
向上社交的一些基本注意事项

8
如何提升自己的社交高度

努力学习，丰富自己的知识储备

随着社会的发展，人与人之间的联系越来越紧密，社交能力也日益成为一项重要的技能，但在日常生活中，并不是谁都具备出色的社交能力，在向上社交方面，能够展示出出色社交技巧的人更是不多。正因如此，经常有人会说自己非常羡慕那些侃侃而谈的人，非常羡慕那些可以轻易打动别人的人，并渴望成为这样的人。

那么，想要拥有出色的向上社交能力，应该怎样去做呢？答案就是——学习，人们只有通过各种学习来积累足够的知识，打好底子，才能在社交领域如鱼得水。从社交活动的基本结构来说，主要包含了两个方面：一是内容，二是技巧。所谓的内容指的是交流和沟通的主题，即双方见了面要说些什么，或者说什么内容可以建立更稳定的社交联系。技巧则是指人们能够吸引、说服、打动他人的表达方式，这些技巧本质上也是知识的一部分。

通过学习，可以丰富和深化自己的谈话内容，提升谈话技巧，将社交提升到一个更高的高度上。举一个现实的例子：当某地的农户大量种植同一种类的农产品时，造成本地市场饱和与农产品滞销的情况，最终引发了价格暴跌，农户的损失非常惨重。在相关部门前来了解问题时，普通的农户可能会简单谈到跟风的问题，认为大家都在种植，东西自然会过剩；而稍微了解经济学知识的人，会重点谈到市场的需求和供应关系，会谈到市场盲目性的特点，这样一来，社交层次就明显得到了提升；至于那些农业专家，他们会谈到产业单一的问题，或者会谈到本地产业优化和结构升级的问题，会强调市场开放和信息平台构建的问题，还会重点强调打造区域经济互联的计划，这些谈话无疑更有吸引力，层次也更高。而农业专家之所以可以说得更出色，最重要的原因就在于他们的知识积累非常丰富，对于整个农产品的种植、行业变化规律、产业发展模式等相关知识都有所了解，自然可以说出更加优质的内容。

对想要向上社交的人来说，知识积累是提升个人社交能力、拔高社交高度的基础，如果想要赢得优秀人士的关注，必须确保自己可以输出更多有价值、有意义的内容。

美国著名小说家柯恩出生于一个铁匠家庭，从小就没有受过什么良好的教育，父母也无法为他提供好的社会资源，他想要出人头地，只能依靠自己。那个时候，柯恩想要认识诗人罗赛迪，并期待着和对方会面。但如何才能接近对方呢？柯恩的做法很简单，那就是自学，为了让自己更有资格与名人进行对话，他开始阅读诗歌，还将罗赛迪的诗全部阅读了几遍，进行分析和模仿。随着知识的积累，他在诗词方面的写作能力和理解能力得到了有效的提升。有一次，他写了一篇演讲稿，专门歌颂罗赛迪在学术上的成就，并且还特意送了一份给罗赛迪。

罗赛迪见到这份演讲稿后非常开心，同时也对柯恩的写作能力和理解能力感到吃惊，所以就和对方见了一面。那一次两个人相谈甚欢，谈论了自己的发展，柯恩的才华让罗赛迪非常欣赏。得知对方并没有上过学，却拥有如此不凡的谈吐，罗赛迪更是觉得不可思议，于是聘用对方成为自己的私人秘书。就这样，柯恩就跟着罗赛迪前往伦敦开始了新的生活，而这也成为他一生的转折点。

由于和罗赛迪走得很近，柯恩得以接触到对方的社交圈，并很快结识了很多当代的大文豪，然后谦虚而上进的柯恩经常向他们请教写作问题，还一直坚持阅读各类文学作品，完成了丰富的知识积累，让他在社交中有了更多的话题，也为他的写作提供了很大的帮助。

柯恩正是依靠大家的帮助和不懈的努力，成为美国最出色的小说家之一。

对于任何人来说，个人的言谈举止都是建立在个人知识储备的基础上的，知识储备越丰富的人，越容易在社交中表现得魅力十足，也越能够掌控好社交活动的节奏。不过，在信息时代，人们每天都会接触成千上万条信息，而并不是所有信息都可以成为合适的知识点，人们需要选择更具针对性也更具效率的学习方式，其中，最常规的学习方式就是多阅读文章，通过看书看报或者浏览网页来接收更多的知识，而且最好多接触不同类型的知识。

很多企业家都喜欢研读历史，这类书籍可以启发个人智慧，提升谈话的高度，并拓宽个人看问题的视野；读文学书籍可以陶冶一个人的情操，让个人的谈吐更加优雅；读心理学书籍也是非常不错的选择，在向上社交的过程中，揣度对方的心理非常重要，而心理学知识可以帮助人们掌握察言观色的方法；此外，人们还可以重点阅读那些成功人士的传记，看看对方是如何思考的，是如何处理人际关系的，又是如何去把握成功机会的，当人们对那些优秀的人了解得越多，就越有机会在向上社交中保持较高的水准。

在学习不同的知识后，人们往往可以完善自己的知识体系，并且深化自己的思维。很多知识储备很丰富的人就善于总结和创建思维模型，在这些思维模型中，他们可以充分运用各种不同类型的知识进行思考，简化自己的思考方式，提升表达的效率和说服力。

严格来说，学习并没有一个固定的形态，我们可以专门去学校学习，也可以在书本上寻找解决问题的答案，还可以在日常的生活、工作和社交中学到所需的知识，只要保持学习的心态，那么我们可以从任何能够获得信息的渠道当中进行学习。所以我们在生活和工作中要保持专注，多留心身边的人和事，向他人虚心请教，获取自己感兴趣的信息。

此外，需要注意的是，知识积累是一个相对漫长的过程，而且学习本身就永无止境，因此我们不要放弃对学习的渴望，要将自己的学习劲头和学习习惯坚持下去，通过这种延续性来强化自己的能力，这样才能保证自己向上社交的能力越来越完善，社交高度不断得到提升。

培养信息整合的能力

在日常生活中，人们是有机会接触到比自己更加优秀的人的，例如，上司、行业前辈、高端客户、各个领域的精英……社会并没有完全将不同圈层的人隔离开来，换句话说，建立连接的可能性是存在的，但人们是否可以与更加优秀的人建立有效的连接，这不仅仅是运气的问题，更是个人能否把握机会的体现。

信息整合的能力在向上社交中至关重要。具体来说，就是当个人进行向上社交时，如何有效地传递信息，如何更高效地赢得关注，以及如何把握住那些更加出色的经验，如何获得那些更加重要的方法，如何把握住那些更为高效的思维。这里涉及两个层面的内容，第一个层面属于信息接收问题，即从对方那里获得重要信息的能力；第二个层面属于信息传递问题，即向对方传递自身信息的能力。

我们先说一说信息的接收问题，在向上社交中，低层交流者，缺乏配合，往往很快就结束谈话，并且不再有下一次，他们对于社交通常没有什么印象，也没有什么期待。

级别较高的一些人，会认真对待社交活动，也愿意配合对方，但很多时候只是单纯地想要和对方说说话，对于对方究竟说了什么没有印象，也不关注自己能够获得什么信息。他们注重社交的过程和仪式，但不注重社交成果。

更高级的社交者，会认真对待每一次向上社交的机会，也非常珍惜每一次这样的沟通机会，因此会认真倾听对方说了什么，记录并整理对方谈话中的重要内容，他们总是能够从中找出高价值的信息，并期待可以与对方建立深度连接。

前华人首富李嘉诚是一个非常重情义的人，他的私人司机在其身边开了30多年的车，一直兢兢业业，没有出过什么问题，这让李嘉诚非常满意，所以当司机到了退休年龄的时候，李嘉诚给了他200万元的养老金，希望他可以拥有高质量的退休生活。

可是司机拒绝了李嘉诚的好意，他非常坦诚地说："李先生，谢谢你！我不需要200万元，我自己也攒下了不少钱。你在车里谈论股票的时候，我也常常听到，后来我也学着去买，这么多年来我也赚到了很多钱，如今也有上千万资产了。”

这样的故事往往令人羡慕，似乎谁都愿意遇到这样善解人意的老板，愿意拥有这种浪漫主义色彩的人生际遇，但这个故事的重点其实在于个人对机会的把握能力与对信息的掌握能力。换句话说，可能有很多人都有机会接触到李嘉诚，包括家里的用人、保镖以及员工，但并非所有人都能够从李嘉诚身上获得最有价值的那些东西。在日常的社交中，只有那些关注现实，认真挖掘信息的人，才能保持更高的敏锐性，并从更优秀的人那里获得自己所需要的东西。

我们再来看信息的传递，对于那些优秀者而言，他们并不愿意将大量时间花费在向下社交中，也就是说，如果向上社交的人无法在更短时间内引起他们的注意，交流将会很快结束，然后对于更低圈层的人来说，将会失去这样宝贵的机会，并且下一次可能不再有这样的机会。正因如此，人们向上社交的时候，应该尽可能拿出干货，并在短时间内赢得对方的认同。

著名的咨询公司麦肯锡公司曾经为一个重要的大客户做咨询，等到咨询工作完成之后，客户公司的董事长走进电梯，然后对陪同在一旁的麦肯锡公司项目负责人说：“你能不能和我大致谈一下结果？”事先毫无准备的项目负责人，只能支支吾吾地将整个项目的咨询情况如实反映，但他的表述明显过于啰唆了，当电梯从30楼下到1楼之后，他也没有将事情说清楚，这让客户公司的董事长感到不满，所以他径直走出电梯，放弃了这一次咨询，麦肯锡公司因此失去了一位重要客户。

在那之后，麦肯锡公司就制定了培训规则：所有员工必须在短时间内将自己应该表达的内容说清楚，凡事需要直奔主题和结果，删除多余的话，并将重要内容归纳在3条以内。而这个规则就是著名的“30秒钟电梯理论”。

“30秒钟电梯理论”的本质就是一种沟通中的时间管理和信息整合模式，而这种模式在向上社交中同样重要，虽然人们未必一定要在30秒内把事情说清楚，但在更短时间内整合自己的想法，整合将要表述的内容，的确会提升社交的效率。

在信息交流和传递的过程中，想要提升信息的传播效率，想要更好更快地赢得对方的关注，甚至说服对方，一定要注意掌控好交流的效率。

——删除不必要的信息，讲述那些重点的内容；

——压缩所要表述的内容，将相关信息归纳成几个点，最好不要超过3个点；

——尽可能快地谈到主题，砍掉不必要的铺垫，减少时间浪费。

其实，在展开向上社交之前，人们可以对自己所要表述的内容或者所要沟通的信息进行整理，将自己要传递的信息全部写下来，然后对相关内容进行简化处理，理清逻辑顺序，改正不合理的地方，对最终的内容进行反复模拟和练习。这样一来，在面对对方的时候，就可以更有条理地将事情说清楚。

总而言之，社交的本质是信息的相互传递，如果我们能够更高效地向他人传递自己的想法，能够更高效地接收有价值的信息，那么就可以更好地把握住向上社交的机会，在交流中掌握更多的主动权，还能有效提升社交的高度。

参加向上社交活动，锻炼自己的能力

社交往往和个人的性格有关，性格外向的人可能在社交上拥有一些先天优势，而内向的人可能会排斥社交活动。但社交能力其实是后天培养出来的，没有谁一出生就可以与人进行高效交流，也没有人从一开始就魅力十足，受到大家的关注和欢迎。社交能力往往是在后天生活和工作中形成的，能力的大小往往和个人对社会的接触、观察、理解有关。社会阅历丰富的人，在向上社交的过程中，往往表现得越从容越自信，而且对于人际关系的把握和社交节奏的掌控也更到位。

因此，在多数时候，提升向上社交能力的绝佳办法就是更多地参加社交实践互动，通过社交实践来提升自己的能力。对于向上社交的人来说，这种社交实践的机会可能比平行社交少一些，但是只要你有向上社交的意愿，只要你制定了更合理的社交目标，然后更多地在实践中尝试自己的社交方法，那么所谓的社交隔阂与圈层文化并不会成为阻碍你向上社交的关键要素。

美国知名女主持人奥普拉拥有出色的社交能力，在面对那些社会精英和顶级的知名人物时，都可以泰然自若，顺利展开对话。事实上，奥普拉一开始的社交能力很弱，而且为人比较自卑，面对那些强大的能量场时，常常会怯场，甚至说不出话来。

为了提升自己的沟通能力，奥普拉开始尝试着做更多的采访节目，掌握更多与富人、政客、企业家对话的技巧。不仅如此，她还经常出席各种富人举办的社交活动，很多人都认为奥普拉并不是那个圈子里的人，没有必要跟着他们瞎转悠，因为没有人会真正关注她，而且说实话，她又能从中学到什么东西呢？难道还要跟着他们去投资不成？

但是奥普拉有自己的想法，她参加活动并不是为了出风头，并不是为了炫耀，而是重点观察富人们的表现，了解他们的生活习惯和表达方式，看看他们是如何说话的，是如何与人相处的，看看他们又是如何应对社交场上的意外事故和冲突的。不仅如此，她还有机会与更多不同类型的社会精英进行对话，完善自己的社交能力。

正是因为不断的锻炼，奥普拉的表达能力得到了质的飞跃，这使得她在采访那些名人时，可以巧妙地引导他们说出重要的信息，引导他们与之建立更亲密的关系，从而保证访谈节目的成功。

并不是所有人只要努力就可以像奥普拉这样成功，但对于多数人来说，坚持参加更多的向上社交活动，有助于提升个人的社交能力，并形成自己独特的社交风格。需要注意的是，在很多人的潜意识中，一方面渴望参加向上社交的活动，来提升自己，但另一方面又担心自己被人说成是“不务正业”“一心只想着往上爬”，所以在很多时候，并不愿意出席这类社交活动，至少他们会认为自己有“自知之明”。观念上的自我认知严重束缚了他们在社交领域内的拓展，也束缚了他们对向上社交的正确认知。

其实，对那些优秀的人来说，向上社交是一个非常重要的生活形态。在西方国家，有很多政客和企业家，对社交活动非常热衷。实际上在他们成名之前，就善于借助各种各样的活动来拓展自己的社交网络、拓展自己的视野，同时培养和锻炼自己向上社交的能力。很显然，他们都受到了那句名言的影响——“重要的不在于你是谁，而在于你认识谁。”想要认识更多更优秀的人，就需要更多地参加向上社交活动，并以此来提升自己向上社交的能力。

那么，人们究竟应该怎样去做呢？

▲ 保持主动性，只要有机会，就可以去参加社交活动，认识更多想要认识的人，或者尝试着和不同的人进行交流。当个人的社交信心建立起来时，社交经验也得到了丰富和完善，个人往往会更加重视向上社交，并且有能力去应对更多的向上社交活动。

▲ 先认识少数心仪的社交对象，然后在日常生活和交流中建立更加紧密的联系，之后再进入对方的社交圈，从而认识更多的人，或者跟着对方去更高层的社交圈里参加社交活动，拓展自己的视野，提升自己向上社交的能力。

▲ 如果自己有想要认识的人，但没有太多接近对方的机会，可以让别人帮忙引荐，从而获得社交的机会。在向上社交中，要懂得借助第三方的资源和关系，来寻求更多向上社交的机会。

▲ 不要担心被人冷落和拒绝，也不要担心自己表达不好，最重要的是要勇敢地去接触那些更优秀的人，一次不行就两次，两次不行就三次，人们必须保持自信和耐心，遇到挫折时，要懂得鼓励自己。

▲ 当自己在向上社交中，和他人建立了比较稳定的连接之后，要经常交流，这样不仅可以强化彼此之间的感情，还可以创造更多社交的机会，通过交流来提升自己的社交层次和社交能力。

其实多参加向上社交活动，并不意味着可以与所有人进行交流。参加向上社交的人，需要制订社交计划，明确社交的目标，拒绝那些无目的社交。即便是为了锻炼社交能力，也需要选择一些符合自己发展需求的场景。此外，人们还应该对自己的社交活动进行分析和总结，看看自己哪些地方需要改进，看看自己是否有进步，同时了解自己最适合和什么类型的人进行交流。经常性的总结，无疑会帮助自己提升社交经验和能力。

给自己设定一个更高的社交目标

被称为“华尔街恶魔博士”的高盛前CEO贝兰克梵，出生于纽约布鲁克林的一个贫民窟，父亲只是一个普通工人，收入微薄，勉强养活一家人。可是贝兰克梵从小就胸怀大志，希望有朝一日可以成为纽约的大人物，为此他不断学习和努力，依靠实力顺利进入华尔街的一家小企业上班。不久之后，这家小企业被高盛集团收购，贝兰克梵认为自己的机会来了。进入高盛集团上班后，和其他埋头工作的同事不同的是，贝兰克梵知道自己想要出人头地，就要认识更多高层领导，需要和全美顶级的商业精英交流，为自己的成功铺路。

很快他就制订了一个很大的计划，并且设定了远大的目标，那就是尽可能结交更多的商界领袖和高层领导，然后成功进入他们的圈子。制订计划之后，他一方面努力提升自己的工作能力，另一方面则一直想办法接近那些大人物，无论是业务需要，还是工作汇报需要，他都会把握住每一次与他们接触的机会。贝兰克梵有时候会借助工作便利，与商界领袖们进行交流，向他们请教投资问题，讨论投资新闻，这些举动有效拉近了他和商业领袖们的距离，而公司的高层也乐于见到这些，他们认为贝兰克梵能够为公司带来更多的商业客户，于是不断放权给他，还积极为他铺路，介绍更多的商业精英。这样一来，贝兰克梵不仅顺利进入高层圈子，还获得了更好地展示自我的平台，他的业务最终越做越大。

由于出色的业务能力，所以贝兰克梵不断被提拔，公司最终将其保荐为CEO，负责公司的经营管理事务。

相比于普通人将社交作为一种生活方式和调剂模式，优秀的人会把社交当成改变自己、提升自己的方法。因此，他们首先会设定更高的社交目标，对自己的社交活动提出更高的要求，而这些会带来更多良性的刺激，推动自己做得更好。

有的创业者会在自己的社交计划表中，写出半年内的计划，比如与行业前三强企业的老总建立联系等。有的新人入职后，在工作计划中明确提出，在一年之内进入公司管理层的核心圈，赢得更多领导的关注。这些都属于社交目标，而目标的设定纯粹是为了获得更多高价值资源的使用权。一般来说，社交目标越高，个人期待的资源价值就会越高，个人愿意付出的努力也会越多。

很多人在向上社交之前，毫无头绪，甚至会出现一些不适应的症状，原因可能就是缺乏社交目标，或者说社交目标不明确，他们不知道自己需要什么，需要和哪些人建立深度连接，也不清楚自己应该如何与这些人建立连接。还有一些人的社交目标很低，所期待的社交对象也不够优秀，这样的社交定位无疑会影响社交的整体效果。因为个人的积极性以及愿意付出的行动力都会不同，所以社交目标较高的人，往往状态会更好一些，没有目标的人，则显得仓促而随意。

此外，目标设定并不是越大越好，一定要符合自己的现实需求，毕竟多数人都不用去认识埃隆·马斯克或者马化腾，人们需要按照自己的成长需求进行合理设定。此外，设定一个远大的社交目标，并不意味着就要立即把握优质的人际关系，考虑到不同圈层之间的跨度可能会影响社交效率，因此最合理的做法是给这个大目标划分出各个阶段性的小目标，让自己一步步实现社交目标。

很多时候，人们都渴望与顶级的人才进行交流，但是高层次的社交圈与普通人的社交圈存在一种天然的屏障，想要一下子跨越那么大往往很难，就像一个小学都没毕业的人，想要与一群博士后建立稳定的社交关系一样，难度比较大。比较务实的做法就是循序渐进，逐步提升自己的社交层次，用比较专业的说法就是建立阶梯型社交。

具体做法是：先联系比自己高一层的人，再通过这些人联系比他们更高一层的人，然后按照这种模式，不断向上。在向上的过程中，通过不停接触更高层次的人，可以在无形中获得更充实的体验、更高层次的知识储备，以及更高层次的精神追求。需要注意的是，不断向上的前提是自己的为人处世获得了更高一层人的认可，毕竟人们寻求帮助的渴望并不能完全引起他人的兴趣，真正重要的是，这种渴望以及展示出来的能力能够赢得别人的认同，或者能够满足别人的社交需求，对方才愿意引荐。

从本质上来说，阶梯型的向上社交是一个自我成长、自我提升的过程，人们需要在通过向上社交，不断进化，确保自己可以赢得更高层次人的关注。

拼多多的创始人黄铮，原本只是一个技术出众的浙大学生，平时有事没事就会在网络上发表一些文章，基本上都是一些IT方面的知识。2002年的某一天，网易CEO丁磊主动联系到黄铮，他在网络上看到了黄铮的文章，对黄铮在IT方面的才华钦佩不已。于是，丁磊邀请黄铮帮忙解决一个技术问题。

黄铮没有放弃这样的机会，答应了丁磊的邀请，并且很快就帮丁磊处理好了这个技术难题。在这之后，他非常注意和丁磊维持关系，两个人经常在一起探讨技术问题。一来二去，两个人就成了好朋友。

丁磊当时是国内互联网知名人物，他认识的人比较多。其中就包括段永平。段永平曾经在网易遭遇困境的时候对网易进行了投资，帮助丁磊渡过了难关。丁磊直接牵线，将黄铮介绍给段永平认识，黄铮也把握住了机会，与段永平建立起了较好的社交关系。后来，黄峥在威斯康星大学麦迪逊分校攻读计算机硕士，毕业后一直无法决定究竟是去微软上班，还是前往谷歌工作。这个时候，他主动联系段永平，向对方请教。段永平针对黄铮的专业以及两家公司的发展情况，给出了自己的建议，认为黄铮去谷歌上班更合适，黄铮最终也听取了他的建议。事实上，随着谷歌在2004年上市，黄铮一下子就挣到了几百万美元，他对段永平感恩不已。

在那之后，他开始帮助段永平做投资。2006年，段永平参加巴菲特的午餐时，既没有带上自己的妻子，也没有带上自己的好朋友，而是让黄铮陪着自己一起去。就这样，黄铮有幸接触到了巴菲特，让他对创业以及投资有了新的感悟。

从一个大学生，到成功进入段永平社交圈，并成功与巴菲特建立连接，黄铮就是依靠阶梯型社交模式一步步往上走的，这种模式的优势在于，给人们更加充分的成长时间和操作空间，人们不必一开始就面临巨大的压力，更不会因为差距太大而在社交活动中四处碰壁。

阶梯型社交的顺利推进，往往离不开社交杠杆。杠杆原本是物理学的概念，借助杠杆人们可以轻松搬运比自身重得多的物品。在金融体系中，杠杆是指运用金融手段放大经济效益的方法。最典型的就是借贷，假设某人借了100万元，一年的利息为10万元，但是依靠这笔钱，他一年可以赢利100万元，扣除利息之后纯收益为90万元。很明显，面对这样的营收模式，他肯定愿意借钱投资，而这笔借来的钱就成了杠杆。

在社交中，同样可以利用杠杆，简单来说，就是认识更高层次的人，借助对方的资源进入更高层次的社交圈，这样就可以逐步提升自己的社交目标。

向上社交，必须做到内求和外求的平衡

在谈到向上社交的时候，往往会涉及两个概念，一个是外求，一个是内求。外求是向上社交的一种基本形式，即人们需要对社会关系、社会资源、经验技术、思维方式、精神理念等多种资源形态进行追求，目的是通过向外学习来完善自己的弱项，提升自己的社会竞争力和处理相关问题的能力。

内求则是向上社交的一个前提，它是指人们将精力和时间集中在自己应该去做或者想要做的那些事情上，尽可能实现自身优势和价值的最大化，这是他们立足社会并吸引外界关注的一个基础。善于内求的人会不断完善自己，提升自己，然后以此为基础展示自己的价值，期待着与更优秀的人建立连接。

举一个最简单的例子，一个技术人员想要在苹果公司获得一

份令人羡慕的好工作，那么首先就需要想办法提升自己的价值，通过学习和工作不断提升自己的技术，以精益求精的态度实现自我能力的不断优化。当能力和价值得到了提升之后，就有了更多的资本去竞争苹果公司提供的岗位，这属于内求的一部分。如果这个人打算托人帮忙，找到苹果公司人力资源管理部门的一个熟人推荐自己，或者直接向库克介绍自己，想办法说服库克。这些都是典型的外求，目的是借助外部的力量来解决自己面临的问题。

其实外求和内求具有很强的内在联系，外求和内求是相互促进、相辅相成的。经常内求的人，自身的能力和价值会得到提升，个人也就拥有了更多的资本和魅力去吸引外在的关注，从而为外求奠定基础，或者说能够提升外求的层次。反过来，当一个人懂得外求时，会收获更多的资源、知识、经验，会提升对事物的理解能力，这个时候，个人的内求也会得到提升，对于自我需求有更高层次的理解，对自我提升有更高的要求。

内求和外求往往会在一个良性循环中不断得到进化，内求导致价值提升，价值提升为外求奠定基础，外求后能够更好地学习，进入更高的层次，倒逼着自己继续内求，以提升自己生存和发展能力，内求之后又会带来更高层次的外求机会。如果进行分析，就会发现一个人如果只看重外求，就会丧失内在的发展动力和自我提升的信心。反过来说，如果一个人只看重内求，那么可能会失去一个前进的标杆和参照的标准，所以人们需要努力学习，不断优化自己，实现内求上的进步，然后借此机会进行外求，最终打造一个外求和内求的平衡。

在足球圈和篮球圈，据说60%的运动员会在退役后5年的时间内遭遇破产，只有少数善于理财的运动员可以在退役后越来越好，被称为“外星人”的足球巨星罗纳尔多就是其中的佼佼者。

罗纳尔多虽然出生于贫民窟，但是他在理财方面一直都很出众。他在2011年退役时，已经积累了2.4亿美元的身家，这是非常不容易的，一方面证明了他没有肆意挥霍，另一方面证明了他投资理财有道。事实上，罗纳尔多很早就开始关注财富管理的问题，并且一直都在积极寻求更高效的方法。1998年世界杯，巴西在决赛中输给了法国，发挥失常的罗纳尔多成为众矢之的。这个时候，他突然意识到一个问题：如果某一天自己不能踢球了，那么该如何保证自己和一家人接下来的生活呢？

想到这里，他便开始尝试着学习做生意。比如开夜店。他还自学理财知识，并创办了一家理财公司，专门帮助职业球员管理财富。后来，他在此基础上创办了9ine体育经纪公司，为更多的职业球员进行理财规划，保障他们退役后的生活。不仅如此，他还学习了各种经营管理方面的知识，先后建立了自己的足球学校、运动员康复中心，投资了不少和足球相关的产业项目，还有葡萄酒庄园、超市、酒店、赛车、足球队和电竞公司等多个项目。

事实上，罗纳尔多在踢球期间就组建了自己的经济团队，他会向团队中的专业人士请教投资问题，学习一些商业运作知识。在转会皇马俱乐部之后，他经常向俱乐部内的高层领导和商业主管请教，甚至向俱乐部的主席弗洛伦蒂诺请教管理和投资上的问题，然后私底下加强学习。退役之后，罗纳尔多学习了英语和金融课程，又跑去见传播集团WPP的老总，并建立了私人关系，然后多次登门学习如何经营一家公司。事实上，9ine体育经纪公司的创办就离不开WPP的帮助。

到了2018年，退役7年的罗纳尔多，身家达到了5.7亿美元。

如果对罗纳尔多的成长进行分析，就会发现他很好地协调了内求和外求的关系，保证了两者之间的平衡，而且还形成了良性的循环，这是他能够积累巨额财富的关键。

那么，如何才能实现内求和外求的平衡，实现彼此间的良性循环呢？

——制订一个合理的学习计划，坚持通过学习来优化自我，提升价值。在不同的阶段，要制订不同的学习计划和标准，逐步提升。多参加实践，将自己所学知识运用到实践当中，借助现实操作来完善自己对知识的理解和运用，从而更好地消化掉所学的东西，并建立自己的风格；

——主动向那些比自己更加优秀的人学习和请教，这样既可以满足内求的需要，也能满足外求的需要，从而实现完美的结合。在学习的过程中，要坚持循序渐进的原则，当自己达到一定阶段和层次后，继续向更加优秀的人学习，整个过程需要不断持续下去，确保内求和外求可以在更高的层次上得到完美的平衡；

——尽量以内求为主，不要去刻意寻求外界的帮助，尽可能给自己更多的成长和历练的机会。进行向上社交必须有明确的目标和针对性，不能为了外求而社交。简单来说，能自己解决的先自己解决，不能依靠自己力量解决的，就要积极外求。

在向上社交中，保持内求和外求的平衡，实际上就是一个自我成长、自我丰富、自我提升、自我完善的过程，长久保持这种状态，可以让自己获得更大的能量场。

保持多元化、多层次的社交形式

从社交的方向和层次来说，社交包括向上社交、向下社交和平行社交。向上社交是寻求与更优秀的人建立连接；向下社交则是寻求与低一个层次的人进行交流，比如一些行业内功成名就的前辈或者一些社会精英；平行交流通常是指与同一层次、同一位置的人进行交流，建立社交连接。

许多人只看重向上社交，这往往是因为它符合个人成长和发展的需求，可以直接帮助自己提升能力与价值，但向上社交并不是生活的全部，也不是社交的全部，不同的社交形式可以产生不同的作用，也能够满足不同的社交需求，而多数人恰恰拥有各种不同的社交需求。比如，一个人想要学习更多先进的工作方法，就要考虑和行业精英建立社交关系；如果他想要结交更多志同道合的朋友，想要找到可以相互倾诉的人，想要寻找一起生活、工作或者共同成长的伙伴，就需要更多地接触那些层次和地位差不多的人。如果这个人希望获得更多来自更低一层级的人的支持，就要发展向下社交。

在生活和工作中，多数人可能都会面临不同的社交情况，具有不同的社交需求，如果只专注于向上社交，那么生活的面往往会越来越窄，并且很容易失去周围人的支持。可能这个人的工作会越来越好，发展机会越来越多，但是在生活上获得的支持和帮助会减少，而且个人的情感需求很难获得满足，毕竟自己很容易失去和周围亲人、朋友相处的机会。可以说，朋友圈里的每一种人都有其社交的价值，人们不能轻易忽视。

事实上，即便是为了拓展个人的发展空间，提升个人的价值与层次，往往也离不开其他类型的社交。举一个最简单的例子，在一个企业中，一个中层干部想要获得更好的发展，一方面需要不断和上级建立稳定的社交关系，向对方学习经营管理经验，与此同时，他还需要处理好和同一级别同事的关系，这样才能保证彼此之间可以进行信息共享、互帮互助。如果忽视了这一点，可能会导致其他同事排挤自己，或者影响工作中的合作。最后，想要自己的管理工作做到位，往往需要向下拓展自己的社交网络，和基层干部搞好关系，可以向一些基层工作者学习和请教问题，提升自己的实践能力。对于干部来说，如果得不到基层工作者的支持，那么也就失去了立足的基础。

对于多数人来说，社交是生活和工作中不可或缺的一部分，无论是物质需求，还是精神和情感需求，无论是基本的生理需求、安全需求，还是自我实现需求，都离不开社交，人们应该想办法拓展自己的社交空间和宽度，争取和不同层次的人打交道，构建一个立体的社交网络体系。在这个体系中，需要向上社交，也需要向下社交和平行社交。

创新工场的董事长李开复是一个非常有魅力的人，这种魅力源于他的社交能力。和很多企业家专注于向上社交不同的是，李开复是一个全面的社交者，在他的社交名单上，既有比尔·盖茨、乔布斯、拉里·佩奇、谢尔盖·布林这一类顶级的企业家，也有一批和他从事同样工作的同事、朋友，还有一大批创业的年轻人。李开复经常会参加一些扶持创业者的活动，他会结识一些年轻人，然后给予对方指导和帮助，正因如此，他被人称为青年导师。

在整个商界，很少有人像他一样活跃，无论是哪一种类型和层次的社交，他都能够精准把握，而且几乎每次都能够获得所有人的欢迎和认同。多年来，他的社交生活非常丰富，而且帮助自己提升到一个很高的生活层次上。

首先，要从观念上做出改变，不要把向上社交当成人生唯一的社交选择，也不要总是将社交当成个人发展的一种手段。很多时候，情感上的满足同样重要，人们需要交朋友，需要认识更多的人，需要一个交流的对象。所以需要全方位地拓展自己的社交渠道和社交形式，不要狭隘地认为只有向上社交才有价值。

其次，平时多接触不同圈子，认识不同类型、不同生活风格、不同目标、不同背景、不同水平、不同性格的人，和不同圈子的人接触，可以丰富自己的思维层次和知识储备，能够帮助自己开拓视野，并获得更多不同的社交体验。重要的是，人们有能力去适应不同的环境，以及不同的社交场景。

再者，要懂得和不同类型、不同层次、不同领域的人保持亲近，地位有高低、成就有高低，但行业没有优劣之分，人也没有所谓的高低和优劣之分。在社交中要一视同仁，并且和不同层次、不同圈子的人打交道。平时可以重点关注那些优秀的人，但在社交态度上要保持一致，和其他层次、其他圈子的人也要保持正常的、和谐的交流，要经常进行互动。

最后，要注意协调和规划好自己的社交活动，按照不同的需求进行合理安排。什么时候应该向上社交，什么时候应该平行社交，什么时候应该向下社交，同时要依据具体的情况做出时间上的安排，并且要分清主次，避免因小失大。

总的来说，一个真正优秀的人，应该同时具备向上社交、向下兼容、平行协作的境界，这样的人可以更好地调和自己的生活与工作，并在人际关系处理方面表现得非常成熟，个人的社交生活品质也会得到提高。

借助社交软件，实现向上社交

随着互联网的兴起，社交软件成为人们日常生活中不可或缺的一种工具，也正是因为使用频繁，社交软件常常会被人们滥用，大多数人用于平行社交，而且大部分的社交都不具备什么价值，但实际上只要运用得当，人们可以借助社交软件提升自己的社交层次，发展向上社交。

许多人在谈论互联网的发展时，常常会说一句话："在互联网时代，地球是平的。"这句话的原意是互联网时代的信息技术使得整个世界变成一个紧密联系的整体，国与国之间的交流能够轻松突破地域的限制，人与人之间也能够突破国籍、阶层、行业、年龄的限制。以社交软件为例，大量社交软件的出现导致大众社交逐渐扁平化，人与人之间的交流遇到的限制变得越来越少。

举一个常见的例子，在现实生活中，普通人通常无法碰到那些大明星和大企业家，无法走进他们的办公大楼，无法走进他们居住的小区，也无法靠近他们去说上几句话，更别说进行深入交流了。可是在网络上，借助网络平台和相应的社交软件，人们可以跨越那些社会障碍，直接和对方进行交流。

很多知名企业家都有自己的社交软件，还开通了一些开放的账号，像段永平、张一鸣等都在各自的社交平台上开通了属于自己的账号。比如，在雪球上，就有很多知名企业家和专家学者定期与其他软件使用者进行交流，人们可以提出一些经营、管理、投资方面的问题，企业家们往往会做出相应的解答。这是一种比较好的社交模式，而且有助于提升个人的社交能力，因为在网络上人们往往不会有胆怯和紧张的表现。

在信息时代，人们想要获得高端的资源，想要获得更高价值的信息，所遇到的难度比过去要小很多，不过网络上的向上社交往往以付费的形式存在，人们想要获得更多更加专业的知识，或者想要认识更高圈层的群体，往往需要支付一笔费用。比如，在微商开始出现的时候，人们想要认识行业精英，想要获得行业内的高价值信息，就要付费加入高端社群，成为会员。又比如，人们往往会借助知乎、雪球之类的软件搜寻有价值的信息，其中价值越高的信息，越是要支付高昂的咨询费用。在这些平台上，人们可以认识各行各业的精英，可以向各行业的大咖请教问题。

又比如买房，在很多社交平台上，存在一些介绍房产的公众号，他们在该领域都是专业的，对于地产市场的发展环境、市场走向都非常了解，其中一些还是地产行业的直接参与者，他们具有丰富的经验和更多优质的信息。很多刚需以及投资买房的人会主动咨询，了解买房的时机、买房的城市和地段、商品房的户型和品牌，从而获得更多高价值的房产信息。

相比于传统的社交模式，借助社交软件的效率更高一些，而且支付的社交成本更少。那么，人们该如何正确使用社交软件实现向上社交呢？

——选择知名度更大，用户更多的软件。一般来说，可以选择那些下载量更大，评价更高的社交软件，这样可以拓宽社交面；

——选择信息资源更加高端的社交软件。比如，一些专业的知识付费平台，一些高端的社群，或者选择一些可以进行内部共享的社交平台；

——在社交软件上，人们要适当控制好社交人数，不要一次性结交太多的人，而且要注意有针对性地进行交流，避免无效社交；

——与那些优秀的人建立连接之后，要懂得经常沟通，维持彼此之间的关系，有条件的话，可以进行线下会面和交流，让软件社交与线下社交结合起来。

对于很多人来说，当他们不方便社交或者没有太多的优质人脉关系时，社交软件就会成为一个绝佳的选择。

王先生是一个海归，在硅谷某科技公司待了几年之后，他打算回国创业，可是他对于国内的创业环境和行情都不是很了解，因此希望找到一个行业内的导师或者企业家咨询一下，不过考虑到自己的人际关系都在国外，在国内根本不认识什么人，更别说认识什么行业精英了，自然无法进行有效的咨询。

回国之后，王先生发现很多人习惯了在社交软件上咨询，于是就尝试着在几个比较火爆的社交软件上发布信息，还加入了一些付费的社群，结果不少人真的提出了一些具有建设性的建议和意见。有个业内的前辈给了非常详细的建议，包括选择什么项目，如何寻找合伙人，如何制定规划，如何进行成本核算，如何打造团队，如何规避风险等内容，对方还分享了自己的创业历程。王先生非常感激，于是和对方进行了多次交流。一来二去，两个人很快加为好友，对方还邀请自己前往他的公司去参观，王先生欣然应约，从中学到了不少知识。几个月后，在对方的帮助下，他顺利开了一家互联网公司。

随着互联网技术的发展以及信息共享技术的推进，软件社交在向上社交中所扮演的角色将会越来越重要，对于信息的传递尤其是高价值信息的传递也会产生越来越重要的作用。加上人们对于高端信息的需求日益增加，渐渐形成了一个非常庞大的高端信息市场，也正是因为如此，社交软件以及社交平台的商业化越来越明显，并间接促进了软件社交的进步，从而形成了一个良性的循环。

需要注意的是，软件社交虽然有一定的便利性，但是也存在一些不足，最典型的就是它无法做到像线下社交那样，彼此之间可以面对面交流，情感的连接性更强，对于个人能量场的感知更强，信息的传递也更加丰富完整。还有一点也很重要，很多社交软件可能会被不法分子利用，成为敛财的工具，对于很多人来说，贸然相信对方的话，可能会造成钱财上的损失，而且很容易被人误导，做出一些错误的行为。所以人们不能一味依靠社交软件进行向上社交，应该想办法将线上社交和线下社交有机结合起来，进行合理分配。